Le Capitan II

1

Le Capitan II

Michel Zévaco

XXXIV - La fortune de Capestang

Ce fut ainsi que Condé fut arrêté dans ce Louvre où, quelques heures auparavant, il se croyait sûr de pouvoir entrer en maître. Vitry le remit aux mains du marquis de Thémines qui, avec une vingtaine de gentilshommes, attendait dans l'antichambre la fin de cette scène. Thémines emmena le prince sous escorte et le fit monter dans un carrosse fermé : une demi-heure plus tard, Henri II de Bourbon, prince de Condé, n'était plus que le numéro 14 de la tour du Trésor, à la Bastille.

Vitry était sorti en jetant un étrange regard à Capestang. Sur un signe de Louis XIII, Luynes sortit à son tour, et il eut le même coup d'œil oblique vers le chevalier. Dans ce double regard, Capestang put lire toute l'envie qu'il inspirait. Le vieux maréchal d'Ornano, qui, le dernier quitta le cabinet royal, lui murmura à l'oreille :

- Jeune homme, si vous ne sortez pas d'ici grand favori, je vous conseille de fuir Paris à franc étrier et de mettre une bonne centaine de lieues entre votre poitrine et les poignards qui vont s'aiguiser. Et, se tournant vers le roi : Sire, ajouta-t-il avec une sorte de rudesse, ce n'est pas M. de Condé qu'il fallait arrêter.

- Ah ! ah ! Et qui donc ? Voyons, parle, mon vieil ami. Qui fallait-il arrêter ? Guise ? hein !

- Non, sire : Concino Concini ! dit froidement le maréchal qui s'inclina et puis s'éloigna lentement, comme s'il eût attendu, espéré un cri, un ordre.

Mais le roi demeura muet. Le maréchal sortit en haussant les épaules. Pour la deuxième fois, Louis XIII et Capestang se trouvèrent seuls en présence. Mais cette fois, c'était l'aventurier qui était soucieux et le roi qui était radieux. Louis XIII entendait encore résonner ces mots qu'il avait criés d'une voix qui l'avait étonné lui-même :

- Capitaine, arrêtez le prince !

Son premier acte de roi ! Le premier geste de sa puissance !

Ainsi donc, il avait commandé. Et on lui avait obéi ! Il avait suffi d'un éclat de sa voix pour qu'un prince du sang fût saisi et jeté dans un cachot ! Il avait suffi de ce geste royal pour que Paris en émeute, Paris en ébullition, pareil à une mer démontée, s'apaisât.

Ces pensées agitaient cet adolescent de quinze ans et le remplissait d'orgueil. Il était pareil à ces enfants à qui on vient de remettre un jouet compliqué et qui s'étonnent de le voir fonctionner lorsqu'ils poussent un ressort, et s'émerveillent du résultat sans comprendre le mécanisme. Louis XIII contemplait Capestang avec la même reconnaissance admirative de l'enfant pour celui qui lui a apporté le jouet.

- Tout d'abord, fit le roi, parlez-moi de cette compagnie de cinquante gardes que mon cousin de Condé avait réussi à armer, d'après ce que M. de Luçon est venu nous dire dans la soirée.

- Tenez, sire, dit Capestang, j'aime mieux vous raconter les choses telles qu'elles se sont passées depuis le moment où, rue de Vaugirard, j'ai rencontré Cogolin.

- Cogolin ? Qu'est-ce que Cogolin ?

- Mon écuyer, sire.

Eh bien, donc, voici l'histoire depuis son début. Cela se passe, sire, dans une pauvre auberge de la rue de Vaugirard, qui...

- Attendez, chevalier ! interrompit tout à coup Louis XIII qui frappa du marteau sur un timbre, à trois reprises. Peut-être serons-nous mieux, pour raconter et écouter, dans la salle à manger.

Louis XIII, depuis un instant, cherchait quelle preuve d'amitié il pourrait bien donner au chevalier qu'il avait humilié du nom de Capitan et qu'il voyait tout embarrassé comme s'il lui eût gardé quelque rancune. Le signal que venait de donner le roi correspondait sans doute à un ordre habituel et déjà connu, mais ce soir-là, l'ordre fut interprété avec une magnificence spéciale. En effet, au bout de quelques minutes, la porte s'ouvrit à double battant, et Capestang effaré vit entrer un officier en grande tenue, l'épée au poing, qui cria :

- Les viandes de Sa Majesté !

Derrière l'officier, quatre hallebardiers. Derrière les hallebardiers, quatre officiers de la bouche portant une table. Derrière la table, quatre autres hallebardiers. Les officiers de la bouche déposèrent la table au milieu du cabinet. Les hallebardiers se rangèrent le long des murs où ils s'immobilisèrent, pareils à des cariatides. La table supportait, par-dessus sa nappe éblouissante, les couverts étincelants, les gobelets d'or, deux candélabres à six flambeaux de cire, des flacons de cristal où rutilaient les rubis des vieux vins de Bourgogne et toute une variété de plats recouverts de leurs cloches d'argent.

Capestang demeura stupéfait de cette fastueuse mise en scène, et, involontairement, le souvenir s'évoqua en lui de cette caisse renversée sur laquelle, au fond du grenier, Cogolin lui avait servi un de ces succulents jambons qui doublent l'appétit et triplent la soif. Pourtant, comme il avait grand-faim, il jeta un regard d'envie sur la splendide table, renifla les parfums qui s'en dégageaient, soupira et songea :

- C'est tout de même une glorieuse chose que la royauté. Si j'étais roi, Je pourrais m'asseoir à cette table et tâter un peu de ces mets qui doivent être royaux, puisqu'on les habille d'argent. Mais je ne suis que le chevalier de Capestang... Bah ! je regarderai le roi manger, il paraît que c'est un grand honneur, et puis cela me donnera de l'appétit.

Si Capestang fut étonné, il y eut quelqu'un de plus étonné que lui : et ce quelqu'un c'était le roi ! Jusque-là, quand il demandait son dîner ou son souper, on le conduisait dans une salle à manger où il s'asseyait devant une table assez mal servie. Un instant, Louis XIII demeura tout pensif devant ces honneurs auxquels il n'était pas accoutumé.

- Pourquoi m'apporte-t-on mon souper ici ? demanda-t-il. Et pourquoi avec ce cérémonial ?

- Sire, répondit une voix soyeuse et caressante, en ma qualité de surintendant du palais, c'est moi qui ai donné l'ordre d'apporter ici la table de Sa Majesté. Et quant au cérémonial, c'est celui dont on usa toujours à l'égard des grands rois !

Et Louis XIII vit s'incliner devant lui celui qu'Ornano lui conseillait d'arrêter : Concino Concini ! Capestang avait tressailli. Un frisson de colère le secoua. Presque malgré lui, il porta la main à la garde de sa rapière. Mais déjà Concini, sans paraître l'avoir vu, sortait à reculons, tout courbé, marche et attitude ne formant qu'une longue révérence jusqu'à ce qu'il eût disparût. Louis XIII, d'un geste, ordonna aux hallebardiers et officiers de bouche, de sortir également.

- Mais, sire, observa respectueusement le lieutenant de garde, qui servira Votre Majesté !

- Bah, monsieur ! je ferai comme mon père le soir de la bataille d'Arques : je me servirai moi-même ! Mettez-vous là, devant moi, monsieur le chevalier, et soupons, car vous devez mourir de faim, et moi j'enrage.

Le bruit se répandit aussitôt dans le Louvre que le roi faisait familièrement manger à sa table le jeune chevalier de Capestang et, dès lors, plus d'un gentilhomme se mit à guetter la sortie du nouveau favori pour lui faire sa cour. Concini avait rapidement franchi deux ou trois salles. Il était livide. Comme dans ses crises de fureur, ses lèvres moussaient.

- Va, gronda-t-il, va, misérable fier-à-bras, intrigant ! sacripant ! Capitan ! Soupe à la table du roi ! cette nuit, tu souperas à la table du diable, ton patron !

Au palier du grand escalier, il trouva Rinaldo qui l'attendait.

- Tout est-il prêt ? demanda Concini.

- Jugez-en, monseigneur : Montreval et Bazorges dans l'antichambre.

Louvignac dans le bas de l'escalier. Pontraille dans la cour. Et moi ici pour surveiller à la fois l'escalier et l'antichambre. À la porte du Louvre, Chalabre avec vingt gaillards dont le moindre en est à son trois ou quatrième coup de poignard. Cette fois nous tenons le drôle, il ne nous échappera pas !

Concini, d'un signe de tête, approuva ce dispositif d'une embuscade qui semblait dressée contre quelque fabuleux géant. Cependant, celui qui était menacé par ces formidables préparatifs, celui contre qui Concini avait jugé que trente assassins ne seraient pas de trop, s'inclinait à ce moment, pâle d'orgueil, devant Louis XIII.

- Quoi, sire ! M'asseoir à la même table que Votre Majesté !

C'était un honneur que Louis XIII n'avait encore fait à personne et qu'il devait peu prodiguer. Le pauvre chevalier à qui M. de Trémazenc son père avait raconté qu'il avait été un jour admis à l'honneur de regarder manger le roi croyait faire un beau rêve de fortune et de gloire. Il finit par prendre place sur le siège que Louis lui désignait, et alors, il se redressa comme s'il eut conquis le monde, et jugeant que la meilleure manière de remercier son hôte était de se montrer bon convive, il se mit à dévorer.

Louis se taisait, écoutait, et grignotait à peine, ayant l'esprit malade malgré Hérouard ou peut-être à cause d'Hérouard. Quant à Capestang, il attaqua à belles dents une tranche de chevreuil, et, en même temps, à grand renfort de verbes sonores, un récit tout flamboyant que le roi entendit en frémissant d'enthousiasme.

Le chevalier parla donc pour deux, mangea comme trois, et but comme quatre. Lorsque le souper fut achevé, lorsque se termina ce récit, le roi, longuement, contempla l'aventurier qui, d'un dernier geste, illustrait sa narration.

- C'est magnifique ! s'écria-t-il enfin. Cette traversée de Paris avec Condé à votre bras ! Ce nom de Condé jeté aux bourgeois du Pont-Neuf ! Et ce double duel, là-bas, dans l'auberge ! Et vous dites que vous n'avez reconnu aucun des gentilshommes qui devaient endosser les costumes ?

- Non, sire : aucun ! dit Capestang.

- Quel dommage ! Mais ce qu'il y a encore de plus beau dans tout cela, c'est l'histoire des costumes cachés dans la cave. Cela vaut l'histoire des fameux camions de peinture !

- N'est-ce pas, sire, que c'était bien imaginé ? fit naïvement le chevalier.

- Ah ! j'en rirai longtemps, rien qu'en me figurant la mine désappointée des cinquante !

- Et moi, sire, j'en ris déjà ! fit Capestang qui en effet éclata. Et puis, ajouta-t-il, j'ai pensé que Votre Majesté aurait là cinquante costumes tout trouvés pour ses gardes. C'est une économie, cela !

- Je vous les achète ! fit vivement le jeune roi. Sans doute ! ajouta-t-il en voyant l'étonnement du chevalier, ces costumes sont à vous ; c'est une prise de guerre. Eh bien ! je vous les achète.

Capestang réfléchit une minute, puis répondit :

- Soit, sire. Je vous vends mes costumes. Ou plutôt, je vous les échange.

- Contre quoi ? fit Louis XIII en souriant.

- Contre un costume ! dit gravement le chevalier.

- Ah ! Ah ! s'écria le roi. (Il va me demander un grade, songea-t-il. Ma foi, il l'aura !) Et quel costume voulez-vous que je vous donne contre les cinquante que vous me vendez ?

- Celui du prince de Condé, répondit Capestang. (Le roi fronça le sourcil.) Seulement, sire, comme je vous offre cinquante pour un, il sera juste, il sera légitime, qu'avec le costume vous me donniez le prince par-dessus le marché. (Louis XIII se leva d'un brusque mouvement, Capestang en fit autant.) Je vois, sire, que vous hésitez, que vous méditez. Ce que vous demandez, est pourtant peu de chose.

- Un prince ! peste...

- Un homme, sire ! fit Capestang qui se grandit, un homme

comme moi.

- Et qu'en voulez-vous faire ! s'écria Louis irrité, effaré, stupéfait devant l'étrange marché.

- Lui rendre la liberté, sire !

- Jamais ! gronda Louis XIII dont le visage pâle s'empourpra. Vous avez acquis ce soir des droits à ma reconnaissance. Mais vous en abusez et votre demande me fait concevoir d'étranges soupçons.

Soupçon ! Louis XIII venait de prononcer le grand mot qui domina sa pensée. Toute sa vie ne fut qu'une chaîne de soupçons. Il fut un soupçon vivant.

- Sire, fit Capestang, avec une simplicité qui faisait un violent contraste avec son habituelle abondance de gestes, il y a pour moi quelque chose de pire que d'être suspect à moi-même. Vous m'avez nommé Chevalier du roi. Et moi, misérable, je suis descendu au rôle de chevalier du guet. Si lorsque j'ai arrêté le prince et que je lui ai ordonné de venir au Louvre vous faire sa soumission, il m'a suivi de bonne grâce, parce que je lui ai dit : « Ne craignez rien, je réponds de vous ! » Le prince est à la Bastille, et j'ai donc manqué à ma parole. Sire, rendez-moi mon prisonnier, ou je vous jure que je démolirai la Bastille pour l'en faire sortir !

Louis XIII haussa les épaules, éclata d'un rire aigre, et... pour la deuxième fois, murmura :

- Capitan !

Et cette fois encore, Capestang vacilla sous le coup ! Son exaltation tomba, les ailes brisées ! Il se vit ridicule, il vit qu'il prêtait à rire, lui qui avait rêvé de faire trembler ! Pauvre chevalier ! Il était tout bonnement sublime de naïveté. Le voyant si abattu, le petit monarque résolut de compléter sa victoire, et, d'une voix mauvaise :

- La Bastille ! Prenez garde d'y être enfermé vous-même ! grinça-t-il.

Mais ce fut le coup de fouet qui, dans la cage, accule le lion, la gueule ouverte, la griffe dehors, la patte dressée pour déchirer, fracasser... En deux pas rapides, il rejoignit le roi, qui se dirigeait vers la porte comme pour jeter un ordre ; il se pencha, se baissa sur lui comme pour lui faire comprendre combien il était petit et gronda :

- Moi à la Bastille ! Osez donc oser cela, sire ! Tenez ! si vous voulez, j'ouvre cette porte ! j'appelle ! Et je crie ! « Messeigneurs, qui de vous veut conduire à la Bastille celui qui ce soir a sauvé la monarchie et le roi Louis ! »

Le roi recula... Il tremblait de fureur, il bégayait. Capestang acheva :

- J'ouvre la porte, sire ! Je traverse vos antichambres sans hâte. Je m'en vais. Je ne ferai pas un pas plus vite que l'autre. Vous êtes le roi. Vous êtes le maître... faites-moi arrêter !

En même temps, il ouvrit la porte, et, la tête très haute, l'œil fulgurant, la lèvre frémissante, le poing sur la hanche, d'un pas lent et rude et insolent, il traversa la foule des courtisans qui s'écartaient devant lui, souriaient, saluant très bas le nouveau favori, saluant la fortune de Capestang !

....

La porte du cabinet royal était restée grande ouverte. Louis XIII avait fait un pas en avant pour crier l'ordre... la voix s'étrangla dans sa gorge... il porta les deux mains à sa collerette de dentelle comme si ce faible poids l'eût étouffé, il recula, livide, les yeux exorbités, et alla tomber sur un fauteuil.

À ce moment, dans l'encadrement de cette porte, apparut une tête pâle et convulsée... Et Concini, qui venait de voir passer Capestang, Concini qui flairait quelque grave événement, Concini qui avait entendu des éclats de voix, jeta sur Louis XIII un long regard.

- Dieu me damne ! cria-t-il. Le roi s'affaiblit !

Et il se précipita, en même temps que dans les antichambres éclatait un tumulte. En deux bonds, Concini fut près du roi qui, à ce moment, ouvrait les yeux.

- Hérouard ! hurla le maréchal. Qu'on appelle Hérouard ! Sire ! Sire ! Qu'avez-vous ? Que s'est-il passé ?

- Cet homme ! murmura le roi.

- Capestang ! gronda Concini d'une voix de joie terrible.

- Il m'a insulté. Qu'on l'arrête !

- Insulté ! Il a insulté le roi ! Eh bien sire, vous allez voir de quoi est capable le maréchal d'Ancre quand on insulte son roi !

- Arrêtez-le, amenez-le-moi, murmura Louis XIII, mais... ne lui faites pas de mal !

Mais déjà Concini s'était élancé. Et tandis que bruissait le murmure des courtisans empressés à montrer leur douleur, tandis qu'Hérouard préparait sa lancette pour saigner le roi, celui-ci songeait :

- Est-ce que la reine aurait raison ? Est-ce que Concini serait le plus dévoué de mes serviteurs ?

Vingt gentilshommes, à ce mot : « Qu'on l'arrête ! » avaient mis l'épée à la main et s'étaient jetés à la suite de Concini. Dans l'antichambre, il les arrêta d'un geste furieux.

- Ces imbéciles, gronda-t-il en lui-même, le ramèneraient au petit roi, qui ne demande qu'à pardonner... Messieurs, l'épée au fourreau, s'il vous plaît. Et que personne ne bouge ! Cette affaire me regarde, moi, moi seul ! Nul que moi ne peut mettre sa main au collet de l'insulteur de la majesté royale.

Il se rua, laissant les courtisans stupéfaits de son audace et de son dévouement. Dans la cour, Rinaldo attendait en grommelant :

- Eh bien ? haleta Concini.

- Il passe le pont-levis. Nos hommes sont sur lui et ne le perdent pas de vue. Faut-il sonner l'hallali, monseigneur ?

- Pas encore. Laisse-moi faire. En route !

Et se penchant sur Rinaldo, il ajouta avec un calme sinistre :

- Coûte que coûte, il me le faut vivant !

XXXV - La bataille du grand Henri

Le chevalier de Capestang sortit du Louvre au moment où dix heures sonnaient. Il se mit à marcher d'un pas rapide, dans la nuit profonde, tantôt trébuchant comme un homme ivre, tantôt s'arrêtant pour se frapper le front. Où allait-il ? C'est à peine s'il le savait. Hérissé, haletant, la sueur au front, il était terrible. À un moment, dans une ruelle, il se heurta à quelqu'un qui lui dit :

- La bourse ou la vie !...

Capestang tira furieusement sa bourse qui était pleine d'or et, à toute volée, en assomma à moitié le tire-laine qui tomba, étourdi sous le coup.

- La voilà, la bourse ! vociféra Capestang. Tiens ! prends ! Gorge-toi ! Soûle-toi ! Et quant à ma chienne de vie, je te bénis si tu la prends aussi.

- Merci, monseigneur ! grogna le truand qui, pendant des années devait demeurer étonné de cette aventure, de cette royale aumône dont cet inconnu l'avait assommé - moralement et physiquement.

Un peu soulagé d'esprit et tout à fait soulagé d'argent, le chevalier reprit son chemin en grondant :

- Qu'ai-je à faire de pistoles, maintenant ? Ah ! triple brute ! Ah ! faquin ! Ah ! bélître !

C'est à lui-même qu'il adressait ses épithètes, et non au roi ni au truand comme on pourrait le supposer. Il était furieux, exaspéré, mais contre sa propre attitude.

- Je n'avais qu'à me laisser faire ! continua-t-il.

Je tenais la fortune. Comment ! J'ai la chance inouïe d'amener au Louvre le prétendant que tout Paris acclamait ! Le hasard fait de moi le sauveur d'une monarchie ! Je n'avais qu'à me taire ! Et demain, tu étais le premier du royaume ! Demain tu pouvais te présenter devant le père de Giselle et lui dire en toute assurance : « Votre fille m'aime, et je l'aime. Maintenant que je suis quelqu'un, arrachez-la à Cinq-Mars, qui n'est qu'un pauvre petit marquis de rien et donnez-la-moi ! »

Comme il disait ces mots, il s'arrêta en frissonnant : il venait de s'apercevoir qu'il était rue des Barrés ! devant la maison de Marie Touchet ! devant la maison de Giselle ! Il était venu là, d'instinct, sans s'apercevoir qu'il y venait.

- Que suis-je venu faire ici ? songea-t-il. N'est-elle pas l'épouse de Cinq-Mars ? Ce mariage n'a-t-il pas dû s'accomplir, à minuit ? Il est vrai qu'elle m'a dit qu'elle m'aime. Il est vrai qu'elle ne donnera à Cinq-Mars que son nom ! Et sans doute, elle attend que j'accomplisse ma promesse de la conquérir de haute lutte ! Mais où en suis-je ? Que puis-je espérer, puisque je ne sais pas profiter des chances que m'offre la fortune !

Non, il n'avait plus rien à espérer. Le roi lui-même était maintenant son ennemi !

Il se leva, se recula et, avec un inexprimable découragement, considéra la maison. Elle était à peine visible dans les ténèbres. Elle était silencieuse, avec une face obscure. Puis il se remit en route. Il erra ainsi de longues heures, tournant à droite ou à gauche, virant, revenant sur ses pas, au hasard, véritable épave ballottée - très malheureux.

Si malheureux que la pensée lui vint, ou plutôt se précisa en lui, de se tuer.

- Aussi bien, réfléchit-il, je ne ferai que devancer de quelques jours le moment d'aller voir ce qui se passe ad patres.

Il ne croyait pas si bien dire. Car Montreval et Louvignac l'avaient suivi dans toutes ses évolutions et étaient décidés à le suivre jusqu'à ce qu'il s'arrêtât quelque part : moment auquel Montreval monterait la faction devant son logis quel qu'il fût, tandis que Louvignac irait prévenir les forces concentrées à l'hôtel d'Ancre.

Toute la question, pour Capestang, se réduisait donc à choisir un genre de mort qui lui parût convenable. Il les passa en revue, rapidement, puis soudain :

- Ah ! j'ai trouvé, cette fois !

Il s'arrêta, haletant, flamboyant d'audace.

- Ce que j'ai dit au roi, je le ferai ! C'est moi qui ai fait mettre un gentilhomme à la Bastille. C'est moi qui l'en ferai sortir ! Et comme dans ce duel gigantesque entre la Bastille et moi, c'est la Bastille qui m'écrasera, je trouverai ce que je cherche, c'est-à-dire une mort glorieuse, et je retrouverai ce que j'ai perdu en remplissant le rôle de sbire, c'est-à-dire l'honneur ! Cette fois-ci, voilà la bonne idée, c'est la chance !

Et ces deux mots qu'il venait de prononcer : la guigne, la chance, appelant une naturelle association d'idées, il se remit en route d'un pas plus ferme en murmurant :

- Où est Cogolin ? Où est ce cuistre ! Il n'est jamais là quand j'ai besoin de lui ! Il a dû retourner m'attendre au grenier du Grand Henri, courons-y.

Cinq heures du matin sonnaient au couvent des Carmes, lorsque, après cette nuit terrible, le chevalier pénétra dans l'auberge abandonnée, harassé, mais plein de courage pour l'exécution de son idée.

- Cogolin ! s'écria-t-il impétueusement. Va chercher les chevaux à la Bonne Encontre ! Et puis il doit te rester de l'argent, remets-le-moi, Cogolin ! Où es-tu, faquin ! Me laisseras-tu m'égosiller ! Cogolin !

Cogolin n'était pas dans l'auberge. Lorsque Capestang eut acquis cette conviction, il s'assit ou plutôt se laissa tomber sur le tas de foin qui, depuis quelques jours, lui servait de couche. Il était las. Il sentit le sommeil le gagner... Un rayon de soleil se glissant dans le grenier s'en vint se poser sur ses yeux. Il grogna un juron et entrouvrit les paupières. Le mince regard qui filtra de ses paupières appesanties s'alla poser sur la lucarne, et Capestang tressaillit.

À cette lucarne, à ce moment même, une tête se montrait. Dans la même seconde, Capestang la reconnut :

- Rinaldo ! rugit-il en lui-même.

* * *

D'un bond Capestang fut debout et marcha à la lucarne : la tête avait disparu. On se rappelle qu'il y avait deux lucarnes à ce grenier : l'une donnant sur la cour, et à laquelle aboutissait l'escalier de bois qui desservait extérieurement les étages, l'autre donnant sur la route. C'est à cette dernière lucarne que s'était montré Rinaldo.

Capestang, s'étant penché, le vit qui descendait d'une échelle qu'on avait appliquée là ; il jeta un regard sur la route et vit que l'auberge était cernée par une vingtaine d'hommes ; à gauche et à droite, de loin, des passants arrêtés regardaient curieusement ce qui allait advenir ; la porte charretière de l'auberge était ouverte, et six hommes y étaient postés. Il courut à l'autre lucarne, jeta un coup d'œil dans la cour, et il y vit une dizaine d'hommes. Ceux-là, il les reconnut pour la plupart : c'étaient les spadassins, les ordinaires du maréchal d'Ancre, et, parmi eux, Concini lui-même !

Capestang, de ce regard de terrible clairvoyance que les hommes très braves ont au moment du suprême danger, embrassa tout le grenier, cherchant un trou, une chatière, une rupture dans les tuiles ou sur le plancher, un passage quelconque, si étroit qu'il fût : rien ! il ne vit rien ! Alors, les forces décuplées, l'esprit bouleversé par une sorte de joie formidable, insensée, qui s'emparait de lui lorsque du fond de son être il entendait sonner la charge des batailles furieuses, en quelques minutes il édifia une barricade devant la lucarne. Derrière la table, une caisse ; derrière la caisse, trois ou quatre escabeaux : derrière les escabeaux de chêne, deux poutres qui se croisèrent et maintinrent solidement l'échafaudage.

Alors, dans sa main gauche, il assura son poignard ; d'un grand geste flamboyant il tira sa longue rapière, la tint un instant élevée au-dessus de sa tête et, les talons joints, comme à la parade, la tête haute, le buste droit, tout raide, l'âme emplie de tumulte, effrayant à voir, d'une voix rauque, il cria :

- Capestang à la rescousse !

Et il franchit la lucarne de la cour, se montra au haut de l'escalier. Une clameur accueillit cette apparition fantastique du chevalier qui, de ses yeux emplis d'éclairs, défiait la meute massée au bas de l'escalier. Concini leva la tête et éclata d'un rire sinistre qui retroussa ses lèvres écumantes.

- Le voici ! le voici ! vociférèrent les spadassins.

- Bonjour messieurs les assassins à gages ! hurla Capestang.

Concini fit un geste. Le silence tomba sur la meute.

- Au nom du roi ! cria Concini d'une voix qu'il s'efforçait de rendre imposante. Au nom du roi, descendez !

- Au nom de moi ! tonna Capestang, au nom de moi, je reste !

- Ton épée ! gronda Concini.

- Dans ton ventre ! rugit Capestang.

- Messieurs, vous êtes témoins qu'il y a rébellion ouverte, les armes à la main !

- À mort ! À mort ! vociférèrent les spadassins.

- La peste ! La fièvre quarte ! La mort pour vous ! répondit Capestang.

- Traître et rebelle ! grinça Concini.

- Couard et félon ! rugit le chevalier.

Ils se défiaient, s'insultaient du geste, du regard, de l'attitude, de la voix. Concini écumait. Les spadassins trépignaient d'impatience. Capestang était une insulte vivante. Au haut de son escalier, les mains crispées à la rampe de bois, penché jusqu'à en tomber, dans cette sorte de gloire dont l'enveloppaient les rayons du soleil levant, il apparaissait farouche, indomptable, et, débridé, livré à lui-même, jugeant inutile toute retenue de gestes puisqu'il fallait mourir, il exagérait encore sa frénétique attitude de matamore qui défie une armée.

- Allez ! dit Concini dans un grognement bref et rauque.

Et il eut le geste du piqueur qui lâche les chiens pour la curée. Les spadassins se ruèrent, non sans ordre, établissant une méthode instinctive de l'assaut, Rinaldo et Pontraille, en tête. Derrière, Bazorges et Louvignac, Chalabre et Montreval venaient ensuite. Puis une dizaine des sacripants qui avaient été embauchés.

- Vivant ! Prenez-le-moi vivant ! tonna Concini.

- Tête-gris ! - Corbleu ! - Mort-Diable ! - Ventre du pape ! - Tripes du diable ! hurlaient les assaillants qui montaient en s'excitant.

Ils montaient, l'œil sanglant, la bouche grande ouverte ; ils montèrent en masse, le long de l'escalier, pareils à une monstrueuse bête hérissée de pointes d'acier. Ramassé sur lui-même, la pointe en avant, rugissant, le chevalier les attendait. Brusquement éclata là-haut une rumeur de grognements, de grondements, de cris entrechoqués, de jurons, d'insultes, les assaillants arrivés aux dernières marches se ruaient ! D'en bas, Concini vit le choc et trépignant, oubliant sa recommandation de le prendre vivant hurlait :

- Tue ! Tue ! bravo, Pontraille ! Taïaut, Rinaldo ! Sus, sus ! Louvignac, Bazorges ! Montrez vos crocs, mes braves ! Mille écus d'or à qui m'apporte sa carcasse ! Oh ! ah ! lâches ! lâches !

Que se passait-il ? Il se passait que, parvenus à l'endroit le plus resserré de l'escalier, les assaillants avaient voulu foncer tous à la fois ! Il se passait que Capestang, avec son immense et fulgurante rapière, coup sur coup avait fourragé dans ce tas de chair humaine ! Que le sang giclait, en même temps que des hurlements plus féroces ! Que trois des premiers étaient blessés et voulaient se retirer de la bagarre, et que, dans leur descente éperdue, ils entraînaient tout le reste jusqu'au palier de l'étage !

- Lâches ! Couards ! rugissait Concini. En avant ! Sus ! Sus !

Rinaldo, entraîné par les autres, avait dégringolé lui aussi jusqu'au palier. Mais c'était un brave que Rinaldo. Il n'avait pas peur d'une bonne saignée, dût la mort s'ensuivre. Et puis il était vraiment dévoué à son maître. Et puis, il haïssait Capestang de toutes ses forces. Il se pencha une seconde et cria d'une voix presque paisible :

- Patience, monseigneur, je vous l'apporte !

En même temps, il leva les yeux, et ce qu'il vit le fit frémir d'une joie formidable. Capestang n'avait plus d'épée !

* * *

Capestang, à la seconde où les assaillants montaient à l'assaut les dernières marches, en avait descendu deux ; son bras se détendit ; la rapière troua une poitrine ; cinq ou six fois, du même geste furieux et calme, si ces deux expressions peuvent traduire ce qu'il y avait à la fois de méthodique et de frénétique dans sa défense, il plongea ainsi son épée... et tout à coup, à ce moment même où se produisait la reculade éperdue, il s'aperçut qu'il n'avait plus rien dans la main qu'un misérable tronçon : Rinaldo, d'un coup terrible, venait de lui briser sa rapière.

Une seconde, Capestang se vit perdu. Il eut un soupir de rage et de désespoir. Dans cet instant, il entendit la clameur des assaillants :

- Il est désarmé ! En avant ! Sus ! Sus ! Tue ! Tue !

Dans ce même instant, il les vit monter comme une bande de loups. C'était la fin !

Capestang se retourna vers le grenier avec ce mouvement du condamné qui, à la minute fatale, regarde autour de lui comme pour demander secours aux puissances surnaturelles. Et il tressaillit. Et un rire formidable éclata sur ses lèvres violentes... D'un geste prompt comme la foudre, il baissa et ramassa quelque chose qu'il venait de voir, là, à l'entrée du grenier, contre la lucarne ! Les assaillants se ruaient. On entendit ce cri furieux :

- Rinaldo à la rescousse !

Et à ce cri, répondit un rugissement de Capestang :

- Henri IV à la rescousse !

Et alors, Concini dans la cour, les passants accourus, les cinq cents Parisiens qui s'étaient entassés aux abords de l'auberge pour assister à la capture du truand, tout ce monde put voir une chose prodigieuse, et fabuleuse comme un épisode ressuscité des antiques prouesses des demi-dieux :

En haut de son escalier, Capestang, sans épée, sans poignard (il l'avait jeté), Capestang, à toute volée, assommait, frappait à coups retentissants comme des coups de gong, il frappait, il assommait les assaillants avec quelque chose d'énorme, une sorte de grande plaque en fer ! et c'était l'enseigne de l'auberge, déposée là par Lureau quand il l'avait décrochée ! et c'était l'image du Grand Henri, c'était Henri IV qui écrasait des crânes, défonçait des poitrines, se levait, retombait, bousculait en tempête, et finalement repoussait les assaillants éperdus, fous, qui se laissaient dégringoler en grappe jusqu'au bas de l'escalier !

Alors Capestang, à bras tendus, souleva l'enseigne, la montra à tout ce peuple qui croyait assister à la lutte d'un titan et, d'une voix tonnante, cria :

- Vive Henri quatrième ! Vive le grand Henri !

La foule, trépignante, délirante d'enthousiasme, se découvrit, jeta en l'air chapeaux, bonnets et toques, et vociféra dans une immense clameur :

- Vive le grand Henri !

Concini s'arrachait les cheveux. Rinaldo bandait sa tête. Pentraille, Chalabre, dix autres pansaient leurs blessures et, là-haut, Capestang, dans son attitude exaspérée, le matamore, le capitan hurlait à tue-tête :

- Henri IV et Capestang à la rescousse ! Vive le grand Henri !

À ce moment où Concini, affolé, blêmissait non plus seulement de fureur, mais d'épouvante, la multitude massée dans la rue de Vaugirard se mit à fuir, éperdue, avec des cris de miséricorde, s'émietta, se fondit, se dispersa comme ces monstrueuses vagues qui se brisent sur le rivage.

- Sus ! sus ! À la rescousse ! rugirent les gens de Concini en se précipitant au-dehors.

De la rue de Tournon, trente ou quarante reîtres à cheval sortis de l'hôtel d'Ancre, débouchaient au galop, frappant, renversant, culbutant tout sur leur passage, balayant la rue emplie de tumulte ; pendant une minute, ce fut une clameur terrible, une fuite furieuse, par les ruelles, par les champs et les jardins, puis brusquement, reîtres et spadassins se retrouvèrent autour de l'auberge.

- À l'assaut ! En avant ! vociféra Concini en montrant l'escalier.

Capestang, voyant ce renfort qui arrivait, ces reîtres qui se joignaient aux ordinaires, voyant, dis-je, qu'il tenait tête à cent hommes armés en batailles, eut un frémissement d'orgueil, et, se rejetant à l'intérieur du grenier, commença à barricader la lucarne ! Il voulait un siège fabuleux.

Il voulait une mort dont il serait parlé dans les fastes héroïques, et, souple, furieux, frénétique, il entassait au hasard tout ce qui lui tombait sous la main. Et quand ce fut fini, il essuya son front ruisselant de sueur, se croisa les bras, et cria :

- Allons, venez-y, mes agneaux ! À la rescousse ! Mais prenez garde, vous n'êtes que cent !

Comme il parlait ainsi, il fut frappé de l'étrange silence qui régnait au-dehors. Non seulement l'ordre de Concini n'était pas exécuté, non seulement personne ne montait à l'assaut, mais on eût dit que reîtres et spadassins, tous étaient partis ! Alors, l'angoisse le saisit. Ce silence qui trouait tout à coup le tumulte enragé lui apparut comme un abîme.

- Ils se concertent, rêva-t-il, ils méditent, mais quoi ? Oh ! ajouta-t-il soudain, les yeux arrondis par l'effroi.

D'un coin obscur du grenier, il venait de voir un peu de fumée ! Capestang demeura immobile, une minute, doutant, voulant douter encore, la petite fumée blanche qui rampait en volutes au ras du plancher monta soudain, ses spirales passèrent du blanc au noir, une seconde encore, et la fumée acre, violente, se mit à tourbillonner, puis il y eut des craquements, des sifflements, des crépitements, puis, de ce coin où cela avait commencé, fusa un jet de flammes, l'auberge était en feu ! Ils n'étaient pas partis ! ils avaient entassé des fagots, des fascines, Ils l'enfumaient comme un renard et, vaincus, ils appelaient l'incendie à leur secours !

- Lâches ! Lâches ! hurla Capestang qui tout autour de lui, jetait des regards égarés, cherchant une arme, un morceau de fer, n'importe quoi.

Et il ne trouvait rien ! Il n'avait que son tronçon de rapière. Les flammes sifflaient, hurlaient, se tordaient autour de lui. Au-dehors, les vociférations, les insultes, les clameurs de joie furieuse, les intraduisibles invectives se croisaient, éclataient, se mêlaient aux sifflements de l'incendie, et cela formait une rumeur étrange. Dans la cour, dans la rue, spadassins, reîtres, le nez en l'air, les poings tendus, les faces convulsées, défiaient Capestang. Tout à coup, il apparut au haut de l'escalier, qu'il se mit à descendre en se secouant, son tronçon de rapière d'une main, son poignard de l'autre, pareil à un fauve qui sort de son antre en montrant ses griffes puissantes.

Il y eut dans la bande un recul instinctif, car l'homme résolu à mourir dégage on ne sait quel magnétisme de force et d'audace ; puis, brusquement, une clameur forcenée, puis, dans la seconde qui suivit, un silence effroyable de gens rués, les dents serrées. Et, en mettant le pied sur le sol de la cour, Capestang, l'âme hors des gonds, la pensée emportée par la tempête, vit ces faces décomposées, ces regards rouges, ces bouches convulsées, ces bras levés, ces épées qui luisaient ; il frappa, à coups redoublés, à coups frénétiques, au hasard ; il frappa ; du sang, autour de lui, sur lui, jaillit, gicla ; il frappait, il ne sentait plus rien, sa chair labourée de coups ne souffrait pas, il était en lambeaux, il était plein de sang.

Tout à coup, il tomba.

Ils étaient une dizaine sur lui qui le liaient, le garrottaient. Il fut jeté tout pantelant au travers d'un cheval...

- Emportez-le à l'hôtel ! grogna Concini d'un grognement bref, rauque, à peine compréhensible.

Et, tandis qu'on l'emportait ainsi, solidement lié, entouré d'une trentaine de reîtres, Concini et ceux de sa bande, se voyant tous couverts de sang, voyant les morts, les blessés, l'incendie qui hurlait, se regardèrent, livides, haletants, hagards, comme s'ils eussent emporté une ville d'assaut et combattu une armée !

XXXVI - Catachrèsis !

Cogolin, la veille, avait suivi son maître dans cette fabuleuse marche à travers Paris soulevé ; il avait assisté à cette chose inouïe : Capestang traînant jusqu'au Louvre le chef de l'émeute, le prince de Condé qui eût dû être le maître et qui se trouvait prisonnier.

- Le moins qui puisse arriver à M. le chevalier, ruminait-il, c'est d'être jeté à l'eau, ou peut-être pendu à quelque enseigne. Et si l'on pend ou si l'on noie mon maître, que me fera-t-on à moi ? On m'écorchera, peut-être ! Ah ! pauvre Cogolin.

Nous devons ajouter à l'honneur de Cogolin que, bien qu'il se crût perdu, il emboîtait le pas et surveillait les moindres gestes du prince prisonnier. La traversée du Pont-Neuf, les bourgeois en armes, les clameurs, ces vastes bouillonnements de foules à travers lesquelles il se sentait emporté comme une paille, l'arrivée au Louvre, l'entrée de Capestang et du prince de Condé, toutes ces visions se succédèrent comme autant de rêves fantastiques. Et lorsque Cogolin vit que non seulement le chevalier avait passé sain et sauf, mais encore qu'il avait entraîné le prince dans le Louvre, il demeura ébahi, les yeux écarquillés, et murmura : « Corbacque ! »

Lorsque Cogolin se permettait le même juron que le chevalier, c'est qu'il était hors de ses esprits. Combien de temps demeura-t-il là, partagé entre la stupeur de se voir encore vivant et l'admiration que lui inspirait son maître, il ne s'en rendit pas compte. Lorsqu'il regarda autour de lui, il vit que la situation avait étrangement changé.

Le mot trahison courait de bouche en bouche. Le tumulte s'apaisait. Une inquiétude pesait sur les groupes nombreux qui voulaient espérer encore. Cette inquiétude se changea en terreur lorsqu'on vit sortir une compagnie de mousquetaires et une autre d'arquebusiers qui tenaient allumées les mèches de leurs arquebuses. Et lorsque le vieux maréchal d'Ornano apparut criant que le prince s'était soumis au roi et que les compagnies allaient faire feu sur les rebelles, les bourgeois s'enfuirent jetant leurs pertuisanes pour courir plus vite. Cogolin avait détalé comme les autres. Lorsqu'il s'arrêta tout essoufflé, il se campa comme il avait vu faire son maître, et dit :

- Corbacque, nous avons remporté la victoire !

S'étant essuyé le front, il réfléchit que sans aucun doute le chevalier passerait la nuit au Louvre. Un instant, il songea à aller se présenter au guichet de la grande porte. Il dirait simplement :

- C'est moi, Cogolin, l'écuyer du chevalier de Capestang.

Mais au bout de quelques pas qu'il avait commencés dans la direction du Louvre, un doute lui vint sur l'accueil qui lui serait fait et la célébrité de son nom. Alors il résolut de glorifier à lui tout seul la grande victoire. S'étant fouillé, il se rappela que, pour le moment, le chevalier était détenteur de la bourse, mais il vit qu'il se trouvait tout de même en possession de six écus. Cogolin résolut de manger et de boire les six écus jusqu'au demi, persuadé que le lendemain matin il nagerait dans l'opulence, le roi ne pouvant manquer de couvrir d'or celui qui venait de le sauver.

Il jeta un coup d'œil autour de lui, et s'aperçut que sa fuite précipitée l'avait conduit jusqu'aux abords du Temple, dont la tour silencieuse dressait sa sombre masse dans le ciel noir, alors il se dirigea vers le centre de Paris.

En arrivant à l'angle de la rue du Chaume et de la rue des Quatre-

Fils, il s'arrêta étonné du spectacle qui le frappait : des gens arrivaient du fond de Paris, par groupes de trois ou quatre, les uns à cheval, les autres à pied, balançant d'une main la petite lanterne en papier qui éclairait leur route. Tous ces nocturnes promeneurs s'engouffraient sous la grande porte d'un vaste hôtel que Cogolin, en homme qui connaissait à fond son Paris, nomma sur-le-champ :

- L'hôtel de Guise ! fit-il entre ses dents. Or çà, est-ce qu'il y a ballet chez M. le duc, et tous ces gens viennent-ils donc y danser en l'honneur du triomphe de Sa Majesté ? Hum ! Voici des danseurs bien étranges, avec leurs mines mystérieuses, et ces crosses de pistolets que j'ai entrevues. Que diable se passe-t-il ce soir dans l'hôtel de Guise ?

- Au large ! gronda près de lui une voix.

Cogolin vit s'agiter une ombre, entendit le cliquetis d'une arme et, recourant une fois de plus à ses longues jambes s'empressa de mettre une respectable distance entre lui et ceux qui faisaient si bonne garde autour de l'hôtel. Il parvint ainsi jusqu'à une certaine ruelle mal famée, appelée rue des Singes, nous ignorons pourquoi. Cette rue des Singes était un vrai cloaque, tant au moral qu'au physique. À droite et à gauche, une douzaine de maisons, de masures.

Chaque rez-de-chaussée était un cabaret, chaque cabaret portait son enseigne, et toutes les enseignes s'enchevêtraient, se heurtaient et grinçaient au moindre souffle de vent.

Cogolin était affamé. Cogolin était assoiffé. Mais Cogolin était chaste... et même pudibond à ses heures. Il s'assit donc à une table où il se fit servir deux bouteilles de vin d'Anjou, du lard grillé, du jambon avec des œufs et autres choses épicées, mais il repoussa modestement la ribaude fanée, dépoitraillée, échevelée, qui émit la prétention de s'asseoir sur ses genoux.

Cogolin se mit donc à manger et à vider force gobelets en

l'honneur de la victoire et de la fortune de Capestang ; tant et si bien qu'à la troisième bouteille il ne fut nullement surpris de voir installée sur ses genoux la ribaude tenace qu'il avait écartée d'un geste plein de dignité. Bref, Cogolin se vautra dans l'orgie ; il roula dans l'ivresse et l'abjection ; il fut un ivrogne fieffé : il fut un paillard sans retenue. Cette débauche qui avait pour but de célébrer la gloire du chevalier son maître, dura une partie de la nuit.

Cogolin se vautra donc dans sa turpitude jusqu'au moment où il s'aperçut que la ribaude venait de s'éclipser tout à la douce et sans prendre congé de lui ; en même temps l'hôtesse appuyait ses deux poings sur la table et le regardait fixement du haut en bas.

- À boire ! dit Cogolin.

- Payez d'abord ce que vous avez bu et mangé jusqu'ici, car, Dieu merci ! vous ne vous privez de rien.

Cela fait cinq écus tout juste.

Cogolin sourit. Il se rappelait parfaitement qu'il avait six écus. Il lui restait donc un écu à transformer en victuailles et en boissons.

- À boire ! répéta-t-il d'un ton suffisant. On a de quoi, je pense ! Avec six écus, on peut en payer cinq, j'espère ! Du vin, et du chenu, un peu !

- Payez d'abord, dit l'hôtesse.

L'hôtesse était parfaitement payée. En effet, Cogolin avait mangé et bu pour trois écus environ. Et elle venait d'en recevoir quatre de la ribaude qui, ayant subtilisé ses six écus à l'infortuné Cogolin, se contentait de deux pour sa part. Cette coquine donc n'avait eu d'autre but que de s'assurer si son client n'avait pas quelque autre magot.

Mais Cogolin eut beau se fouiller, il ne trouva ni nouveau magot, ni les six écus. Il demeura atterré et leva vers la matrone, qui déjà posait ses deux poings sur ses hanches, geste préliminaire d'une bordée d'invectives, un visage navré, un regard voilé par les larmes du désespoir et du vin.

- Je n'ai plus rien, bégaya-t-il ; je ne sais comment la chose se fit, mais...

Cogolin n'eut pas le temps d'achever...

- Fripon ! Bélître ! rugit l'hôtesse. Tireur de laine ! Pendard ! Ah ! tu bois et tu ne payes pas ! Ah ! peste qui t'étouffe ! Fièvre qui te mange ! Ah ! ribaud, sacripant, mauvais garçon, ladre-vert, paillard fourbe, parpaillot !

Sous cette grêle d'injures, Cogolin eût gardé le calme qui convient à la vertu calomniée si elle n'eût été accompagnée d'une autre grêle beaucoup plus frappante : coups de poing, coups de pied, coups de bâton, de l'hôtesse, de son mari, du garçon, accourus aux cris ; vociférations, tumulte, gémissements, et finalement Cogolin arraché de son banc, poussé, repoussé, houspillé, fut jeté dehors d'une dernière bourrade, et alla rouler dans le ruisseau, tout meurtri, tout confus, tout saignant et poussant des plaintes lamentables.

Ayant gémi tout son soûl, et sans que personne s'avisât de venir le secourir, Cogolin, voyant qu'il ne gagnait rien à crier « Au feu ! » et « Au meurtre ! » se releva, se tâta, constata qu'il n'avait rien de cassé ; puis, tout étourdi du vin qu'il avait bu, de la rossée qu'il avait reçue, et de l'étonnement que lui causait l'inconcevable disparition de ses six écus, clopin-clopant, il se mit en route.

Il se dirigeait vers l'auberge de la rue de Vaugirard, non dans l'espoir d'y retrouver le chevalier, mais dans la pensée de se reposer dans le grenier et d'y cuver à son aise vin, rossée et le reste.

Le jour commençait à poindre lorsqu'un coup violent sur le nez étendit le malheureux Cogolin tout de son long sur la chaussée de Vaugirard, où il était parvenu tout en monologuant. Il entendit des vociférations furieuses. Il sentit sur son dos le pied d'une foule de gens qui, en courant, lui marchaient dessus. Affolé, ahuri, contus, moulu, éperdu, Cogolin parvint à se traîner dans un coin, et, redressant sa tête en gémissant, il demeura tout à coup stupide d'effarement devant ce qu'il voyait.

Il se trouvait devant l'auberge du Grand Henri, son auberge ! Des gens armés la cernaient ! La cour était pleine de gentilshommes, l'épée à la main.

- Quoi ! grogna Cogolin, c'est moi qui ai loué ce logis ! Oh ! que veut cette face de carême que je reconnais ?

Cogolin se dégrisait. La face de carême, c'était quelqu'un qui venait de s'approcher de Concini et lui disait quelques mots, c'était Laffemas. Comme en rêve, Cogolin vit Laffemas s'élancer vers un hangar, et en sortir avec des fascines auxquelles il mettait le feu.

- Bravo, monsieur Laffemas ! hurla Concini.

- Laffemas ! gronda Cogolin. Laffemas ! mon sacripant de l'hôtel d'Angoulême ! Et pourquoi met-il le feu à mon auberge ? Je me plaindrai à M. le chevalier ! Oh ! le chevalier ! là ! il descend l'escalier ! miséricorde !

Cogolin fit un effort pour se lever et parvint à se mettre sur ses genoux. Et, pétrifié, horrifié, les yeux agrandis par l'épouvante il assista au dernier et rapide épisode de la prise de Capestang, il le vit succomber, il vit qu'on le jetait sur un cheval et, tout sanglotant, se mettant à suivre de loin la bande triomphante, il vit que tous ces gens qui entouraient son maître s'engouffraient dans l'hôtel Concini !

- Mon pauvre maître est perdu ! Mon pauvre chevalier est mort !

* * *

Un mois environ s'était écoulé depuis l'incendie du Grand Henri, depuis cette matinée où le chevalier de Capestang fut emporté dans l'hôtel Concini comme dans un antre formidable d'où il avait toutes les chances possibles de ne pas sortir vivant - si toutefois il vivait encore au moment où il franchit le portail, attaché en travers d'un cheval.

Au jour où nous nous reportons maintenant, il pleuvait une de ces petites pluies entêtées qui semblent n'avoir aucun motif de s'arrêter jamais.

Un homme s'en allait le long de la rue de la Juiverie, serrant les épaules, se glissant sous les auvents des boutiques pour éviter l'eau qui s'égouttait des toits. Cet homme devait être remarquable, puisqu'on le remarquait et que les passants se retournaient pour le suivre un moment du regard. Sa jambe droite était ornée d'une botte encore munie de son éperon de fer. Le pied gauche n'était chaussé que d'une simple sandale de moine. Sur une sorte de justaucorps, dont la primitive couleur écarlate s'était transformée en lie-de-vin, il portait un manteau troué, reprisé, effrangé, rapiécé de jaune sur vert. Enfin, le chef de cet homme était accommodé d'une perruque filasse, ou du moins de quelque chose qui avait la prétention de figurer une perruque et qui n'était qu'un amas de chanvre informe. C'était Cogolin !

Mais en quel triste état ! Comme il était maigre, efflanqué, minable et misérable ! Ayant perdu sa perruque dans la bagarre de la ruelle aux Singes, Cogolin s'en était fait une lui-même avec des morceaux de cordes qu'il avait démêlées et peignées tant bien que mal.

Son nez pointu s'allongeait et ses yeux louchaient terriblement lorsqu'il passait devant quelque rôtisserie.

Comme il s'avançait, lugubre, le nez sur la poitrine, crotté, trempé, ruisselant, ne songeant même plus à se garantir sous les auvents, tout à coup il donna de la tête dans le dos d'un bourgeois arrêté.

- La peste étouffe le maraud ! grommela le bourgeois.

- Excusez-moi, monsieur, je ne voyais pas, balbutia Cogolin.

- Vous ne voyez pas qu'on ne peut pas passer ! Il y a pourtant assez de monde dans la rue ! Où diable mettez-vous vos yeux ? Dans votre poche, peut-être ?

Mais déjà Cogolin n'écoutait plus. Et ces yeux qu'on lui reprochait de mettre dans sa poche, il les ouvrait tout grands, tout arrondis de surprise, et les fixait avec stupeur sur quelque chose qui devait lui sembler extraordinaire.

- Ah ! ah ! murmura Cogolin. Qu'est-ce que cela veut dire ?

Il y avait encombrement dans la rue. Plusieurs carrosses stationnaient sur le côté gauche, tandis que le reste de la chaussée était occupé par une foule de badauds, le nez en l'air. Or, sur le côté droit de la rue, devant une boutique spacieuse, des tréteaux avaient été élevés. Sur ces tréteaux, il y avait deux hommes qui se démenaient, gesticulaient et parlaient à la foule qui, à chaque instant, éclatait de rire. Sur cette estrade se dressaient trois tableaux : l'un, au centre, immense ; les deux autres, de plus modeste proportion, le flanquaient à droite et à gauche.

Le tableau de gauche représentait une dame en vêtements de cour ; cette dame était entièrement chauve ; au-dessous, une pancarte portait ce simple mot : AVANT ! Le tableau de droite figurait la même dame, avec le même costume, mais pourvue d'une chevelure qui lui tombait aux talons ; la pancarte, dans sa simple éloquence, disait : APRÈS !

Cogolin porta son regard d'Avant à Après, du tableau de gauche au tableau de droite, de la dame chauve à la dame chevelue. Puis, ces yeux écarquillés par l'effarement, il les ramena sur le grand tableau central, et tressaillit jusqu'aux fibres les plus insensibles de sa longue personne. En effet, cette peinture violemment enluminée représentait une sorte de déesse ou de magicienne. Et au-dessus de cette fée, ou de cette nymphe qui souriait en présentant du bout de ses doigts un pot à onguent, s'étalaient en lettres énormes ces mots qui firent béer Cogolin de stupeur et le firent frissonner d'un vague espoir :

À L'ILLUSTRE CATACHRÈSIS

- Catachrèsis !... rugit en lui-même Cogolin. Par la sambleu ! Par la corbleu !... Catachrèsis ! Je ne rêve pas ! J'y vois clair ! Cornes de Satan ! C'est bien Catachrèsis ! Je me pincerais bien pour voir si je suis éveillé, mais je ne peux pas, je n'ai plus que des os et un peu de peau dessus.

Son regard émerveillé, alors, descendit précipitamment de l'illustre et souriante Catachrèsis aux deux hommes qui paradaient sur les tréteaux. Et il faillit s'affaiblir de joie, il eut un grondement de stupéfaction, sa bouche se fendit jusqu'aux oreilles en un rire de bonheur, ses yeux pleurèrent !

- Lureau ! fit-il d'une voix étranglée.

Maître Lureau !

L'un de ces deux hommes, en effet, n'était autre que Lureau, l'ex-patron de l'ancienne auberge du Grand Henri. Lureau vendait à l'enseigne de la Catachrèsis l'onguent que Cogolin, pour lui arracher quelques pistoles et quelques poulets accompagnés de jambons et de pâtés, lui avait affirmé être souverain pour la repousse des cheveux ! Lureau berné faisait fortune en bernant à son tour le peuple de Paris ! Lureau possédait la boutique la plus achalandée de la rue Saint-

Martin ! Lureau, le crâne orné d'une magnifique perruque qu'il jurait naturelle, débitait sans trêve ni relâche de petits pots emplis de graisse de bœuf mélangée de suie ! Gentilshommes, bourgeois, artisans se pressaient devant la boutique !

Cogolin trépignait d'enthousiasme. À ce moment, quelqu'un le toucha à l'épaule. Il se retourna et se vit près d'un carrosse de bonne mine au fond duquel était assise une jeune femme d'une éclatante beauté qui semblait examiner maître Lureau avec un étrange intérêt.

- Tiens ! pensa Cogolin, la jolie dame qui, aux Trois Monarques, m'a donné neuf pistoles et qui vint faire visite à mon pauvre chevalier, à l'auberge du Grand Henri.

C'était en effet Marion Delorme. Que voulait-elle donc ? Marion Delorme avait-elle reconnu sous les oripeaux du charlatan l'aubergiste du Grand Henri ? Voulait-elle essayer de savoir, en interrogeant cet homme, ce qu'était devenu le chevalier de Capestang ? Peut-être. En tout cas, ce n'était pas elle qui avait touché Cogolin à l'épaule ; c'était un laquais galonné, chamarré, majestueux, qui, juché derrière le carrosse, s'était penché, et lui disait :

- Je ne me trompe pas ; c'est bien monsieur Cogolin que je vois ici ?

Cogolin reconnut aussitôt la face rubiconde et vermeille ainsi que le ventre monumental du valet de Cinq-Mars.

- Monsieur de Lanterne ! s'écria-t-il en s'inclinant humblement. (C'est le ciel qui me l'envoie !)

Lanterne rougit un peu, mais il sourit. Cogolin vit ce sourire et en inféra habilement que si Lanterne n'avait pas oublié tout à fait la leçon du renard au corbeau, sa vanité recherchait encore les délices de l'encens dont elle s'était enivrée avant cette leçon. Mais Lanterne voulait aussi une vengeance.

- Eh quoi ! fit-il, la figure bouffie de dédain, vous êtes à pied, monsieur Cogolin ?

- Hélas, oui, monsieur de Lanterne, je suis forcé d'aller pedetentin, comme disait mon patron le pédagogue, tandis que vous, peste, il vous faut un carrosse !

- Eh quoi ! reprit Lanterne avec une cruelle insistance, est-ce vous que je vois en si triste équipage, vêtu de guenilles comme un mendiant de la foire Saint-Laurent, et si maigre, si maigre...

- Qu'on vous verrait au travers de mon corps tant vous reluisez !

- Oui ! Et avec un pied chaussé d'une botte et l'autre d'une sandale !

- C'est que j'hésite si je dois entrer en religion ou si je dois me faire soldat !

- Et avec un manteau plein de trous...

- Au travers desquels passent le vent, la misère et la pluie, tandis que vous portez une livrée de bon drap toute couturée de galons, si bien qu'on me prendrait pour une pauvre lune à demi rongée et vous pour le soleil.

- Oui ! Et d'où vient une si affreuse misère, monsieur Cogolin ?

- Je vais vous le dire, monsieur de Lanterne. J'ai dans mon logis sept équipements complets, tout neufs, et, Dieu merci, bien pourvus de galons, j'ai sept chapeaux, j'ai sept paires de bottes...

- Ah ! Ah ! fit Lanterne en écarquillant les yeux. Et pourquoi sept ?

- Un pour chaque jour de la semaine, vous comprenez ? Mais j'ai fait vœu de me promener tel que vous me voyez pendant septante jours, en signe de deuil.

- Oh ! oh ! Et de qui portez-vous le deuil, monsieur Cogolin ? De votre mère, peut-être ?

- Hélas ! fit Cogolin, qui ne put retenir une grimace de douleur sincère, j'ai perdu celui qui me servait de père, de frère, de cousin, d'ami, celui qui était tout pour moi et sans qui je ne puis plus rien, j'ai perdu mon pauvre maître !

- Quoi ! M. le chevalier de Capestang ?

- M. de Capestang est mort voici tantôt un mois, fit Cogolin d'une voix lugubre.

Lanterne allait se récrier. Mais à ce moment, une main fine et gantée de soie saisit Cogolin par le bras, et Marion Delorme apparut à la portière du carrosse. Son beau visage était bouleversé. Elle était affreusement pâle et tremblait convulsivement.

- Que dites-vous ! bégaya-t-elle. Qu'avez-vous dit ! Que le chevalier de Capestang est mort !

- C'est-à-dire, madame... je n'en suis pas sûr ! dit Cogolin, le cœur tout remué par cette douleur de cette si jolie femme. Je disais seulement que j'ai perdu mon pauvre maître...

- Il est mort ! balbutia Marion d'un accent de désespoir. Je le vois bien ! Tu pleures ! Mort ! Mort !

Et Marion se rejetant dans le carrosse éclata en sanglots.

- Madame, affirma énergiquement Cogolin, je vous jure que je n'en suis pas sûr !

- Alors, pourquoi pleures-tu ? Mais parle donc ! Qu'est-il arrivé. Tiens, prends cette bourse, et ne me cache rien !

Cogolin, qui n'avait pas mangé depuis la veille, dont les dents claquaient de misère, dont le maigre corps grelottait sous la pluie, Cogolin eut un geste sublime. Il prit la bourse, et la laissa retomber sur les coussins de la voiture :

- Il ne sera pas dit, madame, que j'aurai exploité ma douleur et la vôtre, et que j'aurai fait argent du malheur survenu à mon maître M. Trémazenc de Capestang.

- Ah ! murmura Marion saisie, on voit bien de qui vous avez reçu les leçons, mais parlez, je vous en supplie, et n'omettez aucun détail, il faut que je sache tout.

Cogolin fit un récit rapide, mais fidèle, de tout ce qu'il avait vu : l'auberge cernée par les gens de Concini, l'incendie allumé par Laffemas, la lutte suprême, le corps tout meurtri du malheureux jeune homme jeté en travers d'un cheval et porté à l'hôtel Concini.

Marion Delorme avait écouté avec une attention passionnée, les yeux agrandis par l'épouvante. À peine Cogolin eut-il terminé qu'elle se pencha et cria au cocher :

- Vite ! Touche à l'hôtel !

Le carrosse fit demi-tour, s'élança et s'arrêta devant l'hôtel du marquis de Cinq-Mars. Marion Delorme courut à sa chambre. Ce qu'elle ferait, ce qu'elle voulait, elle ne le savait pas. Ce qu'elle faisait en ce moment, elle le savait à peine. Elle vivait une de ces minutes terribles qui laissent leur empreinte sur toute une existence. Elle pleurait à grosses larmes, sans se soucier de les essuyer ou de les cacher à la soubrette qui tournait autour d'elle. Elle s'assit, et, fiévreusement traça ces quelques mots :

Je vous ai loyalement prévenu que peut-être, parfois, mon caprice m'entraînerait à prendre quelques heures de liberté. Je vous quitte, cher ami, pour un jour, peut-être, ou peut-être pour bien longtemps. Quoi qu'il arrive, soyez en repos ; je vous jure que, quant à la fidélité, vous n'aurez aucun reproche à me faire. Ne cherchez pas à savoir où je suis ni ce que j'entreprends, et tenez seulement pour assuré que, près ou loin de vous, Marion est assez fière pour respecter ses engagements. Adieu, mon très cher, à bientôt sans doute, ou peut-être à jamais.

Elle cacheta, appela Lanterne, et lui tendit la lettre :

- Pour M. de Cinq-Mars quand il rentrera. Maintenant, souviens-toi bien de ceci, maître Lanterne : si tu touches un mot de la rencontre que nous avons faite rue Saint-Martin, je te fais chasser.

Si tu dis que tu m'as vue pleurer, je te fais bâtonner. Si tu essaies de me suivre, de m'espionner, je te fais poignarder. Va, maintenant !

Lanterne, la face décomposée par la terreur, saisit la lettre en allongeant le bras, de loin, et, malgré son ventre, disparut avec la rapidité d'un daim poursuivi. Pendant ce temps, Marion entassait de l'or et des bijoux dans une sacoche qu'elle remit à sa femme de chambre :

- Suis-moi, Annette ! fit-elle en s'élançant.

- Où allons-nous, madame ? demanda la soubrette.

- Pour quelques jours, répondit Marion Delorme, je reprends mon appartement à l'hôtellerie des Trois Monarques... en face de l'hôtel Concini !

* * *

Cependant, Cogolin, après avoir un instant suivi des yeux en hochant la tête, le carrosse qui fuyait, avait poussé un soupir de douleur ou peut-être, nous ne savons pas au juste, de regret pour la bourse qu'il avait refusée, qu'il eût encore refusée, mais qu'il était trop malheureux pour ne pas regretter tout de même un peu. Puis il se tourna vers les tréteaux au moment où Lureau, d'un air grave, saluait :

- Nobles dames et gentilshommes qui m'écoutez. (Frappant de sa baguette le tableau de gauche.) Ceci vous représente la haute et puissante duchesse de Mirliflor, dame espagnole qui accompagnait Sa Majesté la reine lorsqu'elle épousa notre sire Louis treizième que Dieu garde. Comme chacun peut s'en convaincre, cette noble princesse est chauve, ayant perdu ses cheveux à la suite d'une forte émotion.

Ceci, donc, vous la représente avant l'emploi de l'onguent merveilleux inventé par l'illustre magicienne Catachrèsis ici présente. Y a-t-il quelqu'un qui puisse contester que cette malheureuse dame est entièrement chauve ? (Signes de dénégation dans la foule.)

« Maintenant, continua Lureau en frappant de sa baguette le tableau de droite, voici la même duchesse de Mirliflor après qu'on lui eut frotté la tête avec l'onguent de la sublime Catachrèsis ! Chacun peut voir et même toucher. Voici la portraiture de la noble dame, et ses cheveux sont si longs, si touffus qu'elle peut s'en envelopper tout entière comme d'un manteau ! (Marques d'admiration nombreuses et formelles.) Mais, direz-vous, toi qui parles, peux-tu nous indiquer le lieu où se trouve cet onguent admirable ? Je réponds : Oui, messieurs ! Ce n'est ni en Chine, ni en Barbarie, ni à Pontoise, ni à Babylone, c'est à Paris ! c'est dans la rue Saint-Martin ! C'est dans cette boutique même que j'ai placée par gratitude et déférence sous l'invocation de l'illustre Catachrèsis ! (Satisfaction unanime de la foule.) Mais, me direz-vous encore, toi qui parles, comment se fait-il que tu aies retrouvé le secret de la fabrication de ce sublime onguent ? Tu es donc bien savant ?

« Messieurs, je suis savant, c'est vrai ! Mais je suis modeste, aussi ! quoi qu'il m'en puisse coûter, je l'avoue, je le proclame : ce n'est pas moi qui ai retrouvé ce secret ! (Attendrissement général devant cette preuve de modestie et de sincérité.) Celui qui a retrouvé ce secret, messieurs, ce dont je bénis chaque jour le nom que je vais révéler (Cogolin dresse ses oreilles), celui enfin à qui l'humanité souffrante est redevable de cette miraculeuse découverte, c'est un illustre savant, un noble vieillard qui fait trois fois le tour du monde, c'est le grand, le saint, le glorieux M. Cogolin ! (Lureau se découvre, long murmure dans la foule ; Cogolin demeure pétrifié, bouche béante, écrasé de stupeur.)

Ce secret, continua Lureau en arrêtant d'un geste la musique enragée, ce secret, je l'ai donc acheté deniers comptants à l'illustre Cogolin ; j'y ai engagé toute ma fortune ; s'il était là, il pourrait vous le dire. (Heu, murmure Cogolin, toute sa fortune !) Je l'ai payé cinquante mille écus ! (Rumeur d'admiration.) Mais, me direz-vous encore, toi qui parles, puisque tu as payé cinquante mille écus le secret de Cogolin et de la Catachrèsis, tu sais bien que nous ne sommes pas assez riches pour acheter de cet onguent, qui doit être terriblement cher !

« Oui, messieurs, il est terriblement cher, l'onguent ! Mais rassurez-vous. En conséquence d'un vœu que je fis le jour où les cheveux me repoussèrent sur la tête, je ne vends pas l'onguent de Catachrèsis, je le donne ! (Applaudissements et bravos enthousiastes.) Je le donne ! Chacun peut en prendre autant qu'il en veut ! L'onguent ne coûte rien ! Pas un denier ! Pas un ducaton ! Pas une maille ! Pour ne pas me ruiner complètement, je fais seulement payer le pot qui le contient ! Une livre, une simple livre ! Qui n'a pas une livre pour acheter un pot enveloppé de la prière qu'il faut réciter, portant inscrits en lettres d'or les trois mots magiques, les trois talismans : Parallaxis ! Asclépios ! Catachrèsis ! Entrez ! Entrez dans

la boutique de l'illustre Catachrèsis ! C'est pour rien ! Pour rien !
Entrez ! Musique ! »

Flûtes, violes et tambourin attaquèrent aussitôt une marche
guerrière, tandis que dix, vingt, cinquante badauds se précipitaient
dans la boutique où Mme Lureau débitait les fameux pots d'onguent.
Cogolin, abasourdi de ce qu'il venait d'entendre, émerveillé de ce
qu'il voyait, Cogolin ahuri, pas bien sûr de ne pas être un illustre
savant, Cogolin, l'esprit ballotté par la stupeur, l'admiration, l'espoir
de trouver tout au moins un bon dîner, Cogolin fendant la foule
s'avança, radieux, la bouche en cœur, vers Lureau.

Lureau l'aperçut soudain ! Et Lureau pâlit ! Lureau fut saisi de
terreur et de fureur ! Lureau gronda entre les dents !

- Ah ! tu viens me dénoncer, toi ! Ah ! tu veux m'empêcher de
faire fortune, toi ! Attends ! Je vais te montrer de quel bois je me
chauffe !

XXXVII - Les astres parlent

Le jour même où ces événements se passaient rue Saint-Martin, Léonora Galigaï était assise dans sa chambre vers huit heures du soir, devant son mari. Une petite table en bois des îles tout incrustée d'argent les séparait et supportait un flambeau qui seul éclairait cette vaste pièce. L'opulente chambre était ainsi noyée d'ombre ; les deux visages de Concino et de Léonora, seuls, vivement éclairés par le flambeau, surgissaient en relief du fond de ces ténèbres, comme on voit sur certaines toiles de Rembrandt. Et ces deux têtes pâles, comme pétrifiées par l'intensité d'attention, étaient pareilles à ces figures de marbre entrevues sur un tombeau dans le fond d'une crypte.

Ils étaient donc l'un devant l'autre, accoudés à la petite table, immobiles, insensibles en apparence, et ne vivant que par leurs regards croisés. Les yeux de Concino Concini exprimaient la haine portée à son paroxysme, ceux de Léonora l'amour porté jusqu'à l'exaltation. Concino ne voyait pas cette irradiation de tendresse éperdue que dégageait la physionomie de sa femme ; et Léonora ne voyait pas cette effluescence de mort que dégageait la physionomie de son mari. Concino songeait à tuer Léonora. Et elle songeait qu'elle aimait encore mieux le tuer plutôt que de ne pas avoir son amour.

Voici ce qu'ils disaient :

- Vous avez voulu me parler, Léonora. Depuis trois jours je résiste à votre appel. Depuis un mois, je me suis arrangé pour ne pas vous voir. C'est que je n'étais pas sûr de ne pas vous étrangler dès que je serais devant vous. Ce soir, je crois que je suis un peu plus maître de moi ; pourtant, je suis venu sans armes.

Tenez, Léonora, si j'avais mon poignard à ma ceinture, je crois que je vous tuerais.

Léonora hochait tristement la tête ; une effroyable amertume gonflait son cœur. En écoutant ces paroles prononcées par le seul être qu'elle aimait au monde, elle en arrivait à souhaiter l'exécution de ces menaces. Elle refoula un sanglot.

- Vous êtes-vous demandé, Léonora, ce que sont devenus les deux hommes que vous avez envoyés rue des Barrés la nuit où j'ai arrêté le duc d'Angoulême, et où je devais m'emparer... d'elle ! ajouta-t-il avec un soupir atroce. Les deux gaillards vous ont bien servie, Léonora ! Mais où sont-ils ? Où sont Lux et Brain ? Demandez-le à la Seine et elle vous dira peut-être jusqu'où elle a roulé leurs cadavres sanglants.

Ils ne bougeaient ni l'un ni l'autre. Leurs faces se touchaient presque. Concini grinça des dents.

- Voyons, poursuivit-il, vous m'avez forcé à venir. Que me voulez-vous ? Écoute, Léonora, tu m'as d'abord enlevé Giselle, c'est-à-dire tout ce que j'aime. Tu m'as ensuite enlevé Capestang, c'est-à-dire tout ce que je hais. Tu as donc agi comme mon ennemie mortelle. Tu sais ce qu'est notre mariage : une association pour la conquête de la fortune et du pouvoir. Il fut formellement convenu entre nous qu'il ne serait jamais question d'amour de toi à moi, de moi à toi. Il fut entendu que nous serions libres. Jamais je ne me suis inquiété de savoir si tu avais un amant. Est-ce vrai ? Va, viens, sors, rentre, jour ou nuit : t'ai-je une seule fois demandé des comptes ? Pourquoi m'en demandes-tu, à moi ? Je ne te haïssais pas ! Au contraire, j'admirais ton esprit fécond, ta force d'âme, et je me fiais à ton ambition pour faire aboutir la mienne.

Entraîné par le vol vertigineux de tes ailes puissantes, j'étais sûr de monter au faîte des grandeurs... Pourquoi t'es-tu mise à m'aimer ?

Il la fixa rudement, de ses yeux où les afflux de sang mettaient des filaments rouges. Et elle écoutait, impassible, pareille à un marbre, l'homme aimé, l'homme adoré lui dire bouche contre bouche qu'il aimait une autre et que jamais il ne l'aimerait, elle ! Jamais ! Seulement deux larmes roulaient sur ses joues livides, silencieusement. Elles descendaient, tombaient puis, deux autres jaillissaient, et sans arrêt, sans frémissement, Léonora pleurait.

- Qu'as-tu fait de Giselle ? reprit Concini au bout d'un court silence qui leur parut à tous deux d'une mortelle longueur. J'aime cette fille. Je l'aime. Je sens, je devine, je sais que tu ne l'as pas tuée. Tu la réserves pour je ne sais quoi... Tu m'as d'abord juré que je la reverrais. Où ? Quand ? Le moment est-il venu, dis, Léonora ? Est-ce pour cela que tu m'as appelé ? Ah ! maudite ! maudite ! Tu me vois souffrir, tu vois que je ne vis plus, tu vois que cette passion insensée me ronge peu à peu, et me tue, tu vois que je vais à la folie, tu sais mes nuits sans sommeil, mes affreuses nuits pleines de sanglots, car tu viens écouter à ma porte, tu sais tout cela, Léonora, spectre de jalousie, et tu n'as pas pitié ! Et c'est cela qui te rend forte ! Tu sais que je ne puis te tuer tant que tu la tiens en ton pouvoir...

À son tour, Concini fut secoué d'un sanglot. Alors, Léonora, dans un souffle, prononça :

- Concino, tu la reverras.

Concini tressaillit. Longuement, il fixa ce visage sur lequel roulaient des larmes silencieuses. Il secoua violemment la tête.

- Je te jure que tu la reverras ! répéta Léonora Galigaï.

- Quand ? haleta Concini.

- Dans trois jours.

- Où ! râla Concini.

- Ici ! dit Léonora. Et dans trois jours, ici, tu reverras le chevalier de Capestang.

- Trois jours ! Trois jours encore ! gronda Concini, la tête dans les mains. Et pourtant, elle est sincère. Je le vois. Elle ne me trompe pas. Trois jours ! ajouta-t-il avec une sorte d'ivresse sauvage. Trois jours encore, et mon amour, ma haine, tout ce qui fait ma vie... qui sait si j'aurai la force de vivre, jusque-là ? Si je ne me serai pas tué avant !

Il s'arrêta haletant. Depuis un mois, Concino Concini avait bien changé. Il n'était plus que l'ombre de lui-même. À tel point que la « maladie de M. le maréchal ! » faisait le sujet de toutes les conversations à la cour et à la ville. Concini se mourait de rage... La disparition successive de Giselle et de Capestang lui avait porté un coup terrible. Capestang, en effet, dès le jour même où il avait été emporté dans l'hôtel, avait disparu sans que ni Concini ni aucun de ceux qui le surveillaient eût pu savoir ce qu'il était devenu. Seulement, Léonora avait dit au maréchal :

- Je tenais déjà Giselle ; j'ai voulu tenir aussi Capestang.

Lorsqu'il en sera temps, vous les reverrez tous les deux.

Cependant, Léonora ne pleurait plus. Par un prodige de volonté, elle arrivait à se donner une physionomie presque indifférente, alors que les passions déchaînaient des tempêtes dans son esprit et dans son cœur. Elle jeta sur Concini un sombre regard de pitié.

- Je t'ai fait venir, dit-elle. Tu vas savoir pourquoi. D'abord Marie est sur le point de t'abandonner...

- Que Marie de Médicis fasse, dise, tente ce qu'elle voudra. Peu m'importe. J'ai assez de cette hypocrite comédie que je joue près d'elle. Je veux vivre enfin, ne fût-ce que quelques jours ! Ah ! vivre ! Me laisser vivre sans être forcé de sourire ! Sans subir les baisers de cette femme que j'exècre !

C'est à sa femme ! C'est devant celle qui s'appelait marquise d'Ancre qu'il avouait, proclamait l'adultère !

Il ne gardait même plus ce masque conventionnel de respect, et ils étaient dans une si monstrueuse minute de vérité, ils venaient de se placer si en dehors de toute convention que Léonora ne s'étonnait pas de cet excès d'imprudence. Avec une formidable tranquillité, elle reprit :

- Oui, mais tu te feras assassiner, mon Concino. (Il tressaillit, jeta des yeux hagards autour de lui.) Et moi, je ne veux pas que tu meures ! Car je t'aime, moi ! Écoute, si Maria t'abandonne, le roi jettera le masque, et la meute de tes ennemis se ruera sur toi. Tu es un homme mort. Ne peux-tu dissimuler quelques jours encore ? Écoute ceci : tu as fait édifier vingt potences dans Paris pour y pendre quiconque s'aviserait de parler de toi en mal.

Tous les jours, on y pend quelqu'un. C'est bien. Les potences florentines, comme on les appelle, ont muselé Paris. Mais sais-tu ce que j'ai vu, hier, à l'une de ces potences, pas loin d'ici, à celle que tu as fait placer à la Croix-Rouge ? J'ai vu pendue l'effigie de Concino Concini, avec cette pancarte au cou :

Son corps à la voirie, son âme à Léviathan.

Un frisson de terreur se glissa le long de l'échine de Concini.

- Je commence à t'intéresser, dis, mon Concino ? continua Léonora avec ce calme terrible du belluaire qui veut dompter un fauve. Oui, Paris est las de nous. Oui, sous ces fenêtres, parfois, j'entends des cris de mort et il me semble alors que je respire une atmosphère empestée de haine. Il me semble que je vois s'ouvrir devant nous l'abîme où nous allons rouler tous deux ! Que Maria se lasse à son tour ! Qu'elle ôte sa main protectrice de dessus nos têtes, et tout est fini ! C'est la cour qui nous déchire, c'est le peuple qui nous meurtrit. C'est peut-être l'échafaud qui se dresse pour toi, pour moi ! ajouta Léonora en frissonnant à son tour, ses yeux noirs perdus vers les coins obscurs de la chambre, comme si elle eût évoqué quelque sanglante vision.

Concini claquait des dents. La peur, tout à coup, entrait dans son cerveau par toutes les portes qu'y ouvrait Léonora. La peur le mordait au cœur. Il ne cherchait pas à la cacher. Il oubliait jusqu'à Capestang, jusqu'à Giselle. Il ferma un instant les yeux et alors il vit cette potence dont Léonora venait de parler. Il la vit non pas avec une effigie, mais avec son corps.

Il vit le peuple furieux traîner ce corps comme il avait traîné celle de Coligny jusqu'au gibet de Montfaucon.

- Nous ne pouvons même plus fuir ! reprit Léonora comme si elle eût deviné la pensée secrète qui se faisait jour dans l'esprit du maréchal. Il est trop tard Concino, nous avons commencé à gravir les échelons qui conduisent au pouvoir : il nous faut ou tomber ou monter jusqu'en haut. Si nous tombons, nous nous brisons les reins ; si nous montons, nous dominons pour toujours ce peuple qui hurle à nos pieds et montre les crocs avec lesquels il espère nous déchirer.

- Monter ! Monter ! murmura sourdement Concini dans une sorte de grondement de peur, de rage et d'ambition. Mais comment monter ! Est-ce que ce Léviathan même qui doit emporter mon âme ne semble pas protéger le petit Louis !

- Oui ! dit Léonora avec cette froideur obstinée, sinistre qu'ont les hallucinés, une première fois, le cheval emporté a été arrêté ! Une deuxième fois, le poison a été renversé ! La troisième fois sera la bonne, Concino ! Cette fois-ci, mes précautions seront prises. Laisse-moi faire. Laisse-toi faire ! Je ne te demande pas autre chose que d'avoir confiance en mon amour jusqu'au jour où j'aurai mis la couronne sur ta tête adorée, où je t'aurai fait roi de France, où tu pourras alors faire casser notre mariage par le pape, et où je m'éloignerai contente de mon œuvre, contente de mourir en me disant : « Mon Concino règne, et c'est à moi qu'il le doit ! »

Ces choses horribles et admirables, elle les disait du même ton de froideur concentrée. Elle les pensait. Elle était effroyable comme le Meurtre, et sublime comme le Dévouement. Elle était surhumaine, ou plutôt hors de toute humanité. Concini la contemplait avec un mélange de terreur et d'admiration. Mais pas une lueur de pitié n'éclaira ce cœur enlisé dans l'égoïsme. Léonora reprit :

- Le terrain est déblayé. Angoulême à la Bastille, Condé à la Bastille. Guise ? Nous en viendrons à bout en lui offrant l'épée de connétable. Laisse-moi faire, te dis-je ! Je te préviendrai lorsque sonnera l'heure de ta destinée. Concino, connais-moi tout entière : si je t'ai arraché Giselle et ce misérable Capestang, ce n'est pas pour soustraire l'une à ta passion, l'autre à ta haine. C'est parce que les astres te défendent d'être en contact avec ces deux êtres tant que tu n'auras pas mis le pied sur les marches de ce trône où tu seras au-dessus des hommes, si près de Dieu que les astres même devront t'obéir. Concino, j'ai fait tirer par Lorenzo l'horoscope de Giselle et de Capestang !

Non seulement Concino ne fut pas étonné, mais encore il écouta avec une profonde attention ce que Léonora avait à lui dire sur l'horoscope du chevalier de Capestang et de Giselle d'Angoulême.

Tout le monde, roi, princes, évêques, peuple, croyait aux démons, aux fantômes, et surtout à la science des astres. Maria de Médicis croyait à l'astrologie. Léonora Galigaï, esprit ferme, audacieux, de vaste envergure, n'était peut-être soutenue dans ses rêves de grandeur que par des prédictions d'astrologue.

Quant à Concino Concini, il admettait sans contestation tout ce qu'admettait son époque.

Léonora Galigaï continua d'une voix sourde :

- Lorenzo, sur mon ordre, a fait l'horoscope de Giselle et de Capestang, et ce qu'il m'a révélé, Concino, m'a fait frissonner de peur, moi qui n'ai peur que d'une chose au monde : c'est qu'il t'arrive malheur !

Et Concini vit en effet qu'elle pâlissait encore et qu'un rapide tremblement nerveux l'agitait.

- Et que t'a-t-il dit ? balbutia-t-il dans un souffle. Qu'a-t-il vu dans la destinée de ce capitan du diable, et dans sa destinée à elle ?

Léonora se pencha sur Concini :

- Voici ses paroles, voici ce que disent les astres. Écoute : « Quiconque touchera à Giselle d'Angoulême mourra dans les trois jours. Quiconque tuera Adhémar de Trémazenc, chevalier de Capestang, mourra dans les trois jours. »

Concini s'effondra dans son fauteuil.

- Mais alors, bégaya-t-il, ivre de rage, d'amour, de haine, oh ! mais alors, elle m'échappe ! Je dois donc consentir à mourir ! Eh bien...

- Tais-toi ! gronda Léonora, Lorenzo a dit autre chose encore.

Elle souffrait affreusement. D'une main elle essayait de comprimer les battements de son cœur, de l'autre elle pressait son front pâle comme l'ivoire. Ainsi Concini aimait assez cette fille pour risquer la mort ! Il le pensait ! Il allait le dire ! Ce fut une des heures les plus effrayantes dans la vie de cette femme qui en connut de si terribles. Elle se remit un peu, essuya la sueur glacée qui coulait sur son visage. Concini, haletant, attendait sans un regard de pitié pour cette douleur.

- Qu'a dit encore Lorenzo ! rugit-il. Parle ! Tu veux donc me faire mourir toi-même !

- Il a dit, répondit Léonora d'une voix morne, il a dit encore ceci : « Seul, un roi peut, sans danger, toucher à ces deux êtres ! »

- Un roi ! murmura Concini pantelant.

Léonora Galigaï se leva. Une sorte de calme étrange, fatidique était descendu sur elle. Ses attitudes avaient on ne sait quelle sérénité de sacrifice accompli jusqu'au bout. Ses yeux noirs dégageaient une douceur d'amour absolu.

- Concino, dit-elle, maintenant, tu me connais ! Maintenant, tu sais ce que vaut Léonora Galigaï ! Maintenant, tu sais pourquoi je t'ai arraché Capestang et Giselle. Seul un roi peut toucher à ces deux êtres sans danger de mort. Je ne veux pas que tu meures, mon Concino. Et comme tu mourrais si tu portais la main sur Capestang, comme tu mourrais aussi si Giselle t'était enlevée pour toujours, il faut que tu sois roi !

Elle garda un instant le silence, pensive, tandis que Concini la contemplait avec une sorte de respect superstitieux !

- Va maintenant, mon Concino. Laisse-moi travailler à ta royauté, c'est-à-dire à la satisfaction de ton amour et de ta haine. Va, laisse-moi. Car je suis au bout de mes forces.

Concini éperdu, ébloui, livide de joie, de terreur, d'espérance, Concini se leva et, lentement, s'approcha d'elle, cherchant un mot, un geste de reconnaissance. Mais elle l'arrêta et simplement répéta :

- Va !

Il s'en alla, docile, courbé, comme il eût obéi à la voix d'une puissante magicienne. Lorsqu'il fut sorti, Léonora Galigaï retomba dans son fauteuil, évanouie.

Concini rentra dans son vaste et somptueux cabinet des audiences, appela un valet et fit allumer toutes les lumières. Il était transfiguré. Une joie insensée le faisait palpiter. Et il rugissait :

- Je revis. Je me réveille. Je sors de la tombe. Corps du Christ ! Je connais en cette minute le sens prodigieux de ce mot : le bonheur ! La revoir ! Dans trois jours ! Et quand je ne la verrais pas ! Elle vit, c'est l'essentiel. Léonora ne ment pas. Léonora me la livrera quand... quand je pourrai sans danger porter la main sur elle ! Un roi seul, dit Lorenzo... Soit ! Je serai roi. Ne le suis-je pas déjà en fait ? Léonora le veut : j'aurai le titre. Et, avec le titre, j'aurai l'amour ! Et quant au misérable Capitan, quelle vengeance, quel supplice, quand je pourrai sans danger porter la main sur lui !

Ayant fait allumer tous les flambeaux, comme nous venons de le dire, Concini ordonna :

- Envoie-moi Rinaldo ! dit Concini.

Rinaldo apparut et salua son maître avec cette familiarité mêlée de respect goguenard qui lui était particulière.

- Que fais-tu, Rinaldo ? gronda Concini. Que font Pontraille, Chalabre, Montreval, Louvignac, Bazorges, ces illustres chefs dizainiers1 ? Que font les autres ? Sans doute, ils emploient leur temps à se curer les ongles, à s'admirer au miroir. Pendant ce temps, on m'insulte par la ville. Des hobereaux, en pleine place Royale, déclarent qu'ils me veulent fouetter. Corpo di Dio ! En serai-je réduit à provoquer moi-même mes insulteurs publics ?

1 Les spadassins, les Ordinaires de Concini, au nombre d'une cinquantaine, étaient divisés en sections de dix hommes, chacune ayant à sa tête l'un des personnages nommés ici. Rinaldo commandait le tout. On sait que chacun des Ordinaires recevait mille livres d'appointements, ce qui fait que d'Aubigné leur donne un nom que nous n'oserions répéter si la vieille orthographe n'en faisait presque un mot latin, c'est-à-dire capable de braver l'honnêteté. Il les appelle les Coyons de mille livres.

Rinaldo eut un sourire poivre et sel.

- Ne faites pas cela, monseigneur, dit-il. Vous auriez à dégainer contre toute la cour, et vraiment ce serait trop pour un seul homme, si brave que soit cet homme.

- Alors, hurla Concini, dis tout de suite que je dois me laisser bafouer, gourmer, cracher au visage !

- Non pas, per bacco ! Nous sommes à l'œuvre, monseigneur.

J'en tuai trois pour ma part, depuis huit jours. Chalabre en a tué un ; Louvignac, deux ; tous les autres ont des rendez-vous. La place Royale ! Eh ! monseigneur, on n'y voit que nous. Et pour un ruban qui nous déplaît, pour une œillade, pour tout et pour rien, nous dégainons. Mais que diable, nous ne pouvons pas tuer tout Paris en un jour ! Ah ! depuis votre maladie, monseigneur, les langues se délient, c'est vrai, mais, par toutes les tripes du Saint-Père, nous nous délions les bras, nous ! C'est à tel point qu'on a inventé pour nous un mot nouveau.

- Et quel est ce mot, mon brave Rinaldo ? fit Concini calmé.

- Peuh ! Ils nous appellent les Raffinés d'honneur. Le fait est que notre honneur est devenu raffiné et chatouilleux en diable, il lui faut son cadavre quotidien, sans quoi il se fâche.

- C'est bien, Rinaldo, c'est bien, mon ami. Passe donc demain matin chez le trésorier du roi avec un bon de deux cents pistoles que je te ferai remettre, et distribue-les à nos braves. Va, Rinaldo, va, je ne suis plus malade, et demain, je veux aller place Royale pour voir comment les choses s'y passent.

- Oh ! oh ! grommela Rinaldo en se retirant, il va y avoir de la besogne pour les Raffinés d'honneur ! Peste ! si monseigneur se montre et que son honneur soit aussi raffiné que le nôtre, je plains la bonne ville de Paris ! Deux cents pistoles ? Hum ! Cela me paraît d'une avarice un peu raffiné aussi !

- Envoie-moi M. Gendron, dit Concini au valet.

M. Gendron était l'intendant général de l'hôtel d'Ancre. C'était un homme tout noir d'habits, tout blanc de cheveux, l'œil vif, très intelligent, très épris de belles fêtes et de mises en scène grandioses.

- Monsieur Gendron, lui dit Concini, je compte donner bientôt une fête.

L'intendant se courba en deux comme si on lui eût fait une faveur personnelle.

- Je veux que ce soit beau, entendez-vous, monsieur Gendron. Je veux que Paris en crève de jalousie, comprenez-vous ? Je veux qu'on sorte de chez moi enivré, ébloui, avec le souvenir d'un faste féerique, saisissez-vous bien ?

L'œil de Gendron étincela. Il se redressa et dit :

- Monseigneur, il en sera parlé. J'ose vous assurer que Paris n'en dormira pas de quinze jours.

- Bien. Passez la nuit à me faire un plan détaillé de cette fête, et donnez-moi ce plan demain matin. Maintenant, dites-moi, combien vous faut-il d'argent pour cette féerie ?

- À la dernière, monseigneur, nous dépensâmes soixante mille livres. Je crois qu'avec cent mille...

- Très bien. Et combien de jours vous faut-il pour tout préparer ?

- Un mois, monseigneur, ce ne sera pas de trop.

- Je veux cette fête dans trois jours, dit Concini. (Gendron, habitué à réaliser l'impossible, ne sourcilla pas.) Je la veux dans trois jours.

Et vu que vous serez forcé de perdre en argent ce que vous gagnerez en temps, je porte à cent cinquante mille livres le crédit dont vous avez besoin. Allez.

L'intendant disparut, combinant des merveilles dans son imagination enfiévrée.

- Mon valet de chambre, commanda Concini.

Ce Fiorello, que le lecteur a déjà entrevu, se montra quelques instants plus tard.

- Viens m'habiller, dit Concini en se dirigeant vers son appartement.

- Quel costume ? demanda Fiorello du ton dont un général, au moment de la bataille, demanderait à son état-major : « Quel corps d'armée faisons-nous marcher ? »

- Celui que tu voudras, fit Concini, pourvu que tu me fasses beau, élégant, à damner, je vais présenter mes hommages à Mme la reine mère.

XXXVIII - Le marchand d'amour et de mort

Léonora Galigaï revint rapidement au sens des choses et reprit aussitôt toute sa lucidité d'esprit. Elle se mit debout, et, immobile, jeta un long regard morne vers la porte par où Concini était sorti. Elle songeait :

- Ma vie dépend de ce que je vais décider. - Je veux dire la vie de mon cœur, je veux dire la vie de mon amour, ce qui est ma vraie vie. À cette heure, il n'y a plus d'atermoiement possible avec moi-même. Il faut ou que je disparaisse humblement, comme je le disais à Concino, ou que je tente la manœuvre suprême.

Elle ajouta :

- Disparaître ! Moi !

Et elle eut ce rire terrible et silencieux que dut peut-être avoir Charles Quint lorsque pour la première fois, la pensée de l'abdication se présenta à lui. Elle jeta un manteau sur ses épaules, descendit dans une petite cour isolée, sortit de l'hôtel par une porte bâtarde qu'elle était seule à fréquenter, et se mit à marcher d'un pas rapide vers la Seine.

Léonora entra sur le Pont-au-Change et alla frapper d'une façon toute particulière à la porte de Lorenzo, qui ouvrit aussitôt. Qu'est-ce que Léonora venait faire chez celui qui avait tiré l'horoscope de Capestang et de Giselle, chez celui qui, au nom des puissances supérieures, avait déclaré : « Seul un roi peut sans danger toucher à Giselle d'Angoulême et au chevalier de Capestang ! » ? Léonora allait tenter ce qu'elle appelait la manœuvre suprême, Léonora allait essayer de tromper Dieu ! Elle jouait avec les astres qui sont le truchement de Dieu, les astres avaient parlé, comme jadis l'oracle de Dodone : elle allait essayer de tricher les astres !

- Salut à l'illustrissime signora, dit le nain après avoir cadenassé la porte.

- Lorenzo, dit Léonora en s'asseyant, sommes-nous bien seuls ?

Le marchand d'herbes avait tressailli à la vue de sa visiteuse ; il était clair qu'il attendait ou du moins qu'il espérait sa venue, car son œil avait brillé de joie et un demi-sourire avait détendu ses lèvres pâles.

- Seuls ? fit-il. Votre seigneurie n'en doute pas. Seuls ! Ne le suis-je pas toujours ? Je suis à moi-même mon seul parent, mon seul ami, mon seul serviteur. Il n'y a pas d'autre moyen au monde d'échapper à la haine du parent, à la haine de l'ami, à la haine du serviteur. Vous savez comme moi que ces effrayants insectes qui composent l'humanité vivent dans la haine, par la haine, pour la haine.

Et Lorenzo laissa échapper ce petit cri aigre qui lui était habituel.

- Pourquoi me parle-t-il ainsi ? songea Léonora. Ainsi, vous êtes hors de l'humanité ?

- Oui, madame, dit Lorenzo.

- Et vous regardez ?

- Oui, madame : je regarde. C'est ma joie et ma fonction.

- Vous regardez... comme Dieu ?

Léonora le considérait avec une sorte d'effroi religieux, ce nain, cet avorton de nature qui en voulait à la nature entière, comme parfois il arrive que des rachitiques en veulent à la mère qui les a mis au monde. Lorenzo, cependant, paraissait se plonger dans les sombres spéculations de quelque rêverie effroyable.

Léonora, quelques minutes, garda le silence, puis elle reprit :

- Lorenzo, je viens au sujet de ce jeune homme et de cette jeune fille que tu sais.

Le nain tressaillit. Une inquiétude passa sur son front, rapide comme l'ombre projetée d'un nuage.

- Que voulez-vous savoir de plus que ce que je vous ai annoncé ? fit-il froidement.

- Tu m'avais promis de recommencer l'horoscope, murmura Léonora.

- Je l'ai recommencé : toujours même réponse, madame !

Léonora pâlit. Elle abaissa sur le nain un regard de détresse et de supplication, comme si vraiment il eût été capable de changer le cours de ces étoiles où s'imprime « ce que la nuit des temps renferme dans ses voiles ». L'astrologue sentait peser sur lui ce regard ; mais il ne levait pas les yeux ; il semblait méditer.

- Tenez, madame, dit-il au bout d'un silence, vous feriez mieux de renoncer à votre haine contre ces deux jeunes gens (il parlait d'une voix indifférente). Je crois que votre destinée sera brisée si vous vous entêtez à croiser la destinée du chevalier de Capestang et de Giselle d'Angoulême.

Léonora grinça des dents.

- Ainsi, murmura-t-elle tandis qu'un soupir atroce gonflait son sein, tu me donnes à choisir entre deux épouvantes, deux abîmes ! Si je tue Giselle, je mourrai et j'entraînerai Concino dans la mort.

Si je ne la tue pas, je devrai assister impuissante et maudite à l'amour de Concino pour cette fille !

Le nain haussa les épaules d'un air de commisération et garda le silence.

- Mais enfin, reprit tout à coup Léonora, comment et pourquoi cette funeste idée t'est-elle venue de tirer l'horoscope de ces deux êtres ? Malédiction ! Ne pouvais-tu laisser le secret de leur destinée dans les gouffres de l'éther astral !

Lorenzo se mit à rire.

- Alors, vous croyez, illustre seigneurie, que si je n'avais pas consulté les astres, il y eût eu quelque chose de changé à cette destinée ? Autant croire qu'une maladie changera de cours parce que le médecin n'aura pas vu le malade.

- C'est vrai, c'est vrai, balbutia Léonora. Je deviens folle. Il n'y a que les faibles et les lâches qui aient peur de la vérité. Moi je n'ai pas peur, dût cette vérité me foudroyer. N'importe, Lorenzo, je veux savoir pourquoi tu as voulu savoir, toi.

- D'abord, madame, parce que je m'intéresse à vos faits et gestes. Je vous disais tout à l'heure que ma fonction c'est de regarder ce vaste déchaînement de haines qui tourbillonnent à la surface de la terre. Tenez, madame, il y a deux ans, un jour d'hiver, il m'est arrivé d'être pris par une tempête de neige dans une chaumière de manants au fond des bois. La forêt sanglotait, craquait, gémissait, hurlait. Les rafales passaient avec un long rugissement. Du fond du ciel noir se précipitaient les flocons éperdus, poussés par le hasard, enlacés en des tourbillons furieux, et je croyais voir la vie éphémère des hommes.

Je ne sais pourquoi certains de ces flocons pourtant pareils aux autres, un peu plus étincelants peut-être, m'intéressaient plus que les autres. Je voulais savoir comment et où ils allaient tomber, et ce qui allait leur advenir. Ils tombaient comme les autres ; ils disparaissaient comme les autres, confondus dans le même immense linceul. Madame, vous êtes un de ces flocons, et cela m'intéresse de savoir où le tourbillon va vous porter. C'est pourquoi j'étudie la destinée de tous ceux qui entrent en conjonction avec la vôtre. C'est donc pour cela que l'idée m'est venue de titrer l'horoscope de ce jeune homme et de cette jeune fille ; c'est pour cela d'abord, et ensuite...

Lorenzo s'arrêta court. Une flamme jaillit de dessous ses sourcils embroussaillés. Puis il baissa la tête, et un soupir gonfla sa poitrine.

- Achevez, palpita Léonora Galigaï qui, à écouter cet homme étrange, se sentait prise d'un vertigineux intérêt.

- Y tenez-vous beaucoup, madame ? dit le nain d'un accent douteux où il y avait menace et pitié.

- Oui, sans doute, dit Léonora qui frissonna comme à l'approche de quelque catastrophe.

- Au fait, murmura Lorenzo comme se parlant à lui-même, pourquoi pas ?... Vous saurez donc, madame, que justement ce jour où je m'égarai dans une forêt, je venais d'Orléans. Je fuyais Orléans. J'avais la tête perdue, l'esprit plein d'angoisse, le cœur débordant de dégoût. Ce qui vous explique pourquoi je m'en rapportai à mon cheval du soin de me diriger, et comment, surpris par un ouragan de neige, il me fallut chercher un refuge dans une chaumine de bûcherons.

Cela se passait comme je vous l'ai dit, il y a près de deux ans, c'est-à-dire au mois de janvier 1615. Maintenant, si vous voulez savoir pourquoi je fuyais Orléans et pourquoi mon âme était pleine de dégoût, à déborder, comme un vase trop plein de fiel, je vous dirai que je venais de commettre une infamie, non pas un crime, non pas un meurtre, une chose vile, vous dis-je, une lâcheté.

Lorenzo frissonna. Ses yeux agrandis semblèrent chercher dans le vague d'une lointaine rêverie les éléments du récit qu'il débitait d'une voix morne. Il continua :

- Cela vous étonne, peut-être, ce que je vous dis là, madame, je suis marchand d'herbes. Les unes donnent l'amour. D'autres donnent la mort. On vient m'acheter ceci ou cela. Je n'ai rien à y voir. Il m'est arrivé de tuer, moi-même, à mes risques et périls. C'est mon droit. Mais ce jour-là, je fus vil, je fus infâme, et je dus me demander si j'avais le droit de haïr l'humanité comme je la hais, puisque je devenais plus méprisable encore qu'aucun de ceux que je méprise.

- Qu'aviez-vous donc fait ? demanda Léonora.

- Vous allez le savoir. L'ecclésiaste a dit : « Confessez-vous les uns aux autres. » Et vous le voyez, je me confesse. Donc, en ce mois de janvier 1615, je m'étais rendu aux environs d'Orléans pour mettre la main sur un précieux talisman, un manuscrit perdu depuis longtemps, et qui donnait diverses formules que j'avais vainement cherchées, durant une partie de ma vie d'études. On ne m'avait pas trompé : je trouvai le manuscrit. Et ce n'était rien moins qu'un chapitre inconnu du fameux traité De vulgo incognitis, écrit tout entier de la main de l'illustre Martius Galeotti.

Outre des considérations sur l'astrologie judiciaire, j'y trouvai en effet des méthodes appréciables au grand œuvre. Dans ma joie et dans ma hâte de tenter une application des formules, je ne pus me résigner à attendre d'être revenu à Paris, je louai une petite maison à Orléans et me mis au travail. J'ignore comment le bruit se répandit qu'il y avait un sorcier à Orléans. Mais le neuvième soir de mon arrivée en cette ville, une nuit que mon fourneaux flambaient et que je me penchais sur mon creuset, ayant oublié le reste du monde, cette nuit-là, dis-je, mon logis fut envahi par une foule furieuse qui poussait des cris de mort. J'eus à peine le temps de me mettre en défense. Cette troupe ignorante et féroce se rua sur moi. En quelques instants, je fus à demi assommé, percé de coups. J'eus pourtant la force de m'enfuir en sautant par une fenêtre. Poursuivi, serré de près, affaibli par mes blessures, je courais au hasard et déjà je sentais le froid de la mort se glisser dans mes veines, un brouillard flottait devant mes yeux, à quelques pas derrière moi j'entendais les hurlements de la meute ; j'allais mourir : une porte, tout à coup, s'ouvrit. Une femme apparut. Je tombai évanoui aux pieds de cette femme. Et lorsque je me réveillai, je me vis dans un bon lit, dans une chambre élégante et bien pourvue de meubles très riches.

Lorenzo se mit à rire avec une telle amertume que Léonora en eut comme un frisson de terreur.

- Et il y a des gens, fit-il, qui nient encore que les destinées des humains se croisent selon les lignes voulues et tracées par une force mystérieuse et toute-puissante !

- Ce n'est pas moi qui le nie, mon bon Lorenzo, dit Léonora.

- Oui, vous êtes croyante parce que vous êtes douée d'une haute intelligence.

Vous laissez au vulgaire la négation vulgaire. Écoutez, signora : cette maison qui s'était ouverte pour moi, c'était un des plus beaux hôtels d'Orléans qui en compte de si beaux et de si nobles. Cette femme qui m'avait sauvé, c'était la maîtresse de cet hôtel. Et telle était la vénération du peuple pour cette dame qu'elle n'avait eu qu'un signe à faire pour arrêter la fureur de ceux qui me voulaient tuer et la changer en pitié.

- Qui était cette femme ? demanda Léonora avec plus que de la curiosité. Et comment, ajouta-t-elle, lente et pensive, comment tout cela se rattache-t-il à la destinée de Concino ?

- Vous allez le savoir. Pendant douze jours, je fus soigné par les gens de la dame blanche : je l'appelais ainsi parce qu'elle s'habillait de velours blanc. Elle-même venait une fois par jour s'enquérir de mes besoins et de ma santé. C'est ainsi que je remarquai sa douceur, sa bonté, et surtout cette pesante tristesse qui semblait jeter un voile funèbre sur sa vie. Le treizième jour, j'étais guéri. Je pus sortir pour m'exercer à la marche. Et je résolus de partir le lendemain. À peine fus-je dehors que je me heurtai à quelqu'un qui paraissait étudier les abords de l'hôtel. Je reconnus à l'instant un grand seigneur à qui j'avais eu occasion de rendre quelques services.

- Qui était cet homme ? murmura Léonora sourdement.

- Vous allez le savoir. Pour le moment, appelons-le le marquis. Il me reconnut aussi et se montra fort joyeux de la rencontre. J'abrège, madame ; le marquis m'emmena souper en son hôtellerie, me raconta qu'il était amoureux de la dame blanche, à en perdre la raison et me demanda de composer quelque philtre d'amour comme je lui en avais fourni déjà à Paris.

Que croyez-vous que je répondis, madame ? Le dernier des routiers, le plus féroce de ces manants qui m'avaient poursuivi, le bourreau lui-même, toute créature humaine enfin, eût répondu : « Monsieur, vous me demandez de vous aider à commettre une infamie contre une femme qui vient de me sauver la vie. Adressez-vous à quelque autre, je vous prie. » Mais moi, madame, je suis né pour la haine. Dans vos veines à vous, c'est du sang qui circule ; dans les miennes, c'est du fiel. À la demande du marquis, je me mis à rire, et je trouvai je ne sais quelle effroyable volupté à songer que j'allais causer le malheur de cette douce créature de Dieu. Voici donc ce que je répondis : « Monsieur le marquis, les philtres d'amour sont inutiles ici. J'habite l'hôtel de la dame blanche. Venez ce soir à minuit. Vous trouverez ouverte la porte du jardin. Vous tournerez autour de l'hôtel, à gauche. Contre la troisième fenêtre, vous trouverez une échelle que j'y aurai dressée. Vous n'aurez qu'à monter. Je trouverai le moyen d'entrer dans cette chambre et de vous ouvrir la fenêtre. Or, cette chambre, c'est celle de la dame blanche. Le reste vous regarde. » Le marquis m'embrassa, m'appela son sauveur, et me remit cinquante ducats d'or que j'empochais.

Lorenzo demeura quelques minutes pensif. Léonora s'était accoudée à une table, et, la tête dans la main, les yeux fermés, méditait.

- Tout se passa comme il avait été dit, reprit-il. J'ouvris la porte du jardin. Je plaçai l'échelle. Par un cabinet je trouvai le moyen de m'introduire dans la chambre où dormait la dame blanche, et j'attendis minuit pour ouvrir la fenêtre. La dame blanche dormait d'un sommeil agité.

J'eus l'audace de m'approcher d'elle, et je vis qu'elle devait être en proie à quelque triste rêve, car des larmes roulaient entre ses paupières fermées. Cela me produisit une étrange impression, et, depuis, dans mes rêves à moi c'est toujours ainsi que je la vois, avec ses yeux fermés qui pleurent. Tout à coup, la fenêtre s'ouvrit violemment, quelques vitraux volèrent en éclats, le marquis sauta dans la chambre : dans ma contemplation, j'avais laissé passer l'heure, et lui s'était impatienté. La dame blanche se réveilla en sursaut. Le marquis s'avança pour la saisir... Et moi, je me mis à rire. On m'eût tué à ce moment-là, que je n'aurais pu m'empêcher de rire. Il doit y avoir en enfer des démons condamnés à rire. Je riais comme un de ces démons. Car ce que je voyais, c'était l'horreur elle-même, et je sentais mes cheveux se dresser.

Et Lorenzo, d'une voix plus basse, ajouta :

- En effet, c'étaient deux fantômes que j'avais devant moi. Le spectre de l'infamie. Le spectre de l'épouvante. Jamais je n'ai vu de visage humain plus convulsé que celui du marquis dans cette minute où sa main s'abattit sur l'épaule à demi nue de la dame blanche. Et jamais je n'ai vu un visage exprimer plus absolument l'horreur que celui de cette femme. Tout à coup, madame, le marquis recula. Il lâcha prise, et je vous dis qu'il recula jusqu'au milieu de la chambre. Que lui arrivait-il ? Simplement ceci, madame, qu'au moment où sa main touchait l'épaule de celle qu'il voulait emporter, la dame me regarda un instant. Et dans cet instant terrible, je vis sa figure se modifier. L'harmonie des traits se brisa. Et la dame blanche éclata de rire, d'un rire que j'entendrai toute la vie, d'un rire tout pareil à celui qui me secouait moi-même, écho funèbre d'un rire de damné, et j'entendis le marquis murmurer d'une voix d'épouvante : Folle ! C'était vrai, madame : la dame blanche était devenue folle.

Le marquis recula, comme je vous l'ai dit. Il enjamba la fenêtre et disparut. Et moi, hagard, les cheveux hérissés, je courus aussi à l'échelle ; et me mis à descendre, et là-haut, j'entendais toujours ce rire de la folle qui me glaçait. Je me jetai hors de l'hôtel. Et je m'enfuis.

Lorenzo, avec une sorte de tranquillité, acheva :

- La dame blanche, madame, s'appelait Violetta, duchesse d'Angoulême. Quant au marquis, eh bien ! c'était le marquis d'Ancre, votre illustre époux.

Léonora n'eut pas un tressaillement, soit qu'elle eût déjà deviné les noms des personnages qui s'agitaient dans le récit de Lorenzo, soit qu'une infidélité de plus chez Concini ne fût pas pour l'émouvoir, soit enfin qu'elle fût assez maîtresse de ses sensations pour n'en rien laisser paraître.

- Ainsi, dit-elle sourdement, Concino a aimé la mère avant d'aimer la fille !

- Et n'ayant pu avoir la mère, il veut la fille, dit Lorenzo.

Le nain leva les yeux sur Léonora Galigaï comme pour juger l'effet que son récit avait pu produire sur elle. Mais elle était impénétrable. Si son cœur était déchiré, si elle éprouvait quelque vertige de jalousie à la pensée que Concino avait aimé la mère comme il aimait la fille, elle seule eût pu le dire. Seulement, elle demanda :

- Est-ce tout, Lorenzo ?

- Non, madame, dit le nain. Tout ce que je viens de vous dire n'est rien, si je ne vous dis pas la fin.

C'est un tableau qui pour vous demeurera dans l'ombre si je ne l'éclaire. Voici maintenant la lumière. Écoutez ! Giselle d'Angoulême, fille de celle qui m'a sauvé la vie, a été un soir jetée à la Seine. Vous le savez peut-être ?

Léonora tressaillit.

- Peu importe ! fit-elle d'une voix rauque.

- Oui, peu importe. Mais voici ce qui importe : Elle fut sauvée. Sauvée par un homme qui ne la connaissait pas, ne l'ayant jamais vue. Sauvée donc par un homme qui ignorait comment s'appelait celle qu'il sauvait. Je puis même ajouter qu'il la sauva malgré lui, involontairement, qu'il ne fut qu'un instrument. Cet homme, c'est moi, madame !

Léonora, cette fois, laissa échapper une sourde imprécation et ses yeux agrandis par l'effroi se fixèrent sur Lorenzo qui, paisiblement, continua :

- Un autre soir, madame, j'entendis sous mes fenêtres un grand bruit d'épées entrechoquées, et je vis un homme attaqué par huit ou dix autres. Cet homme, je ne le connaissais pas. Je ne l'avais jamais

66

vu. Cent fois j'avais assisté à des scènes pareilles sur le Pont-au-Change. Toujours, j'avais tranquillement refermé ma fenêtre. Cette fois, madame, sans savoir pourquoi, sans me demander quelle force inconnue me poussait, je descendis, je me ruai sur la porte que j'entrouvris au moment où l'homme allait succomber. Il entra. Il fut sauvé. Deux minutes plus tard, je sus son nom par ceux-là même qui voulaient le tuer. Et ceux-là, madame, c'étaient les gens de monseigneur votre époux !

Et l'homme que je venais de sauver malgré moi, c'était celui qui est aimé de Giselle d'Angoulême... c'était le chevalier de Capestang !

Un gémissement, cette fois, râla dans la gorge de Léonora. D'un geste lent et majestueux, le nain étendit les bras et posa sa main sur son astrolabe placé près de lui sur une table. Et il murmura :

- Fatalité, madame, ou providence, comme vous voudrez. Supérieure puissance qui règle les actions des hommes. Si jamais des doutes avaient pu me venir sur la vérité éternelle de la science des astres, comprenez-vous que ces doutes se seraient dissipés comme un de ces vains brouillards qui parfois cachent les objets de la nature à notre vue alors que pourtant ces objets n'en existent pas moins ? Car pourquoi est-ce moi et non un autre qui a sauvé cette jeune fille, puis sauvé celui qu'elle aimait ? Comprenez-vous, maintenant, dites, comprenez-vous pourquoi je me suis hâté de tirer l'horoscope de Giselle et du chevalier ?

Léonora Galigaï ne répondit pas. Elle méditait. Oui, comme Lorenzo, plus que Lorenzo même, elle croyait aveuglément à cette fatalité qui conduit les êtres, les pousse où elle veut. Oui, elle croyait fermement que les lois immuables des destinées humaines sont inscrites sur la voûte céleste. Oui, elle savait qu'il est impossible de résister aux ordres super-terrestres. Mais quoi ! Où était alors le libre arbitre ? Et qui distinguait l'être génial aux idées fécondes, à l'esprit de vaste envergure, de la brute incapable de se diriger ? Est-ce que ce libre arbitre ne consiste pas justement à feindre d'obéir... à obéir en apparence ? à agir à son gré, c'est-à-dire selon ses intérêts, tout en obéissant ?

N'est-ce pas en cela que réside l'intelligence humaine ?

- Madame, reprit Lorenzo qui étudiait attentivement cette physionomie de sphinx, vous savez quel intérêt passionné vous m'inspirez. Je vous ai prédit vos hautes destinées. Dès que j'aperçois au ciel quelque conjonction défavorable à vos projets, je me hâte de vous en prévenir. C'est pourquoi je vous ai communiqué l'horoscope de Giselle d'Angoulême et du chevalier de Capestang. C'est pourquoi, ayant recommencé cet horoscope en m'entourant des éléments plus précis que vous-même m'avez apportés, ayant selon vos ordres interrogé les astres, je vous répète encore : Renoncez, madame, à votre haine contre ces deux jeunes gens !

- Renoncer ! murmura Léonora. C'est-à-dire renoncer à ma propre vie ! Lorenzo, tu connais Concino. Il ne renoncera pas, lui ! Tant que Giselle vivra, sa passion à lui vivra, plus exaspérée de jour en jour. Au contraire, si elle meurt, tu sais que, après le grand éclat d'un désespoir violent et rapide aussi comme un incendie, Concino ne pensera pas plus à Giselle qu'il ne pense maintenant à celles qui sont mortes... Il faut donc que Giselle meure. Et pourtant je n'ose pas. Tu dis que tu as lu dans les astres...

- J'ai lu, madame, que quiconque touchera soit à Giselle d'Angoulême, soit à Adhémar de Capestang sera brisé comme verre, pulvérisé, foudroyé.

- Oui ! dit Léonora en hochant la tête. Et c'est cela qui m'arrête depuis un mois que je les tiens tous les deux en mon pouvoir. Mais tu as lu aussi qu'un roi peut, sans danger, donner l'ordre de les mettre à mort, pourvu qu'aucune main humaine ne soit directement cause de la mort ?

Le nain garda le silence, stupéfié par ces mots qui venaient d'échapper à Léonora :

- Depuis un mois que je les tiens en mon pouvoir...

Lorenzo éprouvait une sorte de douleur qui l'étonnait et l'emplissait de doute. Pourquoi cette douleur ? Parce que Giselle et Capestang étaient au pouvoir de Léonora ?

- Après tout, grondait-il en lui-même, qu'est-ce que cela peut me faire, à moi ? Est-ce que je les connais ? Est-ce que ma fonction sur terre n'est plus de regarder le mal qui se fait et de m'en réjouir ? Et même, si je me crois obligé de réparer l'infamie d'Orléans, n'ai-je pas assez fait en sauvant l'un après l'autre cette jeune fille et ce jeune homme ? Puisqu'ils sont au pouvoir de Léonora Galigaï, que leur destinée s'accomplisse !

Et, tandis qu'il s'affirmait ainsi son indifférence, Lorenzo devinait, presque avec une religieuse horreur, qu'il lui était impossible de ne pas chercher à sauver Giselle et Capestang. Pourquoi ? Oui, pourquoi l'homme de la haine, dans le moment même où il abandonnait ces deux êtres à leur destinée, se disait-il :

- Le seul moyen de les sauver maintenant, c'est de bien persuader Léonora que les astres lui défendent de les tuer. Dès demain je chercherai le moyen de les arracher à cette femme ?

Pourquoi cet homme qui haïssait l'univers éprouvait-il une douloureuse angoisse à la pensée que Giselle et Capestang pouvaient succomber ? Était-ce une idée de réparation ? Était-ce le remords de ce qui s'était passé à Orléans ?...

Lorenzo ayant sauvé malgré lui Giselle et Capestang voulait maintenant les sauver volontairement. Le fond de sa pensée, depuis qu'il avait communiqué à Léonora l'horoscope vrai ou faux, tenait dans ces mots :

- Si je les laisse mourir, je perds ma rédemption. J'ai le droit de haïr le reste de l'univers si je sauve ces deux-là !

À la question de Léonora Galigaï, Lorenzo répondit donc :

- Aucune main ne peut causer directement la mort de Giselle et de Capestang.

- Ainsi donc, on ne peut, sans s'exposer à une catastrophe, les frapper par le fer ?

- Non, madame. Ni les faire périr par l'eau ou par le feu.

- Ni les empoisonner ?

- Non, madame... Ni les faire mourir par la faim et la soif.

- Et si quelqu'un peut ordonner leur mort, il ne peut employer aucun des genres de mort qui exigent le geste de la main humaine ?

- Je l'ai dit, madame. Et c'est la vérité.

- Et, dans tous les cas, la personne qui ordonnera la mort ne peut être qu'un roi ?

- Sûrement, madame ! dit Lorenzo, persuadé que Louis XIII ne donnerait jamais un pareil ordre.

- Un roi, reprit lentement Léonora comme en rêve. Il faut que la pensée de mort parte d'une tête couronnée.

Lorenzo, plongé dans sa méditation, répondit distraitement :

- Oui, madame, d'une tête couronnée. Du moins, je ne pense pas que même un de ces sages de la Chaldée qui ont émis les principes de la divine science eût pu tirer un autre pronostic des conjonctions que j'ai étudiées.

Les yeux noirs de Léonora jetèrent une lueur funèbre. Son visage livide se colora légèrement. Elle comprima son sein de ses deux mains et se leva comme pour empêcher l'astrologue d'ajouter un mot de plus. Seulement elle déposa sur la table une bourse pleine d'or et dit en souriant :

- Tiens, Lorenzo, prends ces cinquante ducats. C'est la somme que Concino t'a donnée pour l'aider à tuer la duchesse d'Angoulême. Car la folie, n'est-ce pas la mort ?

- C'est vrai, madame, dit le nain en frissonnant.

- Il est donc juste, reprit-elle, que je te donne la même somme en récompense de l'horoscope qui sauve Giselle d'Angoulême de tous les genres de mort connus et me sauve moi-même en m'apprenant que, seule, une tête couronnée peut concevoir l'ordre de mort.

Sur ces mots, elle sortit rapidement, laissant l'astrologue tout pensif. Dehors, elle poussa un long soupir de joie furieuse et gronda :

- Maintenant, je les tiens tous deux, puisque je sais comme je puis les faire mourir sans danger pour Concino et que je connais la tête couronnée qui donnera l'ordre.

XXXIX - Les souterrains de l'hôtel d'Ancre

Minuit sonnait, et pourtant une foule de peuple encombrait encore la rue de Tournon, et surtout les abords de l'hôtel Concini splendidement éclairé. Ce peuple se taisait. Il regardait. De chaque côté de la grande porte, une fontaine avait été installée. Chacune de ces fontaines, de minute en minute, rejetait du feu, et ces coulées de feu étaient tantôt rouges, tantôt bleues, ou vertes. Dès que la fontaine cessait de rejeter du feu, elle laissait couler du vin, et c'était d'excellent vin d'Espagne. Chacun avait le droit de s'approcher et de remplir son gobelet. Cette magnificence, ce souci d'associer la foule à la fête qu'il donnait, valaient au maréchal d'Ancre une sorte de trêve dans la haine populaire. Mais à certains regards, à certaines rumeurs sourdes, à certains frissons qui parcouraient cette foule, on sentait que la haine couvait.

Cette fête, pour dire la vérité, fut une réelle féerie. M. Gendron, l'intendant général de l'hôtel, en était vraiment le précieux metteur en scène.

Durant toute la fête, l'hôtel fut constamment éclairé à l'intérieur par huit cents flambeaux de cire parfumée et colorée de différentes couleurs, et à l'extérieur par plus de mille lanternes vénitiennes. À mesure qu'une invitée montait le grand escalier dont chaque marche supportait une statue portant des fleurs précieuses, dès que l'invitée mettait le pied sur le palier, une jolie fille vêtue en nymphe s'avançait en lui offrant un bouquet. Chacun de ces bouquets portait au milieu une rose, et sur cette rose, il y avait une goutte de rosée ; cette gouttelette était un diamant.

Il y eut trois orchestres composés chacun de vingt musiciens : un pour la salle du souper ; un pour la salle de danse ; un pour la salle de comédie. La salle de danse, immense et fastueusement ornée de tapisseries des Flandres offrit cette inoubliable invention, que le service des rafraîchissements, au lieu d'être confié aux valets, fut fait par des statues de marbre ; et ces statues, c'étaient de belles filles aux formes impeccables qu'au moyen de draperies et de masques blancs on avait transformées en déesses marmoréennes.

Nous ne dirons rien du souper qui fut un poème de délicate gastronomie. Après les danses, vint le souper. Après le souper, vint la comédie. On joua une farce alors fort en vogue, mais qui, selon les habitudes des comédiens du temps, fut arrangée et adaptée au goût du superbe amphitryon. Cela s'appelait : Le Capitan rossé.

Nous avons, en quelques lignes, indiqué le plus rapidement possible les éléments de la fête de Concini. Mais combien nous regrettons de ne pas pouvoir essayer ici une peinture de ces vastes salles où dans la magie des lumières, dans le parfum des fleurs rares, dans la mélodie des orchestres tourbillonnait une foule qui à elle seule était un tableau d'une suprême élégance et d'une magnificence de coloris auprès desquelles nos foules de fêtes modernes, en habit, ne sont que des cohues de croque-morts.

Et toute la force, toute la fortune de Concino Concini étaient là, dans cette opulence radieuse, dans ces sourires qu'il distribuait avec des promesses, dans ce luxe si écrasant qu'il en devenait admirable, dans cette élégance enveloppante, universelle de cet homme qui trouva le moyen de glisser un mot à chacun de ses invités, une enivrante flatterie à chacune de ses invitées.

* * *

Au-dehors, la foule du peuple regardait de loin et parfois laissait entendre un grondement de menace. Les cours étaient pleines de gardes, de spadassins, de bravi armés en guerre, la main à la crosse du pistolet ou au manche du poignard, prêts à tout. Et au-dessous de cette apothéose triomphale, dans les souterrains de l'hôtel rutilant de lumières, se déroulait un drame effroyable.

* * *

La plupart des grandes dames accourues à l'invitation de Concini portaient un masque suspendu à leur ceinture. Non seulement il était toléré par la bienséance, mais encore il était imposé par la mode. On le mettait sur le visage, on l'ôtait, selon le caprice. Nul ne pouvait s'étonner de voir une femme masquée pendant toute la soirée s'il lui plaisait de ne pas montrer son visage.

Au moment où les invités se pressaient au délassement, c'est-à-dire à la farce du Capitan rossé, une de ces femmes qui n'avait pas encore retiré son masque de velours rouge, assise au dernier rang de la galerie, vêtue avec une simplicité relative, se sentit touchée au bras par quelqu'un. Elle se retourna et vit une dame également masquée, mais de velours noir, qui lui faisait signe de la suivre.

Pendant toute la soirée, la dame au masque rouge n'avait cessé de suivre les évolutions de Concini, qu'elle ne perdait pas de vue. Sans doute elle reconnut la dame au velours noir, car elle se leva et la suivit.

C'était le moment où, dans son sac, le Capitan recevait une volée de coups de bâton que lui administraient Pulcinello, Arlequin et Pantalon ; c'est-à-dire que, dans la grande galerie transformée en salle de spectacle, roulait un tonnerre de rires. Nul ne fit donc attention aux deux femmes qui s'éloignaient, silencieuses, sombres, fatales, l'une avec son masque rouge, l'autre avec son masque noir, pareilles à des anges des ténèbres. Parvenues enfin à une chambre écartée, elles retirèrent leurs masques.

Et alors apparut le visage tragique de Léonora Galigaï. Alors apparut le visage enfiévré de la reine mère.

Marie de Médicis et la Galigaï se regardèrent une minute en silence. Et peut-être les pensées qu'elles lurent l'une chez l'autre leur firent-elles peur, car d'un même mouvement, elles détournèrent la tête. Marie de Médicis avait devant elle la femme de son amant. Léonora Galigaï avait devant elle la maîtresse de son mari. Et toutes deux étaient là poussées par le même amour. Depuis bien longtemps, Marie savait que Léonora savait. Il y avait entre elles une sorte de concordat qui leur permettait de vivre côte à côte sans se haïr et de se regarder sans rougir. Marie avait toujours évité d'approfondir si Léonora était jalouse ou si elle aimait son mari. Léonora, esprit lucide et ferme, n'avait pourtant jamais eu le courage de comparer son amour à celui de Marie.

Ce soir-là, ce soir de fête, en cette minute où les mélodies lointaines leur parvenaient par bouffées, elles démasquèrent leurs âmes comme elles venaient de démasquer leurs visages. Ce fut terrible.

Ce fut d'une monstrueuse simplicité, et ce fut d'une tragique impudeur. Cela tint en quelques mots qu'elles échangèrent sans éclat de voix, sans geste, sans oser se regarder en face.

- Léonora, dit Marie de Médicis, je ne puis plus vivre ainsi. Je souffre trop.

- Moi aussi, Maria, je souffre, dit Léonora Galigaï.

C'était la première fois que l'épouse appelait ainsi la maîtresse de ce nom familier : Maria. La reine n'en fut ni choquée ni étonnée, ou pour mieux dire, elle ne s'en aperçut même pas. Il n'y avait plus là une reine et sa dame d'atours : il y avait deux femmes - et quelles femmes !

- Tu souffres aussi ! reprit la reine. Tu l'aimes donc ?

- Autant que vous pouvez l'aimer, Maria. Seulement cet amour vous fait vivre, vous. Et moi, je meurs du mien. Votre passion occupe votre cœur trop longtemps vide. Ma passion à moi mord, lacère, griffe et broie mon cœur.

- Tu n'es pas jalouse de moi ?

- Non, Maria.

- Pourquoi ? Dis-moi pourquoi, Léonora !

- Parce qu'il ne vous aime pas.

Il y eut une minute d'effroyable silence pendant lequel elles eussent pu entendre leurs cœurs.

- Il ne m'aime pas ! Seigneur, que m'apprends-tu là ? Il ne m'aime pas ! Douce Vierge Marie, sainte patronne de ma vie, que vais-je devenir ? Léonora, répète-moi cette chose terrible.

Est-ce vrai ? Est-ce possible ? Sois franche, et je te ferai donner quelque beau bénéfice : n'est-ce pas la jalousie qui te fait parler ainsi ? Et toi ? Est-ce qu'il t'aime ? Dis, oh ! dis, si peu que ce soit, il doit t'aimer.

- Moi, Maria ? Je lui fais horreur. Quant à vous, je me suis mal exprimée. J'ai voulu dire qu'il ne vous aime pas en ce moment.

- Je respire, je renais. Tu as raison. C'est vrai. L'infidèle n'est pas venu me voir depuis plus d'un mois. Léonora, il veut donc que je meure ? Car je ne compte pas la courte et froide visite qu'il me fit il y a trois jours.

- Vous savez ce qu'il y a entre votre amour et lui. Terrible obstacle, Maria !

- Ah, oui ! Giselle d'Angoulême.

- Oui, Maria. S'il a été malade un mois, c'est parce que je lui avais arraché Giselle. Si vous l'avez revu tout fiévreux de joie, il y a trois jours, c'est parce que je lui ai juré que ce soir il reverrait Giselle.

- Donc, fit la reine, les lèvres crispées, cette fête splendide ?

- Cette fête insensée, Maria, c'est pour célébrer la nuit où il doit revoir Giselle !

Encore un silence. La reine reprit :

- Et tu l'aimes, toi ?

- De toute ma chair exaspérée de son dédain, de toute ma pensée où il règne depuis Florence, de toute mon âme dont il est l'idole, de tout mon sang qui brûle quand il s'approche et se glace quand il s'en va.

La reine frissonna longuement.

- Alors, dit-elle, tu l'aimes sans espoir ?

- Oui, madame, sans espoir.

Encore un silence, très long cette fois. Au loin, les musiques jouaient un air très doux et très lent. Comme les fois précédentes, la reine recommença :

- Tu ne me hais pas ?

- Non, Maria. Au contraire, je vous suis dévouée. S'il fallait mourir pour vous, je mourrais. Je suis heureuse qu'il soit à vous, puisqu'il ne veut pas être à moi. En effet, vous assurez sa fortune, et c'est pourquoi j'aime votre amour pour lui.

- Oh ! je te comprends. Je comprends ta vie, à présent. Léonora, tu es une âme splendide. Quant à sa fortune, sois tranquille. Ce que j'ai jusqu'à ce jour n'est rien auprès de ce que je veux faire. J'ai mon projet. Et ce sera un rude coup de tonnerre dans le royaume. Laisse-moi faire. Et alors, tu dis qu'il a une passion pour cette poupée ? Tu dis que sans cette Giselle, c'est moi, c'est moi seule qu'il aimerait ? Eh bien ! par le saint jour de Dieu, qu'elle meure donc ! Léonora, tu vas m'aider !

- Je suis ici pour cela, Maria !

* * *

Il y eut alors une détente. Du moment où elles ne parlèrent plus d'elles-mêmes, du moment où elles sortirent de la formidable impudeur de ce colloque, du moment où il ne fut plus question simplement que d'un assassinat, elles se regardèrent.

Seulement si la reine avait à peu près son même visage (à part cette teinte livide qui est comme un reflet du crime), c'est à peine si elle reconnut la figure de Léonora, convulsée, décomposée par l'effort qu'elle avait dû faire. Et alors, tout naturellement, ce fut la Galigaï qui reprit :

- Giselle d'Angoulême est ici, madame. Mais vous savez que, d'après l'horoscope de Lorenzo, nous ne pouvons la faire mourir ni par le poison ni par le fer, ni par la faim ou la soif, ni par le feu, ni par l'eau, ni enfin par aucune mort exigeant l'intervention humaine.

- Et cela est bien vrai, dit Marie de Médicis, puisqu'elle s'est sauvée de la Seine où elle a été jetée. Mais comment faire, alors ?

- J'ai trouvé le genre de mort qui convient, et qui ne convient peut-être qu'à elle seule.

- Et de quoi veux-tu la faire mourir ?

- DE DOULEUR, répondit Léonora.

La reine mère eut un sursaut de terreur sous ce mot qui tomba des lèvres de Léonora. Elle considéra la Galigaï comme l'ange du mal et, joignant les mains elle murmura :

- Ceci est horrible, Léonora. Je n'ai jamais hésité, tu sais, quand il s'agissait d'intérêts supérieurs. J'ai employé tour à tour le poison et le poignard. C'est moi qui ai donné l'ordre à Lux et à Brain de jeter cette fille à la Seine. Tu vois. Mais faire mourir une créature par la douleur, il me semble, Léonora, que tu usurpes les armes réservées à Dieu seul.

Elle se signa avec une sincère dévotion et, rapidement, murmura une prière.

- Nous n'avons pas le choix, reprit Léonora, glaciale et formidable. Les astres ont parlé. Quant à moi, j'aimerais mieux croire qu'il n'y a pas de soleil au ciel, plutôt que de supposer que la science de Lorenzo peut être en défaut. J'ai eu mille preuves de son infaillibilité. Et cette dernière encore vient s'ajouter aux autres : que Giselle a échappé à la mort par l'eau. Or, madame, les astres disent que nous ne pouvons la faire mourir par aucun des moyens qui exigent l'emploi de la main humaine. Sans quoi, c'est sur Concino que retomberait le sang versé. Donc, ou Giselle mourra par un moyen ordinaire et Concino entrera dans la mort en même temps qu'elle, ou elle ne mourra pas, et Concino sera à jamais lié à elle par son amour.

- Assez, Léonora, assez. Il faut nous conformer aux ordres des puissances supérieures. Mais explique-moi comment cette fille pourra mourir de douleur, et quel genre de douleur tu verseras en elle.

- C'est à l'âme et non au corps qu'il faut frapper Giselle d'Angoulême. Depuis la nuit où j'ai pu m'emparer d'elle, j'ai passé des heures, quelquefois des jours entiers à l'étudier. Elle est de celles qui se donnent une fois, une seule fois dans leur vie, mais qui se donnent tout entières. Sa pensée, son âme, un jour, elle les a données, et c'est fini. Elle aime. Et son amour, à elle, n'est pas comme chez vous, chez moi, chez toutes, une partie de sa vie. C'est toute sa vie. Giselle n'a qu'une raison de vivre : son amour. L'amour est le piédestal de sa vie. Brisé le piédestal, la statue tombera et se brisera.

- C'est là une étrange fille, Léonora, fit la reine pâle de jalousie.

- Eh bien, supposez que Giselle d'Angoulême soit mise tout à coup en présence du cadavre de celui qu'elle aime, qu'elle le voie mort.

Marie de Médicis frissonna. Léonora calme, continua sa démonstration :

- Giselle mourra, madame. Ou son cœur éclatera dans sa poitrine, et elle tombera morte sur le corps de son fiancé ; ou bien elle traînera quelques jours à peine une misérable existence... mais non ! ce qui est vrai, ce qui est sûr, c'est qu'elle mourra sur le coup, frappée au cœur mieux que par une balle d'arquebuse. Or, madame, vous le savez : le chevalier de Capestang est ici.

Marie de Médicis demeura pensive et frissonnante. Un meurtre ne lui faisait pas peur. Mais les sombres spéculations de Léonora Galigaï la faisaient trembler. Pourtant, elle secoua la tête comme pour écarter les pensées de terreur, et murmura :

- Mais le chevalier de Capestang lui-même n'est-il pas soumis aux mêmes influences que Giselle d'Angoulême ? Lorenzo l'a dit : on ne peut le faire mourir ni par le feu, ni par l'eau, ni par le fer, ni par le poison, ni par la faim, ni par la soif, ni par rien de ce qui exige l'emploi de la main humaine. Je conçois la mort de Giselle par la douleur. Mais pour qu'elle meure, il faut qu'elle soit mise en présence de Capestang mort. Comment le feras-tu mourir, lui ?

Léonora Galigaï répondit :

- PAR L'ÉPOUVANTE...

* * *

Léonora avait fait un signe à Marie de Médicis. Et la reine s'était mise à la suivre, la tête pleine de bourdonnements funèbres, elle frissonnait, ses yeux hagards se rivaient à Léonora par une sorte de force magnétique. Elle lui apparaissait comme l'inexorable archange de la mort la conduisant au terme au-delà duquel on ne va pas plus loin. Et pourtant elle marchait. Elle eût tout donné pour se reprendre et fuir. Mais elle marchait.

Léonora entra dans sa chambre à coucher, puis dans sa chambre de toilette et, par un escalier dérobé connu peut-être d'elle seule, gagna cette petite cour isolée dont nous avons déjà parlé - une courette large à peine de trois toises et séparée des autres cours par une haute muraille. Là s'ouvraient deux portes, l'une, en fer, porte basse et trapue, jamais ouverte, à en juger par la rouille et les poussières accumulées, donnait sur le fond du cul-de-sac Maladre, qui débouchait sur la Garancière. C'est par là que passait Léonora quand elle quittait secrètement l'hôtel. L'autre porte en bois vermoulu, disloquée, s'encastrait dans les soubassements de cette partie de l'hôtel et ouvrait sur un escalier aboutissant à une cave étroite où l'on avait entassé toutes sortes de vieux meubles inutiles, et à demi pourris. Personne ne venait jamais là, car cette cave encombré, inutilisable, n'aboutissait à rien. Léonora et la reine descendirent dans cette cave.

Entre les escabeaux, les fauteuils démembrés, les tables pourries, parmi cet entassement de choses mortes, il y avait une façon de sentier que le hasard semblait avoir tracé et dans lequel s'engagea Léonora. Elle aboutit ainsi à un vaste bahut dont elle ouvrit le double battant, et elle dit :

- Voici notre chemin.

Il est temps de remettre votre masque. Car il ne faut pas que l'on vous reconnaisse.

La reine obéit silencieusement et couvrit son visage de son masque rouge. Alors Léonora poussa le fond du bahut adossé au mur. Le panneau de bois glissa dans une rainure et une ouverture suffisante pour une personne apparut. Là commençait un étroit escalier tournant. Léonora saisit la main de la reine et l'entraîna. Marie de Médicis descendit dans les ténèbres. Elle grelottait. Elle avait peur. Elle ne voyait plus Léonora. Mais elle sentait sa main glacée qui étreignait la sienne. Tout à coup, une faible lueur frappa ses yeux. Elles firent quelques pas de plain-pied, en suivant un couloir, et enfin Marie de Médicis vit qu'elle se trouvait dans une pièce qui semblait être une antichambre. Léonora la regardait fixement et dit :

- Êtes-vous décidée ?

La reine eut une courte hésitation ; mais surmontant cette faiblesse - ce remords peut-être :

- Oui ! répondit-elle sourdement.

- Rappelez-vous, madame, que seule une tête couronnée peut sans danger donner l'ordre...

- Oui, reprit alors la reine avec plus de fermeté ; et, puisqu'il en est ainsi, c'est moi que les astres désignent, puisque je suis reine.

- Vous vous rappelez exactement les paroles que vous devez

prononcer ? Celles-là et pas d'autres ?

- Je me les rappelle, dit la reine, et je suis prête à les prononcer !

Un sourire livide erra sur les lèvres de Léonora Galigaï. Sourire de triomphe et d'orgueil : elle était plus subtile et plus puissante que les astres ! Elle les trompait ! Elle allait tuer Giselle et Capestang, sans employer aucun des moyens dont la main humaine peut se servir pour tuer ! Et l'ordre de mort allait être donné sans danger pour Concino : « Un roi », avait dit Lorenzo. Un roi ? Une tête couronnée, roi OU REINE !

Léonora Galigaï ouvrit une porte. Les deux femmes pénétrèrent alors dans une salle de faible dimension, éclairée par deux flambeaux qui se consumaient tristement, soigneusement dallée, meublée d'un petit lit de repos, d'une table et d'un bon fauteuil. Sur cette salle s'ouvraient trois portes : la première, celle par où elles venaient d'entrer ; la deuxième sur le panneau de gauche, la troisième sur le panneau du fond. Dans le fauteuil était installé un homme qui, à l'aspect de Léonora, se leva. Cet homme, c'était le Nubien Belphégor.

Nous devons dire que Léonora et Belphégor connaissaient seuls les substructions de cette partie de l'hôtel. Était-ce la Galigaï qui avait fait agencer ces souterrains dans la portion que nous avons décrite, et surtout dans celle qu'il nous faudra décrire ? Ce n'était pas possible : le secret de pareils travaux eût été infailliblement surpris par Concini ou Rinaldo, ou quelque autre des nombreux agents qui pullulaient dans l'hôtel. Il est donc vraisemblable que ces substructions dataient de la fondation même de l'antique logis.

Quelque hasard aidé sans doute par le raisonnement, permit à la Galigaï de découvrir un jour cette partie souterraine où elle venait de s'aventurer. Il lui fut ensuite facile d'y faire les changements, adaptations et aménagements qui lui convenaient. Mais jamais elle ne souffla mot à personne de sa découverte, que sans doute elle dut utiliser plus d'une fois. Nul ne connaissait donc l'existence de ces caveaux où, probablement, elle dut à différentes reprises, descendre pour s'assurer que le secret de ses vengeances ou de sa politique était toujours bien gardé par ces pierres séculaires dont l'épaisseur avait étouffé bien des sanglots.

....

Léonora Galigaï, sans s'inquiéter de Belphégor, alla à la porte de gauche et poussa un judas qui, par un mécanisme de double grille, devait être invisible de l'intérieur.

- Regardez ! dit-elle à la reine.

Marie de Médicis s'approcha, et, dans une chambre convenablement meublée, elle vit Giselle d'Angoulême. Soit fatigue soit accablement moral, la jeune fille s'était endormie dans un fauteuil. Elle était pâle et amaigrie. Mais malgré le sommeil et la pâleur, son visage et son attitude exprimaient encore cette indomptable fierté qui était l'essence de son caractère. La reine demeura une minute au judas, détaillant avidement cette beauté, qu'elle comparait peut-être à sa propre beauté si près de se faner - car tout à coup, avec un geste de rage froide, elle se recula. Léonora sourit : elle attendait sans doute ce mouvement.

Elle se retourna vers Belphégor.

- Tu t'ennuies, hein ? fit-elle presque joyeusement. Patience. Cela va finir. Tu vois cette dame qui porte un masque rouge ? Eh bien, elle va donner un ordre. Tu lui obéiras comme à moi-même.

Le Nubien s'inclina profondément devant la reine et mit la main sur son cœur.

- Que fait le prisonnier ? reprit Léonora.

- Simple, doux comme un agneau...

- Il a donc bu ?

- Oui. Voici un peu plus d'une heure. Et depuis je suis entré chez lui sans qu'il ait fait un mouvement. On pourrait le mener à l'abattoir. Il ne s'en apercevrait pas.

Léonora se tourna vers Marie de Médicis et lui dit :

- Il est temps...

- Belphégor, dit la reine, m'obéiras-tu, quel que soit l'ordre ?

Le Nubien eut un sourire terrible et gronda sourdement :

- Oui, puisque ma maîtresse l'a dit !

Marie de Médicis eut une dernière lueur d'hésitation. Son regard froid se troubla. La sueur pointa à la racine de ses cheveux. Elle esquissa rapidement un signe de croix puis, comme répétant une leçon, elle prononça :

- Écoute donc, Belphégor : Tu prendras le chevalier de Capestang, c'est-à-dire le prisonnier, pendant qu'il est sous l'influence de l'élixir qu'il a bu.

Tu l'attacheras à la planchette. Et tu le feras descendre.

Une sorte de rugissement de terreur gronda sur les lèvres du Nubien, qui leva sur Léonora des yeux égarés. Mais Léonora ne regardait ni Belphégor ni la reine : elle voulait n'avoir en rien participé à l'ordre de mort. Marie de Médicis continua :

- Quand il sera mort, tu le porteras sur son lit. Alors, tu iras chercher Giselle d'Angoulême, c'est-à-dire la prisonnière, tu l'amèneras dans la chambre du mort sans lui faire aucun mal, tu la mettras en présence du cadavre et tu t'en iras en fermant la porte.

Le Nubien haletait. Pourtant, il se courba et murmura :

- J'obéirai !

Léonora, alors, le regarda avec une sorte de douceur et posa sa main sur le bras nu de Belphégor :

- Allons, fit-elle, dans deux heures tu seras délivré, mon brave serviteur. Et songe que ta récompense pour ces quelques jours d'ennui sera telle, que tu n'auras jamais plus besoin de servir personne.

Le Nubien secoua la tête. Et Léonora vit alors qu'il y avait comme du désespoir dans ses yeux.

- Il n'y a qu'une récompense que je désire, gronda-t-il. Mais ni vous, ma souveraine maîtresse, ni personne au monde, ne peut me la faire obtenir.

- Qui sait ? fit Léonora avec un sourire enchanteur.

Et avant que le Nubien fût revenu de la stupeur où le plongeait ce mot, Léonora Galigaï, saisissant la main de la reine, l'avait entraînée et toutes deux avaient disparu.

* * *

Rentrées dans l'appartement de Léonora, les deux femmes, la reine et la Galigaï se regardèrent.

- Va, prononça la reine, je t'attendrai ici. Mais combien de temps tout cela va-t-il durer ?

- J'ai déjà fait l'expérience de la mort par l'épouvante, dit Léonora d'une voix qui était comme l'écho d'un rêve. Une demi-heure suffit. Mettons une heure pour le chevalier, qui, paraît-il, est très brave. Dans deux heures, nous pourrons descendre : il y aura deux cadavres dans les souterrains.

Et Léonora, remettant sur son visage son masque de velours noir, rentra dans la fête au moment où les orchestres attaquaient une joyeuse marche. La foule enivrée se répandait à travers les somptueuses salles inondées de lumières. Les pierres précieuses étincelaient. Les costumes de satin et de soie chatoyaient. On entendait ce long murmure qui est comme le soupir de la joie, la respiration du bonheur.

Léonora traversait les groupes enfiévrés. Elle marchait, silencieuse et lente, et ceux qui, dans cette fête délirante, avaient conservé leur sang-froid, frissonnaient à voir passer ce spectre. Elle vit enfin Concino Concini. Il était vêtu avec une élégance fastueuse qui éclipsait toutes les élégances et toutes les opulences. Il était radieux, resplendissant.

Il était vraiment beau. C'était le dieu de cette féerie. Léonora le saisit par le bras au moment où il passait près d'elle.

- Toi ! fit-il tout palpitant. Je te cherchais. Que viens-tu m'annoncer, Léonora ? Les trois jours sont écoulés. Dis ! oh ! dis ! Vais-je la voir ?

- Dans deux heures, tu la verras ! répondit Léonora.

Et elle s'éloigna, laissant Concini pantelant d'une joie terrible, livide de bonheur.

XL - Par l'épouvante

Lorsque Capestang, après la bataille du Grand Henri, se sentit revenir à la vie et ouvrit les yeux, il se vit sur un lit de sangles. Il voulut relever la tête et il lui sembla qu'elle était si pesante, que jamais plus il ne pourrait la soulever. Il voulut remuer un bras, et une grimace de douleur signifia que c'était là une tentative qu'il n'avait pas le droit de se permettre. Il voulut, au moins, agiter ses jambes, et un cri de souffrance lui échappa. Alors, il se mit en colère.

- Mort du diable ! Est-ce qu'ils ont profité de mon sommeil pour me mettre une tête en plomb ? Et mes bras, ils sont donc bourrés d'aiguille ? Et mes jambes ! Je suis sûr qu'ils m'ont mis des sangsues aux jambes, mille sangsues, corbacque !

La vérité, c'est qu'il était couvert de blessures, qui pour ne pas être absolument dangereuses n'en étaient pas moins fort cuisantes. Notre aventurier délirait quelque peu. La fièvre le gagnait. Il tâchait pourtant à mettre un peu d'ordre dans ses idées et ses souvenirs, et il put à peu près reconstituer tout ce qui lui était arrivé depuis la veille, c'est-à-dire depuis le moment où il avait été fait prisonnier et conduit au Louvre le prince de Condé, jusqu'à la minute où enfumé comme un renard dans le grenier de l'auberge, il avait descendu l'escalier extérieur et s'était jeté sur les gens de Concini. À partir de là, et sur sa situation présente il ne savait pas grand-chose, sinon qu'il mourait de soif.

Pourtant, à force de ruser avec ses blessures, à force d'adresse et aussi de courage, il parvint à la longue à s'asseoir sur son petit lit, le dos appuyé au mur, et passa en revue les diverses estafilades qui, de-ci de-là, tailladaient sa peau. Sans être chirurgien, il avait déjà donné et reçu assez de coups pour se connaître en blessures, et ce fut avec une vive satisfaction bien naturelle qu'il constata qu'aucune n'était grave.

- Des égratignures, fit-il, non sans une nuance de dédain pour les assaillants. Corbacque ! Mes coups, à moi, portent mieux ! Voyons, où suis-je ? (Il se mit à inspecter la salle basse et étroite.) Hum ! M'est avis que je dois être au Châtelet ou au Temple, à moins que ce ne soit à la Bastille. Que veut faire de moi l'illustre Concini d'Ancre ? Me faire passer en jugement pour rébellion ? Ho ! ho ! Mais je suis mort en ce cas ! Tiens au fait, pourquoi ne m'ont-ils pas achevé, tandis qu'ils me tenaient ?

Cette dernière idée le fit tressaillir et jeter autour de lui un regard soupçonneux et inquisiteur : il cherchait la cruche, le pot, le récipient quelconque rempli d'eau que dans tout cachot, dans toute cellule, le geôlier, pour féroce qu'il soit, ne manque pas de placer près du prisonnier. La salle où il se trouvait ne recevait qu'un peu de jour par une imposte munie de barreaux, mais enfin ce jour était suffisant pour lui permettre de découvrir promptement la cruche en question. Or, il n'en vit aucune ! La cellule, la prison, le cachot quelconque où il se trouvait était dégarni de toute espèce de meuble ou d'ustensile : il y avait les quatre murs, et c'est tout. Hormis le lit de sangle, pas une planche, pas une table, pas un escabeau.

Rien. Capestang sentit sur sa nuque un frisson qui cette fois ne venait pas de la fièvre.

- Oh ! murmura-t-il. Je ne suis pas dans une prison ordinaire, il me semble ! Mais alors, où suis-je ? Où m'ont-ils mis ! Et pourquoi ne m'ont-ils pas achevé quand ils me tenaient ! Et pourquoi n'y a-t-il pas d'eau dans cette salle ?

La soif ardente, la fièvre, les brûlures qu'il éprouvait par tout le corps, cette faiblesse qui s'emparait de lui, toutes ces causes réunies lui ôtèrent la faculté de raisonner, et ce fut sans doute heureux pour lui, car cette affreuse vision de la mort par la soif commençait à se dessiner sur l'écran de son imagination. Le chevalier retomba dans une sorte d'atonie.

Ce fut un sommeil fiévreux, un de ces étranges sommeils que connaissent tous les blessés, où les forces du corps anéanti semblent se réfugier dans l'imagination décuplée, centuplée, où les visions se succèdent, s'enchevêtrent.

Bien entendu, tous ces rêves qui chevauchaient le cerveau du jeune homme évoluaient autour d'un pivot central : la soif. Carafes limpides, ruisseaux murmurants, nappes d'eau, pluies torrentielles, flacons, muids de vin, tous les liquides apparaissaient dans ces décors inventés par la fièvre, et ils étaient aussi insaisissables que l'eau pure qui fuyait les lèvres altérées de Tantale. Plus de dix fois, le pauvre chevalier aperçut des êtres qui lui apportaient à boire et se sauvaient en riant dès qu'il essayait de saisir la tasse ou le gobelet qu'ils lui présentaient. Concini, le roi, Laffemas, Condé, le duc d'Angoulême, et même Giselle, vinrent ainsi tour à tour exaspérer sa soif.

Puis, ce fut une femme qu'il ne put reconnaître parce qu'elle était masquée. Elle s'approcha de lui, un gobelet à la main. Mais Capestang se méfiait.

- Attends, gueuse ! grommela-t-il. Tu vas payer pour les autres !

Et il fit un si violent effort pour saisir le spectre qu'un grand cri de souffrance lui échappa et qu'il retomba tout pantelant sur sa couchette, désespéré. Mais, l'instant d'après du désespoir il passa au ravissement. Le spectre ne se sauvait pas comme les autres ! La femme s'approchait jusqu'à le toucher ! Elle plaçait sur ses lèvres le bord d'un grand gobelet d'argent ! Et il buvait ! Avec délice, avec frénésie, il buvait jusqu'à la dernière goutte cette boisson qui n'était pas seulement le plus exquis des rafraîchissements, mais qui devait aussi contenir quelque mélange réconfortant, car presque aussitôt il se sentait renaître !

- Madame, balbutia-t-il, soyez bénie !

Ce mot fit violemment tressaillir l'inconnue qui, après s'être penchée sur lui, se relevait lentement.

- Qui êtes-vous ? reprit le chevalier. Pourquoi venez-vous au secours de ma détresse ?

- Êtes-vous en état de faire quelques pas ? dit l'inconnue sans répondre à la question.

- Je puis l'essayer. Mais où voulez-vous me conduire ?

- Je veux vous sauver. Voilà tout. Pourquoi ? Comment ? Peut-être le saurez-vous plus tard.

En ce moment, employez toutes vos forces à marcher. Au besoin, je vous soutiendrai. Et d'ailleurs, le chemin n'est pas long.

Le chevalier se mit debout. La tête lui tourna et il eut un geste comme pour s'appuyer sur la dame au masque de velours noir. Mais il se raidit, rassembla toutes ses forces - fouettées sans doute par la boisson qu'il venait d'absorber.

- Mort-Diable ! fit-il en essayant de reprendre toute la fierté de son maintien habituel. Un Trémazenc de Capestang souffrirait d'être soutenu par une dame, alors que son devoir est de les soutenir ! Plutôt mourir !

- Capitan ! gronda l'inconnue entre ses dents et en haussant les épaules.

Capestang n'entendit pas le mot et ne vit pas le geste. Il se mit à marcher héroïquement. Cet adverbe, nous le décernons en juste récompense à l'effort du chevalier, car plus d'un, et des plus braves, se fût arrêté dès le premier pas. Il surmonta la souffrance et se mordit les lèvres pour ne pas hurler à chaque mouvement. Seulement, un brouillard flottait sur ses yeux. Il sentait le délire le reprendre. Il s'aperçut vaguement qu'il traversait une autre salle, puis une cour, puis il crut comprendre qu'il descendait un escalier, qu'il entrait enfin dans une chambre et qu'il se laissait tomber sur un lit...

....

Léonora Galigaï n'avait eu aucune peine à écarter les deux gardes que Rinaldo avait placés devant la porte de la salle où le chevalier avait été enfermé en attendant que Concini prît une décision. Quant au motif qui la poussait - non pas à sauver l'aventurier - mais à l'empêcher de mourir des blessures qui provenaient du fait de Concino, il n'y en avait pas d'autre que l'horoscope que Lorenzo venait de lui communiquer depuis quelques jours. Concino était perdu s'il tuait ou faisait tuer Capestang par le fer ou le poison, la faim ou la soif, l'eau ou le feu.

* * *

Pendant quelques jours, le chevalier de Capestang fut admirablement soigné par la dame au masque de velours qui, comme beaucoup de grandes dames de son époque, semblait avoir des notions de chirurgie élémentaire très suffisantes. Elle se faisait aider par un noir silencieux comme une tombe, mais adroit comme un écuyer savant. Seulement la dame ne répondait à aucune de ses questions. C'est tout au plus si, parfois, d'un accent étrange, elle murmurait :

- Allons, prenez patience.

Tout à coup, elle ne vint plus. Les blessures étaient alors en bonne voie de guérison, et le Nubien suffisait à la tâche. Une chose qui étonna fort le chevalier et lui donna à penser, c'est que la mystérieuse inconnue, à la dernière visite qu'elle lui fit, lui demanda la date exacte de sa naissance, le lieu, l'année, le jour, l'heure et même la minute s'il pouvait l'indiquer.

- Facilement, avait répondu Capestang, car il y a au castel de Trémazenc un livre manuscrit où sont détaillés les événements advenus à la famille.

J'y ai donc vu, écrit de la main même de ma mère, que je vins au monde le 15 du mois de mars de l'an 1594, à deux heures précises du matin.

Ces renseignements furent portés par la Galigaï à l'astrologue du Pont-au-Change afin qu'il pût recommencer l'horoscope avec des données exactes. À partir de ce jour, Capestang ne revit plus celle qui l'avait si bien soigné. Mais comme il était parfaitement traité, que sa table se garnissait trois fois par jour de succulents solides et de généreux liquides, comme le lit et les fauteuils étaient excellents, le prisonnier ne s'inquiéta pas.

- Lorsque je serai complètement guéri, pensait-il, on me conduira dehors. Ce ne sera pas mal vu. Vive Dieu ! je commence à oublier la couleur du soleil, moi. Allons, patience comme elle me disait ! Mais qui est-elle ? Et quel intérêt peut-elle éprouver pour moi ?

Vers le vingtième jour, le chevalier était tout à fait remis. Il se levait depuis quelque temps déjà et il avait trouvé à son chevet un équipement complet de cavalier, car le sien était en loques. Trois ou quatre jours se passèrent encore. Le chevalier se trouvait solide comme avant la bagarre, et il l'était en effet. Il s'exerçait à soulever un fauteuil à bras tendus. Il faisait des lieues en marchant autour de sa chambre. Et la pensée de la liberté tournait à l'idée fixe. L'incertitude peu à peu l'exaspérait. Car ignorer combien de temps on doit être enfermé est une chose intolérable.

Et ceci se compliquait de ce fait que la dame au masque noir n'avait aucun intérêt à le garder prisonnier. Car, pourquoi l'avoir si admirablement soigné ? Pourquoi le si bien traiter ? Que se passait-il ? Qui était cette inconnue ? Où l'avait-on mis ? Pourquoi le gardait-elle là ? Le chevalier se sentait étouffer. Il commença par interroger le Nubien au moment où il lui apportait ses repas. Et comme le Nubien ne lui répondait pas, il le menaça de l'étrangler, de lui couper les oreilles, de l'écorcher vif. Le Nubien parti, Capestang prit une résolution formelle : il attendrait la prochaine visite de ce noir silencieux et, au lieu de le menacer, lui sauterait à la gorge, l'étranglerait quelque peu, puis il s'en irait tranquillement. Seulement, à partir de ce moment, le Nubien ne reparut plus !

Au moment du repas, le chevalier stupéfait vit s'ouvrir un guichet au travers duquel le noir plus silencieux que jamais lui passa victuailles et flacons. Capestang prit les plats, prit les flacons, puis essaya brusquement d'atteindre son geôlier à travers le guichet. Mais alors le guichet se referma. Il mangea, il but, il dévora avec rage. Puis il essaya d'enfoncer la porte : peine perdue.

Alors, de jour en jour, d'heure en heure, la fureur et la terreur allèrent croissant ; le chevalier brisa les fauteuils et le lit ; il sonda les murs ; il essaya d'arracher les dalles ; il cria, vociféra, rugit tous les jurons et toutes les insultes que lui fournissait le vocabulaire des corps de garde ; il eut des heures de folie furieuse et des heures d'abattement ; et finalement, il en vint à se dire, avec des frissons de terreur, qu'il était destiné à vivre là, toujours ! Dans cette pièce sans jour, presque sans air ! Sans savoir où il était ! Il allait mourir là !

Après un de ces dîners où il tâchait d'apaiser sa rage en la passant sur quelque pâté, il se mit à réfléchir profondément. Depuis combien de temps était-il là ? Il l'ignorait. Faisait-il jour ? Faisait-il nuit ? Était-ce le matin ? Ou le soir ? Il ne savait pas. Le même flambeau de cire éclairait sa prison. La même ténèbre opaque l'envahissait quand il éteignait le flambeau. Peu à peu, le chevalier sentait son accent de fureur lui revenir. Tout à coup, il voulut se lever pour arpenter sa chambre à grands pas et il s'aperçut alors que ses jambes le portaient à peine. Il eut la force de remplacer la cire près de s'éteindre par une autre toute neuve, car il en avait une provision, puis il retomba lourdement sur un fauteuil à demi démoli.

- Que diable m'arrive-t-il ? grogna le chevalier. Je n'ai plus de jambes. Mes bras sont de plomb. J'ai mangé et bu comme d'habitude. Holà ! mais je m'affaiblis, corbacque !

D'un vigoureux effort, il surmonta l'étourdissement qui venait de le faire vaciller.

- Ah, si ce démon noir entrait maintenant ! Comme je me soulagerais en lui serrant sa vilaine gorge passée à la suie !

Comme il pensait ceci, Belphégor entra. Capestang poussa un rugissement et se leva pour s'élancer ; mais tout aussitôt retomba, il voulut tout au moins se soulager par une belle bordée d'invectives ; mais ces jurons, si bien sentis qu'ils fussent, il dut se contenter de les penser : quant à la langue, elle était comme paralysée ! Belphégor lui prit la main, souleva le bras, puis lâcha : le bras retomba pesamment.

- Bien ! murmura le Nubien qui s'en alla tranquillement comme il était entré.

- Bien ! rugit Capestang dans sa pensée.

Le misérable trouve que c'est bien ! Attends un peu, scélérat, attends que les forces me soient revenues, et tu verras si c'est bien ! Ah çà, que se passe-t-il dans ma tête ? Il me semble que j'entends comme une musique très lointaine. Oh ! voici le sommeil qui vient. Quel sommeil ! Je crois que je vais dormir huit jours de suite, ah ! dormir ! si je pouvais dormir !

Et il ne le pouvait pas ! Il éprouvait un insurmontable besoin de dormir et il ne s'endormait pas. Ses mains, bientôt, se glacèrent. Des bruits étranges, réels ou imaginaires, emplirent sa tête, une stupeur paralysait sa pensée, puis il entendit comme des voix chuchotant derrière cette porte qu'il n'avait pu défoncer, tout ce qui restait de forces, par une prodigieuse volonté, se concentra dans son oreille ; il écouta, et il entendit ! il parvint à entendre ! il entendit une voix, et brusquement, l'horreur fit irruption dans son âme, car la voix disait :

- Tu prendras le chevalier de Capestang, TU L'ATTACHERA À LA PLANCHETTE, ET TU LE FERAS DESCENDRE...

....

Non par paroles, car il ne se sentait la force d'en prononcer aucune, mais par sa pensée affolée, bégayante, prise de vertige, le chevalier de Capestang se dit :

- Il me prendra ? Il m'attachera à la planchette ? Il me fera descendre ? Qu'est-ce que la planchette ?... DESCENDRE !... OÙ ?...

À ce moment, Belphégor entra ! Le Nubien s'en vint droit à Capestang, le prit par la main, et lui dit :

- Venez.

Le jeune homme se raidit. L'effort de résistance qu'il déploya eût brisé des chaînes s'il eût été enchaîné par les membres. Mais c'était son être entier qui était enchaîné. Chaque muscle, chaque nerf, chaque fibre, tout en lui était réduit à l'impuissance. Il se raidit de toute sa puissance. En réalité, il crut se raidir ; en même temps qu'il se hurlait à lui-même : « Je n'irai pas ! oh ! non ! non ! Je ne veux pas ! » En même temps, il obéissait ! Il se levait ! Il se mettait péniblement en marche ! Il suivait Belphégor !

Ce fut la marche à l'Horreur. Chaque pas était un monde

d'horreur. Chaque pas était une répétition du même gigantesque effort pour ne pas marcher ! Et il marchait ! Et ce qui faisait l'horreur de cette marche, c'était justement qu'il ne voulait pas faire un pas de plus, et qu'il le faisait. Sa force ? éteinte. Sa volonté ? abolie ? Son intelligence ? il lui en restait juste assez pour comprendre qu'il était sous l'influence de quelque boisson infernale, et que là où on le menait, là où il allait sans pouvoir ne pas y aller, ce devait être horrible.

Et pourquoi ce devait-il être horrible, cette planchette ? cette descente ? Qu'est-ce qu'une planchette a d'horrible ? Qu'est-ce qu'une descente a d'horrible ?

Oh ! il ne le savait pas ! Mais il le devinait, il le sentait, il le flairait, il le voyait à tout et à rien. La voix qui avait donné l'ordre dégageait de l'horreur. L'attitude du Nubien dégageait de l'horreur. Et surtout, oh ! surtout, c'est dans l'exaspérée répulsion de son corps et de son esprit qu'il trouvait la preuve que cela allait être horrible.

Brusquement, il entra dans du noir. Il devina vaguement qu'il longeait un couloir. Puis, il eut la sensation qu'il montait une marche, deux marches, plusieurs marches qu'il voulut compter sans y parvenir. Mais il éprouva ce que devait être une longue montée. Du moins, il le crut. Et après les marches, tout à coup, il rentra dans la lumière, mais une lumière pâle, blafarde, suffisante à peine pour montrer les ténèbres entassées dans la petite pièce où il se trouvait.

Au même instant, il vit la planchette.

C'était une planchette en fer. Elle mesurait deux mètres de longueur1, quatre-vingts centimètres de largeur et dix centimètres d'épaisseur. Elle était debout. Elle s'appuyait à une sorte de pilier. Ce pilier était rond et pouvait mesurer un peu plus d'un mètre de diamètre. Aux bords de cette planche étaient adaptés neuf anneaux de fer de différentes circonférences. Seulement chacun de ces anneaux s'ouvrait en deux demi-circonférences. En rapprochant et en emboîtant l'une dans l'autre ces deux demi-circonférences comme les deux branches d'un cadenas, on obtenait l'anneau fermé. Nous avons parlé d'un pilier : il était exactement au centre de la salle. La salle était ronde. Elle mesurait un peu plus de six mètres de diamètre. Nous avons dit que la planche était debout contre le pilier : elle était fixée par le bas à une sorte d'extumescence, ou de bourrelet en fer qui faisait le tour du pilier. Ce bourrelet pouvait former une saillie d'environ vingt centimètres, et pour le moment, semblait être le soubassement du pilier.

Capestang vit la planchette. Avec la foudroyante instantanéité que l'esprit acquiert dans les rêves morbides, il comprit, il vit clairement que la planchette, c'était cette énorme et massive planche de fer. Du même regard, il vit cet ensemble formidable que formaient les anneaux, pinces ouvertes pour happer, et la planche, et le bourrelet de fer, et le pilier de fer au milieu de cette salle ronde comme un puits. Oui, le pilier lui-même, le lourd, le monstrueux pilier était de fer ; ce devait être du fer poli ou de l'acier, car il luisait vaguement, il avait des lueurs grasses comme le cylindre frotté d'huile de quelque gigantesque machine. Pourquoi cette planche ? Pourquoi ce pilier ? Pourquoi ce bourrelet ? Pourquoi ces anneaux ? Pourquoi cette salle ronde comme un puits ? Une seconde, ces questions tombèrent sur le cerveau de Capestang, en avalanche. Chacune d'elles fut un coup de masse porté à son crâne. Pourquoi ! Pourquoi ! Il se hurla à lui-même : « Pour l'accomplissement de l'horrible ! »

1 Nous employons ici, exceptionnellement, les termes de mesure dont on se sert de nos jours. Cela évitera au lecteur le souci de transformer mentalement les toises, pouces et lignes, en centimètres.

Il se raidit pour reculer, dans cette révolte vitale, dans ce suprême sursaut d'agonie que tous les animaux sans exception éprouvent devant l'instrument de mort. Il entendit en lui-même une sorte de hurlement prolongé. Dans le même instant, Belphégor le poussa contre la planchette, le dos à la planchette. Et Capestang vit que deux anneaux de fer, deux des pinces ouvertes s'étaient refermées et encerclaient ses chevilles. La seconde d'après, il entendit le bruit sec de deux autres anneaux qui se refermaient : ses deux poignets étaient pris ! Après les chevilles et les poignets, les deux coudes furent saisis.

Puis les deux genoux. Puis enfin, le neuvième et dernier anneau l'empoigna par le cou. L'Horrible l'enlaçait de ses neuf bras. Les neuf pinces de fer l'avaient happé par les chevilles et les genoux, par les coudes et les poignets, et enfin par le cou. Ainsi, il ne pouvait plus faire un mouvement. Il était incorporé à la planchette.

Des idées comme en enfantent les cauchemars glissaient, pareilles à des larves, sur sa conscience à demi abolie. Il eût maintenant consenti à toutes les tortures à condition de pouvoir au moins bégayer avec ses lèvres paralysées ce qui hurlait en lui. Puis, ces notions mêmes disparurent, il ferma les paupières. Tout à coup, il sentit la vie et la vigueur lui revenir à flots pressés. Il ouvrit les yeux et vit que le Nubien lui faisait respirer l'âcre et subtil parfum d'une liqueur contenue dans un menu flacon.

- Il m'empoisonne ! songea Capestang. Enfin ! Enfin ! Je vais être délivré par la mort !

Et il respira avec frénésie ! Et soudain il comprit qu'en lui l'horreur se surajoutait à l'horreur : non ! On ne l'empoisonnait pas ! On cherchait seulement à dissiper cette torpeur artificielle qui l'empêchait de bien comprendre sa situation ! Il fallait qu'il comprît tout ! tout ! tout quoi ? Et il sentit son intelligence redevenir lucide, ses membres reprendre toute leur souplesse et toute leur vigueur, sa langue se délier.

Capestang, alors, comprit la vérité. Il crut comprendre. Il s'affirma qu'il comprenait : on l'avait attaché là pour le faire mourir de faim et de soif, comme il avait entendu dire que cela se pratiquait encore au fond de certaines oubliettes.

Alors, l'horreur disparut. Du moment qu'il fut maître de toute sa pensée, du moment qu'il se trouva en présence de quelque chose de positif, si affreux que fût le supplice entrevu, il cessa d'avoir peur. Et ce fut d'une voix presque calme qu'il apostropha Belphégor :

- Chien maudit, espères-tu donc voir trembler un Capestang devant la mort ? Allons donc, démon ! Regarde, va ! installe-toi devant moi ! Regarde, étudie mon agonie, si longue qu'elle doive être. Et va ensuite rapporter à l'abominable vampire qu'est ta maîtresse, que le chevalier de Trémazenc de Capestang est mort comme il a vécu, sans peur.

Belphégor le regarda un instant, et murmura :

- Bien.

Le même mot que lorsqu'il était venu s'assurer de l'artificielle docilité obtenue chez le prisonnier. Puis il sortit. Ce départ du Nubien fut un coup de foudre pour Capestang qui commença à entrevoir que peut-être il n'avait pas tout compris. Il bégaya :

- Bien ! Quoi, bien ? Il s'en va ? Il ne va donc pas assister à agonie ? Je ne vais donc pas mourir ici ?

Quelques minutes se passèrent, bien courtes sans doute, mais suffisant pour qu'il pût mesurer ce qu'il y avait d'horreur présente et d'horreur encore inconnue en cette aventure : pris par des ennemis qui l'eussent infailliblement condamné à mort, il leur est arraché par une femme ; couvert de blessures, il est soigné par cette même femme jusqu'à guérison complète ; et alors, cette même femme le fait prendre et attacher, enchaîner à ce formidable engin dont il est impossible de soupçonner la destination...

Qui est cette femme ? Mystère. Pourquoi l'avoir sauvé, guéri ? Mystère. Pourquoi le fait-elle attacher à la planchette ? Mystère. Que lui veut-elle ? Mystère. Veut-elle le tuer ? Mystère. Et si elle veut le tuer, quelle mort veut-elle lui infliger ? Mystère. C'était cette effroyable accumulation de mystère qui donnait à son aventure un caractère d'horreur. Et comme il songeait ainsi, tout à coup, il se rappela la deuxième partie de l'ordre infernal :

- Tu l'attacheras à la planchette... et tu le feras descendre.

- Descendre ! râla le jeune homme. Où vais-je descendre ? Comment vais-je descendre ? Pourquoi vais-je descendre ? Que signifie ici le mot descendre ?

À ce moment, la planchette entra en mouvement. Le chevalier se sentit frémir jusqu'aux moelles, il s'arc-bouta des reins et de la tête et des pieds dans un frénétique effort, il sentit ses muscles se tendre comme des cordes, il entendit craquer ses nerfs, mais le formidable effort fut vain : pas un des solides anneaux ne céda : ses chevilles, ses poignets, ses coudes, ses genoux, son cou demeurèrent invinciblement saisis, il demeura incorporé à la planchette, et il comprit qu'il commençait à descendre. Il crut le comprendre, il s'affirma que la descente commençait. Mais le spectre de l'Horreur accroupi sur son cerveau lui disait :

- Attends ! Attends ! Ce n'est pas encore cela ! Tu ne commences pas encore à descendre !

Capestang avait une rude volonté, une force d'âme tout à fait anormale, une intrépidité d'esprit dont il s'était donné à lui-même mille preuves éclatantes, une endurance de la chair qui parfois, quand il était libre sous le soleil, lui avait fait dire avec un sourire d'orgueil : « Je suis bâti de fer et d'acier. » Cette volonté, cette force d'âme, cette endurance, il les employa à se dire : « Je n'ai pas peur ! Je ne veux pas avoir peur ! Je n'aurai pas peur ! »

Le mouvement de la planchette était lent, uniforme, il avait la douceur de l'inexorable. La planchette s'écartait du pilier de fer. Elle évoluait sur deux énormes charnières. Elle s'en écartait par le haut ;

mais le bas demeurait soudé au bourrelet que nous avons signalé. La planchette décrivait donc sur sa base un arc de cercle.

Il en résultait que la tête de Capestang décrivait la même ligne courbe, tandis que ses pieds demeuraient à peu près au même point. Il en résultait aussi que la planchette, de la position verticale, passait sans secousse à la position horizontale. Il en résulta enfin que Capestang finit par se trouver placé dans une position parallèle au plancher de la salle, face à ce plancher, et à un pied à peine de ce plancher. La planche de fer ayant pris la position horizontale, et Capestang le dos à la planche et face au sol de la salle maintenu par les neuf anneaux, il y eut un arrêt.

- Je n'irai toujours pas plus loin que le plancher ! songea Capestang.

Dans la seconde où il se disait cela, la Peur entra en lui. La Peur fit irruption dans son esprit, dans son âme, dans tout son être. Il se sentit frissonner comme jamais dans sa vie il n'avait frissonné. Le plancher, ce plancher au-delà duquel il ne pouvait aller plus loin, le plancher de la salle s'ouvrait ! Le plancher se mettait en mouvement et se reculait, se rentrait dans les murs ! Le plancher disparaissait. Et alors, Capestang comprit le sens de l'Horreur.

Alors, il sentit la Peur l'étreindre à la gorge. Car, c'était vraiment d'une prodigieuse horreur ; le plancher, une fois disparu, rentré dans les murs. Capestang se vit suspendu au-dessus d'un abîme sans fond, face à l'abîme, face au vertige. Cet abîme, c'était un puits et il pouvait regarder, essayer de percer les ténèbres, il n'en voyait pas le fond ! Y avait-il un fond ? Et qu'y avait-il dans ce fond ? Des ténèbres. Rien que ténèbres.

....

Dans ce puits s'enfonçait le pilier de fer. Le pilier s'enfonçait et bientôt se perdait dans les ombres accumulées. Le pilier, donc, occupait exactement le centre de la circonférence formée par le puits. Les yeux hagards de Capestang, étant donné sa position horizontale, face à l'abîme, se portaient naturellement sur ce pilier auquel s'adaptait le bourrelet qui lui-même soutenait la base de la planche de fer. Et comme il regardait ce pilier, il fut secoué d'un tressaillement mortel.

Horreur sur horreur ! Ce pilier n'était pas un pilier. Qu'était-ce donc ? Ce pilier était une vis gigantesque ! Une vis en fer poli ou en acier dont les arêtes luisaient confusément comme si elles avaient été frottées d'huile ! Une vis qui s'enfonçait dans un abîme !

Capestang, de ses yeux exorbités, distinguait nettement le filet en hélice qui régnait autour de la pièce centrale et descendait en tire-bouchon. Et alors aussi il distingua mieux ce bourrelet de fer auquel, par de puissantes charnières se rattachait la planche. Et il vit, il comprit l'ineffable horreur de ce mécanisme : ce bourrelet, c'était l'écrou géant de cette vis géante ! Et il suffisait que l'écrou se mît en mouvement pour que la planche de fer à laquelle il était attaché commençât sa descente en spirale ! Mais pourquoi oh ! pourquoi la formidable vis ! Il allait donc être broyé dans il ne savait quel monstrueux engrenage ?

....

Brusquement, le titanesque mécanisme entra en activité. L'écrou se mit à tourner autour de la vis. La planche tourna. Et Capestang vit qu'il commençait à descendre.

Il descendait en tournant autour de l'énorme vis centrale, ses pieds au bourrelet, c'est-à-dire à l'écrou, sa tête à un pied de la muraille circulaire du puits, sa face tournée vers l'abîme.

Il descendait et tournait lentement, d'un mouvement doux, uniforme, sans secousse, sans bruit, sans un grincement. Il descendait dans du silence. Il descendait dans de la nuit. Le mouvement à la fois descendant et giratoire lui causait un vertige des sens qu'il n'essayait même pas de combattre ; car le vertige des sens dans cette inoubliable minute de terreur n'était rien comparé au vertige de la pensée.

Il pantelait. Une sueur d'agonie ruisselait sur son corps et y traçait des zébrures glacées. Il cherchait, de toute la frénésie de son cerveau poussée à l'extrême limite où commence la folie, il cherchait un moyen de se détruire, de se tuer, d'échapper par la mort à la prodigieuse épouvante de cette descente. Mais quoi ? Comment ? Il essaya d'une pression de sa gorge sur l'anneau qui le maintenait par le cou. Mais la position de l'anneau était calculée sans doute pour enlever au patient ce suprême recours en grâce. Il descendait. Jusqu'où descendrait-il ? Pendant combien de temps ? Des coups violents frappaient ses tempes, et c'était le sang qui affluait par ressacs à son cerveau. Et il descendait. L'inexorable mouvement de descente giratoire continuait dans le silence vers les ténèbres. Et les ténèbres étaient toujours plus basses que lui. Car à mesure qu'il descendait, le puits, autour de lui, s'éclairait, d'une sorte de lueur indécise et pâle, suffisante pour qu'il continuât à voir les ténèbres au-dessous de lui, à voir l'abîme qui l'attirait comme un Maelström souterrain, à voir la vis géante, à voir l'écrou, à se voir soi-même, descendre, descendre, sans fin, sans arrêt, descendre et tourner, la tête rasant les murailles du puits, descendre et tourner lentement, uniformément, inexorablement, comme si cela devait durer des siècles ! Alors, oh ! alors, il sentit qu'un sens nouveau, inconnu, naissait, se développait en lui avec une rapidité de météore, et que ce sens devenait le maître absolu de tous ses sens, de toutes ses pensées.

Et c'était là le sens de l'ÉPOUVANTE.

Capestang, enfin, saisissait la vérité ! Et cette vérité, c'était qu'il ne serait pas broyé, qu'il était condamné à descendre sans fin, sans jamais savoir où il descendait, vers quels fonds et ce qu'il y avait dans ses fonds, dans du silence, dans de la ténèbre, à descendre vers la mort. Alors, tout à coup, comme dans un effort de son désespoir forcené, il essayait de fermer les yeux et qu'il n'y parvenait pas, dans ce moment, il entendit que le puits s'emplissait d'une rumeur étrange, exorbitante, inouïe. C'étaient des cris stridents, aigus, comme les hommes ne peuvent en pousser. C'était une lamentation affreuse, qu'une oreille humaine n'eût pu entendre. C'était un hurlement frénétique qui battait de ses monstrueux échos les parois du puits infernal. C'était enfin la voie de l'épouvante. Et Capestang s'aperçut que ces cris sortaient de sa gorge, à lui ! Que cette lamentation, c'était sa plainte à lui ! Que c'était lui qui proférait ces hurlements ! Que cette voix d'épouvante, c'était sa voix à lui !

L'effroyable cauchemar se développa dans son uniformité mortelle. L'écrou géant continua de tourner lentement autour de la vis géante. La planche de fer poursuivit sa descente en spirale. Capestang hurlait.

Il hurlait à la mort, d'un hurlement pareil à ceux des chiens qui deviennent fous. Tout craquait en lui, muscles, nerfs et pensée.

Il descendait !

La descente, l'horrible, l'infernale descente vers la mort ? Non ! puisqu'il n'y avait rien qui pût le tuer ! Vers quelque chose de plus hideux que la mort : la descente dans l'Épouvante !

XLI - Belphégor

Concini n'était pas le seul grand seigneur parisien à posséder un Nubien. C'était une mode, comme il y avait eu la mode des papegais et des ouistitis que les dames promenaient avec elles dans leurs litières. Avoir un noir à son service était alors une question de protocole mondain.

D'où venait Belphégor ? Nous l'ignorons. C'était un grand beau jeune homme d'une trentaine d'années bien découplé, bien fait de sa personne, le visage agréable, et d'un magnifique noir qui avait les teintes lustrées de l'ébène. Il était très vigoureux et très doux. Il avait été amené en Italie alors qu'il avait cinq ou six ans à peine. Il fut d'abord l'amusement, le jouet de Marie de Médicis, qui finit par s'en lasser et le donna à Léonora Galigaï. Naturellement, le Nubien suivit sa maîtresse quand elle passa en France.

On l'avait appelé Belphégor, ce qui, chez les anciens Moabites, était le nom du dieu de la luxure. Mais Belphégor, s'il portait un nom de l'enfer, était assez bon diable. En fait, il n'était ni bon ni méchant. Par lui-même, il était incapable de vouloir et de faire du mal. Seulement, si Léonora lui donnait un ordre, il l'exécutait, dût-il risquer sa vie et l'ordre fût-il de tuer. Il l'exécutait avec la même sérénité de conscience qu'un bourreau convaincu de la justice de son acte en même temps que de sa légalité.

Belphégor était dévoué à Concino Concini. Mais ce qu'il éprouvait pour Léonora, c'était du fanatisme. Il aimait son maître pour son opulence et sa générosité, mais il idolâtrait sa maîtresse, qui exerçait sur lui une sorte d'influence magnétique. Belphégor fût mort plutôt que de trahir Concini, fût-ce pour une fortune.

Mais tous les secrets que Concini pouvait lui confier, il les trahissait au profit de Léonora.

Il parlait correctement l'italien et le français ; mais il était d'humeur taciturne, et toutes les fois qu'il pouvait remplacer la parole par un geste ou un signe, il en montrait sa satisfaction par un large sourire qui faisait étinceler le pur ivoire de ses dents. On le voyait généralement adossé à un encoignure de la grande porte de l'hôtel, les paupières à demi closes, nonchalant, dédaignant de paraître remarquer la curiosité des passants, rêvant au pays des grands soleils, aux sombres et vastes forêts, aux brousses sauvages où s'était écoulée en liberté sa première enfance.

Belphégor avait donc de ces rêveries que doivent avoir les lions capturés au désert et amenés dans des contrées où ils meurent lentement de nostalgie. De ces grands fauves aussi, il avait l'âme primitive, douce ou terrible - sans qu'on pût le croire responsable ou de la douceur ou de la férocité.

* * *

Ce n'était pas la première fois, sans doute, que Belphégor faisait manœuvrer l'effroyable mécanisme que nous avons tenté de décrire. D'ailleurs la manœuvre était simple.

Après avoir attaché Capestang à la planchette, après lui avoir fait respirer un parfum révulsif destiné à dissiper instantanément sa torpeur, Belphégor était sorti, comme on l'a vu, et, montant un escalier d'une douzaine de marches, était entré dans une pièce ronde, exactement pareille à celle où se trouvait le patient.

L'extrémité supérieure de ce cylindre énorme que Capestang avait d'abord pris pour un pilier et qui était une vis, aboutissait là, et dépassait d'une demi-toise le plancher. Là, soit adaptés au cylindre de fer, soit adaptés aux murs, il y avait plusieurs leviers. Belphégor poussa quatre de ces leviers ; c'était pour mettre en action le plancher de la pièce où se trouvait Capestang - pour faire le vide au-dessous de lui. Il poussa ensuite deux leviers adaptés au cylindre : c'était pour faire descendre l'écrou.

....

Belphégor ayant mis le mécanisme en mouvement, s'assit sur un escabeau. Une minute, la tête penchée sur ses genoux, il écouta. Un frisson qui courut le long de son échine indiqua qu'il avait conscience de la fantastique horreur de ce qui devait se passer au-dessous de lui. Mais bientôt il tomba dans une méditation si profonde qu'il en oublia tout, que rien n'exista plus pour lui, sinon un mot, un simple mot qu'avait prononcé Léonora Galigaï. Et il murmura :

- Elle m'a dit : « Qui sait ? » J'ai bien entendu qu'elle m'a dit cela. Oh ! lorsqu'elle a parlé de me récompenser, lorsque je lui ai répondu que ni elle ni personne au monde ne peut me donner la récompense que je rêve, elle m'a bien dit : « Qui sait ? » Qui sait ! Est-ce que ma maîtresse aurait deviné l'amour qui me torture ? Est-ce qu'elle aurait donc un moyen de satisfaire ma passion ?

Il secoua la tête avec désespoir.

- Non ! gronda-t-il. Qui donc au monde pourrait forcer Marion Delorme à avoir pitié de moi ?... Ma maîtresse a voulu se moquer, ou plutôt elle a voulu obtenir de moi une obéissance passive, comme si j'avais jamais résisté à ses ordres ! Marion ! Est-ce qu'elle a seulement remarqué que je l'aime ? Est-ce qu'elle sait seulement si j'existe ? Et lorsque son regard s'est abaissé sur moi du haut de cette fenêtre sous laquelle j'ai passé tant d'heures, est-ce que j'ai pu lui inspirer autre chose que de la moquerie ou de la répulsion, comme à tous, comme à toutes ? Que suis-je ? Un Nubien. C'est-à-dire un être sans pensée, sans cœur, à peine un peu plus que le chien qui rôde dans la cour. Un noir ! Ma peau est noire ! Voilà mon crime. Je n'ai le droit ni d'aimer ni d'être aimé. Bafoué, méprisé, misérable, j'ai été m'aviser d'aimer ! Et d'aimer qui ? La plus belle ! Une grande dame dont la plus humble servante me rirait au nez si je lui disais que, moi aussi, j'ai un cœur d'homme sous ma poitrine noire !

Deux grosses larmes roulèrent sur ses joues. Au-dessous de lui se jouait l'effroyable tragédie de mort ! De mort par l'Épouvante ! Belphégor n'y songeait pas. Il était entre les mains de Léonora une machine à tuer : il tuait, il n'avait pas de remords, il pleurait sur son amour.

Il s'était comparé au chien. En réalité, il était un peu plus que la machine qui assassinait en ce moment le chevalier de Capestang. Malheureusement pour lui, c'était une machine capable de passion. Cette passion s'était ruée sur lui dès le premier instant où il avait vu Marion Delorme ; une passion frénétique, sauvage, comme peut être la passion de quelque fauve au moment des grands ruts.

À son amour, Belphégor n'avait trouvé qu'un remède :

il rôderait jour et nuit autour de l'hôtellerie des Trois Monarques jusqu'à ce qu'il trouvât une occasion favorable de se jeter sur celle qu'il aimait : morte ou vive, il l'aurait. Et il rêvait à cela des heures entières, les yeux mi-clos. Ce fut à ce moment que Marion disparut tout à coup de l'hôtellerie. Ce jour-là, il sanglota, il hurla, il rugit de douleur ; et comme une fille des cuisines se moquait de lui, il la mordit à l'épaule d'un coup de dents qui l'inonda de sang. Alors Belphégor se dit qu'il chercherait, qu'il fouillerait Paris, qu'il passerait sa vie à la retrouver, s'il fallait. Au bout de trois ou quatre jours il avait fait son plan de campagne.

Et ce fut à ce moment que Léonora le fit descendre dans les souterrains ! Belphégor obéit. Il fût mort plutôt que de désobéir. Il avait d'ailleurs la robuste patience des passions sincères : il avait toute la vie devant lui, puisqu'il était sûr d'aimer toute la vie. Un mois environ s'écoula.

Et enfin arriva cette nuit de fête et d'horreur où Concini éblouissait Paris dans les salles de son hôtel, et où Belphégor mettait en mouvement le mécanisme de la mort par l'épouvante. Au-dessous de lui, l'écrou tournait autour de la vis géante, et la planche de fer tournait en descendant. Et Belphégor songeant à sa passion, disait :

- Et pourtant, moi aussi j'ai un cœur d'homme sous ma poitrine noire.

Dans cet instant où les larmes du désespoir brûlaient ses paupières, dans cet instant, disons-nous, Belphégor entendit derrière lui un léger bruit. Il se retourna vivement et demeura hébété, stupide de bonheur, d'un tel bonheur, d'une joie si terrible que le sang, par violents afflux, envahit sa tête, et qu'il tomba, s'écrasa sur ses genoux, s'abattit le front sur le plancher.

Marion Delorme était devant lui !

En sortant de l'hôtel de Cinq-Mars, après avoir prévenu le marquis par un billet qu'elle laissa à Lanterne, Marion Delorme, suivie de sa femme de chambre Annette, s'était rendue aux Trois Monarques. Malgré le voile dont elle avait eu soin de se couvrir le visage, l'hôte la reconnut, se précipita pour la guider, avec force salamalecs et force jérémiades sur sa tristesse depuis que madame l'avait quitté. Il voulut la conduire à son ancien appartement. Mais Marion demanda une chambre tout en haut de l'hôtellerie, la plus modeste qui fût, avec cette seule condition qu'elle eût une fenêtre donnant sur la rue. L'hôte qui était courbé en accent circonflexe se redressa comme un I. Son visage, qui exprimait une intense jubilation, ne traduisit plus qu'un mépris non dissimulé.

- Déjà déchue de sa récente opulence ! songea-t-il. Tenons-nous bien, car elle n'a plus le sou ! Voici, dit-il en ouvrant la porte d'une chambrette située sous les combles.

- Très bien, fit Marion. Vous aurez soin de faire monter quelque bon fauteuil où Annette puisse dormir près de moi. (Même pas un cabinet pour la suivante ! songea l'hôte avec une grimace.) Vous nous monterez à dîner et à souper ici tous les jours, la moindre des choses pour moi. Quant à Annette, elle vous demandera ce qu'elle voudra. (Du pain et du fromage, songea l'hôte, hérissé de mépris.) Maintenant, dites-moi. Que vaut ce taudis pour un mois ?

- Cinquante livres payées d'avance - sans compter les repas, bien entendu.

- Et mon grand appartement du premier, qu'est-ce que je le payais ? Je ne me souviens plus.

- Oui.

Ce sont des temps révolus, ricana l'hôte. Vous le payâtes mille livres par mois, toujours sans compter les repas.

- Eh bien ! si l'appartement valait mille livres, dit tranquillement Marion, le taudis en vaut deux mille. Annette, ma fille, donne deux mille livres à ce brave homme, puisqu'on paye d'avance. (La soubrette aligna sur une table cent doubles pistoles ; l'hôte blêmit, devint pourpre, et s'écroula en révérence.) Seulement, continua Marion, je tiens à ce que vous nous montiez nos repas vous-même, et seul.

- Tout ce que madame voudra ! bégaya l'hôte d'une voix étranglée.

- Je dois également vous prévenir que, si vous ne tenez pas votre langue, si quelqu'un de vos valets ou de vos hôtes apprend ma présence ici, il y aura pour vous de la Bastille, mon cher. Allez, maintenant, laissez-nous seules.

L'hôte, après avoir empoché les deux mille livres, sortit à reculons, son bonnet balayant les carreaux, et disparut en balbutiant des protestations de discrétion, de dévouement, de respect, enfin de tous les sentiments que peut instantanément engendrer dans une âme d'hôtelier cette rosée féconde qui s'appelle une pluie d'écus. Marion courut à la fenêtre et tressaillit de joie en voyant que ce qu'elle avait espéré se réalisait, c'est-à-dire qu'en se penchant un peu, elle pouvait, par-dessus les murs de l'hôtel d'Ancre, voir ce qui se passait dans la cour. Toute cette journée, elle guetta. Le soir venu, elle avait eu beau guetter, elle n'avait pas aperçu celui qu'elle comptait voir.

- Annette, dit-elle, tu vas descendre, interroger adroitement quelqu'un de ces soudards qui montent la garde devant la porte de M. Concini.

Tu sauras où se trouve le Belphégor, qui te faisait si grand-peur.

- Quoi, madame ! Ce noir ! Ce démon !

- Oui. Coûte que coûte, il faut que tu le trouves, que tu lui parles.

- Est-ce que madame en serait amoureuse ? fit la soubrette.

- Peut-être ! répondit Marion d'un accent qui fit frissonner Annette.

- Et que devrai-je lui dire ? reprit la femme de chambre stupéfaite.

- Justement ce que tu viens de dire : que la dame sous les fenêtres de laquelle il soupirait est amoureuse de lui et veut le voir à l'instant. Va, et amène-le-moi.

Annette sortit en secouant la tête. Au bout d'une heure elle rentra : elle était seule.

- Eh bien ? s'écria fébrilement Marion. Pourquoi ne l'as-tu pas amené ? Tu ne comprends donc pas ! Tu ne vois donc pas que je veux sauver le chevalier de Capestang !

- Oh ! oh ! M. le chevalier est-il donc prisonnier dans cet hôtel ?

- Depuis un mois ! Mais parle. Où est le Nubien ? Il va venir ?

- Le Nubien, madame, a été envoyé en voyage par sa maîtresse. Très loin, m'a-t-on assuré. Il est parti depuis un mois. Nul ne sait s'il reviendra, voilà ce que j'ai pu apprendre.

Marion demeura atterrée. Elle avait uniquement compté sur l'amour que Belphégor lui avait clairement exprimé par ses attitudes pendant ses longues stations sous les fenêtres des Trois Monarques. Belphégor lui manquait : tout le plan qu'elle avait échafaudé dans sa tête s'écroulait : Marion pleura. La soubrette essaya de la consoler en lui prouvant qu'après tout c'était un bien pour madame, qui avait la folie d'aimer un chevalier pauvre comme Job, ce qui pouvait la détourner de ses devoirs vis-à-vis d'un marquis riche comme Crésus.

- Tu ne comprends pas, fit Marion en essuyant ses yeux. Je n'aime plus le chevalier de Capestang.

- Pourquoi pleurez-vous, alors ?

- Parce que ce que j'aime en lui, c'est mon premier amour. N'essaie pas de comprendre. Que faire ? Que penser ? Ou le chevalier a été tué dans cet antre, ou il a été conduit dans quelque prison. Annette, je ne vivrai plus tant que je ne saurai pas la vérité, si affreuse qu'elle puisse être. Si le chevalier a été jeté dans quelque cachot, je l'en tirerai !

- Oh ! madame, si ce malheureux jeune homme est à la Bastille, il sera difficile de l'en tirer.

113

- Si je veux, reprit Marion avec une volubilité de fièvre, je ferai tomber les tours de la Bastille ! Je ferai ouvrir les cachots ! Je ferai sonder ses oubliettes ! Je te dis que je possède le levier à l'aide duquel une femme comme moi soulèverait un monde.

- Et ce levier ? murmura la soubrette effrayée de l'exaltation de sa maîtresse.

- C'est ma beauté, Annette.

Je ne suis pas folle, rassure-toi. Crois-tu que l'évêque de Luçon soit un personnage puissant ? Crois-tu qu'il m'aime celui-là ?

- Ah ! ah ! C'est vrai, madame. Et à votre place, entre le marquis de Cinq-Mars et le duc de Richelieu...

- Oui, tu commences à comprendre. Crois-tu que si je vais trouver Richelieu, et que je lui demande, en échange de mon amour, de délivrer ce qu'il y a de prisonniers à la Bastille...

Elle s'interrompit brusquement et, frappant ses mains l'une contre l'autre :

- Mais non ! Je connais Concini : implacable dans ses vengeances. Mon pauvre chevalier est mort. Et pourtant, je veux le savoir. Tant que je ne saurai pas que c'est fini, il n'y a pas de repos pour moi.

La nuit qui suivit, Marion ne ferma pas l'œil. Elle cherchait sans trouver un moyen de s'introduire dans l'hôtel d'Ancre. Le lendemain matin, elle reprit son poste d'observation à la fenêtre ; bientôt elle remarqua qu'il se faisait dans l'hôtel un mouvement extraordinaire. Annette, envoyée une deuxième fois à la découverte, revint en annonçant qu'on préparait chez monsieur le maréchal une de ces somptueuses fêtes dont il avait le secret, et que ce délassement aurait lieu dans trois jours. Marion ne dit rien mais ses beaux yeux brillèrent : elle tenait son plan. Dans la matinée, donc, elle partit en recommandant à la soubrette de surveiller ce qui se passerait dans l'hôtel d'Ancre. Le soir venu, elle ne rentra pas. Le lendemain et le surlendemain, Annette ne la revit pas davantage.

À sa place arriva, vers le soir, un costume digne d'une princesse.

Vers sept heures, Marion rentra enfin, et aux questions de la soubrette, répondit simplement : « Habille-moi. » Marion avait passé ces trois jours d'abord à se faire faire une toilette, et ensuite à se procurer une invitation à la fête de Concini - invitations qu'on se disputait, il faut le dire, et qui furent cause d'innombrables duels. Toujours est-il que vers neuf heures, au moment où les carrosses commençaient à affluer devant l'hôtel illuminé, Marion, le visage caché d'un masque de soie bleu, fit son entrée chez Concini, donnant la main à un jeune seigneur qui lui servait de cavalier.

Une fois qu'elle eut suffisamment laissé admirer sa splendide et toute gracieuse toilette, vers l'heure où la fête battait son plein, elle se couvrit d'un grand manteau de satin bleu, à capuchon, et dit au seigneur qui l'escortait :

- Vous êtes, mon cher, un charmant cavalier, et je vous dois mille grâces pour m'avoir introduite dans cette belle fête. Seulement, vous allez me laisser seule... oh ! inutile de protester, je commence par vous dire que c'est pour moi question de vie ou de mort. J'ajoute ensuite que si vous révélez à qui que ce soit la présence de Marion Delorme dans cet hôtel, il est probable que vous m'aurez tuée. Enfin, sachez aussi que si vous cherchez à me suivre à travers ces salles, si vous n'oubliez pas complètement qui je suis, vous serez cause des plus grands malheurs.

Le cavalier de Marion était galant homme. Ne l'eût-il pas été que l'accent étrange, grave, tragique de son interlocutrice l'eût profondément impressionné.

- Madame, dit-il en s'inclinant, taire votre nom me serait facile ; mais ne pas vous suivre me serait bien difficile, et oublier votre présence tout à fait impossible. Aussi je ne vois qu'un moyen de vous obéir : c'est de m'en aller. Dans cinq minutes j'aurai quitté l'hôtel.

Là-dessus, Marion, avec un geste de reine, lui donna sa main à baiser ; et quelques instants plus tard, le digne gentilhomme se retirait en effet. Alors, Marion se mit à errer jusqu'à ce qu'elle eût trouvé et reconnu celle qu'elle cherchait, c'est-à-dire Léonora Galigaï.

Elle s'approcha d'elle. Au moment où elle l'abordait, elle vit Léonora qui s'arrêtait près d'une dame vêtue assez simplement et masquée de rouge. Léonora prononça quelques mots que Marion n'entendit pas. La dame au masque rouge répondit et, cette fois, Marion entendit, car le masque rouge avait parlé assez haut, soit qu'elle pensât que nul ne comprendrait le sens de ses paroles, soit qu'elle dédaignât toute précaution.

Marion fut agitée d'un tressaillement convulsif, et, sous son masque, devint affreusement pâle. Au lieu de se rapprocher de Léonora, elle passa outre, du pas nonchalant de quelque dame qui cherche aventure. Bientôt, elle se perdit dans la cohue, ripostant aux jeunes seigneurs qui la lutinaient, buvant coup sur coup deux ou trois verres de vin mousseux de la Champagne, ayant l'air de s'amuser beaucoup et, en réalité, promenant son regard ardent sur tous les valets qui faisaient le service.

Sans doute elle trouva enfin la figure qui lui convenait, car s'approchant d'un de ces valets, elle lui ordonna de la suivre et l'entraîna dans une de ces vastes embrasures de fenêtres qui formaient de petites pièces, et dont elle laissa retomber les rideaux derrière elle.

- Mon ami, dit Marion, savez-vous où sont les appartements de Mme d'Ancre ?

- Je le sais d'autant mieux, madame, que j'appartiens au service de Mme la marquise.

- Très bien, mon ami. Voulez-vous me conduire jusqu'à ces appartements ?

- Volontiers, madame.

- Oui, mais comprenez-moi, il s'agit de m'y faire entrer.

- Oh ! impossible, madame.

- De m'y faire entrer en secret, sans que personne le sache, pas même la marquise.

- Impossible, madame.

- Pourquoi ? Je suis bien sûre que si vous le voulez, vous trouverez moyen de satisfaire mon envie. J'ai ouï dire que Mme d'Ancre possède pour les lèvres un rouge merveilleux, dont elle ne veut donner le secret à personne. Mon ami, introduisez-moi dans la chambre de toilette de votre maîtresse.

- Non, madame ; je serais chassé.

- Eh bien, où est le mal ?

- Le mal, madame ? fit l'homme interloqué.

Mais savez-vous bien que je gagne huit cents livres par an, et que j'en mets six cents de côté ? Que j'ai déjà quatre mille livres à moi ? Et que dans dix ans je pourrai donc me retirer avec dix mille livres, acheter une boutique et vivre en bourgeois de Paris ? Ainsi donc, lors même que vous m'offririez dix pistoles, cent pistoles même, comme on me les offrit un jour, je ne trahirai pas les secrets de Mme la marquise.

Marion porta les deux mains à son cou, saisit à pleins doigts le collier qu'elle portait, et tira d'une violente secousse : quelques gouttes de sang apparurent à sa nuque éraflée - mais le collier céda.

- Tiens, dit-elle, prends ceci.

L'homme ouvrit des yeux énormes et se mit à trembler. C'était un collier composé d'un double rang de perles magnifiques par leur eau, leur orient et leur grosseur.

- Cela vaut un peu plus, mais si juif que soit le juif auquel tu porteras ce collier, je te réponds qu'il t'en donnera au moins quatre-vingt mille livres.

L'homme, les yeux exorbités, la sueur au front, poussa le soupir du bœuf à l'abattoir et vacilla sur ses jambes.

- Prends donc, misérable ! Et conduis-moi !

L'homme étouffa une sorte de rugissement, saisit, empoigna le collier qu'il fourra sous son justaucorps, puis jetant autour de lui un regard d'épouvante :

- Vous me suivrez de loin, murmura-t-il en claquant des dents.

Après une demi-heure d'évolutions, que Marion ne put s'empêcher d'admirer, le valet était parvenu, sans exciter aucun soupçon, sans avoir été remarqué, à s'isoler dans un couloir où Marion, qui le suivait comme une ombre, le rejoignit. C'était le couloir secret dont Léonora et Concini seuls se servaient ; pour y entrer, l'homme venait simplement de fracturer une petite porte de dégagement.

- Au bout de ce couloir, fit le valet dans un souffle, vous avez la chambre de toilette de madame.

- Mais est-ce que je ne risque pas de m'y trouver nez à nez avec quelque servante ?

- Non : il n'y a jamais personne chez la marquise quand la marquise n'est pas chez elle.

Marion frissonna. Qu'était-ce donc que cette marquise d'Ancre, qui prenait d'aussi rigoureuses précautions. De quels formidables secrets son appartement était-il donc la tombe ?

- Et la porte, là-bas, au bout du couloir ? Qui l'ouvrira ?

- Elle doit être ouverte, puisque personne ne peut entrer dans le couloir.

- Bon ! pensa Marion. Il paraît que tu as dû y entrer plus d'une fois, toi !

Elle marcha vivement à la porte signalée et la poussa. Marion entra. Elle se vit dans une vaste pièce dont, en personne experte, elle admira l'agencement. Elle entrouvrit une porte placée sur la gauche de la grande table de toilette. Marion vit qu'elle donnait sur une immense et fastueuse chambre à coucher - celle de Léonora, sans aucun doute.

Elle hésita un instant si elle prendrait position ici ou là. Se décidant pour la chambre de toilette, elle alla s'asseoir derrière la table - la haute glace de Venise la cachant entièrement. Elle n'avait pas peur. Elle agissait comme en rêve. Dans sa tête, il n'y avait que le bourdonnement sourd et terrible des paroles qu'elle avait surprises, de ces quelques paroles qu'avait prononcées la dame au masque rouge.

Un moment, elle se leva et, de l'autre côté du grand miroir, en face, elle vit un vaste placard que, d'abord, elle n'avait pas remarqué. Jugeant qu'elle y serait mieux cachée, elle allait s'y diriger, lorsqu'elle demeura clouée sur place. Dans la chambre voisine, dans la chambre de Léonora, elle venait d'entendre un léger bruit, le froissement soyeux d'étoffes qui marchent, le glissement à peine perceptible de pas légers. Presque aussitôt, la porte s'ouvrit. Dans la chambre de toilette, il y eut les mêmes glissements. Marion se sentit pâlir. Son sang reflua à son cœur...

Ces deux femmes qui étaient là, c'étaient Léonora Galigaï et la dame au masque rouge. Elles passèrent, silencieuses comme des spectres - et puis, il n'y eut plus rien qu'un silence plus profond, plus funèbre, où Marion n'entendait que les battements terribles de son cœur affolé. Elle osa se pencher et regarder. Les deux spectres avaient disparu. Par où ?

Marion frémit de terreur ; les deux mystérieuses passantes avaient disparu par le placard, où l'instant d'avant elle avait voulu se réfugier ! Marion sortit de son sein un petit poignard qui ne la quittait jamais, marcha droit au placard, et vit là une porte qu'elles avaient laissée ouverte pour le retour.

Là commençait un étroit escalier qui semblait creusé dans l'épaisseur des murs.

Marion s'y engagea et elle aboutit à la cour, à la petite courette que Léonora et sa compagne venaient de quitter. Marion ne réfléchissait plus. Elle ne vivait plus. Elle allait, poussée par une force. Elle vit l'ouverture, elle s'enfonça dans la cave, parvint au bahut, guidée par le méandre du sentier lui-même à travers l'entassement des vieux meubles pourris ; elle s'enfonça dans le bahut, commença à descendre, presque sans prendre de précaution ; au bas de l'escalier, la petite lumière pâle qui avait guidé Léonora la guida elle-même et elle arriva, enfiévrée, exorbitée, transportée dans une action de cauchemar, dans une vision de choses irréelles, elle arriva à une sorte de pièce ronde.

Là, il y avait une porte demeurée entrebâillée. Derrière cette porte Marion entendit des voix, ou plutôt une voix !

Ce frisson d'exorbitante terreur qui, dans cette soirée, avait agité déjà Marion, la secoua encore. Qu'était-ce que cette voix autoritaire ? Où avait-elle entendu cet accent de menace et de crainte ? Pourquoi ce zézaiement, évoquait-il en elle un souvenir ? Dans une soudaine, une aveuglante lumière qui se fit en elle, la vérité lui apparut : un jour, elle qui voulait connaître Paris en toutes ses manifestations, elle avait pu s'introduire dans une séance solennelle du Parlement. Elle y avait entendu Richelieu. Elle y avait entendu Concini. Elle y avait entendu la reine mère ! Cette voix c'était celle de Marie de Médicis !

La reine ! Là ! Dans ce souterrain ! Avec la Galigaï ! Un monde de pensées terribles évolua dans l'esprit de Marion. Cela dura une seconde, moins d'une seconde ! Car ce que disait la reine, ce qu'entendait Marion chassait l'épouvante et l'horreur premières pour les couvrir d'une horreur et d'une épouvante nouvelles - sa reine parlait à Belphégor ! La reine répétait les paroles de mort que lui avaient apprises Léonora ! La reine donnait l'ordre d'attacher et de descendre Capestang, puis de conduire Giselle d'Angoulême devant le cadavre.

Chose étrange ! Mystérieux abîme de l'âme féminine ! Marion Delorme descendue dans cet enfer à la recherche du chevalier de Capestang, Marion Delorme, dont la vie ne tenait qu'à un misérable hasard qui pouvait la faire découvrir, Marion Delorme enfin, qui venait d'acquérir la certitude que Capestang était là et qu'on allait le faire mourir, dans cette minute effroyable, un nom la frappa comme d'un coup de foudre : Giselle d'Angoulême !

Qu'était-ce que Giselle d'Angoulême ? C'était la fiancée de son amant : c'était celle que Cinq-Mars devait épouser, mais cela comptait à peine. Giselle, c'était la jeune fille qui aimait Capestang ! C'était l'aimée du chevalier ! Une frénésie de curiosité s'empara de

Marion. Quitte à mourir, quitte à succomber dans une même catastrophe avec celui qu'elle voulait sauver, elle voulut voir l'aimée du chevalier !

À ce moment, un froissement de robes soyeuses lui apprit que Léonora et la reine allaient partir. Elle allait être découverte ! Elle jeta autour d'elle des yeux hagards. Rien. Pas un rideau.

Pas un meuble. Rien ! Si ! Oh ! Là ! Cette porte ! Cette porte avec la clef sur la serrure ! D'un bond, Marion Delorme est devant la porte ! Elle ouvre ! Elle entre ! Elle referme ! Dans cet instant, Marie de Médicis et Léonora entrent dans la petite pièce ronde, elles passent... elles s'éloignent... elles sont passées.

Et Marion ? Que fait Marion ? Marion, la porte tirée sur elle, a écouté, haletante, le bruissement des robes qui s'éloignent... puis, quand elle est sûre qu'elles sont loin, les deux femmes terribles... alors, lentement, elle se redresse, inondée de sueur froide, elle se retourne, et elle voit une belle jeune fille qui la considère avec une sorte de fierté, une jeune fille pâle, au visage nimbé par un reflet de souffrances morales, mais aux attitudes d'intrépide dignité. Marion la voit. Et elle ne s'en étonne pas. Et cette jeune fille qu'elle n'a jamais vue, tout de suite, elle la reconnaît ! Elle la contemple. Elle l'admire. Des pensées contradictoires et violentes se heurtent dans sa tête. Pourquoi la sauverait-elle ? Pourquoi la donnerait-elle au chevalier de Capestang ? Que lui importe Giselle d'Angoulême ? Marion ! Ah ! Marion ! Si tu pouvais regarder dans ton cœur, tu n'y trouverais plus rien qu'un sentiment qui chasse tous les autres ou plutôt les couvre, et c'est la jalousie.

Cependant Giselle s'était avancée vers elle et lui avait pris la main :

- Êtes-vous une prisonnière comme moi ? murmura-t-elle. Êtes-vous comme moi une victime de la haine et de l'envie ? N'ayez pas peur ; à deux, nous serons plus fortes.

Marion tressaillit. Elle baissa la tête, et sourdement :

- Vous êtes Giselle d'Angoulême ?

- Je suis la fille de M. le duc d'Angoulême, dit Giselle doucement. L'ambition est une triste chose : le père et la fille sont séparés. Moi ici ! Et mon père dans quelque cachot, sans doute, attendant qu'on instruise son procès. Et ma mère...

La voix de Giselle trembla. Ses yeux se gonflèrent. Son visage devint plus pâle. Marion frissonna.

- Vous avez madame votre mère ?

- Pauvre femme ! Seule, abreuvée d'amertume, poussée par les chagrins jusqu'à la démence, que peut-elle devenir sans moi ? Que lui a-t-on fait, à elle ? Si seulement je pouvais mourir pour elle.

Marion grelottait. Cette douleur filiale, si digne dans son expression, la bouleversait.

- Ne soyez pas ainsi troublée, reprit Giselle. Je suis forte. Je vous défendrai comme je suis décidée à me défendre moi-même...

Marion, tout à coup, releva la tête, une flamme de générosité dans les yeux, mais sur les lèvres un étrange sourire, comme une concession à la perversité. Et elle songea :

- Je puis bien la sauver sans la réunir au chevalier ! Je ne suis pas prisonnière, reprit-elle tout haut. Vous reverrez madame votre mère : je suis venue pour vous faire sortir d'ici. Ne parlez pas, ne vous écriez pas. Qui je suis ? Inutile que vous le sachiez.

Mon nom n'est rien, et ma personne bien peu de chose. (Un éclat de rire nerveux.) Voici la porte. Tournez à droite. Il y a un escalier.

Montez-le. Vous arrivez dans une cave encombrée de bois. Encore un escalier, et vous êtes dans une petite cour. À gauche, dans la cour, un grand mur, une petite porte. Vous la franchissez, et vous voilà dans la cour d'honneur de l'hôtel, pleine de gardes, de valets chamarrés. Grâce à ce manteau et à ce masque, nul ne vous remarquera, car il y a là-haut grande fête des vivants. Ici, c'était la fête de la mort. Allez, mais allez donc, mademoiselle, une hésitation nous perd toutes deux. Adieu !

Tout en parlant avec une volubilité de fièvre, Marion, avec la prompte dextérité d'une femme de chambre accomplie, enveloppait Giselle de son propre manteau de soie bleue, lui attachait son masque sur le visage, lui rabattait le capuchon sur le front, la poussait dans la petite pièce ronde, lui indiquait le chemin à suivre. Giselle, stupéfaite, voulut murmurer un mot de remerciement, mais déjà l'étrange fille s'éloignait d'elle d'un pas rapide et souverainement gracieux et disparaissait dans la salle où tout à l'heure se trouvaient la reine et Léonora. Giselle assura dans sa main un petit poignard que l'inconnue venait d'y glisser, et, forte, intrépide, résolu à mourir en se défendant si on essayait de l'arrêter, elle s'élança par la voie qu'on venait de lui désigner.

* * *

Belphégor, à la vue de Marion Delorme, s'était abattu sur ses genoux, le front sur le plancher. Et lorsqu'il releva la tête, il demeura ébloui, extasié, les mains jointes.

Resplendissante dans sa toilette de fête, toute constellée de brillants, la figure pâle, affinée et comme spiritualisée par les émotions, tandis que la fièvre mettait dans ses yeux une irritation de lumière, Marion apparut à Belphégor comme une de ces madones que les chrétiens adoraient dans leurs églises et que lui, païen, trouvait si radieusement belles. Et ce fut ce mot que balbutièrent ses lèvres livides :

- Ô madone, madone ! que vous êtes belle !

- Relève-toi, dit Marion.

- Non, non. À vos pieds, je suis bien. Que de fois j'ai rêvé que je me voyais ainsi ! Et c'est arrivé, ceci n'est pas un rêve, c'est vous qui êtes là, si belle, supportant la vue de Belphégor sans le chasser !

Comment était-elle là ? Par où était-elle venue ? Par quel prodige avait-elle connu le secret des souterrains ? Aucune de ces questions ne préoccupa un seul instant l'esprit du Nubien. Son âme primitive jouissait pleinement de la joie inouïe qui l'inondait.

- Relève-toi, reprit Marion avec une sorte d'impatience et de pitié tout à la fois.

- Ô madone, râla la voix rauque du Nubien, laissez-moi vous adorer. Ne se met-on pas à genoux pour adorer ? Qu'est-ce que cela vous fait ?

- Tu m'aimes donc bien ? murmura Marion.

Le Nubien ne put répondre ; mais deux larmes brûlantes jaillirent de ses yeux et tracèrent sur ses joues bronzées leur double sillon d'amour. Marion lui tendit ses deux mains. Il se jeta dessus, les saisit, les dévora de baisers furieux, et, comme elle le forçait ainsi à se relever, comme elle le voyait maintenant debout, vigoureux, haletant, les prunelles rouges dans ses yeux blancs, le souffle embrasé, elle frissonna de peur et recula.

- Où est le chevalier de Capestang ? demanda-t-elle tremblante, reculant toujours.

Chez le Nubien, le fauve s'éveillait. Brusquement, il se ramassa, prêt à bondir. La folie du rut jaillissait en flammes de son regard et en haleines brûlantes de ses lèvres entrouvertes. Il eut un geste et fit un pas. Une sorte de grognement bestial roula dans sa gorge.

- Encore un pas, Belphégor, et je me tue.

Marion, blanche comme la cire, les yeux plantés droit dans les yeux du fauve, comme une dompteuse, avait prononcé ces mots avec un accent de calme indicible : elle jouait la suprême partie. En même temps, elle portait à ses lèvres un minuscule flacon. Elle répéta :

- Un geste, Belphégor, et je bois le poison !

Hagard, stupide de luxure furieuse, il la contempla un instant. Et Marion trembla. Une vertigineuse épouvante s'empara d'elle, comme de la dompteuse qui voit tout à coup que le fauve va la tuer. Ce fut une seconde horrible. Tout à coup, elle respira et alors employa toutes ses forces à ne pas s'évanouir sous le choc en retour de l'épouvante : Belphégor venait de s'affaisser, vaincu, dompté, sanglotant, tendant les mains et demandant grâce.

Marion, en deux pas, fut sur lui, le saisit par les deux poignets, sublime d'intrépidité, et, sa bouche parfumée à une ligne de la bouche du fauve, de ses lèvres grisantes, elle dit :

- Ce soir, Belphégor, ce soir chez moi, à l'hôtellerie des Trois Monarques, je serai à toi, à toi tout entière, vivante et vibrante d'amour. Mais tu feras ce que je voudrai.

Un râle éperdu, puis un rugissement, un grondement.

- Tout ! tout ! Je tuerai ma maîtresse et mon maître ! Je brûlerai Paris ! Tout ! Ordonnez !

- Où est ton prisonnier ?

- Ici ! gronda le Nubien en frappant le plancher du pied.

- Eh bien ! délivre-le. Amène-le-moi. Ou plutôt mène-moi à lui. Et tu n'obéiras pas à l'ordre de mort. Tu ne l'attacheras pas à la planchette. Tu ne le feras pas descendre !

- La planchette ! râla le Nubien. La planchette de fer !

- Oh ! gronda Marion, délirante elle-même. Oh ! misérable, tu hésites ! Si tu l'attaches, entends-tu, jamais je ne serai à toi ! Jamais tu ne me reverras ! Jamais je... Oh ! oh ! ces cris ! ces hurlements d'horreur ! là ! qu'est-ce ? qui hurle ainsi à la mort ?

Venu des profondes entrailles du puits, l'exorbitante clameur montait, étouffée, funèbre, extra humaine, comme les cris d'horreur des spectres de la danse macabre. Et c'était le hurlement qu'arrachait à Capestang le vertige de la mort par l'épouvante !

- La planche de fer ! rugit Belphégor en saisissant à pleines mains ses cheveux crépus.

La descente infernale dans les abîmes du puits ! Écoutez ! écoutez ! C'est lui, c'est lui qui hurle à la mort ! Trop tard ! Perdue ! Elle est perdue pour moi !

Le Nubien tremblait convulsivement. Ces paroles de Marion sonnaient à toute volée dans sa pensée obscure : « Si tu l'attaches, jamais je ne serai à toi ! » Et il l'avait attaché ! C'était fini ! Une seconde encore, il lutta contre le vertige d'angoisse et de rage. La perdre ! Si près du bonheur !

Un cri déchirant de Marion :

- Détache-le ! Et je suis à toi ! Il vit ! Il vit ! Oh ! ces cris ! ces plaintes affreuses !

- Le détacher ! Oui, oui ! rugit Belphégor.

Il courut au levier. Il voulut y courir. Il tomba. Il ne savait quoi se brisait en lui. Il n'avait plus de force. Il ne se tenait plus debout.

- Je ne peux pas ! Je ne peux plus ! Ce levier, là !

- Le levier ! cria Marion en bondissant. Lequel ? Celui-ci ? Bon !

- Soulevez ! Soulevez tant qu'il pourra monter !

Marion, de ses mains frénétiques, souleva le levier. Il était lourd. En d'autres minutes, elle n'eût pu le lever de terre. C'était une monstrueuse barre de fer. Elle la saisit, la leva. Le levier grinça sur sa charnière. Il résistait.

- Plus haut ! Plus haut encore ! râla Belphégor.

Il se remettait à genoux. Il se traînait. Il sentait la faiblesse se dissiper. Les mains de Marion saignaient. Elle entendait au-dessous d'elle un grincement d'autant plus aigu qu'elle levait plus haut le levier : c'était l'écrou qui se vissait en sens inverse et remontait ! Elle ne disait rien ! elle râlait ; elle ruisselait ; elle se rendait compte vaguement de l'opération qui s'accomplissait ; le levier pesait de plus en plus, un bruit sec, soudain éclata, le levier trembla, et, dans la secousse, échappa aux mains frêles de Marion. C'était la fin : l'écrou avait repris sa place primitive en haut de la vis géante ! Belphégor, debout, se rua sur un autre levier et le manœuvra, tandis que Marion, machinalement, enlevait l'une après l'autre les bagues qui avaient écrasé et déchiré ses doigts.

- Venez ! cria Belphégor.

Il eût sauté sur elle, à ce moment, qu'elle n'eût opposé aucune résistance. Elle ne savait plus ni où elle était, ni ce qu'elle faisait. Elle vivait dans l'horreur. Deux secondes plus tard, elle se trouva dans la pièce située au-dessous de la chambre aux leviers : le plancher s'était remis en place ; elle entra, et elle vit ! Capestang était attaché à ses neuf anneaux. Il avait les yeux fermés et la bouche ouverte. Mort, peut-être ? Belphégor, d'un coup sec, ouvrait les anneaux, l'un après l'autre, il saisissait le chevalier, à pleins bras et le déposait aux pieds de Marion. Elle s'agenouilla, l'examina, posa sa main sur son cœur, puis se releva. Elle semblait très calme. Seulement, un long soupir gonfla son sein, et, les yeux attachés sur le chevalier, d'une voix étrange, murmura :

- Il vit ! Il vivra !

Elle se tourna vers Belphégor :

- Comment sortir d'ici ? L'hôtel est plein de gens.

Le Nubien se pencha sur elle, et d'un accent auquel il ne restait presque rien d'humain :

- Tu seras à moi ?

- Oui ! dit Marion. Quand ?

- Ce soir.

- Sur quoi le jures-tu ?

Marion étendit la main sur le front livide du chevalier Capestang et prononça :

- Sur celui-ci, à qui j'ai donné mon cœur, Belphégor, je te jure de te donner mon corps !

- Bon ! fit le fauve en grognements indistincts. Venez et ne vous inquiétez pas du reste.

Il se baissa, empoigna le chevalier, le souleva, le jeta en travers de ses épaules et se mit en marche. Arrivé dans la petite cour, au lieu de prendre à gauche, vers la cour d'honneur, il se dirigea à droite, vers la porte de fer qui donnait sur le cul-de-sac Maladre. Il ouvrit. L'instant d'après, ils étaient dehors.

XLII - Débuts de trois fameux comédiens

Nous avons laissé Cogolin, si nous avons bonne mémoire, au moment où, la bouche en cœur, tout confit en politesse, l'âme gonflée d'orgueil et l'estomac tout joyeux d'espoir, il s'avançait vers Lureau, qui venait de proclamer à la face de la multitude que l'inventeur du sublime onguent de la Catachrèsis, c'était lui - lui ! le savant et illustre Cogolin !

- Le jour serait-il enfin venu où, cessant de m'appeler Laguigne, je vais pouvoir me congratuler moi-même sous le nom harmonieux de Lachance ? Ainsi songeait Cogolin, et cependant, il fendait d'un coude victorieux les flots de la foule qui se précipitait pour acheter des pots d'onguent. Après un mois de misère, continuait-il, après la funeste obligation où je me suis trouvé de faire trois nouveaux crans à ma ceinture de cuir pour me serrer le ventre, l'heure ineffable aurait-elle sonné enfin, à l'horloge déréglée de mon estomac, où j'aurai le droit de m'asseoir devant une table étincelante et parfumée de choses dont la seule image me fait venir l'eau à la bouche ? Puisque j'ai trouvé sans le savoir un onguent mirifique, puisque Lureau lui-même déclare que j'en suis l'illustre inventeur, il faut qu'il me donne un bon prix de ma trouvaille. Et s'il ne veut pas s'exécuter, tout au moins m'offrira-t-il à dîner. Corbacque ! comme disait mon ancien maître le sire Capestang ! Eh bonjour, maître Lureau !

Lureau l'avait aperçu, et, depuis quelques instants, le regardait venir du coin de l'œil.

- Entrez, entrez ! Suivez la foule ! tonitrua l'ex-aubergiste sans paraître remarquer Cogolin.

- Hé ! Ne me reconnaissez-vous pas ? Hé ! maître ! monsieur Lureau ! s'exclamait Cogolin en multipliant les sourires, les œillades - car Lureau représentait la fortune.

- Suivez ! Suivez ! Il y en a pour tout le monde ! Plus de chauves, messieurs !

- Et moi ! fit Cogolin en retirant sa perruque de chanvre. Maître Lureau ! Mon cher monsieur Lureau, ne reconnaissez-vous pas votre bienfaiteur, votre ami Cogolin ?

- Plus de chauves ! rugit Lureau. Entrez ! Suivez ! Suivez !

Cogolin, désespérant d'attirer sur lui l'attention du superbe Lureau, entra dans la boutique où Mme Lureau souriante, empressée, vêtue à peu près de même que la magicienne Catachrèsis du tableau extérieur, distribuait les pots d'onguent avec la manière de s'en servir. À peine y fut-il que Mme Lureau, abandonnant sa clientèle, alla à lui :

- Quel magnifique chauve ! s'écria-t-elle. Tenez, monsieur, voici qui vous fera chevelu comme saint Absolon. C'est une livre seulement.

- Mais, madame, balbutia Cogolin effaré.

- Quel chauve ! Jamais on ne vit chauve plus chauve. Quoi ! Pas le plus mince cheveu ! Pas une ombre de poil sur le crâne ! Ah ! peste, je donnerais cent livres pour être chauve à ce point, afin de voir pousser mes cheveux !

- Mais... murmura Cogolin ébahi.

132

- Quoi ? Que dit-il ? Il n'a pas le sou ! Eh bien, pour vous, mon brave, ce sera pour rien ! (Les acheteurs entrés dans la boutique entouraient curieusement Mme Lureau et Cogolin.) Pour rien ! glapissait Mme Lureau. Pour rien ! Regardez, messieurs, voici un brave chauve comme jamais vous n'en vîtes ! Dans huit jours, il aura tellement de cheveux qu'il ne pourra plus passer par cette porte.

Allons, brave homme, c'est pour rien !

En même temps, elle saisissait Cogolin par les épaules, le courbait et le maintenait la tête penchée vers un baquet rempli d'une graisse noire. Un courtaud accouru du fond de l'arrière-boutique, sur un signe de Mme Lureau, plongea ses deux mains dans le baquet, et se mit à enduire le crâne de l'infortuné... Cogolin se débattait et criait. Le courtaud frottait. Le crâne, le front, les joues, bientôt, disparurent sous une couche de l'enduit fuligineux ; il en avait plein les yeux, il en avait plein la bouche.

D'une secousse, Cogolin parvint enfin à s'arracher aux mains de son bourreau, tandis que les clients partaient de rire. Il s'essuya les yeux tant bien que mal, et la première figure qu'il aperçut alors fut celle de Laffemas qui, l'ayant reconnu peut-être, le considérait avec une attention soupçonneuse.

- Diable ! pensa Cogolin. Heureusement que je suis changé en Maure. À quelque chose malheur est bon : l'infâme ne me reconnaîtra pas. (À ce moment d'ailleurs, Laffemas disparut vers le fond de la boutique.) Mais, madame, reprit Cogolin en se tournant vers Mme Lureau, ne me reconnaissez-vous donc pas ? Je suis Cogolin, votre ami Cogolin.

- Que dit-il ? s'écria Mme Lureau. Patron ! Holà ! maître Lureau ! voici un drôle qui prétend être l'illustre Cogolin !

Les acheteurs d'onguent, amusés et croyant à une parade

intérieure faisant suite à la parade des tréteaux, firent cercle dans la boutique. Laffemas n'était pas le moins attentif.

- Hein ? Quoi ? Qu'est-ce ? cria Lureau en accourant aux cris de Tabarin.

- C'est ce maroufle, c'est ce pendard qui soutient urbi et orbi, coram populo, qu'il s'appelle Cogolin !

- Mais, mon cher monsieur Lureau, balbutia Cogolin avec un sourire navré, regardez-moi...

- Eh bien ! je te regarde ! Et tu dis ? Voyons que dis-tu ? qu'oses-tu prétendre ?

- Que je suis Cogolin, par tous les diables ! cria l'infortuné, poussé à bout et bouleversé d'indignation.

- Quelle hérésie ! rugit Lureau.

- Quel effronté mensonge ! glapit Mme Lureau.

Et, s'armant de bâtons, ils se mirent à frapper à tour de bras, aidés par quelques-uns des acheteurs d'onguent, parmi lesquels le plus acharné était encore Laffemas.

- Grâce ! miséricorde ! vociférait Cogolin.

- Avoue ton nom ! hurlait Lureau.

- Laguigne ! Je m'appelle Laguigne ! sanglota Cogolin.

Roué de coups, moulu, barbouillé de suie grasse, poussé de main en main, Cogolin fut jeté dehors et il disparut bientôt.

- Voilà, pensait Lureau, qui lui ôtera l'envie de venir me demander une part sur les bénéfices de la Catachrèsis !

- Laguigne ! murmurait Laffemas en inscrivant ce nom sur ses tablettes. L'écuyer du chevalier s'appelle Laguigne. Bon. Puisque le maître a reçu son compte, tâchons que le valet reçoive aussi le sien.

- La peste étouffe le misérable Lureau ! rugissait Cogolin tout en courant.

Voilà donc le dîner qui m'attendait chez lui ! Mais, si je souhaite la peste à Lureau, que souhaiterai-je à ce sacripant, à ce Laffemas ! Comme il frappait ! Je lui souhaite une bonne fièvre qui l'emporte en deux jours... Non ! j'y perdrais. Je lui souhaite donc de vivre jusqu'à ce que nous puissions nous retrouver seul à seul, et alors !

Cogolin acheva sa pensée par un moulinet des bras qui n'augurait rien de bon pour le dos de Laffemas. Tout en geignant, pestant et roulant force projets de vengeance, tout contrit de son aventure, plus affamé que jamais, Cogolin avait gagné la Seine et, descendu sur le bord de l'eau, il se débarrassa tant bien que mal de l'onguent catachrèsique dont il avait été frotté ce soir-là, le pauvre diable dut se contenter d'un croûton de pain qu'il gagna en tournant la broche pendant deux heures dans une rôtisserie.

Quatre jours s'écoulèrent, pendant lesquels la guigne acharnée lui tint fidèle et sinistre compagnie. Le quatrième jour, au soir, Cogolin s'installa sur le Pont-Neuf et essaya de tirer le manteau du premier bourgeois qu'il vît passer. Mais ce fut le bourgeois qui le roua de coups et finalement lui enleva son propre manteau, si peu qu'il valût : Cogolin était tombé sur un voleur. Le cinquième jour, au matin, Cogolin, en sortant de l'ex-auberge du Grand Henri, où il couchait dans une caisse remplie de foin, se frappa le front, ce qui signifie généralement qu'on a ou qu'on croit avoir une bonne idée.

Cette idée consistait à aller trouver Lanterne, le valet de Cinq-Mars.

- Comment n'y ai-je pas pensé plus tôt ? se dit Cogolin en tressaillant de joie. En l'appelant M. de Lanterne, j'aurai à dîner. Si je l'appelle monseigneur, il me donnera une pistole, peut-être. La vanité de l'homme est insondable, disait mon ancien maître le régent.

Cogolin raisonnait en subtil personnage, comme le pourceau de La fontaine. Il se hâta donc vers l'hôtel de Cinq-Mars où, ayant été introduit non sans peine, il se trouva enfin face à face avec Lanterne, plus majestueux et rubicond que jamais. Lanterne se bottait et endossait un habit de voyage, aidé par un des petits ardélions de l'hôtel.

- Ah ! monsieur de Lanterne, fit Cogolin d'une voix tremblante, vous partez donc ?

- Mon Dieu oui, monsieur de Cogolin, dit Lanterne. Une minute plus tard, je n'eusse pas eu l'honneur de votre visite.

Cogolin eut un douloureux tressaillement.

- Pourquoi m'appelle-t-il M. de Cogolin ? songea-t-il avec angoisse. Est-ce qu'il espère que je vais l'inviter à dîner ? (Tiens, c'est une idée ! C'est lui qui paiera, voilà tout.) Ah ! monsieur de Lanterne, vous me voyez tout heureux d'être arrivé à temps pour vous rendre le dîner que vous me fîtes l'honneur de m'offrir à la Sarcelle d'Or. J'espère que vous ne me ferez pas l'affront de refuser la fricassée de poulet, le cuissot de chevreuil, le pâté d'anguille et la marmelade de pommes que j'ai fait faire à votre attention !

Lanterne toisa Cogolin. Et il est certain qu'il est difficile de voir plus violente antithèse que celle formée par ces deux êtres, l'un resplendissant de santé, l'autre maigre à voir le jour à travers, l'un vêtu de bon drap, l'autre à peine couvert de misérables loques : le chien gras et le loup maigre - c'était le loup maigre qui invitait le chien gras à une franche lippée ! C'était tout cela qu'exprimait le sourire de Lanterne, sourire d'homme supérieur.

- De la marmelade de pommes ? fit-il en se caressant le menton. Hum ! C'est ma folie.

Et Lanterne commença de descendre un escalier.

- Je le savais ! s'écria Cogolin, qui se mit à suivre en tremblant d'espoir.

- Monsieur de Cogolin, dit Lanterne en descendant dans la cour de l'hôtel, vous saurez que M. le marquis, mon maître, a reçu cette nuit un cavalier venu à franc-étrier d'Effiat pour lui annoncer que son noble père est à l'agonie.

- Ah ! ah ! Diable ! Eh bien, ce sera un repas de funérailles, voilà tout ! Et au lieu du vin blanc dont j'ai commandé six bouteilles pour vous, nous boirons de ce vin d'Effiat qui est si rouge qu'il en est noir...

- Monsieur de Cogolin, continua Lanterne en montant sur une borne pour enfourcher un normand trapu qui l'attendait tout sellé, vous saurez qu'au reçu de cette triste nouvelle, M. le marquis de Cinq-Mars a fait atteler son carrosse de voyage et qu'il y est tout aussitôt monté avec Mme la marquise, qui, fort heureusement, rentra hier soir à l'hôtel...

- Oh ! oh ! Avec Mme la marquise ? Eh bien, en l'honneur de Mme la marquise, nous ajouterons une de ces crèmes en pot que la patronne de la Sarcelle d'Or fait si fondantes et si parfumées.

- De la crème en pot ! s'écria Lanterne en se mettant en selle. Je me ferais tuer pour la crème en pot. Monsieur de Cogolin, vous saurez que M. le marquis m'a donné l'ordre de le rejoindre à Orléans, faute de quoi, il doit m'arracher les oreilles. Un conseil, monsieur de Cogolin : mangez ma part de crème et de marmelade à mon intention, et en souvenir de la leçon que vous me fîtes l'honneur de me donner.

- Monsieur Lanterne ! s'écria Cogolin désespéré en voyant que le laquais de Cinq-Mars franchissait la porte de l'hôtel.

Lanterne se retourna sur sa selle, et dit :

- À bientôt, monseigneur !

Cogolin demeura foudroyé par ce mot, qu'il avait compté servir comme suprême amorce à la vanité de Lanterne, et s'asséna un grand coup de poing sur le crâne.

- Hors d'ici ! fit rudement le suisse en le poussant dehors.

Il y avait près d'un quart d'heure que Cogolin avait vu se refermer les portes de l'hôtel, et il était encore là, se demandant si c'était bien vrai. Sa dernière espérance était partie en croupe derrière Lanterne. En d'autres temps, Cogolin eût certainement été humilié d'avoir été battu par Lanterne avec ses propres armes. Ce gros benêt s'était moqué de lui qui, au total, ne manquait pas d'esprit. Mais vraiment, Cogolin avait trop faim pour songer à pareilles misères. Il avait faim, ah ! vraiment faim, le pauvre diable.

Cogolin s'en était allé, triste à la mort. Où allait-il ? Il ne le savait guère. Qu'allait-il advenir de sa pauvre carcasse, spectre ambulant, image vivante - encore vivante - de la Faim ? Minable et lamentable, sa maigre échine frissonnant aux bises d'automne sous son misérable justaucorps mangé de trous, traînant sa botte de reître et sa sandale de moine, n'en pouvant plus enfin, il s'assit sur une borne dans une rue déserte, et, la mâchoire dans la main, les yeux brillants de fièvre, songea à son malheur. Sans doute, il demeura assez longtemps immobile sur cette borne. Quand il se sentit un peu reposé, il poussa un long soupir de détresse et il fit un mouvement pour se lever.

- Ne bougez pas, de grâce, fit une voix près de lui. Encore deux coups de crayon, et c'est fini...

Cogolin, étonné, leva la tête et, à quatre pas, vit un jeune homme d'environ vingt-cinq ans, tête fine, noble, tourmentée, regard intense, l'épée au côté - ce qui prouvait qu'il était de noblesse - vêtu avec une sorte de fantaisie charmante, bien que ses habits fussent de fort bon drap. Cet étrange inconnu tenait dans sa main gauche un cahier de bonne dimension couvert d'une reliure en carton qui lui servait de support ; de la main droite, il maniait un crayon. Il contemplait fixement Cogolin une minute, puis crayonnait. Cogolin, devant cette apparition, demeura bouche béante.

- Encore quelques coups de crayon, répéta l'inconnu, et ce sera parfait. Ne bougez pas, je vous en supplie.

L'inconnu éloigna de lui son cahier, au bout de son bras tendu, cligna des yeux, ramena le cahier, crayonna encore une minute, puis murmura :

- Quel admirable gueux ! et pourtant... quelle tristesse de se heurter à de tels modèles ! Comment vous appelez-vous, mon ami ?

- Laguigne, répondit Cogolin. Hélas ! je m'appelle Laguigne.

- Laguigne ! s'écria l'inconnu. Admirable ! Merveilleux ! Nul nom ne pouvait mieux convenir.

Le jeune homme inscrivait le nom de Laguigne sous une esquisse vigoureuse et sobre qui dénotait la facture d'un puissant visionnaire des choses et des êtres. Puis il referma son cahier et le mit dans une poche suspendue à sa ceinture.

- Tenez, mon ami, dit-il alors en offrant un écu au misérable gueux.

Cogolin vit luire la pièce d'argent. Il trembla. Ses yeux se troublèrent. Il la saisit enfin et baissa la tête en pleurant.

- Pauvre diable ! murmura le jeune homme.

- Monsieur, fit Cogolin, comment vous remercier ? Vous me sauvez la vie.

- C'est moi, au contraire, qui doit vous remercier, dit l'inconnu. Je suis honteux de vous offrir si peu de chose pour la pose à laquelle vous vous êtes soumis de si bonne grâce.

- Votre nom, monsieur, je vous en prie, pour que je puisse le bénir.

- Ma foi, j'ai grand besoin, en effet, de bons souhaits, puisque j'entreprends un long, bien long voyage.

Tel que vous me voyez, je viens de Nancy, en Lorraine, et m'en vais jusqu'à Rome. Vous m'avez dit votre nom, mon brave ; la politesse veut donc que je vous dise le mien : je m'appelle Jacques Callot.

Ayant fait un geste amical à Cogolin, le futur auteur des Bohémiens, des Misères de la guerre, des Hideux et des Gueux s'éloigna et bientôt disparut.

* * *

Cogolin, serrant frénétiquement dans sa main l'écu qui, réellement, lui sauvait la vie, se remit en marche et entra tout droit dans le premier cabaret qu'il trouva sur son chemin. Ce cabaret était situé à l'angle de la rue des Lombards, c'est-à-dire sur le carrefour formé par cette rue et celles des Arcis et Saint-Martin, c'est-à-dire sur les endroits les plus fréquentés de Paris. Il portait en enseigne un homme vêtu de noir comme un commissaire, et s'emparant d'un sac d'écus - avec cette exergue : Au Borgne qui prend.

Le borgne, c'était le commissaire de l'enseigne. Sur la gauche de ce cabaret s'ouvrait un hangar d'assez vastes dimensions qui, pour le moment, se trouvait vide.

Cogolin s'assit à une table, plaça devant lui, en évidence, l'écu qui répondait de lui, commanda du pain et du vin, des œufs et du jambon, et se mit à dévorer. Lorsque les œufs et le jambon eurent été engloutis, Cogolin s'aperçut qu'il avait encore faim et commanda bravement qu'on lui servit un des poulets qui rôtissaient devant la haute flamme d'une immense cheminée. Lorsque le poulet eut été réduit à l'état de squelette parfaitement nettoyé, Cogolin s'aperçut qu'il avait encore soif et demanda une bouteille d'un vin de Beaugency alors fort en honneur.

Lorsque le flacon fut épuisé jusqu'à la dernière goutte, Cogolin constata que faim et soif étaient enfin à peu près apaisées mais que, de son écu de six livres, il ne lui restait plus que deux sols et trois deniers.

Cogolin ne s'en émut pas outre mesure : il se trouvait dans cet état de béatitude qui fait que l'estomac ne croit plus à la faim, la gorge à la soif et l'esprit à la misère. Il employa donc ses deux sols et ses trois deniers à fumer de la nicotine dans une pipe en terre, tout comme un grand seigneur, car la pipe était alors un luxe. Adossé au mur, enveloppé des odorants nuages de nicotine, béat et rassasié, Cogolin jetait autour de lui de vagues regards qui, à la fin, se posèrent avec intérêt sur trois personnages assis non loin de lui et paraissant être des garçons boulangers.

Ils étaient en effet tous trois vêtus en mitrons. Le premier était petit, boulot, avec un nez pointu et des yeux vifs. Le deuxième était long et maigre, avec un nez mélancolique. Le troisième avait un ventre comme une barrique, des épaules comme un bœuf, et un nez vermeil. Ces trois êtres tenaient avec le patron du Borgne qui prend une conversation des plus animées. L'hôte semblait les connaître parfaitement et paraissait leur faire des remontrances amicales.

- Ainsi, dit-il à la fin, vous êtes bien décidés ? Vous quittez la boulangerie de mon voisin Lescot pour vous faire baladins, bateleurs, comédiens, je ne sais quoi de damnable et de damné ?

- C'est fait ! s'écria l'homme au nez pointu, nous quittons le pétrin pour le char de Thespis !

- Quoi, mon cher Legrand, réfléchissez.

- Il n'y a plus de Legrand.

Je m'appelle désormais Turlupin.

- Et vous, reprit l'hôte, vous, mon brave Guéru, si doux, si poli, voyez un peu.

- Il n'y a plus de Guéru ! dit l'homme au nez mélancolique. Je suis Gautier-Garguille. À bas le fournil et vivent les tréteaux !

- Et vous, mon pauvre Robert, si paisible, si...

- Il n'y a plus de Robert ! cria l'homme au nez vermeil. Je suis Gros-Guillaume. Cela se voit assez, que diable ! Plus de farine au visage ! À moi le masque antique !

L'hôte poussa un soupir et considéra les trois mitrons avec une profonde commisération.

- Voilà, songea Cogolin, trois gaillards qui m'inspirent une irrésistible amitié.

L'homme au nez pointu, qui paraissait être le chef de ce trio, c'est-à-dire Legrand, c'est-à-dire Turlupin, reprit en s'adressant au patron du Borgne qui prend :

- Or, mon maître, en attendant que nous puissions jouer sur un vrai théâtre comme ces messieurs de la rue Mauconseil [Où se trouvait le théâtre de l'hôtel de Bourgogne dont les comédiens avaient privilège de représenter mystères et tous jeux récréatifs.], comme nous avons besoin d'un lieu couvert pour y donner nos représentations, nous avons pensé à vous.

- À moi ! s'écria l'hôte stupéfait. Non, non, par tous les diables, je n'ai pas envie de me damner !

- Vous avez, reprit Turlupin sans se démonter, vous avez un grand imbécile de hangar qui peut loger cent spectateurs sans compter les tréteaux.

Nous désirons désidérativement votre hangar. Et vous aurez pour vous un quart de la recette !

- Un quart de la recette ? Oh ! oh ! fit l'hôte soudain alléché. Et que ferez-vous payer à chaque personne ?

- Pour assister à nos turlupinades, il en coûtera à chacun deux sols six deniers. Calculez. Votre fortune est faite si seulement nous avons tous les jours une centaine de spectateurs.

L'hôte calcula en effet. Et il trouva sans doute que sans être la fortune annoncée, la somme était bonne à prendre, car il tendit sa main en disant :

- Tope !

- Évohé ! hurlèrent les trois mitrons.

C'est ainsi que dans la grande salle du cabaret du Borgne qui

143

prend, fut fondée l'association de Turlupin, Gautier-Garguille et Gros-Guillaume, association qui devait bientôt prospérer au point d'inquiéter les comédiens officiellement privilégiés.

- Ce n'est pas tout ! s'écria Legrand (dit Turlupin), lorsque les quatre compères eurent vidé une bouteille à leurs succès futurs, il nous manque un personnage qui aura d'ailleurs un rôle des plus faciles puisqu'il n'aura rien à dire. Gautier-Garguille, Gros-Guillaume et moi, nous avons la langue assez bien pendue pour occuper l'auditoire.

Par malheur, aucun de nous ne sait convenablement recevoir les coups de bâton. Il nous faut quelqu'un qui sache se faire étriller dans les règles.

- Recevoir des coups ? fit l'hôte perplexe. Ne comptez pas sur moi pour jouer ce personnage-là.

À ce moment, Cogolin qui avait attentivement écouté toute cette discussion, se leva, s'avança vers Turlupin, mit la main sur son cœur et, la figure balafrée par un immense sourire, prononça :

- Moi, monsieur, je sais !

Le trio stupéfait contempla une minute cette figure de faune chauve et rieur, l'aspect minable de ce grand corps courbé en une salutation pieuse et matoise à la fois.

- Superbe ! dit Turlupin.

- Superlatif ! dit Gautier-Garguille.

- Supercoquentieux ! dit Gros-Guillaume.

Cogolin salua de nouveau et se tint modeste devant les trois futurs comédiens, comme devant trois juges. Turlupin le considéra avec attention, et lui dit :

- Ainsi, l'ami, vous savez recevoir des coups de bâton !

- J'en ai fait depuis quelques jours un apprentissage approfondi, répondit Cogolin. Coups de bâton, coups de poing, coups de pied, coups de griffe, j'ose assurer à ces dignes seigneurs baladins que je sais tout recevoir. Il paraît que c'était ma vocation. Messieurs, j'ai vainement essayé de tous les métiers : aucun n'a voulu de moi, il n'y a guère que les coups de bâton qui me réussissent.

Messieurs, je suis à la recherche d'une honorable position dans le monde. Je ne demande pour tous gages que la niche et la pitance. Et encore je puis me passer du gîte : j'en ai un. Mais, pour Dieu la Vierge et les saints, que je sois assuré de manger à ma faim et boire à ma soif. Mettez-moi donc à l'essai, et je veux être pendu si vous n'êtes satisfaits de ma manière de me faire étriller, gourmer et rosser.

Ce discours obtint tout le succès qu'en espérait Cogolin. Séance tenante, l'ancien écuyer du chevalier de Capestang, l'ancien laquais d'astrologue, de régent et d'apothicaire fut embauché dans la société Turlupin en qualité de valet de comédie, aux conditions mêmes qu'il avait énoncées, c'est-à-dire qu'il fut engagé pour recevoir des volées de coups de bâton, moyennant la nourriture. Pauvre Cogolin, il avait enfin trouvé une position sociale !

XLIII - Fend-l'Air

Le chevalier de Capestang avait perdu connaissance, au moment où attaché par neuf anneaux de fer à la planche de fer qui descendait en tournant vers l'invisible fond du puits, il avait senti sa tête s'égarer ; le puits sans fond visible lui apparut comme la demeure de l'épouvante ; ses hurlements résonnèrent à ses oreilles comme les cris de l'épouvante qui l'appelait. Alors, il s'évanouit. Lorsqu'il revint à lui, il se vit dans un bon lit. Il regarda autour de lui, et constata que la chambre où il se trouvait était ornée et meublée avec cette somptuosité banale mais coûteuse d'un appartement du premier ordre dans une hôtellerie de premier ordre. En face de lui, il y avait deux fenêtres, et comme la lumière passait à travers les rideaux entrouverts, il eut cette sensation de délicieux frisson qu'on éprouve à revoir un spectacle émouvant qu'on n'a pas vu depuis des années.

- Tiens ! fit-il, le soleil !

Ce fut sa première parole, et sa première impression. Cette double coulée de soleil il la contempla longtemps sans se demander où il se trouvait et comment il était venu là.

- La joyeuse matinée ! songea le chevalier. Corbacque, la belle chevauchée que je vais demander à mon brave Fend-l'Air ! Voilà qui dissipera cette pesanteur que je me sens à la tête. Que diable ai-je bu hier ?

Il souleva la tête ; mais elle retomba aussitôt comme si elle eût été attachée à l'oreiller. Alors il demeura immobile, les yeux agrandis, fixés sur les images qui s'évoquaient tour à tour, pareilles à des lointaines visions évanouies aussitôt qu'apparues.

Il revoyait la bataille du Grand Henri dessinée en vigoureux relief ; puis la prison où il s'était trouvé presque mourant de soif, mourant de ses blessures, et cela aussi se présentait avec une certaine netteté ; puis l'apparition de la dame inconnue qui l'avait emmené, soigné, guéri ; et déjà, les détails s'estompaient ; puis son séjour dans une chambre souterraine, sous la surveillance du Nubien ; puis enfin... là, les images évoquées devenaient confuses. Des ténèbres s'accumulaient dans ce coin de sa mémoire. Le puits, la planche de fer, la vis titanesque, cet effroyable agencement de choses de fer qui grouillaient, oui, cela revivait, mais comme un rêve, un affreux rêve dont l'imagination cherche à reconstituer les péripéties...

- Quel abominable cauchemar ! se dit le chevalier. Ah çà, mais je suis donc sorti de la chambre souterraine ? Et la dame qui me soigna, qu'est-elle devenue ? Est-ce un rêve, elle aussi ? Et ce démon noir ?... Ho ! qui sont ces deux-là ?

À ce moment en effet deux hommes entraient dans la chambre ; ils se dirigèrent vers son lit. L'un vêtu d'une robe noire. L'autre était vêtu de blanc et tenait son bonnet blanc à la main. Le premier était grand, mince, maigre, pâle, et portait des lunettes sur le nez. Le second était gros, court, et de face flamboyante. À eux deux, ils formaient une apparition fantastique.

- Qui êtes-vous ? grogna le chevalier. Où suis-je ? Qui m'a conduit ici ?

- Chut ! fit l'homme en noir en lui prenant une main.

- Silence ! fit l'homme blanc en roulant vers la porte des regards effrayés.

- Or çà, mes maîtres, suis-je dans une maison de fous ? cria Capestang.

Suis-je fou moi-même ? Qui êtes-vous, vous la face de carême ? Et vous, trogne enluminée, qu'êtes-vous ?

Ces exclamations furent suivies d'une bordée de jurons. Il continua en jetant des regards furieux sur l'homme noir.

- Vous avez une figure à tuer les gens, rien qu'en les regardant à travers vos lunettes...

- Monsieur a toute sa connaissance, dit l'homme noir. Le julep a fait merveille. Encore une douzaine de petites saignées et, dans un mois il n'y paraîtra plus. La fièvre s'en va.

- La fièvre t'étouffe toi-même ! rugit le chevalier. Essaye un peu de me saigner ! Ah ! misérable, je ne m'étonne plus d'être si faible ! Drôle, tu as profité de mon sommeil pour m'enlever au moins une pinte de sang !

Le médecin - car c'en était un - tirait déjà sa lancette. Mais le chevalier, saisissant son oreiller, le lui envoya à la tête à toute volée.

Le médecin battit précipitamment en retraite vers la porte, mais avant de la franchir, il se retourna pour crier :

- Vous serez saigné, où j'y perdrai mon bonnet de docteur !

- Drôle ! Faquin ! Je te saignerai comme un poulet, je te larderai, je te ferai cuire dans ton jus !

On ne sait jusqu'où se fût portée l'exaspération du chevalier, si l'homme blanc, après avoir escorté le médecin jusqu'à la porte, ne fût revenu vers le lit en disant :

- À propos de poulet, monsieur tâterait-il bien d'un de nos chapons ?

- À la bonne heure, voilà qui est parler, mon ami ! Quel est ce misérable ruffian qui sort d'ici et qui me veut assassiner ?

- Ah ! c'est un bien grand médecin.

- Et vous, mon cher, qui êtes-vous ?

- Pour vous servir, je suis maître Gorju, patron de l'hôtellerie des Trois Monarques.

- À la très bonne heure ! Voilà une profession avouable. Eh bien ! mon cher monsieur Gorju, c'est très volontiers que j'accepterais un cartel d'un de vos chapons, à condition qu'il entre dans la lice cuirassé de quelque bon pâté et escorté de deux flacons de vin d'Anjou.

L'hôte fila avec la rapidité d'une hirondelle et bientôt reparut accompagné d'un garçon qui portait une petite table toute servie. Il aida à se lever et à s'habiller le chevalier, à qui la tête tournait bien encore un peu, mais qui, somme toute, se vit de force à diriger une bonne attaque sur le chapon. Maître Gorju, après avoir soigneusement fermé la porte, le servait avec des attentions délicates.

- C'est charmant, pensait le chevalier, et ceci m'a tout l'air d'être le pendant de ce fameux dîner que je trouvai impromptu dans le château enchanté de Meudon.

Ce souvenir en éveillant d'autres, l'image de Giselle se présenta à lui, et il en éprouva une telle angoisse qu'il laissa retomber la cuisse de chapon qu'il tenait à la main.

- Ô mon Dieu ! s'écria l'hôte, est-ce que votre faiblesse vous reprend ?

- Non, répondit Capestang en poussant un soupir, j'ai soif.

Maître Gorju s'empressa de remplir un verre jusqu'à ras bord et le chevalier le vida d'un trait. Cependant, à mesure que le chapon disparaissait, à mesure que le niveau du vin baissait dans les bouteilles, notre aventurier sentait les forces lui revenir au galop et les pensées roses se lever en foule dans son esprit, comme autant de fées gracieuses qui lui souriaient.

- Voyons, mon cher hôte, dit-il en se renversant dans l'excellent fauteuil où il était installé, expliquez-moi comment je suis ici et depuis quand je m'y trouve ; expliquez-moi comment je trouve à mon chevet ce magnifique costume que je viens de revêtir et cette belle rapière qui m'a l'air de venir en ligne droite de Milan ; expliquez-moi surtout par quelle féerie je suis installé dans un luxueux appartement de l'une des plus luxueuses hôtelleries de Paris...

- La plus luxueuse, monsieur !

- Soit ! Par quel prodige, enfin, moi, pauvre aventurier sans sou ni maille, je me vois l'objet des attentions empressées d'un homme aussi important que vous.

- Monsieur, dit l'hôte, vous êtes ici depuis sept jours.

Pendant cinq jours et cinq nuits vous avez battu la campagne. Avant-hier la fièvre s'en alla. Hier vous dormîtes comme un loir, et vous voilà remis, Dieu merci, très capable de vous lever, de marcher, enfin, de... de...

- De m'en aller ? hein ?

- Oh ! monsieur. L'appartement est payé pour un mois d'avance, avec la nourriture, le médecin. Je suis forcé de vous le déclarer,

150

ajouta maître Gorju en avalant sa salive.

- Mais enfin, corbacque ! qui m'a amené ici ? Quel lutin ? ou quel ange ?

- Un homme, monsieur, qui vous portait sur ses épaules, un robuste gaillard, ma foi !

- Un homme ? Dites-moi, un noir ? une façon de Maure ou de Nubien ?

- Ma foi, fit l'hôte embarrassé, je n'ai pas remarqué sa couleur.

- Et qui a payé ? Est-ce cet homme ?

- Non, monsieur. C'est une dame que je ne connais pas, ajouta maître Gorju avec le même embarras. Elle vous a fait déposer dans ce lit et m'a donné ses ordres en ajoutant que si je ne les suivais pas à la lettre, je serais écorché vif.

- Vous qui avez l'habitude, au contraire, d'écorcher les autres ! Cela vous eût un peu changé, hein ?

- Ah ! monsieur ! En tous cas, l'homme qui vous apportait et la dame qui a tout payé ont disparu sans que je puisse savoir qui ils sont et de quel côté ils ont tiré.

Voilà, monsieur. Tout est clair.

- Clair ? grommela l'aventurier en se prenant le front à deux mains. Clair ! Je veux être saigné vingt fois comme ce drôle m'en menaçait si je vois clair dans ma situation. Tout n'est que ténèbres, comme dans le puits de mon cauchemar, ajouta-t-il en frissonnant. Dites-moi, mon cher. Vous me disiez que j'ai battu la campagne pendant une semaine... N'aurais-je pas parlé de quelque chose comme un puits sans fin, avec une vis, une planche qui tourne.

- Si fait, monsieur. Vous avez rêvé tout haut, hier ou avant-hier, et vous parliez de cela.

- C'était bien un cauchemar, murmura le chevalier. Il est évident qu'au moment où, dans la chambre souterraine on m'a fait boire un narcotique, c'était pour pouvoir me transporter ici. J'ai rêvé tout le reste, et le narcotique m'a donné une fièvre qui a duré sept jours, voilà !

Dans le fond, le chevalier ne croyait pas un mot de l'explication qu'il se donnait à lui-même. Mais à la seule idée d'admettre la réalité de l'effroyable engin d'épouvante, ses cheveux se hérissaient, son front se couvrait d'une sueur froide, son cœur cessait de battre.

- Voyons, reprit-il en secouant la tête, d'après ce que vous me dites, je puis donc rester encore une bonne quinzaine ici et être défrayé de tout sans bourse délier, opération qui me serait d'ailleurs difficile, vu que je n'ai pas de bourse ?

- Vingt-trois jours, monsieur, rectifia Gorju avec un soupir.

Le plus bel appartement de l'hôtellerie. La nourriture la plus délicate. Les meilleurs vins. La dame a dit : « Comme pour un prince. » Et pendant vingt-trois jours encore, vous avez droit à être ici traité comme un prince.

- Mais, dit le chevalier en se redressant, les armes de ma famille valent bien celles d'un prince !

- Je n'en doute pas, monsieur. Donc, nous disons vingt-trois jours.

- Non, mon cher hôte, non, rassurez-vous, fit le chevalier en riant. Les vingt-trois jours seront votre bénéfice et la digne récompense de vos bons soins désintéressés.

- Ah ! monsieur ! s'écria Gorju enthousiasmé, je ne sais si vous avez les armes d'un prince, mais vous en avez la générosité. Monsieur, je suis bien votre serviteur !

- Hum ! si je n'avais que la générosité de tel prince que je connais. Mais si j'ai pu, malgré moi, être hébergé pendant que j'étais privé de connaissance, il ne convient pas à un Trémazenc d'accepter l'hospitalité d'une inconnue, alors que ses jambes peuvent le porter et ses bras le défendre !

- Ainsi, monsieur, vous me quitteriez ?

- Aujourd'hui même, mon brave.

Un violent combat parut se livrer dans l'esprit de maître Gorju, tiraillé par deux démons également redoutables : l'avarice et la peur. Ce fut la peur qui l'emporta.

- En ce cas, monsieur, dit-il avec un sourire intraduisible, la dame inconnue m'a laissé ceci pour vous le remettre le jour même de votre départ.

Et puisque ce jour est arrivé...

L'hôte posa devant Capestang une bourse de soie. Le chevalier la vida devant lui. Elle contenait cent pistoles. Il demeura un instant pensif ; puis se levant, il repoussa les pièces d'or et mit dans son sein la bourse de soie.

- Je garde la bourse, dit-il. À vous les pistoles.

- Monsieur, bégaya l'hôte, pâle d'émotion, ceci a été prévu par la dame. Je serai embastillé si...

- Eh bien, donnez-les à ce ruffian de tout à l'heure pour les saignées qu'il ne m'a pas faites. Quant à celles qu'il m'a faites, je les lui paierai avec cent coups de pied dans le ventre. Adieu et merci, mon cher !

Là-dessus, l'aventurier ceignit la rapière en question et sortit, laissant Gorju si stupéfait et si ému que c'était lui qui semblait se relever d'une fièvre maligne.

* * *

- Voyons tout d'abord ce qu'a pu devenir mon brave Fend-l'Air, se dit le chevalier quand il fut dehors. Sans lui, je ne suis qu'une moitié de moi-même.

Le lecteur a peut-être oublié que le cheval de Capestang et celui de Cogolin avaient été mis en pension à l'auberge de la Bonne Encontre, rue de Vaugirard, un peu plus loin que le Grand Henri. Mais Capestang n'avait garde d'oublier, lui... Pour se rendre à la Bonne Encontre, en évitant de passer devant l'hôtel Concini, Capestang pouvait descendre la rue de Tournon et remonter ensuite à la route de Vaugirard par le Vieux-Colombier et la rue du Pot-de-Fer.

Mais Capestang se fût cru déshonoré d'avoir l'air de fuir. Il passa donc devant cet hôtel d'Ancre où il était accouru de si bon cœur le jour de son arrivée à Paris et qui, maintenant, lui apparaissait plus sinistre que la Bastille ou le Temple. Et pourtant, il ignorait totalement que c'était dans cet hôtel d'Ancre qu'il avait été enfermé, détenu un mois dans une chambre souterraine, et que là, enfin, sous cet édifice, existait l'horrible réalité de son horrible cauchemar.

Comme il venait de dépasser le grand portail encombré de gardes, deux jeunes gentilshommes qui, se donnant le bras et riant entre eux, sortaient de l'hôtel, s'arrêtèrent soudain en apercevant Capestang qui, d'un pas de matamore, la tête droite, le poing sur la hanche, l'attitude insolente, passait sur l'autre bord de la rue.

- Lui ! murmura Chalabre. Ah çà ! mais, plus on le tue, plus il nous nargue !

- Le Capitan ! fit Bazorges. Oh ! le démon d'enfer !

Tous deux pâlirent. Mais, se remettant aussitôt de leur émotion, ils se dirent quelques mots. Bazorges rentra en toute hâte dans l'hôtel. Chalabre se mit à remonter la rue, à vingt pas derrière le Capitan !

Arrivé à l'entrée de l'auberge où son cheval avait été mis en garde, notre aventurier vit quatre hommes dans une grande cour, desquels l'un était un valet d'écurie qui faisait trotter un cheval en le tenant à la main, et les trois autres regardaient. Du premier coup d'œil, Capestang reconnut son Fend-l'Air. Du deuxième coup d'œil, il reconnut son écuyer Cogolin et maître Garo, patron de la Bonne Encontre.

Du troisième coup d'œil, il reconnut le personnage devant qui Garo et Cogolin faisaient trotter Fend-l'Air afin de le lui vendre : c'était ce spadassin de Concini qu'il avait éborgné d'un coup d'épée le jour où, dans une salle de l'hôtel d'Ancre, après son entrevue avec le maréchal, il avait failli être assassiné par messieurs les Ordinaires : c'était Pontraille !

Fend-l'Air trottait la tête haute, le genou relevé, la queue en panache, souple, nerveux, superbe. Le valet le ramena devant le groupe formé par Pontraille émerveillé, Garo frétillant et Cogolin lugubre. Pontraille leva les sabots de la bête, ouvrit la bouche, souleva les paupières, passa la main à rebrousse-poil sur le dos de l'animal pour s'assurer qu'il n'était pas chatouilleux, agita son chapeau à plumes devant ses yeux pour s'assurer qu'il n'était pas peureux ; enfin, il se livra à cet examen méticuleux qu'un bon cavalier fait subir à un cheval au moment de l'acheter. Fend-l'Air se prêta docilement à toutes ses fantaisies. Pontraille le fit seller, sauta dessus, le fit marcher, reculer, trotter, galoper sur le pied gauche et sur le pied droit, volter et demi-volter à toutes allures. Enfin, mettant pied à terre devant Garo :

- Voilà, dit-il, une merveilleuse bête. Je la prends, mon brave homme. Vous me conduirez ce cheval demain matin à l'hôtel d'Ancre, et vous y toucherez les cinq cents livres que vous demandez.

- Et qui sont un bien modeste prix pour une telle monture, dit Garo en se frottant les mains.

- D'accord ! fit Pontraille en continuant d'admirer le magnifique animal que le valet ramenait à l'écurie.

- Hélas ! mon pauvre maître, à quelle extrémité suis-je réduit ! murmura Cogolin en essuyant une larme.

À ce moment, parti on ne savait d'où, retentit un coup de sifflet. Fend-l'Air dressa les oreilles, leva le nez au vent, naseaux ouverts, œil étincelant, et se mit à frapper du sabot.

- Allons, hue donc ! fit le valet en le tirant par la bride.

Pour toute réponse, Fend-l'Air se leva sur ses pieds de derrière, pointa, puis, retombant, exécuta un écart prodigieux qui fit lâcher prise au valet et l'envoya rouler à dix pas. Garo s'élança avec d'autant plus d'ardeur qu'il tenait à prouver la docilité de la bête. Mais alors, sur un deuxième coup de sifflet, le cheval se jeta d'un bond au milieu de la cour ; et alors commença une série de ruades frénétiques, de sauts-de-mouton fantastiques, d'écarts brusques, de tête-à-queue imprévus - une danse étrange, affolée, affolante.

- Oh ! murmura Pontraille, il me semble que j'ai déjà vu cette enragée manœuvre-là quelque part. oh ! oh ! je me souviens ! ce fut dans le bois de Meudon ! Tripes du pape ! C'est le cheval du Capitan ! Mais alors ?

Tout empressé, tout pâle, Pontraille sortit de l'auberge sans vouloir écouter Garo qui lui jurait que jamais... c'était la première fois... Le spadassin se mit à courir vers l'hôtel d'Ancre. Garo, furieux, saisit un fouet et s'approcha de Fend-l'Air, qui, maintenant, paisible, s'ébrouait comme une brave bête qui a bien répété sa leçon. Garo leva le fouet.

- Prenez garde, dit une voix derrière lui, vous allez vous faire tuer.

Garo se retourna et demeura frappé de stupeur comme s'il eût vu la tête de Méduse.

- Monsieur le chevalier ! balbutia-t-il, tout pâle.

- Monsieur le chevalier ! hurla Cogolin, ivre de joie. Mon maître ! Mon cher maître ! Ah ! je...

Le pauvre Cogolin n'en put dire davantage : soit terreur superstitieuse, soit plutôt excès de bonheur, il vacilla sur ses jambes et tomba à genoux, à demi évanoui.

- Allons, lève-toi, fit Capestang en lui tendant la main. Je te pardonne d'avoir voulu vendre mon cheval.

- Ah ! monsieur, bégaya Cogolin, est-ce bien vous ? Ah ! jamais je n'éprouvai joie pareille non, pas même le jour où vous me tirâtes de cette main enragée qui me mordait à la gorge, ah ! oh ! je...

- Lève-toi, corbacque ! Et tu feras après tes salamalecs ! Non ? Tu ne veux pas de ma main ?

- Le respect, monsieur le chevalier, le respect !

- Oh ! bien, en ce cas, je vais t'aider !

Capestang saisit Cogolin par l'oreille et le remit debout.

- Ah ! monsieur, fit Cogolin, maintenant je vois que c'est bien vous, et vous bien vivant !

- Allons, l'hôte, fit le chevalier, donnez-nous une de vos bonnes bouteilles pour remettre d'aplomb le cœur de mon écuyer... ah ! te voilà, toi ! ajouta-t-il.

Fend-l'Air était accouru et avait posé sa grosse tête osseuse sur l'épaule de son maître. Capestang la caressait avec un inexprimable attendrissement et murmurait :

- Oui, c'est moi... allons, c'est bien... nous allons reprendre nos chevauchées, nos bonnes rescousses, tu n'as pas maigri, hein ? non, tu as été bien traité ; sois tranquille, je ne te quitterai plus.

Sur ce, Fend-l'Air fut réintégré à l'écurie, où il se laissa paisiblement conduire, et Capestang entra dans la salle de l'auberge, escorté par Garo qui flageolait sur ses jambes de stupeur et d'inquiétude, et, par Cogolin qui tournait autour de lui, levait les bras au ciel, jetait son chapeau en l'air pour le rattraper au vol, enfin se livrait à une mimique effarante, mais touchante, à laquelle il joignait force exclamations et cris de joie. Capestang ne laissait pas que d'être ému. Mais il croyait de sa dignité de montrer un visage impassible. Enfin, lorsqu'il eut obligé Cogolin à avaler une forte rasade qui, en effet, remit en place le cœur du fidèle écuyer :

- Explique-moi, maraud, traître, pendard, explique-moi pourquoi tu voulais vendre mon Fend-l'Air.

Cogolin tourna la tête vers Garo, comme pour implorer son aide ; mais Garo s'était éclipsé.

- Monsieur, dit-il, ce n'est pas moi, je vous jure. La preuve, c'est que j'avais, depuis le jour néfaste où je vous vis emmener tout sanglant, oublié complètement mon cheval et le vôtre, tant la douleur me tournait l'esprit.

- Pauvre garçon ! murmura le chevalier.

- La douleur, monsieur ! Et aussi la misère.

Mais voilà qu'hier M. Turlupin...

- Turlupin ?

- Oui. Donc, M. Turlupin et MM. Gautier-Garguille et Gros-Guillaume...

- Gautier-Garguille ! Gros-Guillaume ! Ah ça, drôle, que signifient ces noms de bateleurs ?

- Ces messieurs sont, en effet, une société de comédiens, parmi lesquels je me suis embauché.

- Tu joues la comédie, maintenant ? fit le chevalier ébahi.

- Oui, monsieur ; à l'enseigne du Borgne qui prend. C'est moi qu'on met dans le sac pour recevoir la volée de coups de bâton, mais il faut vous dire que ces messieurs ont soin de frapper à côté.

Le chevalier éclata de rire.

- Eh ! monsieur, fit Cogolin, qui, dans sa joie, riait aussi, il arrive bien parfois que le bâton s'égare sur mes reins ; mais je suis habitué ; comme je le disais à ces messieurs, j'ai appris : je sais ! Donc, hier, ces messieurs, devisant entre eux, disaient qu'ils avaient besoin de leurs chevaux. Alors, j'ai poussé un grand cri. Je me suis rappelé mon rouan et M. Fend-l'Air. Je me suis dit qu'avec le prix de mes deux bêtes, je pouvais vous éviter une humiliation ?

- Une humiliation, à moi ? Veux-tu avoir les oreilles arrachées ?

159

- Monsieur, fit Cogolin. Je suis votre écuyer. Que dira l'histoire si jamais elle apprend que l'écuyer d'un Trémazenc de Capestang fut réduit à recevoir des volées de bois vert, pour vivre ?

- Tiens, c'est vrai.

Tu n'es pas bête. Bois ceci, et continue.

- Donc, reprit Cogolin, après avoir vidé le verre que lui tendait le chevalier, je me suis dit qu'il fallait coûte que coûte trouver une autre position dans le monde, et que cette position, je la trouverais avec l'argent que me rapporterait la vente des deux chevaux. Je suis donc venu. J'ai parlé de la chose à maître Garo, qui a commencé par me demander cent cinquante livres pour la nourriture des deux bêtes ; puis, il a ajouté qu'il trouverait un acquéreur si je voulais lui laisser la moitié du produit de la vente. J'ai consenti ; il y avait dans la salle un gentilhomme qui se reposait en buvant de l'hydromel. Maître Garo lui a parlé. On a sorti votre cheval de l'écurie et vous savez le reste ; mais, je puis vous le dire, j'étais bien malheureux de vendre le destrier de mon maître, d'autant plus que la vue de M. Fend-l'Air me rappelait plus vivement ce maître que je croyais mort !

- Tu me croyais mort, mon pauvre Cogolin ?

- Oh ! monsieur, pensez-vous que sans cela je me serais permis de vendre votre cheval ?

- Oui, tu as pu t'y tromper, puisque moi-même je me suis cru mort. Mais me voici. Plus de coups de bâton, Cogolin ; plus de comédiens ; tu vas reprendre ton service d'écuyer.

- Ah ! monsieur le chevalier peut croire qu'en ce moment je recevrais volontiers cent coups de bâton tant ma joie est grande de vous retrouver et de reconquérir près de vous l'honorable position que j'occupais !

- Pauvre Cogolin ! fit le chevalier attendri, tu ne me quitteras plus.

Mais as-tu donc tant souffert de la misère ?

- La misère, monsieur ? s'écria Cogolin en levant les bras. La faim, la soif, le froid, la chaleur, la fièvre, la rage au ventre, l'enfer au gosier, j'ai connu le fond de la misère, monsieur, j'ai vu à mes trousses tous ces spectres ! Repoussé, hué, malmené, vilipendé, renié même par maître Lureau, que dis-je bafoué même par cet imbécile de Lanterne.

- Lanterne ? interrompit le chevalier, il me semble que j'ai entendu ce nom-là.

- Oui, monsieur ; c'est le valet de confiance de M. le marquis de Cinq-Mars.

- Cinq-Mars ! murmura sourdement le chevalier, qui se sentit tressaillir.

- Voyez à quel point je méritais de m'appeler Laguigne ! continua Cogolin. Un matin, donc, à demi-mort de faim, n'ayant plus que juste la peau sur les os pour ne pas passer pour un squelette, je vais chez Lanterne dans l'espoir de trouver au moins une moitié de dîner, puisque je n'étais plus qu'une moitié d'homme. Fatalité, monsieur : je tombe juste au moment où Lanterne montait à cheval : il partait pour rejoindre, à Orléans, le marquis et la marquise de Cinq-Mars, qui eux-mêmes... holà, monsieur, qu'avez-vous ?

Capestang venait de sursauter sur son escabeau ; il s'était dressé, pâle comme la mort ; il avait saisi les poignets de Cogolin, terrifié, et, d'une voix rauque, il grondait :

- La marquise de Cinq-Mars ! Il y a donc une marquise de Cinq-Mars à présent ! Que dis-tu ? Voyons.

Répète.

- Lanterne, monsieur, c'est Lanterne qui m'a appris la chose : le père de M. de Cinq-Mars est mourant en son domaine d'Effiat, en Bourbonnais. Alors, M. le marquis et Mme la marquise de Cinq-Mars sont partis.

Capestang lâcha Cogolin, porta une main à son front et fit deux ou trois fois le tour de la salle, d'un pas furieux.

- Marquise de Cinq-Mars ! râla-t-il. Pardieu ! le mariage a eu lieu ! Ah ! Giselle, Giselle ! C'est donc vrai ! C'est fait ! Elle a épousé Cinq-Mars ! Et moi ! moi ! que vais-je devenir ? Oh ! la rejoindre à tout prix, la revoir ! lui reprocher sa duplicité ! Corbacque ! Je lui dirai, je lui prouverai...

Le malheureux jeune homme s'arrêta tout à coup : un sanglot l'interrompit. Mais bientôt la rage et la jalousie reprenaient le dessus :

- Et j'ai épargné ce Cinq-Mars ! Mort du diable ! Mais gare ! gare !... Quand sont-ils partis ? reprit-il en revenant à Cogolin.

- Il y a juste six jours, monsieur, répondit Cogolin tout tremblant.

- Et tu dis qu'ils allaient à Orléans ?

- À Orléans, d'abord ; puis à Effiat, dans le Bourbonnais.

- C'est bon, va me seller Fend-l'Air !

Cogolin obéit passivement. Le chevalier se laissa tomber sur un escabeau. À ce moment, maître Garo surgit du fond de la cuisine, son bonnet à la main, salue et dit :

- J'ai entendu monsieur donner l'ordre à son laquais de seller son cheval.

- Eh bien ? fit Capestang, les sourcils froncés.

- Eh bien, dit Garo en saluant très bas, je me permettrai de faire remarquer à monsieur qu'il me doit pour la garde, l'entretien, la nourriture de deux chevaux, soit en paille, foin, avoine, plus quelques barbotages de son pour le cheval de monsieur, plus...

- Te tairas-tu, bourreau ! interrompit le chevalier d'un si rude accent de menace que Garo se colla contre un mur et s'y aplatit de son mieux. Sache que je n'ai point d'argent sur moi, continua Capestang, mais comme je ne puis manquer de faire fortune, tu seras un jour ou l'autre payé au triple. Pour le moment, ne me romps pas les oreilles, ou c'est moi qui t'arrache les tiennes.

- Monsieur, bégaya Garo vert de peur, mais soutenu par son bon droit, vous ne voudrez pas ruiner un pauvre aubergiste. Puisque vous n'avez pas d'argent, je vais vous proposer un arrangement qui en mettra dans votre poche, tout en me payant : laissez-moi le cheval de votre laquais, et non seulement je vous tiens quitte, mais encore je vous redois cent cinquante livres, que je vous paie à l'instant même.

- Voilà une idée. Donne tes quinze pistoles.

- Monsieur, dit Cogolin qui entrait à ce moment, les chevaux sont sellés.

Garo alignait quinze pistoles sur un coin de table. Capestang en mit dix dans sa poche, et remit les cinq autres à Cogolin en lui disant :

- Mon pauvre Lachance, tu me rejoindras plus tard. Ou bien c'est moi qui viendrai te retrouver.

- Quoi ! Monsieur ne m'emmène pas ! Monsieur me renvoie !

Monsieur me chasse ! Je perds monsieur juste au moment où je croyais l'avoir retrouvé pour toujours ! Oh ! la guigne acharnée qui me persécute !

Et Cogolin fondit en larmes.

- Tu me fends le cœur, dit Capestang. Mais si longues que soient tes jambes, tu ne pourras me suivre à pied. Longjumeau, Étampes, Orléans, et le reste... ce sont de rudes étapes. Console-toi, je serai bientôt de retour. Où loges-tu ?

- Hélas ! monsieur ! Au coin de la rue des Lombards, à l'enseigne du Borgne qui prend. Puisque monsieur m'abandonne, je suis bien forcé de retourner chez M. Turlupin pour y recevoir des volées de coups de canne.

Quelques minutes plus tard, notre aventurier sautait sur Fend-l'Air, qui piaffait de joyeuse impatience, et, s'éloignait d'un bon trot, disparaissant bientôt au fond de la route de Vaugirard. Cogolin, tout triste, reprenait le chemin de la rue des Lombards. Et Garo, entrant dans une salle de l'auberge, y trouva Pontraille qui s'était heurté à Chalabre lequel, on s'en souvient, suivait le chevalier depuis la rue de Tournon.

- Messieurs, dit l'aubergiste, il part pour Orléans, par Longjumeau et Étampes.

- Et Bazorges qui ne nous amène pas de renfort ! gronda Chalabre.

- L'attaquons-nous à nous deux seuls ? fit Pontraille.

Chalabre haussa les épaules.

- Ne te change pas en capitan toi-même, dit-il sincèrement. Quand on veut prendre ou tuer un pareil démon, il faut être douze, et encore, quand il est pris, quand il est tué, il en revient ! Attendons nos camarades, puisque nous savons quelle route il prend !

XLIV - Le panier fleuri

Il était environ deux heures de l'après-midi lorsque le chevalier de Capestang sortit de Paris. Un peu avant cinq heures, il entrait à Longjumeau par une pluie battante et mettait pied à terre devant l'hôtellerie du Panier Fleuri où, trois mois auparavant, il s'était arrêté par une resplendissante journée d'été, la tête pleine de rêves. L'aventurier avait décidé d'aller jusqu'au château d'Effiat, là-bas, au fond de l'Auvergne, et mort-dieu ! de reprocher à l'infidèle... quoi ? que lui reprocherait-il ? Capestang évita toute question embarrassante. Mais il résolut de voir la marquise de Cinq-Mars, de lui parler au plus tôt, de ne pas s'arrêter qu'il ne l'eût accablée de son amertume. Seulement, il ne put résister au désir très fort et très doux de s'arrêter à Longjumeau. Ayant donc mis Fend-l'Air à l'écurie, il se mit à parcourir ses souvenirs à travers l'auberge.

Là, dans ce corridor, Marion Delorme l'avait abordé et lui avait parlé ; là, pour la première fois, il avait vu peser sur lui le regard exaspéré de Cinq-Mars. Et là, dans cette cour, il avait rencontré Giselle ! Une apparition de rêve ! Profondément, tout troublé, il l'avait saluée. Un instant, elle l'avait regardé... regardé dans les yeux. De cette minute-là datait la vie de son cœur.

Depuis, pour elle, il avait risqué sa vie, pour elle, pour son père, pour sa mère, pour tout ce qui pouvait lui être cher, morbleu, il avait soutenu mainte bataille, il avait laissé à gauche, un peu de sa peau et de son sang. Et la récompense ? Elle épousait Cinq-Mars !

L'aventurier dîna de bon appétit, furieusement, férocement : chaque coup de dent était à l'adresse de Cinq-Mars : encore un qu'il avait sauvé, mort-diable ! Puis il se retira dans sa chambre et s'assit devant une bouteille de vin de Saumur, à qui il se mit à raconter sa colère et son chagrin. La nuit était venue. L'un après l'autre, tous les bruits s'éteignirent dans l'hôtellerie. Le silence du sommeil pesa sur les choses et sur les êtres. Capestang avait depuis longtemps vidé sa bouteille et, comme onze heures sonnaient, il se prépara à se coucher.

À ce moment, on gratta légèrement à sa porte. Il ouvrit, et se vit en présence d'une jolie fille très pâle, en proie à une terreur qui la faisait trembler. C'était une pauvre servante. Elle s'appelait Margot. Le chevalier se rappela que, lors de son premier passage, Margot l'avait regardé fort doucement et que ce soir, encore, en le servant à table, elle avait beaucoup soupiré.

- Monsieur le chevalier, dit la pauvre fille dont les dents claquaient, fuyez au plus tôt, fuyez, venez, suivez-moi, je vous ai sellé votre cheval, qui vous attend dans la cour, la porte est ouverte, vous n'avez qu'à fuir !

- Bon ! Et pourquoi fuirais-je ? Dis-moi, ma belle enfant.

- Ils veulent vous tuer ! murmura Margot en se tordant les mains. Ils sont huit ou dix rassemblés dans la petite salle. J'ai écouté. J'ai entendu. C'est affreux.

Capestang reboucla son ceinturon et tira sa rapière, qu'il se mit à essuyer et à fourbir avec un morceau d'étoffe.

- Calme-toi, ma petite, allons, n'aie pas peur. (D'un bras il entoura le cou de Margot, et il l'embrassa, ce qui la fit pâlir encore.) Tu dis qu'ils sont en bas ? Dans la petite salle ? Huit ou dix ? Corbacque, huit ou dix ! Eh bien, donc, puisque tu as peur, je vais fuir, petite. Ah ! tu es vraiment gentille. (Il l'embrasse encore, et elle tremble plus que tout à l'heure quand elle tremblait d'épouvante.) Sangdieu !

Cornes du diable ! Je vais donc fuir, puisque tu m'as sellé mon cheval. (Il s'exalte, ses yeux étincellent.) Viens, ma belle, guide-moi jusqu'à cette salle, je veux écouter, et puis fuir ! Ah ! ah ! ma rapière mignonne, vous voilà prête pour la danse, luisante et propre à souhait. Mordieu ! comme vous flamboyez ma mignonne ! Mais non, il faut fuir !

- Venez ! venez ! murmura Margot avec un grand soupir, partagée entre la joie de sauver le beau chevalier et la douleur de le pousser elle-même à la quitter.

Dans la petite salle, autour d'une table, ils n'étaient non pas huit ou dix, mais bien douze. Pontraille et Chalabre étaient arrivés les premiers, vers huit heures, et avaient habilement interrogé l'hôte. Puis Bazorges et Montreval étaient venus avec quatre des Ordinaires racolés dans l'hôtel Concini. Puis, vers dix heures, Louvignac, amenant trois coquins aux formidables moustaches et aux longues épées. Rinaldo n'avait pas été prévenu, ni Concini. Les cinq chefs de sections voulaient tout l'honneur et tout le profit. Il y avait deux cent mille livres à gagner : Concini avait porté à cette somme le prix de la tête de Capestang.

Et puis il y avait que chacun d'eux avait une furieuse haine au ventre.

Autour des brocs de vin, sous la lueur fumeuse d'une lampe accrochée à un clou, ils tenaient conseil et attendaient le moment d'agir. Ils avaient des yeux de braise, des figures terribles, et pour s'exciter se racontaient leurs hauts faits de raffinés d'honneur.

Tous avaient réellement tué depuis trois jours, chacun un homme ou deux. De ce récit montait une formidable griserie de meurtre. Cela sentait la mort dans cette salle basse. Le vin des brocs, c'était du sang. Ils avaient des têtes de carnassiers, des physionomies convulsées. Mais tout à coup onze heures sonnèrent !

- Attention ! grogna Louvignac. Ne le manquons pas, cette fois. Là-haut, par cet escalier, la troisième porte à droite dans le corridor. Quatre demeurent au bout du couloir et assomment tout ce qui veut intervenir. Quatre pour maintenir l'hôte, les domestiques et tels passagers qu'attirerait le bruit, c'est assez, et même la milice bourgeoise, fussent-ils cent ! Quatre pour les contenir, c'est assez ! Les huit autres pour le Capitan.

Ils frémirent. De sourds jurons coururent autour de la table.

- Nous défonçons la porte à coups de hache ; voici les haches, là dans ce coin ; nous entrons à huit, nous piquons droit au lit, et en avant, poignards, épées, nous le lardons, nous l'assommons, nous l'éventrons, nous l'étripons.

- Mort-diable ! - Cornes d'enfer ! - Sang de Dieu !

Des rugissements. Des haleines rudes de mufles qui reniflent du sang.

- Un instant ! grogna l'un, en vidant un broc. Je veux son cœur. Messieurs, qui touche à son cœur aura affaire à moi.

- Moi, son foie pour le faire manger à mes chiens.

- Moi, ses tripes pour les pendre à l'arçon de ma selle.

- La tête ! Qui de nous portera la tête à Concini ?

- Moi ! - moi ! - moi ! - moi !

Tous voulaient porter la tête. Ils étaient tous debout, leurs mufles ardents l'un près de l'autre, se mesurant, se menaçant.

- Tirons au sort à qui portera la tête ! dit Chalabre.

Tout à coup, dans cette seconde, le tonnerre tomba sur eux. La porte fut enfoncée d'un coup de pied. Dans le même instant, trois hommes tombèrent assommés, l'un d'un coup de pommeau d'épée, les deux autres à coups de broc ; presque aussitôt Chalabre s'affaissa, la gorge ouverte. La table se renversa ; cela s'était fait en coup de tonnerre ; et les huit sur douze qui restaient debout, après trois ou quatre secondes passées étaient encore stupides comme on l'est quand on subit le contre-choc du tonnerre ; un bras se leva ; l'éclair de la foudre jeta sa lueur ; le poignard s'abattit ; encore un homme par terre ! Alors les sept, tous ensemble, poussèrent une clameur sauvage. Capestang, au milieu d'eux, répondit par un rugissement de lion ; le coup de gueule des grands fauves qui viennent aux chasseurs, naseaux frémissants, œil rouge, nerfs et muscles tendus à se rompre.

- Ma tête ! qui veut porter ma tête ?

Ce n'était plus une voix humaine, mais ils comprirent le sens du rugissement ; il était fou ; il était effrayant de rage furieuse ; ses yeux exorbités brûlaient ; son haleine brûlait ; ses cheveux hérissés ; pas un atome de son être qui ne fût un monde de fureur ; et c'était cela qui l'avait rendu fou, ces mots du spadassin : « Tirons sa tête au sort ! » Sans ces mots, il fût passé et eût fui. L'exorbitante vision du fou furieux déchaîné, pendant deux minutes à peine, fut éclairée par la lampe fumeuse. Le sang giclait. Des coups sourds. Des bruits mous de crânes défoncés. Des hurlements de gens qui meurent dans une suprême imprécation. Le fou furieux bondissait, se baissait, se relevait, frappait, mort-diable ! quels horions ! quels coups ! quelle rescousse ! Dans le formidable bruit des plaintes, des jurons apocalyptiques, dans la lueur des yeux flamboyants qui éclairaient la scène mieux que la lampe, avant qu'ils eussent sorti poignards ou épées, avant qu'ils fussent en garde, deux encore tombèrent, deux des assassins racolés ouvrirent la fenêtre, sautèrent et s'enfuirent.

- Ma tête ! rugit le fou. Ma tête ! (et il râlait) qui veut porter ma tête ! Vos têtes ! Il me les faut !

Il y en avait qui rampaient dans le sang, qui tâchaient de le mordre ou de le poignarder par-derrière ; il les écrasait d'un coup de botte ; les trois derniers valides, Pontraille, Montreval et Louvignac, livides de peur, acculés tous trois à un angle, saisis au cœur, à la gorge, à la nuque par la terreur, frappés du vertige de l'épouvante, le regardaient avec des yeux fous. Il s'arrêta, regarda autour de lui, leva très haut sa rapière et, dans le silence terrible où palpitait la mort, il eut un grand cri tragique :

- Qui veut la tête du Capitan ?

Il vit alors les trois qui restaient. Il marcha sur eux. Ils virent la Mort. Ils n'eussent eu qu'un geste à faire pour le tuer ; mais, ce geste, ils ne le firent pas ; l'épouvante les transportait dans le domaine de l'impossible ; il leur apparut qu'il était impossible de tuer cet homme ; que les épées se briseraient comme verre rien qu'en le touchant.

- Je me rends ! dit Louvignac en jetant son épée.

- Ne me touche pas, épargne-moi ! dit Pontraille en jetant son épée.

- Donne-moi vie sauve ! dit Montreval en jetant son épée.

Ils étaient blêmes ; ils grelottaient ; ils allaient tomber à genoux. À ce moment, une cloche, dans la nuit, se mit à mugir. L'hôte, accouru à l'effroyable tumulte, avait vu la prodigieuse vision, et il faisait sonner le tocsin.

Capestang n'avait pas une égratignure, pas une déchirure ; sa folie tombait ; il essuya sa rapière rouge et humide ; il la rengaina ; il alla ouvrir la porte et il gronda :

- Allez-vous-en !

Ils se glissèrent le long des murs pour être loin de lui le plus possible ; la porte franchie, ils se mirent à courir à bonds désordonnés, et le hurlement de leur épouvante se perdit au loin dans la nuit. Capestang sortit. L'hôtesse, sur son passage, tomba à genoux ; les valets s'enfuirent. Au-dehors, une rumeur de prise d'armes ; le tocsin mugissait ; des torches couraient ; des lueurs d'armes se croisaient dans la nuit.

* * *

Dans la cour, Capestang saisit la petite Margot dans ses bras et l'embrassa sur les deux joues. Elle frémissait d'épouvante et d'amour.

- Fuyez ! murmura-t-elle. Les bourgeois viennent en armes ! Il y en a cinquante ! Par ici ! Par cette porte de derrière !

- Ouvre la grande porte !

La pauvre fille obéit. Capestang se mit en selle. Fend-l'Air claironna son hennissement de bataille, L'épée au fourreau, l'aventurier sortit et se lança au trot parmi les lueurs de torches, parmi les éclairs de hallebardes. Il y eut une clameur immense. Puis un profond silence.

Il passa. Nulle hallebarde ne se croisa. Les rangs s'ouvrirent devant le trot calme et fier de Fend-l'Air qui, dans cette nuit trouée de lueurs rouges, prenait la forme fantastique d'une fabuleuse bête. Chacun se recula, s'aplatit contre les murs. Il y en eut qui tombèrent à genoux. Les fenêtres qui s'étaient ouvertes se refermaient précipitamment. Une minute plus tard, la hautaine silhouette s'enfonça dans les ténèbres de la grande route.

L'aventurier trottait dans la nuit. Il était tout hérissé encore. Son sang bouillonnait. Il grommelait des choses indescriptibles, parfois un grand geste traçait dans l'espace un signe incompréhensible ; parfois un cri terrible sortait de sa poitrine et Fend-l'Air, alors, se secouait et passait du trot au galop. Peu à peu, les forces naturelles exorbitées reprirent leurs cours normal ; peu à peu sa pensée débordée rentra dans son lit ; il redevint homme ; et alors, comme il venait d'arrêter court son cheval, comme il se retraçait le formidable épisode, il se mit à trembler, la sueur inonda son front, et il balbutia :

- Est-ce possible ? Est-ce possible ? Est-ce moi ? Suis-je vivant ?

À Étampes, il dormit tout habillé sur de la paille, dans l'écurie d'une auberge. Il dormit d'un sommeil de plomb, sans un rêve, jusqu'à huit heures du matin. Puis il se remit en route et arriva à Orléans dans l'après-midi, ayant fait quinze lieues. La scène de Longjumeau, maintenant, il l'expulsait de son souvenir, il ne voulait plus y penser. Parfois seulement, une clameur déchirait son oreille : un souvenir de clameur. Il secouait violemment la tête et grondait :

- Madame la marquise de Cinq-Mars, il faut que vous sachiez que je vous tiens en mépris. Il faut que votre époux en découse. Épée contre épée. Quand je vous l'aurai tué, peut-être vous rappellerez-vous que vous m'avez dit : « Je t'aime ! »

Il prit la rive gauche de la Loire. Le lendemain, il était à Gien. Le lendemain, il était à Bourges. Le lendemain il traversait les forêts de Tronçais. Le lendemain, il était à Gamat. Alors, par monts et par vaux, harassé, brisé, mais toujours droit sur Fend-l'Air, qui ne demandait pas grâce, il continua, grimpa les monts couverts de châtaigniers, passa les torrents et, sur le soir, aperçut un village dominé par une façon de château de belle allure.

- Qu'est-ce que c'est que ça ? demanda-t-il, le cœur battant.

- Le château d'Effiat, répondit le paysan à qui il s'adressait.

Il avait fait en sept jours les cent vingt lieues de Paris à Effiat.

XLV - La marquise de Cinq-Mars

Capestang poussa droit au château. Quand il n'en fut plus qu'à cinq cents pas, il mit pied à terre et, moyennant quelques sols, obtint l'hospitalité pour son cheval dans l'étable d'un manant. Alors, assurant son ceinturon, redressant son feutre, le bord du manteau relevé par la rapière, il se dirigea vers la grande porte du château, franchit le pont-levis et entra dans la cour d'honneur sans que personne lui eût demandé où il allait et ce qu'il voulait. Il remarqua même qu'avec lui, des hommes et des femmes avaient pénétré dans la cour ; tous ces gens étaient vêtus de leurs habits des dimanches, mais ils étaient tous fort tristes, ou du moins affectaient un air de tristesse. En même temps la cloche de la chapelle se mit à sonner le glas des morts. Capestang étonné se plaça derrière un groupe de paysans et attendit. Bientôt, au fond de la cour, une porte s'ouvrit à double battant, et une procession en sortit, qui développa sa pompe funéraire. Le chapelain et plusieurs autres prêtres sortirent les premiers en psalmodiant leurs chants funèbres. Un bedeau marchait en tête, portant la croix. Douze enfants de chœur venaient ensuite, vêtus de blanc sur noir. Puis, un suisse, aux armes de Cinq-Mars. Enfin, un cercueil couvert de velours, porté par douze laquais en grand deuil. Derrière le cercueil venait d'abord Henri de Cinq-Mars, puis une vingtaine de seigneurs des environs, puis la foule des vassaux et paysans... Cette procession se dirigeait lentement vers la chapelle située à l'aile gauche du château, contre le manoir qui dominait l'ensemble des bâtiments. Tous les dix pas, une sorte de chantre criait d'une voix solennelle :

- Priez pour l'âme de haut et puissant baron Louis-Henri Coeffier, seigneur du mont et de la plaine, seigneur de Ruzé, seigneur d'Effiat, marquis de Cinq-Mars !

Capestang assistait aux funérailles du vieux Cinq-Mars ! Et comme il songeait qu'il arrivait tout exprès pour provoquer son fils, l'aventurier tressaillit jusqu'aux moelles. Cette colère furieuse qui le soutenait depuis Paris l'abandonna brusquement. Il baissa la tête sur le passage du cercueil, s'inclina très bas, et murmura :

- Quoi ! J'apporterais donc dans cette maison visitée par la mort un deuil plus terrible encore que le premier ? Non, non. Dormez en paix, baron Louis-Henri, seigneur du mont et de la plaine ! Et vous, marquise de Cinq-Mars, adieu à jamais. Si vos yeux pleurent, ce n'est pas moi qui aurai commis ce crime !

Il était pâle, et tremblait convulsivement de la résolution qu'il venait de prendre. Il jeta autour de lui un dernier regard dans le vague espoir d'apercevoir peut-être celle qu'il était venu chercher si loin. Mais il n'y avait plus personne : tout le monde était entré à la chapelle où le vieux marquis devait prendre place près de ses ancêtres au fond de la crypte. Il s'en alla. Comme il allait atteindre la grande porte, un homme le rejoignit, le toucha à l'épaule, s'inclina, et dit :

- Mme la marquise de Cinq-Mars attend M. le chevalier de Capestang. Si monsieur le chevalier veut me faire l'honneur de me suivre, je vais le conduire.

Capestang devint livide. À ce moment, il n'eut qu'une idée : s'enfuir, sauter sur son bon cheval et reprendre au galop le chemin de Paris. Oui, il avait cette idée-là ! Mais lorsque l'homme se mit en route en lui faisant signe de le suivre, il le suivit.

Et nulle force au monde n'eût pu l'empêcher de suivre. Il s'invectivait - mais il suivait Lanterne. Car c'était Lanterne qui venait de lui transmettre cette invitation. Il entra quelque part, monta un escalier sans s'en apercevoir, pénétra dans un de ces salons froids et sévères de la province, et, tout étourdi, tout haletant, attendit. Une ombre blanche apparut. D'instinct, écrasé peut-être par l'émotion. Capestang courba la tête ; il se fût mis à genoux. Colères, invectives, reproches, amertume, tout disparut. Il n'y eut plus en lui que l'ineffable étonnement de se trouver près d'elle ! Elle vint à lui, rapide et légère comme un joli oiseau qui court à la lumière. Elle lui prit la main, murmura quelques mots... et Capestang, secoué d'un tressaillement de prodigieuse stupeur, Capestang se redressa, la regarda, hébété, croyant rêver, et balbutia :

- Marion ! Marion Delorme !

* * *

- Je vois ce qui vous étonne, dit Marion avec une nuance de tristesse : que le marquis de Cinq-Mars ait eu la pensée d'introduire au château familial une fille telle que moi et surtout en une si grave circonstance, alors qu'il venait recueillir le dernier soupir de son père, voilà qui est fait pour surprendre, en effet. Que voulez-vous ! J'ai fait ce que j'ai pu. J'ai résisté. Mais lui se figurait que s'il me laissait seule à Paris, tout Paris allait se disputer pour m'arracher à lui.

- Marion Delorme ! répéta Capestang hagard, entendant à peine ce qu'elle disait.

Elle éclata de rire - ce rire clair et moqueur qu'il connaissait bien.

- La marquise ! murmura le chevalier en jetant autour de lui un regard affolé. La marquise de Cinq-Mars ?

- Rassurez-vous, fit-elle ! Il n'y a pas ici de marquise de Cinq-Mars. Il n'y a que Marion Delorme.

- Mais elle !

- Qui, elle ? Or çà, cher ami, vous avez la tête perdue.

- Mais, fit Capestang avec timidité, on m'a dit : « La marquise de Cinq-Mars vous attend. »

- C'est cet imbécile de Lanterne. Il m'appelle ainsi, par pudeur, peut-être. Mais il n'y a pas de marquise, mon cher. Il ne tiendrait qu'à moi, d'ailleurs. Si je voulais, il y aurait bientôt une marquise de Cinq-Mars. Mais je ne veux pas. D'abord pour ce pauvre marquis, si galant homme que j'en arrive à lui vouloir du bien. Ensuite pour moi qui veux avant tout garder ma liberté.

Un coup de lumière éclaira brusquement le cerveau de l'aventurier ; il n'y avait pas de marquise de Cinq-Mars ! Lanterne ! Cogolin ! Marion ! Giselle ! Oh ! Giselle était à Paris ! Le mariage ne s'était pas consommé ! Celle que Cogolin, après Lanterne, appelait marquise de Cinq-Mars, c'était Marion ! Il chancela. Il eut un vertige. Et, comme son cœur débordait de joie, il saisit les mains de Marion et les couvrit de baisers.

- Morbleu ! Ah ! corbacque ! Je respire ! Ah ! j'étouffais !

- À la bonne heure ! dit la jolie fille.

Je commençais à craindre que vous n'eussiez perdu la tête. Je vois maintenant pourquoi vous êtes venu à Effiat.

- Pourquoi je suis venu ? fit Capestang qui se redressa radieux, transfiguré, méconnaissable.

- Sans doute. Pour me baiser les mains. Pour me remercier de ce que j'ai fait là-bas. Je vois que maître Gorju m'a trahie. Il me le paiera cher.

- Maître Gorju ? bégaya l'aventurier qui se croyait transporté au royaume des énigmes.

- Sans doute ! L'hôtelier des Trois Monarques.

- Ah ! Marion, c'est vous qui m'avait fait transporter aux Trois Monarques ! C'est vous qui m'avez sauvé !

- C'est moi, dit simplement Marion Delorme.

Le chevalier tomba à genoux. Marion pâlit devant cet hommage qu'elle devait à la reconnaissance, alors qu'elle eût donné sa vie pour le devoir à l'amour. Son sein palpita. Une larme voila l'éclat de ses yeux, elle songeait à Giselle !

* * *

Maintenant, ils étaient assis l'un devant l'autre, et, dans ce cadre du vieux salon aux tapisseries fanées, aux grands bahuts vétustes, c'étaient deux admirables médailles. Capestang n'accumula pas les formules de reconnaissance, mais Marion sentit que, désormais, elle pouvait compter sur lui, quand même elle lui demanderait sa vie.

Il est remarquable, pourtant, que, dans les deux heures que le chevalier passa près d'elle, pas une fois elle ne prononça le nom de Giselle d'Angoulême. Elle souhaitait franchement, sincèrement, le bonheur du jeune aventurier, mais vrai ! c'eût été trop exiger d'elle que de lui demander de coopérer à ce bonheur.

Sur les instances et les questions multipliées du chevalier, elle raconta seulement sa rencontre avec Cogolin dans la rue Saint-Martin, la résolution qu'elle avait prise, son émoi, sa douleur ; puis la fête à l'hôtel Concini, puis son intervention au moment suprême dans les souterrains. Capestang apprit ainsi que c'était à l'hôtel Concini qu'il avait été emprisonné, et que son terrible rêve de la planche de fer était une réalité plus sinistre encore. Il sentit la sueur pointer à la racine de ses cheveux. Il admira l'héroïsme de Marion. Il tressaillit d'horreur, lorsqu'elle lui parla de Belphégor.

- Et qu'est devenu cet homme, ce démon, devrais-je dire ?

- Je l'ignore, répondit Marion. Je lui ai donné la récompense que je lui avais promise, et puis je l'ai renvoyé. Sans doute est-il retourné auprès de sa maîtresse, Léonora Galigaï.

- Elle le tuera. Et ce sera bien fait.

- Non. Elle a encore besoin de lui. Elle le tuera peut-être, mais plus tard.

- Et quelle récompense lui avez-vous donnée ? reprit le chevalier.

Marion pâlit et frissonna. Elle baissa les yeux.

- Je l'ai simplement sauvé du désespoir, dit-elle avec un étrange sourire.

- Voilà qui est étrange, murmura Capestang, qui frissonna à son tour. Pour corrompre cet incorruptible geôlier Marion, vous avez dû faire quelque chose d'exorbitant ou de sublime. Quoi que vous ayez fait, je vous suis débiteur de la vie, c'est-à-dire du seul bien que je possède au monde. Aussi vais-je vous demander une grâce.

- Une grâce ? À moi ? fit-elle, tandis que son front s'empourprait.

- Voici, dit Capestang. Vous m'avez, à Paris, laissé entrevoir que vous aviez des ennemis. Eh bien ! s'il arrive qu'un danger vous menace, vous ou quelqu'un de ceux que vous aimez, si vous avez besoin que quelqu'un meure pour vous, jurez-moi de songer à moi et de m'appeler d'abord.

- Je vous le jure, chevalier.

- Merci, madame.

Ils se dirent ces choses simplement, avec une émotion grave et sincère.

- Et en fait d'ennemis, reprit Capestang, si le Concini apprend que c'est vous qui m'avez tiré de ses griffes...

- Il ne le saura pas, dit Marion. Et puis il y a quelqu'un de plus redoutable que Concini, mon cher.

- Et qui ? Désignez-le-moi, et je rentre à Paris tout exprès pour le provoquer ! s'écria Capestang avec un de ses grands gestes de matamore.

- C'est Léonora Galigaï, marquise d'Ancre !

- Une femme ! murmura Capestang.

Ah ! diable ! paix, ma bonne rapière !

- Je vous jure que, contre cette femme-là, vous pourriez dégainer sans honte ! dit Marion en frissonnant. Concini n'est que le bruit du tonnerre ; Léonora, c'est la foudre qui tue. Prenez garde, chevalier ! Prenez garde au valet que vous embauchez, au pain que vous mangez, à l'air que vous respirez. Léonora vous suit. Elle se meut autour de vous comme une ombre mortelle. Elle vous tuera d'un sourire.

- Je ne la crains pas. Mais que diable lui ai-je fait, à celle-là ?

À ce moment, la cloche de la chapelle fit de nouveau entendre sa voix aigre, annonçant que la cérémonie funèbre était terminée. Henri de Cinq-Mars allait arriver. Mais Marion eût risqué même une rupture plutôt que de faire comprendre à Capestang que sa présence était un danger pour elle. Heureusement, notre aventurier le comprit, lui, car il se leva en disant :

- Adieu, madame ! Je suis venu ici la mort dans l'âme. Je m'en vais heureux. Une parole et un sourire de vous ont dissipé les nuages accumulés sur mon cœur. Souvenez-vous de la promesse que vous m'avez faite.

Elle s'était levée aussi. Une minute, ils demeurèrent l'un en face de l'autre, les mains dans les mains, les yeux dans les yeux. Brusquement, Marion se mit à pleurer. Le chevalier approcha doucement ses lèvres de ces yeux brillants de pleurs et ses lèvres burent les larmes, les dernières larmes d'amour de Marion Delorme.

- Adieu, Marion ! murmura-t-il.

Songez que maintenant vous avez un frère.

Et il s'éloigna. À la porte du salon, il trouva Lanterne qui l'attendait et qui le conduisit, par des couloirs détournés, par des cours intérieures, jusqu'à une poterne. Capestang regagna à grands pas la chaumière des paysans auxquels il avait confié Fend-l'Air. Et comme il était venu beaucoup de gentilshommes des environs pour les funérailles du vieux Cinq-Mars, nul ne fit attention à lui.

Capestang reprit donc le chemin de Paris, mais cette fois sans trop se hâter. L'hiver approchait. Des souffles de froid passaient en gémissant à travers les forêts. Le ciel lui envoya plus d'une ondée glaciale. Il était râpé, un peu. La plume de son chapeau se fripait. Son manteau perdait sa couleur. Dans sa bourse, il ne restait plus que quatre ou cinq écus. Mais comme il se redressait, mordieu ! Comme tout chantait en lui ! Comme le nom de Giselle résonnait en fanfare de bonheur dans son cœur !

Comme il n'était plus qu'à quelques lieues de Paris, avant de fournir sa dernière étape, il s'arrêta dans une auberge isolée assise au bord du grand chemin royal comme une mendiante. À bourse maigre, auberge pauvre. Capestang qui avait assommé avec une bourse remplie d'or un tire-laine, Capestang, qui ne pouvait pas garder cinq pistoles dans ses poches, ménageait ses derniers sols avec une parcimonie qu'il faut expliquer, car ce trait éclaire encore ce type extraordinaire : c'était pour Fend-l'Air ! Capestang se fût passé de manger, mais la ration de son cheval était toujours entière !

Ce jour-là, donc, ayant mis Fend-l'Air à l'écurie, il entra dans la salle enfumée, enténébrée, piteuse, de cette masure qu'un bouquet de buis suspendu à la porte indiquait seul comme étant une auberge. La salle était toute petite. Il y avait deux tables, chacune avec deux bancs. L'une de ces tables était près de la cheminée, où brûlait un fagot ; l'autre table était à l'autre bout. À celle qui avait été placée près du feu, deux gentilshommes étaient assis devant une bouteille de vin à laquelle ils se gardaient bien de toucher, et séchaient leurs manteaux trempés par la dernière averse.

À l'entrée de ce nouveau venu, les deux gentilshommes cessèrent aussitôt un entretien qu'ils tenaient à voix basse. L'un d'eux, qui, malgré ses bottes couvertes de boue, avait fort grand air, eut un geste d'impatience et se couvrit à demi le visage avec le bord de son feutre. Capestang était mouillé ; lui aussi, il s'approcha du feu en saluant les deux inconnus. Ils ne bronchèrent pas. L'aventurier haussa les épaules, alla chercher un escabeau, l'apporta près de la cheminée, s'assit et frappa sur la table du pommeau de sa rapière.

- Parfendieu, monsieur ! fit d'un ton hautain l'homme au feutre rabattu, vous voyez bien que vous me gênez. Il y a une table là-bas.

Capestang regarda autour de lui comme pour s'assurer que ce discours s'adressait bien à lui.

- C'est à vous que je parle ! reprit le gentilhomme d'un ton plus impérieux encore.

- Vraiment ? Eh bien, moi, je ne vous parle pas ! dit Capestang d'une voix où frissonnait la colère.

Et l'aventurier allongea ses bottes vers la flamme, avec une volonté d'insolence.

- Mort du diable ! Vous n'êtes pas poli. Je vous apprendrai à parler, et puis encore à vous taire ! gronda furieusement l'inconnu.

- Vous vous vantez, monsieur, on ne dit ces choses-là que l'épée au poing !

En même temps, Capestang se leva, le sang aux oreilles, la main à la garde de la rapière. L'inconnu, emporté par la colère, en fit autant. Les flamberges allaient voir le jour. Le compagnon de l'orgueilleux gentilhomme se jeta sur lui et murmura rapidement à son oreille :

- Que faites-vous, monseigneur ! Songez que vous êtes attendu à Paris ! Vous ne vous appartenez pas !

- C'est trop vrai, par le Christ ! fit le monseigneur en se frappant le front.

Dans ce mouvement, il se découvrit le visage - et Capestang murmura :

- Le duc de Guise !

XLVI - Le fils du balafré

Guise, suivi de son compagnon, se dirigea vers la porte : les deux chevaux étaient attachés par la bride au tourniquet d'un contrevent, sur la route. Au moment où le duc allait atteindre cette porte, il vit se dresser devant lui le chevalier de Capestang, tout hérissé, le feutre en bataille, le poing sur la hanche, dans une attitude de vrai diable à quatre, morbleu ! Cela prêtait à rire, et ce pouvait être terrible. Capestang vociférait :

- Alors, monsieur le monseigneur, vous croyez qu'on peut dire aux gens qu'on leur enseignera la politesse, et puis bonsoir ! en selle, et au galop ! Allons donc ; dégainez, s'il vous plaît !

Guise contempla un instant le chevalier d'un air d'inexprimable dédain.

- Ah ! ah ! dit-il froidement. Je vous reconnais à présent, mon brave. Viens, Montmorin, ce n'est que le Capitan !

- Corbacque ! grinça le chevalier. Si vous reconnaissez le Capitan, c'est que vous l'avez vu à l'œuvre !

- Oui, dit Guise glacial, je l'ai vu espionnant au fond des caves de l'hôtel d'Angoulême, où il ne dut son salut qu'aux prières d'une femme.

Capestang devint pâle comme la mort et chancela sous cette

affreuse insulte.

- Le Capitan ! continua le duc. Une bravache. Cela rime avec cravache. Vous en tâterez, mon brave, si vous vous jetez encore dans mes jambes. Viens, Montmorin !

- Par le tonnerre du ciel ! hurla l'aventurier.

Satan lui-même, s'il m'insultait ainsi, je lui arracherais les cornes !

En même temps, d'un geste foudroyant, il tira sa rapière et tomba en garde. Mais, dans cet instant même, Montmorin, se ruant sur la porte, l'ouvrit toute grande, et cria :

- Partez, monseigneur, tandis que je donne à ce drôle une leçon de respect !

Le duc de Guise se jeta au-dehors, sauta sur son cheval et s'éloigna bon train. Capestang avait voulu s'élancer à sa poursuite, mais il trouva devant sa poitrine la pointe de Montmorin, et n'eut que le temps d'arriver tout juste à la parade d'un coup droit qui l'eût tout net expédié ad patres, s'il avait porté. L'aventurier écumait ; il eût donné dix ans de sa vie pour pouvoir courir après Guise, mais presque aussitôt, devant le fer, il se calma. Montmorin ne connaissait pas Capestang et se disait qu'il aurait tôt fait de l'expédier ; c'était un de ces raffinés qui faisaient rage à la place Royale, un redoutable escrimeur. Il était l'inventeur d'une botte secrète qui jusqu'ici lui avait donné la victoire dans ses nombreux duels. On appelait cette passe : le coup du nombril, parce que c'est à cet endroit que Montmorin touchait toujours ses adversaires. Tout en essayant la force de Capestang par différentes passes, il ricanait :

- Vous ne me connaissez pas, jeune homme ?

- Non, monsieur, répondait l'aventurier qui, reconnaissant la supériorité de son adversaire, jouait un jeu merveilleux de finesse et s'ingéniait à commettre des fautes qui eussent paru des chefs-d'œuvre à qui connaissait sa science approfondie.

Non, monsieur, je ne vous connais pas, mais je connais votre compagnon et je vous jure qu'il se repentira de cette rencontre.

- Bah ! Et que lui ferez-vous, mon digne Capitan ? fit Montmorin en essayant une feinte. Vous le tuerez ?

- Oui. Mais avant de le tuer, je l'humilierai ! riposta Capestang en parant.

- Oh ! ricana Montmorin, l'humilier ! Pourquoi pas l'embastiller, pendant que vous y êtes ?

- Au fait, pourquoi pas ? dit Capestang. C'est une idée : je veux fourrer le Guise à la Bastille !

- Ces bravaches ! Les paroles ne leur coûtent rien !

Et Montmorin se fendit à fond.

- Pas plus que les coups d'épée !

Et Capestang para.

- Mais vous ne m'avez pas encore dit qui vous êtes ?

À ce moment, les deux adversaires, d'un mouvement spontané, baissèrent leurs pointes pour respirer. Chacun d'eux reconnaissait dans l'autre un rude jouteur et ils s'adressèrent un regard plus courtois. L'ami de Guise reprit :

- Monsieur, je m'appelle le baron de Montmorin.

- Et moi le chevalier de Capestang. Montmorin ? Au fait, j'ai entendu ce nom-là. Et, corbacque, je vous remets à cette heure ! Je vous ai vu vous battre un jour près de la place Royale.

Vous tuâtes votre homme. C'est vous qui avez trouvé le coup du nombril ?

- Oui, dit Montmorin avec orgueil.

- Joli coup. Mes compliments. Je vous ai vu l'exécuter. C'est très joli.

- N'est-ce pas, fit Montmorin, tout disposé dès lors à une réconciliation.

À ce moment, Capestang éclata de rire et s'écria :

- Dites donc, ce serait drôle si j'allais vous tuer avec votre propre coup du nombril.

- Vous ne le connaissez pas. Personne ne le connaît, maître Capitan !

- C'est cependant d'une simplicité à faire rougir un élève prévôt, maître vantard !

- Parfendieu ! Par la sambleu ! Par la corbleu ! Tenez-vous bien, jeune homme, car vous ne vous en irez d'ici que les pieds devant !

Tous deux retombèrent en garde, et ce fut alors Capestang qui attaqua par une série étourdissante de rapidité et une grêle de paroles non moins affolante de volubilité. À ce moment, un gentilhomme, arrivant par la route d'Étampes, s'arrêta et regarda.

- Monsieur le baron de Montmorin, débitait le chevalier, je vous dis que j'ai vu votre coup du nombril, et je vais vous le démontrer.

J'attaque en deux coups droits. J'engage tierce. Je lie et double deux fois. Je viens en quarte, et me voici de nouveau en tierce. Je feins le coup droit.

Je reviens en quarte, par un coupé fouetté, je passe dessous et me fends à fond sur le nombril de monsieur le baron qui tombe à la renverse de saisissement.

Capestang se redressa. Bien avant qu'il eût achevé sa démonstration en paroles, elle était achevée en fait. Montmorin s'était lourdement abattu sur le dos, touché au nombril.

- Bravo ! fit le gentilhomme inconnu qui venait d'arriver.

- Je suis déshonoré ! murmura Montmorin.

- Là ! Que vous avais-je dit ? Quant à être déshonoré, n'en croyez pas un mot. Vous êtes un brave.

- Je vais mourir, balbutia Montmorin dont les yeux se révulsaient déjà. Ce coup-là ne pardonne pas.

L'aventurier s'était mis à genoux et examinait attentivement la blessure, tandis que l'hôte de la misérable auberge et sa femme, accourus, levaient les bras au ciel.

- Eh bien, s'écria-t-il triomphant, voici qui est bien, mordieu ! Vous, monsieur, vous m'auriez tué avec ce coup-là, même si vous n'aviez pas voulu ma mort. Mais, moi, j'ai pu faire assez vite la retraite du bras. Vous ne mourrez pas. Vous en avez, par exemple, pour un bon mois d'immobilité. Allons, vous autres, au lieu de bayer aux corneilles, portez ce gentilhomme dans votre meilleur lit. Adieu, monsieur de Montmorin. Je vais tâcher de rejoindre M. de Guise.

- Ah ! balbutia Montmorin avec désespoir, vous allez le tuer avec le coup que j'ai inventé !

- Eh, non ! Je vais simplement l'embastiller, puisque vous m'en avez défié !

Montmorin s'évanouit, et, cette fois, de saisissement peut-être plus que de souffrance. Capestang se dirigea vers l'écurie, sella Fend-l'Air et le sortit dans la cour. Au moment où il allait se mettre en selle, le gentilhomme qui venait d'assister au duel et avait mis pied à terre l'aborda, le chapeau à la main, le salua galamment, et lui dit :

- Monsieur, je suis le comte de Montmorency-Bouteville. Tel que vous me voyez, j'ai une passion pour le noble jeu des épées. Je suis friand de la lame en diable. J'ai souvent entendu parler du fameux coup du nombril, et, pour le savoir, je donnerais bien deux cents pistoles.

Capestang ébahi considéra un instant le gentilhomme. Sa figure lui plut.

- Monsieur, dit-il, votre air de politesse me touche, et je vais vous enseigner le coup.

- Et quand cela ? s'écria Montmorency tout radieux.

- À l'instant même, corbacque ! Mais promettez-moi de n'en pas faire un mauvais usage.

Tout aussitôt, chacun d'eux emboîta à la pointe de son épée un de ces boutons d'acier que tout ferrailleur portait toujours sur lui pour pouvoir transformer sa rapière en fleuret de salle. Au bout de cinq minutes, le comte connaissait parfaitement le coup : connaissance et rencontre peut-être fatales pour lui ! Car qui sait si ce ne fut pas cette science qui le poussa aux duels fameux à la suite desquels dix ans plus tard, il devait monter à l'échafaud ! Quoi qu'il en soit, Montmorency-Bouteville remercia chaleureusement l'aventurier et se mit à compter sur un coin de table les deux cents pistoles promises.

Mais alors Capestang le toucha au bras :

- Monsieur le comte, dit-il d'un air étrange, je ne suis pas maître en fait d'armes.

- Eh bien ? fit Bouteville interloqué.

- Eh bien, je suis Trémazenc et chevalier de Capestang, monsieur, c'est-à-dire qu'il faut ou rengainer votre argent ou dégainer votre épée, cette fois sans bouton.

- Diable d'homme ! murmura le comte. Si je ne l'avais pas vu à l'œuvre, je le prendrais pour un matamore, pour quelque capitan. Chevalier, ajouta-t-il, je rengaine mes pistoles, mais je suis si heureux de la rencontre que je voudrais au moins en garder le souvenir. Voici mon épée. C'est une vraie lame de Milan, comme vous pouvez vous en convaincre par le nom qui y est gravé. Voulez-vous me faire l'honneur de me donner la vôtre afin que je me souvienne toujours du brave et brillant gentilhomme qui l'a portée ?

- Comte, vous dites ces choses-là d'un air de galanterie qui me plaît infiniment. Je serai honoré de porter votre épée. Voici ma rapière. Je ne sais pas ce qu'elle vaut ni où elle fut forgée, mais je vous assure que jusqu'ici elle n'est sortie de mon fourreau que pour l'honneur.

L'échange fut fait. Alors les deux jeunes gens s'embrassèrent selon la mode. Puis Capestang sauta sur Fend-l'Air et se lança à la poursuite du duc de Guise. Mais si vite que fût Fend-l'Air, la poursuite fut inutile. Notre héros rentra dans Paris vers la tombée de la nuit, une vingtaine de jours après l'avoir quitté.

Comme il franchissait la porte Saint-Honoré, une chaise de poste vigoureusement attelée entra aussi dans Paris, au galop de ses quatre chevaux. Un valet était assis à l'arrière de la voiture. Un instant, dans ce valet, Capestang crut reconnaître Lanterne, le majestueux laquais de Cinq-Mars ; mais déjà l'attelage disparaissait au coin du couvent des Filles de la Conception.

L'aventurier continua donc à s'avancer cherchant des yeux une auberge, la plus modeste qu'il lui fût possible de trouver. À ce moment, il passait près du Louvre.

- Au fait, songea-t-il, ai-je de quoi payer mon écot de ce soir, voyons ?

Il chercha sa bourse, compta son trésor, et trouva qu'il était possesseur d'une livre, de trois sols et de huit deniers.

- Même pas de quoi dîner tous deux, Fend-l'Air et moi. Voilà la fortune ! murmura-t-il avec un sourire mélancolique. Et dire que je devrais déjà dix fois avoir fait fortune ! Et dire qu'il y a derrière le mur de ce vaste palais un roi qui me doit trois ou quatre fois la vie et deux ou trois fois son trône ! Si j'allais demander à dîner à Sa Majesté Louis XIII ? Mais non ! Sa Majesté m'appellerait Capitan ! Au fait, je me suis promis de me venger du roitelet, et de tirer de la Bastille ce pauvre prince de Condé, qui ne m'a rien fait, à moi ! Corbacque ! je démolirai la Bastille, je la prendrai d'assaut !

Déjà, son imagination battait la compagne ; déjà, il se redressait ; déjà, il se voyait délivrant le prince de Condé, lorsqu'un violent tiraillement intérieur l'informa des rêves de son estomac : rêves qui n'admettaient aucun atermoiement. Il glissa mélancoliquement sa maigre bourse, c'est-à-dire sa livre, ses trois sols et ses huit deniers dans sa poche, et, pour ce faire, se pencha un peu sur sa gauche, en murmurant :

- Que n'ai-je quelqu'un de ces diamants de madame ma mère que je vendis à Trémazenc, car alors je...

Il tressaillit. Il demeura bouche bée. Le rêve touchait la réalité ! Le rêve luisait, resplendissait, là, à sa gauche, à la garde de sa rapière ! La rapière que lui avait donnée le comte de Montmorency-Bouteville ! Cette garde était ornée, selon la mode des riches seigneurs, de beaux diamants ! Capestang demeura dix minutes immobile de stupeur.

Mais il eut une courte hésitation. Puis, tirant son épée (c'était bien son épée, corbacque !) avec la pointe de son poignard il déchaussa les pierres précieuses. Puis, d'un bon trot, il se rendit tout droit dans la Cité, pénétra dans l'échoppe d'un juif et montra ses diamants.

Le juif pesa les pierres, les examina, les étudia à la loupe, et finalement compta trois cents pistoles sur le coin de son établi. Capestang engouffra tout cet or dans ses poches et, ébloui, se crut riche pour une année au moins. Mais, à peine eut-il empoché les trois mille livres que la figure un peu hautaine de Bouteville se dressa dans son imagination. Et il entendit le comte lui dire d'un ton pas très agréable :

- Ce n'était pas la peine de prendre vos grands airs et de refuser les deux cents pistoles que je vous offrais !

Cette pensée rendit notre aventurier maussade jusqu'au moment où il se vit attablé devant une nappe éblouissante, couverte de choses dont l'aspect seul réjouissait la vue. Il n'y a que le parfum d'une bonne cuisine pour mettre en fuite la tristesse. Le fumet d'un flacon vénérable chasse les fumées de l'amertume vaine. Capestang avait le bonheur de vivre à une époque où l'on dînait - quand on dînait, toutefois ! Il en résulta que ses pensées d'amertume s'enfuirent et qu'à la deuxième bouteille il eut cette inspiration géniale :

- Parbleu ! M. de Montmorency-Bouteville porte une rapière que j'ai illustrée ; cela valait au moins trois mille pistoles, et c'est donc lui qui est encore mon débiteur.

Tranquille désormais, la conscience en repos, le cœur extasié, puisque Giselle ne s'appelait pas marquise de Cinq-Mars, rassuré sur l'avenir, grâce aux trois cents pistoles qu'il venait d'écorner dans un cabaret, enfin ayant tout à fait oublié qu'il y avait de par le monde une bonne demi-douzaine de tigres prêts à lui fracasser le crâne d'un coup de patte, notre brave aventurier se dirigea à pied vers la rue des Lombards dans l'intention de retrouver son digne écuyer Cogolin.

- Car, songeait-il, pour prendre la Bastille, il faut au moins être deux !

* * *

Ceci se passait vers six heures du soir et, comme on était en décembre, il faisait nuit. D'habitude, à cette heure-là, les rues de Paris commençaient à se faire désertes. Capestang fut donc étonné de voir des groupes nombreux qui, comme autant de ruisseaux, semblaient couler vers le même océan.

L'aventurier suivit le cours d'un de ces fleuves humains et se trouva porté à l'océan en question qui était la place de Grève. Là, une foule immense : bourgeois, gentilshommes, commères dont les voix de crécelle menaient grand tapage, tout ce monde fraternisait - et les tire-laine, adroits, silencieux, couraient de poche en poche... Chacun portait sa petite lanterne de papier huilé : beaucoup agitaient des torches ; des ménestrels chantaient des pasquins contre Concini, contre M. de Luynes, et même contre le roi. Capestang avisa un bon gros bourgeois :

- Monsieur, de grâce, qu'est-ce que tout ce monde attend ?

- Ah çà, vous arrivez donc de province ?

- Tout juste.

- Eh bien, monsieur, nous attendons le Grand Henri, qui vient de rentrer à Paris et va passer en Grève pour se rendre à son hôtel.

- Le Grand Henri ? fit Capestang interloqué, songeant à l'auberge de maître Lureau.

- Eh oui ! par la messe ! Le Grand Henri de Guise. Mais d'où sortez-vous donc ?

- Henri de Guise ? Mais je croyais qu'il s'appelait Charles !

- Cela ne fait rien à la chose, monsieur, il s'appelle tout de même le Grand Henri, comme son illustre père, chef suprême de la Ligue, saint et martyr. Oui, monsieur, et la Ligue va renaître de ses cendres. Oui, monsieur, et les parpaillots seront une fois de plus exterminés. Oui, monsieur, et il faut sur le trône de France autre chose qu'un fils d'hérétique.

Oui, monsieur, et nous allons... Guise ! Guise ! s'interrompit soudain le bourgeois. Vive Guise ! Vive Lorraine ! Mort aux parpaillots ! Mort aux Florentins ! Vive le Grand Henri !

- Guise ! Guise ! - Vive la messe ! - Mort à Concini ! - Mort aux affameurs du peuple ! - Vive le sauveur ! - Mort à l'hérétique ! - Guise ! Guise ! Guise !

Des hurlements. des vociférations terribles, un tumulte soudain dans cette multitude, des visages convulsés, des yeux flamboyants, des bras tendus au ciel, des mains frénétiques agitant chapeaux, bonnets, ou écharpes, un reflux formidable de l'océan humain qui, de ses flots débordés, déchaînés, vient battre l'hôtel de ville... C'est le duc de Guise qui arrive ! C'est le duc de Guise qui passe, dans la lueur des torches rouges, au milieu d'une resplendissante cavalcade de seigneurs bardés d'acier, couverts de manteaux de fourrures, resplendissant lui-même, souriant, heureux, et songeant sans doute : « Voici mon peuple qui m'acclame !... »

Dans la nuit de cette soirée d'hiver, sous le ciel sombre, chargé de menace et de tristesse, ce fut une flamboyante vision... Des bourgeois marchant en tête, bannières déployées, l'un d'eux portant un immense drapeau balafré d'une croix, le vieux drapeau de la Ligue ! quinze trompettes racolées au dernier moment sonnant une fanfare, cinquante gentilshommes caracolant en faisant des signes au bon peuple, des milliers de têtes aux fenêtres pavoisées, des milliers de torches et de lanternes formant un brouillard rouge dans le brouillard noir, et Guise, Charles de Guise, le fils d'Henri, le Saint, le fils du Balafré, l'héritier de la grande tradition de guerre politique et religieuse, Guise qui salue comme saluait son père, Guise dont un geste soulève des enthousiasmes furieux, Guise qui passe, agrandi par la nuit et par les lueurs, majestueux, aimable, terrible, et devant lui, derrière, autour, au-dessus, une énorme clameur qui condense tous les vivats et toutes les clameurs de mort :

- Au Louvre ! Au Louvre ! Au Louvre !

Guise pâlit. Sa destinée, la destinée de la France se jouent dans cette seconde. Un instant, d'un geste nerveux, il a arrêté son cheval. Qu'il tourne bride ! Qu'il marche sur le Louvre ! Et c'en est fait ! La dynastie des Bourbons a vécu : c'est la dynastie des Guises qui commence ! À ce moment, à dix pas de lui, une voix éclatante domine le tumulte :

- Voici mille gardes françaises et suisses qui sortent du Louvre !

Un remous effroyable dans la foule...

- Les gardes ! Voici les gardes !

- Sauve qui peut !

Guise comprend que s'il reste là une minute, c'est la guerre civile qui commence ! Une guerre dont il ne sortira pas vainqueur, puisque dans Paris même le roi se révolte, le roi envoie ses gardes contre lui !

- En avant ! fait-il d'un geste.

Et toute la cavalcade s'engouffre dans la rue de la Tisseranderie, pour gagner l'hôtel de Guise ! Le Louvre est sauvé ! Louis XIII est sauvé ! Mais, avant de s'éloigner, le duc de Guise a pu jeter un coup d'œil sur l'homme qui vient de jeter cet avis, cette menace : « Voici les gardes du roi ! » Et il a reconnu l'aventurier qu'il a rencontré le matin sur le grand chemin ! Il a reconnu le Capitan ! Capestang éclata de rire.

Un rire fou qui le secoua pendant des minutes.

- Guise ! Guise ! Vivre le Grand Henri ! Vive Guise !

- Vive le fils du martyr !

La cavalcade se hâta vers l'hôtel - vers la forteresse des Guises - car rien n'est prêt pour une bataille dans la rue, pour une collision avec les gardes sortis du Louvre. Dans la cour de sa forteresse, le duc a mis pied à terre au milieu de ses rudes partisans.

- Baissez le pont-levis ! Levez la herse !

À ce moment, un seigneur tout effaré pénètre dans la cour, saute à terre et s'approche du duc :

- Monseigneur, il fallait marcher au Louvre : on n'a envoyé personne contre vous ! Pas un homme, pas un mousquet, pas un garde n'est sorti du Louvre !

- Nous avons eu peur d'une ombre ? grondent les partisans furieux. En avant ! En avant !

- Il est trop tard ! murmure le duc qui, songeant à cet éclat de rire du Capitan, gronde une imprécation furieuse.

* * *

Le Louvre était sombre. Sa masse noire surgissait de l'ombre comme une silhouette de monstre. Quelques rares fenêtres éclairées çà et là piquaient la nuit de leurs lumières falotes et semblaient n'être là que pour mieux indiquer la ténèbre ambiante, comme les quelques rares gentilshommes fidèles au fils d'Henri IV semblaient ne venir au Louvre que pour en constater la solitude.

Dans une de ces salles éclairées se tenaient immobiles, anxieux, des personnages pareils à des fantômes que rassemble quelque fatalité mystérieuse.

À la fenêtre, debout, pâle, les lèvres serrées, le petit roi ! Sa tête nue reçoit les embruns de la brume qui le cingle. Louis treizième regarde passer celui qui demain sera roi s'il lui en prend la fantaisie. Louis treizième écoute les délirantes acclamations, dont chacune est un soufflet pour lui. Derrière lui, Albert de Luynes regarde aussi. Son profil de faucon s'accentue. Son nez se recourbe en bec d'oiseau de proie. Ses lèvres ricanent. La jalousie gronde dans cet esprit. Parfois, il se penche sur le jeune roi et, d'une voix ardente, où passe l'âpre souffle des ambitions et des batailles :

- Ah ! sire, si vous vouliez ! Quelle chasse ! Quelle belle chasse ! Prenons vos gardes françaises, sire ! Prenons les suisses. Prenons les Corses de M. d'Ornano et en chasse ! Je me charge de daguer la bête !

- Sire, gronde de son côté Ornano en tordant sa rude moustache, c'est l'esprit des batailles qui se déchaîne. Quand vous voudrez, nous tirerons l'épée !

Le jeune roi se détourne à demi. Un éclair brille dans ses yeux. Peut-être va-t-il donner un ordre !

198

- Non, sire ! dit une voix près de lui. Arrêter ce soir M. de Guise, c'est recommencer la Ligue, c'est la guerre civile et, finalement, les barricades ! Du calme, sire, de la patience, de la modération ! De la politique ! Et un jour nous abattrons ces orgueilleux hobereaux.

Attendons, sire ! Attendre, c'est la force des rois, et cette force-là ressemble à celle de Dieu qui a pour lui l'éternité !

Le jeune roi courbe la tête, déjà dominé par cette voix qui le dominera toute sa vie. Cette voix, c'est celle de Richelieu !

Luynes se retire en sifflant entre les dents une fanfare de chasse. Ornano recule de quelques pas en grommelant un juron corse. Richelieu, sûr d'être écouté, s'éloigne d'un pas lent et majestueux, et souple, écoutant, regardant, échafaudant des pensées lointaines de suprême despotisme. Dans l'antichambre, il se heurte à un personnage tout de noir vêtu qui s'incline devant lui et murmure :

- Monseigneur, Marion Delorme et M. de Cinq-Mars viennent de rentrer dans Paris.

Richelieu tressaille. Richelieu pâlit. Adieu, pensées de politique et d'ambition dévorante.

- Viens ! dit-il. Viens !

Et tous deux, l'évêque et l'homme noir, Richelieu et Laffemas, descendent l'escalier en toute hâte. Au bas de l'escalier, ils croisent un gentilhomme qui s'arrête, les salue, les regarde s'éloigner, puis se met à monter : c'est Rinaldo. Et Rinaldo a jeté sur Laffemas un étrange regard. Espion, la fortune rapide de cet autre espion lui porte peut-être ombrage !

* * *

Dans la salle, outre le roi, Ornano et Luynes, qui se tenaient dans l'embrasure assistant au délire de Paris, il y avait quelques gentilshommes. Vitry, près de la porte, l'épée à la main, en tenue de service, immobile et raide. Dans un angle, la jeune reine Anne, rieuse, sans souci de l'avenir, sans souci des rumeurs sinistres qui sur le vieux palais des rois agitent leurs ailes. Assise à une table, la reine mère, froide et hautaine, prête l'oreille aux bruits du dehors. Mais peut-être est-ce une autre voix que la grande voix de Paris qui résonne en elle, car, parfois, ce regard si froid qu'elle laisse tomber sur son fils, elle le ramène sur Concini qui, debout près d'elle, lui parle à voix basse - et alors ce regard devient brûlant. La reine a reconquis Concini ! Marie de Médicis s'attache désespérément à sa dernière passion !

Concini sourit. Concini représente la parfaite image de l'homme heureux. Mais sous le fard qui pare son visage et ses lèvres, il est livide. Quoi ? Est-ce que Concini a peur de ces cris de mort qui grondent sous les fenêtres du Louvre ? Non ! Concini n'a plus peur. Concini désire la mort ! Il joue encore son rôle. Marie de Médicis a saisi le moment où nul ne les écoute et, ardente, murmure :

- Répète, Concino, répète que tu m'aimes, moi, moi seule, pour toujours !

Concini ferme les yeux et, d'une voix plus ardente, répond :

- Je vous aime, vous, vous seule !

Et, devant ses yeux fermés, c'est l'image de Giselle d'Angoulême qui s'évoque ! C'est à Giselle que va cette parole d'amour ! Le sein de Marie de Médicis palpite. Pour cacher son trouble, elle se lève et donne le signal de la retraite pour se préparer au dîner. À ce moment Léonora Galigaï s'approche de son mari, demeuré seul, et le touche au bras :

- Tu souffres ?

- Comme un damné !

- Patience, mon Concino, patience ! Ce qui est juré est juré : tu la reverras !

- Léonora ! Léonora ! Mon cœur est à bout...

- Patience, mon bien-aimé. Encore quelques jours. Tu la reverras, te dis-je. Laisse-moi faire. Ne mets pas le ciel contre nous ; Lorenzo m'a encore prévenue que ce Capestang peut être cause de ta mort. Depuis la nuit horrible, je travaille pour toi, tu le sais ! Et tiens, en attendant, prends cet espoir ; aujourd'hui, j'ai retrouvé Belphégor... et, par lui, je retrouverai ta Giselle !

Concini, chancelant sous cet espoir qu'on lui jette, palpite et frissonne jusqu'à l'âme... Léonora Galigaï a jeté sur Louis XIII un étrange regard... puis, lentement, elle s'est éloignée pour rejoindre la reine.

- Va, démon, rugit Concini en lui-même, va ! travaille, comme tu dis, à mon élévation ! travaille à me rendre les astres favorables ! Oh ! tout ce que je te demande, démon, c'est de me rendre celle que tu m'as volée, et alors, oh ! alors, malheur sur toi, Léonora !

À son tour, après avoir salué le roi, qui lui répond à peine, et Ornano et Luynes, qui ne lui répondent pas du tout, Concino Concini s'éloigne, suivi un instant par les yeux de Vitry, flamboyants de haine.

Dans l'antichambre, Concini a rejoint son fidèle Rinaldo, à qui il vient d'acheter le comté de Lérouillac.

- Eh bien, mon cher comte ? demande Concini.

Rinaldo lui fait son rapport à voix basse. Puis il ajoute :

- Ce n'est pas tout, monseigneur. Je viens de voir passer M. de Richelieu avec son éternel Laffemas. Est-ce qu'il ne vous semble pas que cet évêque, depuis quelque temps, occupe un peu trop de place ? Si j'étais le maréchal d'Ancre, per la madonna, j'aurais tôt fait de m'en débarrasser.

- Cela viendra, comte, cela viendra. Patience, comme dit ma carissima Léonora.

- Bon ! Mais, en attendant, ne saurions-nous déjà nous débarrasser de ce Laffemas ? C'est son âme damnée. Un bon coup de stylet entre les deux épaules...

- Oh ! pour celui-là, c'est facile. Je te remettrai demain un ordre d'arrestation, et tu me conduiras ce Laffemas à la Bastille. Une fois qu'il y sera, je ferai parvenir au gouverneur de la forteresse une petite recommandation qui vaudra dix coups de poignard au cœur.

Rinaldo s'incline en homme qui reconnaît la supériorité du maître.

* * *

Dans la salle, maintenant, Louis XIII est presque seul. En vain lui a-t-on fait respectueusement observer que les reines doivent dîner ce soir avec lui et que Leurs Majestés attendent. Le roi veut voir et entendre jusqu'au bout ; il veut boire jusqu'à la lie le calice d'amertume.

La fenêtre donne sur la rue de Beauvais. Et la rue de Beauvais, toutes les rues qui y débouchent, la rue du Coq, la rue du Champ-Fleury, sont des fleuves d'hommes que la houle agite ; au loin, des cloches sonnent, on ne sait pourquoi ; des clameurs se répercutent, comme si les échos de la menace populaire voulaient forcer l'entrée du Louvre.

- Guise ! Guise ! - Vive Lorraine ! - Vive la messe ! - Vive le

Grand Henri ! - Vise le sauveur du peuple !

Devant cette ardente bouffée d'acclamations menaçantes qui monte jusqu'à lui, le jeune roi, tout pâle, les yeux éperdus, recule, la main à son front glacé, et un murmure pareil à un sanglot expire sur ses lèvres :

- Oh ! pas un cri de « Vive le roi ! » pas un ! pas un !

À ce moment, sous sa fenêtre, une voix jeune, éclatante, lance comme un défi à Paris tout entier :

- Vive Louis ! Vive le roi !

Une flamme de plaisir empourpre le front de l'adolescent. Ce cri venu à lui, pareil à une consolation, ce cri d'un seul homme le bouleverse de reconnaissance et d'émotion.

- Vive le roi ! répète insolemment la voix éclatante, dans une accalmie des rumeurs.

- Cette voix ! cette voix ! balbutie Louis. Je l'ai entendue ! Je la reconnais !

- Vive Louis ! Vive le roi !

- C'est lui ! Oh ! c'est lui ! Mon Capitan ! Mon Capestang ! Le chevalier du roi !

XLVII - Action d'éclat de Laffemas

Le lendemain, Paris bouillonnait encore. Un vent d'émeute soufflait sur la grande ville. Depuis l'arrestation de Condé, la haine avait fermenté. Pendant quelques jours cet acte de vigueur d'une monarchie que chacun jugeait caduque avait fait hésiter la rébellion et bâillonné les malcontents. Puis les colères, un instant comprimées, éclataient maintenant. Ce n'est pas que Paris eût la moindre affection pour le prince de Condé, cet avare, ce ladre ! Condé ? Personne n'y songeait plus, excepté peut-être Capestang.

La vérité, c'est que les bourgeois étaient furieux d'avoir à payer les fêtes de Concini et les bénéfices qu'il distribuait à ses amis ; la vérité, aussi, c'est que le peuple était misérable. Enfin, il faut ajouter qu'au gré des vieux ligueurs, les calvinistes avaient reçu beaucoup trop de faveurs d'Henri IV.

Dans ces conditions, Guise réunissait autour de lui les féodaux qui espéraient le retour à leurs anciens privilèges, les catholiques fervents qui espéraient une nouvelle Saint-Barthélemy, la bourgeoisie qui espérait une diminution d'impôts et le peuple qui espérait manger un morceau de pain à la faveur d'un changement de régime.

C'est pourquoi l'on voyait par les rues de ces groupes menaçants armés de pertuisanes, de mousquets ou de vieux pistolets, alternant les cris de mort avec les vivats. Guise allait sortir ! Guise allait marcher sur le Louvre !

Guise ne sortit pas ! Enfermé dans son hôtel, il discutait avec ses familiers. Son père, lui aussi, avait ainsi discuté dans ce même repaire, un jour où il sut se montrer et agir en loup : le Balafré, ce jour-là, avait à jamais perdu la couronne.

Et cependant que le duc de Guise hésitait, Paris lui criait : « Au Louvre ! »

Vers neuf heures du soir, un homme se fraya un chemin à travers la foule qui piétinait, évoluait, tourbillonnait sur la place de Grève. Nous suivrons l'homme tout empressé qui s'engage dans la rue Saint-Antoine ; avec lui, nous entrons dans un cabaret mal famé - et alors nous reconnaissons l'espion de M. de Richelieu : Laffemas !

Dans ce cabaret, il y avait sept hommes. Six étaient assis autour d'une table, au fond de la salle et jouaient aux dés, frappant du poing, se disputant avec des jurons à faire frémir un reître. Le septième était attablé tout seul près de la porte, devant une mesure d'hydromel.

C'était un grand gaillard osseux et maigre, avec des moustaches terribles et des yeux de braise, une physionomie narquoise et dure. À l'arrivée de Laffemas, il se leva, se découvrit, salua, courbé, son feutre jusqu'aux carreaux.

Laffemas s'assit tranquillement et l'homme prit place en face. Un instant, il se regardèrent. C'étaient deux rudes figures de sacripants - mais le bravo, avec ses airs féroces, était encore une vision de candeur auprès de la physionomie pétrifiée de Laffemas. Alors, à voix basse, tic toc, pif paf, eut lieu cet entretien !

- Tes hommes ? demanda l'espion de Richelieu.

- Ils sont prêts. Vos pistoles ?

- Elles sont prêtes, dit Laffemas.

- Bon ! quand faut-il agir ?

- Tout de suite.

- Tout de suite.

Bon. Après !

- Il faudra procéder en douceur et ne faire aucun mal à la donzelle. Il faudra la mettre dans le carrosse qui attend au coin de la rue du Petit-Musc.

- Musc ou muscade. Carrosse ou litière. On l'y mettra. Après ?

- Le reste ne vous regarde pas. Si l'un de vous cherchait à savoir où va le carrosse...

- Qu'il aille au diable ! Les pistoles ?

- Ah ! Ah ! fit Laffemas. Moitié maintenant. Moitié après le départ du carrosse.

- Très bien, fit le bravo qui tendit sa large main.

- Où sont tes hommes ? dit Laffemas avec défiance.

- Donnez toujours, par tous les boyaux de saint Pamphile, mon vénéré patron !

Laffemas sortit de dessous son manteau une bourse de cuir dont il répandit le contenu sur la table. À peine eut-il fait ce geste, que les six du fond du cabaret cessèrent instantanément leurs grognements, leurs jurons et leurs coups de poing, se levèrent comme un seul homme, et d'un même mouvement, se trouvèrent tous portés autour du bravo. Douze mains crochues rampèrent sur la stable, vers les pistoles.

- Là ! Là, mes agneaux ! Le premier qui bronche, six pouces de fer dans le ventre ! Arrière, suppôts de Belzébuth ! Là ! Les voyez-vous, mon digne seigneur ? Des agneaux, de vrais agneaux, qui n'ont pas leurs pareils pour étrangler ou poignarder le ruffian trop chargé d'écus sans même qu'il s'en aperçoive.

Vous serez bien servi, mon honnête seigneur. La belle vous sera encarrossée au coin du Petit-Musc avant qu'elle ait eu le temps d'achever son Pater.

Une minute plus tard, la bande avait disparu ; les sept s'étaient glissés au dehors. Laffemas régla la dépense ; puis il sortit à son tour.

Laffemas se rendit au coin de la rue du Petit-Musc, s'enfonça sous un auvent, s'incorpora à la muraille, se pétrifia et attendit. À dix pas de lui, près d'une petite porte basse, stationnait un carrosse, avec sa portière ouverte, le postillon, en selle sur le cheval conducteur, les rênes rassemblées, les éperons prêts. Laffemas songeait :

- Je rends ici à monseigneur un de ces services qui n'ont pas de prix. Je pense donc que je ne dois en demander aucun prix. Non, monseigneur, non, pas d'argent, je vous en prie. Ces choses-là ne se payent pas. Plus tard, quand vous serez le maître du royaume, le petit Laffemas réclamera son salaire.

Le petit homme se redressa dans son coin de nuit comme une bête malfaisante ; un sourire de terrible orgueil erra sur ses lèvres minces. Il y avait une demi-heure que Laffemas était là, et il commençait à être inquiet.

- Si ces brutes attendent encore, gronda-t-il, le petit marquis de Cinq-Mars va rentrer à l'hôtel, et alors, c'est la bataille, alors c'est peut-être la défaite ! Ah ! pourquoi n'ai-je pas le courage d'agir moi-même ? Je sens que si j'étais brave, je serais bientôt...

Une ombre, tout à coup, se dressa devant lui, un être courbé dans une révérence narquoise, la plume de son chapeau balayait la boue.

- C'est fait, monseigneur, dit tranquillement cet être.

Laffemas reconnut le chef des sacripants. Il tressaillit.

- Çà, grinça-t-il, te moques-tu de moi ? Je n'ai entendu aucun bruit.

- C'est fait. Payez ! dit simplement le bravo.

- Je n'ai rien vu. Drôle, aurais-tu l'intention...

Le bravo saisit Laffemas par le cou et le poussa jusqu'au carrosse. Laffemas, à demi étranglé, jeta un coup d'œil dans l'intérieur et vit une femme, pieds et poings liés, bâillonnée. Il la reconnut sur-le-champ : c'était Marion Delorme ! Alors il demeura saisi d'admiration, et ce fut lui qui se découvrit et s'inclina profondément devant le bandit. En même temps, il lui tendit une bourse pareille à celle du cabaret. Dans le même instant, six ombres surgirent et regardèrent la bourse de leurs yeux de braise qui luisaient dans la nuit. Le bravo vérifia rapidement le compte, puis murmura :

- Quand vous voudrez, quand vous aurez besoin de moi, tout à votre service, vous savez où... Allons, mes agneaux, notre besogne est faite, décampons !

La bande s'évanouit avec une telle rapidité, dans un tel silence, que c'en était merveille. Laffemas un instant, demeura tout effaré. Puis il ferma la portière du carrosse et s'apprêta à prendre place sur le siège.

À ce moment, un cavalier mit pied à terre au coin de la rue. Dans le même temps, la petite porte devant laquelle avait stationné le carrosse s'ouvrit, et une voix de stentor se mit à hurler :

- Au secours ! Au feu ! au meurtre ! À la rescousse !

Déjà Laffemas escaladait le siège. Mais comme le carrosse allait s'élancer, l'espion se sentit saisi par les jambes et ramené en arrière avec une irrésistible violence ; c'était un cavalier qui, accourant aux cris, venait de le harponner.

- File ! vociféra Laffemas.

Le postillon enfonça ses éperons dans le ventre de son cheval et la voiture s'ébranla.

- Au secours ! Au feu ! Au feu ! Au truand ! glapit la voix.

- Tais-toi, braillard ! ordonna le cavalier qui venait de saisir Laffemas et le maintenait par la gorge.

- Monsieur le marquis ! Ah ! miséricorde ! Ah ! je...

- Lanterne, tu vas te faire étriller ! Explique-moi ce que faisait ici ce carrosse, qui est cet homme, et pourquoi tu cries comme un sonneur de cloches.

- Plût au ciel que j'eusse un tocsin à ma disposition ! on vient d'enlever Mme la marquise !

Henri de Cinq-Mars jeta un cri terrible. À ce moment le carrosse disparaissait au bout de la rue du Petit-Musc, au coin de l'Arsenal. Cinq-Mars réfléchit que sa seule chance de rattraper la voiture, c'était d'interroger l'homme qu'il tenait. Dédaignant donc d'écouter les éloquentes et abondantes explications de Lanterne, il serra un peu plus fort la gorge de Laffemas.

- Tu en étais, toi ? rugit-il.

- Non, râla l'espion. Je passais, j'ai entendu du bruit, je...

- Tu en étais ! répéta Cinq-Mars. Avoue, ou tu es mort !

Et il dégaina son poignard, dont il fit sentir la pointe au cou de Laffemas.

- Ne me tuez pas, fit celui-ci d'une voix presque calme. Je vais tout vous dire.

Cinq-Mars desserra l'étreinte et cessa d'appuyer sur le poignard. Laffemas, froidement, essuya une goutte de sang qui perlait à sa gorge, souffla bruyamment et dit :

- Rassurez-vous, il ne sera fait aucun mal à Mlle Marion Delorme.

- Qui l'a fait enlever ? Où la conduit-on ? Parle. Tu as une minute pour te décider. Dans une minute, je le jure sur mon père mort, je te tue comme un chien enragé si tu ne dis tout !

Le jeune homme tremblait de fureur et de désespoir. On entendait claquer ses dents. Laffemas songeait :

- Si j'avoue, Richelieu va me tuer.

Si je n'avoue pas, celui-ci va me poignarder. Au moment où j'allais assurer mon avenir ! Malédiction sur moi, sur Richelieu, sur Cinq-Mars ! mourir maintenant ! Oh ! l'affreuse damnation !

- Décide-toi ! dit Cinq-Mars.

Son bras se leva. L'acier jeta un éclair dans l'ombre : un éclair moins sinistre que le sourire qui tout à coup illumina la face de l'espion.

- Je ne puis rien vous dire, fit-il.

- Soit ! Tu vas crever ici, chien !

- Mais je puis vous conduire ! reprit Laffemas.

- Tu peux me conduire ? haleta Cinq-Mars.

- Et vous faire entrer dans la maison même où se trouve Marion Delorme.

- Si tu fais cela, je t'enrichis, je te couvre d'or, entends-tu ?

- Eh bien, venez ! De l'or ? Pour un peu d'or, j'ai fait enlever celle que vous aimez. Puisque vous me promettez beaucoup plus d'or que je n'en ai reçu, je ne vois pas pourquoi je ne vous la rendrais pas.

Ils se mirent en route. Cinq-Mars grelottait. Il avait la tête en feu. Il ne savait ni ce qu'il faisait ni où on le conduisait. Seulement, il serrait convulsivement le bras de Laffemas. Ils arrivèrent et s'arrêtèrent devant un vieil hôtel.

- C'est ici ! dit Laffemas.

- Allons ! répondit Cinq-Mars fébrile.

Si Laffemas lui avait montré une fournaise, il serait entré dans la fournaise. L'espion souleva le marteau de la porte, qui s'ouvrit. Ils entrèrent tous deux dans un beau vestibule du rez-de-chaussée.

- Où sommes-nous ? demanda Cinq-Mars.

- Chez monseigneur l'évêque de Luçon, dit Laffemas. Vous voyez que la belle ne court aucun danger.

Cinq-Mars grinça des dents.

- Richelieu ! fit-il dans un affreux éclat de rire. J'aurais dû m'en douter. Conduis-moi chez ton maître. Allons ! Pas d'hésitation ! Ou je tue tout ici ! Toi le premier !

- Venez, dit Laffemas. Monseigneur va vous recevoir tout de suite.

Il ouvrit une porte. Cinq-Mars entra ; il n'avait pas fait deux pas dans la pièce où il venait de pénétrer qu'il entendit derrière lui la porte se refermer. Il se retourna : Laffemas n'y était plus ! Cinq-Mars se rua sur la porte, la laboura à coups de poignard, s'y meurtrit les mains, s'y ensanglanta les ongles ; il déchira les tentures ; il frappa sur les murs ; il poussa des cris déchirants, et il comprit que ses cris s'étouffaient dans cette cage ; il vit qu'il n'y avait aucune ouverture par où il pût fuir, excepté la porte de chêne bardée de fer, inexpugnable. Pendant deux heures, le malheureux jeune homme se débattit ainsi ; il pleura ; il supplia ; eut des crises de fureur effrayantes et des minutes d'abattement mortel ; et enfin, tout sanglant, il tomba sur le parquet, à bout de forces, et s'évanouit en murmurant :

- Marion ! Ma chère Marion !

XLVIII - Le cabaret du « Borgne qui prend »

Le lendemain, vers deux heures de l'après-midi, Laffemas, après une longue conversation avec son maître, sortit de cet hôtel du quai des Augustins où étaient enfermés Marion Delorme et Cinq-Mars. Un pâle sourire crispait ses lèvres ; il y avait un peu de rouge à ses joues ordinairement couleur de cendre ; son œil terne s'éclairait vaguement ; tous ces signes révélaient chez lui une intense jubilation.

- Me voici monté en grade. Je crois que je tiens monseigneur. L'algarade de cette nuit où j'ai fait coup double m'a mis hors de pair. Un trait de génie ! Le mot est de monseigneur... Maintenant, mon petit Laffemas, il s'agit d'espionner un peu ce soudard, ce bretteur, ce mangeur de royaume, ce pourfendeur de couronne qu'on appelle Guise. Peste ! la chose est délicate. Bah ! que je trouve seulement deux lignes de la main du noble duc, et je le fais pendre ! Et une fois Guise pendu, ou tout au moins embastillé, j'attaque le gros morceau. Concini ? Hum ! Le taureau d'airain ! L'hydre aux cent têtes ! Bah ! je verrai, je trouverai. Ce Concini, au fond, est un imbécile, et moi, je...

À ce moment, il se sentit touché à l'épaule par-derrière ; il se retourna et se vit en présence de Rinaldo, dont le regard pétillait de malice. Rinaldo était accompagné de trois ou quatre sbires.

- Hé ! bonjour, mon cher monsieur de Laffemas ! Per bacco, c'est un vrai plaisir pour moi de vous rencontrer.

- Monsieur le comte de Lérouillac, fit Laffemas, non sans ironie, je suis bien votre serviteur.

- Pas du tout ! C'est moi qui suis le vôtre ! dit Rinaldo.

À telles enseignes que je vous ai attendu trois heures durant sur le quai des Augustins. Même s'il se fût agi de mon illustre maître, Mgr le maréchal d'Ancre, je vous prie de croire que je n'aurais pas eu trois heures de patience.

- Vous m'avez attendu, monsieur le comte ? balbutia Laffemas en louchant vers les sbires qui caressaient doucement leurs moustaches d'un air indifférent. C'est trop d'honneur que vous me faisiez.

- Bah ! bah ! Une fois n'est pas coutume, dit Rinaldo.

- Et sans doute, vous aviez quelque bonne nouvelle à m'annoncer ? fit Laffemas avec sang-froid.

- Une excellente. Je voulais vous dire que mon illustre maître et seigneur le maréchal d'Ancre a remarqué le zèle avec lequel vous servez M. le duc de Richelieu. Il vous a vu rôder autour du Louvre, dans le Louvre, autour de l'hôtel Concini, enfin, partout, on ne voit que vous, et M. le maréchal a pensé que vous feriez un espion di primo cartello ; il veut donc vous avoir à son service.

Rinaldo parlait très gravement. À cette ouverture imprévue, Laffemas se rassura. Un moment, il avait redouté que ces gens n'eussent quelque mauvaise intention. Il salua donc d'un air de profonde humilité.

- Monsieur le comte, dit-il, c'est un bien grand honneur que me fait l'illustre maréchal.

- D'accord ! Et une situation magnifique : logé, nourri, plus de soucis, à l'abri du froid et du chaud.

Corpo di Cristo ! Il y a longtemps que je cherche tout cela, moi ! Mais voilà, c'est sur vous que monseigneur a jeté les yeux. Les grands sont capricieux, vous savez.

- Malheureusement, et à mon grand désespoir, je me vois contraint de refuser l'honorable poste de confiance que l'illustre homme d'État qui dirige le royaume veut me confier.

- Ah ! monsieur de Laffemas, fit Rinaldo d'un ton de reproche, ici nous ne sommes plus d'accord.

- Que voulez-vous dire ? murmura Laffemas, qui sentit un rapide frisson lui courir sur l'échine.

- Je veux dire que je suis chargé de vous conduire en un hôtel magnifique, où vous serez logé comme un prince, nourri comme un évêque. Monsieur de Laffemas, connaissez-vous le sceau royal ?

Et tout à coup Rinaldo mit sous les yeux de Laffemas livide un parchemin orné en effet du sceau et de la signature du roi. C'était un ordre d'arrestation !

- Vous m'arrêtez ! bégaya Laffemas.

- Vous avez la tête dure, monsieur de Laffemas. Il y a une heure que je vous le dis. Allons, suivez-moi sans esclandre, ni scandale.

- Soit ! fit Laffemas en jetant autour de lui un sombre regard. Où me conduisez-vous ?

- À la Bastille, mon cher. Ni plus ni moins qu'un prince de Condé. Plaignez-vous ! Vous serez... Holà ! Ah ! briccone ! Ah ! per Dio santo ! Arrête ! arrête !

Laffemas venait de s'élancer droit devant lui, tête baissée, bondissant, se faufilant parmi les passants avec la dextérité rapide d'une anguille. Rinaldo, de loin, le vit tout à coup s'engouffrer à gauche, dans une maison devant laquelle stationnait une petite foule de badauds.

....

Laffemas avait couru à perte d'haleine ; il détalait à bonds frénétiques, guidé par cette messagère habile qui s'appelle la peur. Un regard derrière lui, et il vit que Rinaldo et ses sbires accouraient, au loin. Un regard sur sa gauche, et il vit des gens rassemblés en grand nombre dans une sorte de hangar. Il eut ce raisonnement rapide qu'il pouvait faire un plongeon dans cette foule et s'y perdre. Sans hésiter, il entra. Fébrilement, il tira ses tablettes et écrivit :

Concino me fait mettre à la Bastille. - Laffemas.

Il tendit le papier et un écu d'or à un gamin, et lui dit :

- Porte cela quai des Augustins, chez l'évêque de Luçon, et tu auras dix fois ce que je te donne.

Le gamin, ébloui, partit comme une flèche. Laffemas se glissa dans la foule. À ce moment, à la porte du hangar, il vit la tête de Méduse, la tête de Rinaldo ! Les yeux flamboyants de Rinaldo le cherchaient !

....

Ce hangar se trouvait à l'encoignure de la rue des Lombards et faisait partie des dépendances du Borgne qui prend. Ce hangar, c'était la salle de spectacle où la société Turlupin, Gros-Guillaume et Gautier-Garguille, augmentée de Cogolin, dont le rôle était de recevoir des coups de trique, donnait ses représentations. Cette foule, c'étaient les spectateurs qui, à grands éclats de rire, assistaient à une farce intitulée : Le Cocu battu et content.

Laffemas aperçut, disons-nous, à l'entrée du hangar, la tête de Rinaldo, et, derrière, les têtes de ses sbires. Un moment, il demeura pétrifié, avec cette angoisse spéciale que l'on éprouve dans ces cauchemars où l'on fait de vains efforts pour fuir. Puis l'épouvante brisa ces liens mêmes, et, parmi les spectateurs tous debout, de rang en rang, il se glissa, se faufila vers les tréteaux. Fuir ! Où fuir ? Comment fuir ?

Voici Rinaldo qui entre ! Voici Rinaldo qui vient à lui ! La misérable créature essuie son front où s'égoutte la suée gluante et glacée que distille l'horreur. La Bastille ! Oh ! il la voit ! Il voit l'oubliette où il sera précipité ! Il se voit agonisant au fond de quelque trou immonde. Où fuir ? Oh ! là ! dans ce recoin ! Cette échelle !... Où conduit-elle ? Il ne sait pas. Peu importe, Laffemas monte ! Et c'était le moment où les spectateurs trépignaient de joie enfantine en attendant la scène prévue, toujours accueillie par les mêmes rires. Turlupin agitait sa latte et tonitruait :

- Où est-il, ce monsir Géronte ! Où est-il que je le gourme ? que je lui caresse les côtes à coups de trique ! Parfendieu ! Mordieu ! Ventre du pape ! Amenez-moi ce pendard !

Le pendard, c'était Cogolin. Il se fourrait dans le sac. Le sac était traîné devant le public, et Cogolin se mettait à pousser des clameurs lamentables qui faisaient mourir de rire les spectateurs.

- Amenez-moi ce monsir Géronte ! hurla Turlupin.

- Tout de suite ! Le voici ! Ah ! pendard ! Ah ! maroufle ! ripostaient Gros-Guillaume et Gautier-Garguille.

Cogolin se hâtait de se mettre dans le sac. À ce moment, une figure livide lui apparut, et une voix chevrotante supplia :

- Pour Dieu, cachez-moi, sauvez-moi ! On veut me jeter à la

217

Bastille !

- Laffemas ! rugit Cogolin, les yeux écarquillés par la surprise et la joie.

- Mille pistoles si vous me cachez ! Vite ! oh ! vite !

Cogolin sortit du sac où il était déjà à demi entré. Sa bouche se fendit dans un sourire immense, il ouvrit tout larges les bords du sac et dit :

- Entrez là ! Ils ne vous verront pas !

- Oui ! oui ! bégaya Laffemas en claquant des dents.

Il se mit dans le sac. Cogolin, radieux comme la vengeance en fleur, troussa le sac. Au moment où il allait fermer et lier, Laffemas leva les yeux sur son sauveur ; alors, seulement, il le reconnut et poussa un affreux gémissement :

- Cogolin ! Je suis perdu !

- Lachance ! hurla Cogolin en bouclant le sac et en le liant solidement, Lachance, aujourd'hui !

Laffemas s'évanouit à moitié ; pris entre Cogolin et Rinaldo, il ne lui resta plus de courage que pour songer au genre de mort qui l'attendait.

- Ah ça ! vociféra Turlupin. Faut-il que je vous bâtonne tous ? Où est ce monsir Géronte, têtebleu !

- Le voici ! Le voici ! hurlèrent Gros-Guillaume et Gautier-Garguille qui, ahuris, avaient assisté sans y rien comprendre à cette substitution de personnage.

- Ah ! ah ! ah ! Enfin ! rugirent les spectateurs avec des applaudissements frénétiques.

- Frotte-lui les côtes ! - Hardi, Turlupin ! - Caresse-lui les reins : Hourrah ! Gautier-Garguille ! - Mets-lui le dos en capilotade ! - À la rescousse, Gros-Guillaume !

Mais les cris, les rires, les exhortations du public s'éteignirent et le mécontentement commença de se manifester. En effet, le plus beau de la scène, c'était d'entendre se lamenter et gémir celui qu'on rossait. Or, Turlupin, Gautier-Garguille et Gros-Guillaume avaient beau manœuvrer une triple trique à tour de bras, ils avaient beau hurler et jurer, on n'entendait aucune plainte sortir du sac ! Et cela se comprend, puisque les trois acteurs frappaient toujours à côté et que, par conséquent, Laffemas ne recevait rien.

- Ah çà ! Cogolin ! grondait tout bas Turlupin, veux-tu crier où je tape pour de bon !

- Il n'y a personne dans le sac ! criait le public.

- Nous sommes volés ! Rendez-nous nos sols et deniers !

- Vous n'y entendez rien ! vociféra tout à coup Cogolin en bondissant sur la scène, armé d'une vraie matraque.

Laissez-moi faire ! Ah ! misérable Géronte ! Ah ! cocu du diable ! Tiens, pendard ! Tiens, maraud !

La matraque se levait et s'abaissait en cadence sur le sac. Et, cette fois, ce furent de véritables hurlements de douleur qui en sortirent. Les spectateurs croyant à un épisode inédit, battirent des mains, trépignèrent des pieds ; pour un peu, ils eussent escaladé les tréteaux pour aider Cogolin.

- Grâce ! Pardon ! À moi ! Au meurtre ! rugissait Laffemas qui jouait son rôle en toute conscience, comme on peut le croire, et si bien que jamais on n'avait entendu geindre avec tant de naturel.

- Ah ! coquin ! Ah ! bélître ! glapissait Cogolin en continuant de frapper à tour de bras. Ah ! À mon tour ! Ah ! souviens-toi de la rossée que tu m'infligeas chez Lureau ! Ah ! miséricorde ! Ah ! pendard ! Tireur de laine ! Ah ! c'est toi qui as voulu faire griller mon maître ! Ah ! misérable !

Les cris perçants de Laffemas, bientôt, ne furent plus qu'une suite de grognements indistincts ; puis on n'entendit plus rien. Et le public, la farce étant terminée, commença à s'écouler, tout secoué de rires épileptiques. Cependant, les trois acteurs avaient traîné le sac hors des tréteaux ; ils ouvrirent alors et délivrèrent l'infortuné Laffemas, tout contus, les reins moulus, le visage couvert d'ecchymoses, livide, à demi mort. Cogolin se planta fièrement sur ses longues jambes, comme il avait vu faire au chevalier son maître. La première pensée de Laffemas fut de tirer son poignard et de se ruer sur lui ; mais une main s'abattit rudement sur son épaule.

- Doucement, que diable ! ricana la voix goguenarde de Rinaldo.

En un clin d'œil, l'espion de Richelieu, ahuri, hébété de désespoir et de terreur, fou de rage, fut entraîné par les sbires de Rinaldo qui durent le soutenir, le porter presque, car il était moulu et se tenait à peine sur ses jambes.

Une heure plus tard, Laffemas était à la Bastille.

XLIX - Le tigre amoureux

Ce matin-là, l'évêque de Luçon eut une longue conférence avec ce mystérieux capucin qui venait parfois le voir pour le confesser, disait-on, et qui s'appelait le père Joseph. Lorsque le moine, rabattant son capuchon gris, fut parti, silencieux et rigide, Richelieu demeura longtemps pensif.

- La ruse et la force ! murmura-t-il. Le père Joseph a raison. Ce sont deux armes de gouvernement. Le mensonge, d'abord, pour établir la théorie ; et puis la hache du bourreau pour entrer dans la pratique. Mais il faut que je dompte mes passions. Ici, le bon père se trompe, continua Richelieu avec un sourire. Est-ce qu'un homme sans passion peut gouverner ? Est-ce que les passions ne sont pas la généreuse avoine fermentée qui double les forces du noble coursier ?

Le regard de Richelieu se fixa sur un papier qu'il avait jeté devant lui et sur lequel une ligne était griffonnée d'une écriture tremblante.

- Voyons, fit-il en fronçant les sourcils, j'ai reçu cet avis de Laffemas hier à quatre heures. Laffemas n'a pas reparu dans la soirée. Ce matin, on ne l'a pas vu chez lui. C'est donc qu'il est arrêté réellement. Oh ! Est-ce que Concini m'aurait deviné et commencerait à se défier de moi ? Est-ce une déclaration de guerre ? Et pourtant, ajouta-t-il d'un ton menaçant, j'ai besoin de Laffemas...

Quelques minutes il se promena lentement dans le cabinet de travail qui avait l'allure d'un oratoire. Il était vêtu en cavalier comme presque toujours. Son épée battait à son côté.

- Allons ! murmura-t-il avec un soupir.

Il passa ses gants, assura son épée, prit son chapeau et, le gardant à la main, entra d'un pas ferme dans une pièce qui se trouvait au fond d'un couloir - pièce sans autre ouverture qu'un étroit œil-de-bœuf. Marion Delorme était là. À l'entrée de Richelieu, elle se leva et fit la révérence. Elle était un peu pâle, mais elle souriait, et son sourire un peu moqueur avait on ne sait quoi d'héroïque.

- Ce sourire me damnera ! gronda Richelieu en lui-même.

Un instant, ils se mesurèrent des yeux. L'amour éclatait dans le regard de Richelieu, mais un amour méprisant comme celui d'un homme supérieur pour qui la femme n'est qu'un instrument de plaisir. Marion Delorme souriait.

- Avant-hier, commença Richelieu sans autre préambule, je vous ai offert un million, c'est-à-dire une fortune que la reine de France ne possède pas dans son coffre particulier. J'y ai joint l'offre de vous acheter un hôtel dans Paris, de le monter sur un pied princier, et de vous rendre aussi propriétaire d'une maison que je possède aux environs de Paris. À ces avantages divers, j'ai joint l'offre d'autant de bijoux précieux que vous en pourriez désirer...

Marion éclata de rire.

- Oui ! dit froidement Richelieu. Voilà quelle fut votre réponse : un éclat de rire.

- Pardonnez-moi, monsieur l'évêque, dit-elle en riant toujours - et c'était héroïque, ce rire, car elle tremblait dans son cœur - mais vous vous exprimez comme un tabellion.

Ce n'est pas une déclaration d'amour, cela, c'est un inventaire !

Richelieu changea de couleur. Le grand seigneur qu'il était connut l'humiliation. Sa figure prit une sinistre expression de cruauté.

- Daignez donc vous asseoir, monseigneur, fit Marion, câline. Non ? Eh bien, alors, permettez que j'offense en vous la majesté divine que vous représentez si bien, et que je demeure assise, alors que mon pasteur est debout !

Et elle se laissa nonchalamment tomber dans un fauteuil.

- Hier, reprit Richelieu, je vous ai prévenue que vous étiez impliquée dans une accusation de complot contre la sûreté de l'État. Toutes les preuves sont rassemblées dans ma main. Je vous ai dit qu'il est nécessaire, au temps où nous vivons, de frapper l'esprit public par des exemples d'impitoyable justice, et que ni votre sexe, ni votre jeunesse, ni votre beauté ne pourraient vous sauver du châtiment...

Marion interrompit par un sonore éclat de rire.

- Oui ! grinça Richelieu. C'est encore par votre rire maudit que vous m'avez répondu.

- Mais c'est qu'aussi, tenez, pardonnez-moi et laissez-moi rire, vous parler comme un juge, et ce n'est pas une déclaration d'amour, cela, c'est un réquisitoire !

Richelieu sentit l'ulcère de la rage se développer dans son cœur.

- Voyons, monseigneur. Avant-hier, nous faisions un inventaire ; hier, un réquisitoire. Aujourd'hui, que vais-je entendre ?

Richelieu se redressa. Il étendit la main comme un tigre lève sa griffe.

- Vous avez raison, dit-il. Aujourd'hui, je ne serai ni le tabellion, ni le juge.

- Le bourreau, alors ?

Le mot cingla. Richelieu eut un pas de recul. Une seconde, il baissa la tête. Quand il la releva, cette tête était effrayante. Marion, qui était à demi étendue dans un fauteuil, se leva. La peur, le spectre de la peur venait d'entrer dans cette chambre.

- Bourreau ? fit Richelieu, dont les lèvres se retroussèrent dans un rictus terrible. Et pourquoi pas ?

Marion était vaillante. La menace - directe, cette fois - la fouetta. Une révolte flamboya dans ses beaux yeux. Richelieu avait reculé : elle avança.

- Soit ! dit-elle. Où est la hache, maître ? Libre de mon corps, j'aime encore mieux le baiser de l'acier sur mon cou que le baiser de vos lèvres sur ma bouche !

- Non ! éclata Richelieu d'une voix qui demeura basse, mais résonna aux oreilles de Marion comme un coup de tonnerre. Pas toi ! Ce n'est pas toi qui monteras à l'échafaud ! Ce sera celui que tu aimes ! Ce sera ton amant ! Écoute : Cinq-Mars est en mon pouvoir.

Tu vas décider de son sort.

Marion Delorme frissonna jusqu'à l'âme. Elle couvrit son visage de ses deux mains et murmura :

- Pauvre garçon ! L'amour que je commençais à éprouver pour lui ne lui aura pas porté bonheur !

Richelieu la vit faiblir et gronda :

- Je la tiens !... Écoutez, Marion. C'est vous qui m'avez poussé au désespoir. Tant pis. Votre amant, je le hais. Je l'ai haï depuis cette minute où, dans les antichambres de l'hôtel d'Ancre, vous êtes venue à moi en lui donnant la main. Tant pis. Je suis le plus fort. Je vais de ce pas au Louvre, j'entre chez le roi, je lui dénonce la conspiration du duc d'Angoulême, je lui prouve que le marquis de Cinq-Mars était l'un des plus acharnés partisans du fils de Charles IX et, ce soir, votre amant, Marion, couchera à la Bastille, en attendant que s'instruise son procès.

Richelieu fixa sur Marion un regard pâle comme une lueur de hache.

- Trouvez-vous, cette fois, que j'aie parlé en tabellion ou en juge ? Est-ce là la déclaration d'amour qu'il vous fallait ?

Pour la troisième fois, Marion éclata de rire. Mais, cette fois, ce rire était terrible comme un cri de douleur.

- Une déclaration d'amour ? Ça ? Dites un rapport, monseigneur ! Vous parlez comme un espion, et savez-vous ce qu'il vous répondrait, M. de Cinq-Mars, s'il était ici ? il vous ferait la réponse qu'on fait aux espions et, comme il n'est pas là, la voici !

Un pas, Marion a levé la main. Et cette main fine, à toute volée, s'est abattue sur la joue de Richelieu !

Le duc ne broncha pas. Un soufflet de femme, c'est presque une caresse. Seulement, son sourire se fit plus aigre. L'étrange lueur pâle de son œil gris s'éteignit, puis brilla de nouveau, mouchetée de rouge.

- Sortez maintenant, dit Marion.

- Je sors, dit Richelieu d'un accent si calme que Marion en frissonna de terreur. Seulement, écoutez : Vous venez de condamner à mort Henri de Ruzé d'Effiat, marquis de Cinq-Mars. Qu'il m'échappe, s'il peut. Demain ou dans huit jours, dans un an, dans dix ans, dans vingt ans, je ferai exécuter la sentence de mort !

Il s'inclina - et sortit de ce pas souple et terrible qu'ont les fauves marchant sur la proie. Une fois seul, il devint livide et chancela.

- Cinq-Mars ! gronda-t-il. Je tiens le soufflet pour valable !

Il descendit. Au rez-de-chaussée, il s'arrêta devant la porte de cette pièce où Cinq-Mars était enfermé ; il poussa un judas et regarda à l'intérieur. Il vit les meubles brisés, les tentures arrachées, et, dans un angle, à genoux, la tête enfouie dans un fauteuil, un jeune homme immobile.

Richelieu sourit. Puis, lorsqu'il se fut rassasié de cette vue, il repoussa le judas et s'en alla. Une minute plus tard, il montait à cheval et se dirigeait vers le Louvre, salué au passage par les gentilshommes et même les bourgeois qui commençaient à connaître cette figure et cherchaient à se la rendre propice.

Au Louvre, Richelieu trouva le jeune roi auprès de son maître de la volerie, dans cette petite cour qui était sûrement l'endroit le plus animé du palais avec ses valets tout affairés, ses perchoirs où des faucons, de leur œil vif, dévisageaient les allants et venants. Luynes jeta à Richelieu un regard de travers et gronda :

- Voilà un tiercelet qui, par un beau matin, fondra sur moi bec ouvert, serres au vent, ni plus ni moins que si j'étais un simple héron ou une cigogne de passage. Halte-là, mon joli faucon. J'ai lu dans votre œil perçant. Vous aurez affaire à un vautour qui ne se laissera pas coiffer sans répondre.

- Bonjour, monsieur l'évêque, dit le roi de ce ton d'exquise et noble politesse qui allait si bien à sa jeunesse.

- Sire, fit Richelieu qui s'inclina profondément, je suis confus de déranger Votre Majesté dans ses occupations. L'art de la vénerie est un des plus nobles qui soient. Et M. le duc de Luynes devrait en être le connétable.

- Allons, allons, murmura Luynes, peut-être n'est-il pas aussi diable qu'il en a l'air.

- C'est donc un entretien particulier que vous venez nous demander ? dit Louis XIII inquiet.

- Une audience, oui, sire... Pour le bien de l'État.

- C'est bien, monsieur. Dans cinq minutes, je serai dans mon cabinet et y ferai rassembler le conseil.

- Non, sire ! fit vivement Richelieu à voix basse.

Ce que j'ai à dire à Sa Majesté est particulier.

Là-dessus, l'évêque de Luçon se retira et alla se poster dans l'antichambre qui précédait le cabinet royal. Au bout, non pas de cinq minutes, mais d'une heure, car Luynes avait pris un malin plaisir à retenir Louis XIII, un valet le fit entrer dans le cabinet. Le jeune roi était seul.

- Je vous écoute, dit Louis à Richelieu, qui attendait respectueusement une parole du roi.

- Sire, Paris est tranquille. Toute cette tempête s'est dissipée. Si nous avions essayé de tenir tête à la rébellion naissante, qui sait où nous serions aujourd'hui ? Vous voyez, sire, qu'en vous inspirant la bonne pensée de résister aux conseils de la violence, Dieu vous a témoigné une protection visible. Mais ce n'est pas tout. Le ciel, qui veut bien aider ses créatures, veut aussi qu'on s'aide soi-même. Ce n'est pas en vain qu'il a donné aux rois une étincelle de son pouvoir.

Le moment, sire, me paraît donc venu d'agir, non pas comme le voulait M. d'Ornano qui a parlé en brave soldat, non pas comme le voulait M. de Luynes, qui a parlé en fauconnier, mais comme eût agi votre illustre et magnanime père : c'est-à-dire avec ruse et force à la fois.

- Bon ! Allez-vous maintenant me conseiller de faire arrêter M. de Guise ? demanda avidement le roi.

- Dieu m'en garde, sire ! Plus tard, peut-être ! Oui, plus tard, vous pourrez employer la force seule. Aujourd'hui, je le répète à Votre Majesté, il faut de la force et de la ruse.

Louis XIII leva sur le terrible conseilleur un regard à la fois candide et soupçonneux.

- Sire, permettez-moi de m'expliquer au moyen d'un apologue. Il était une fois...

À ce moment, la porte du cabinet s'ouvrit et un huissier annonça :

- Sa Majesté la reine !

Richelieu se courba dans une profonde salutation. Louis XIII se leva, s'avança au-devant de Marie de Médicis et lui baisa la main. La reine mère entra, majestueuse et froide. Elle demeura debout.

- Ah ! madame, fit l'adolescent, quelle heureuse surprise pour moi de voir ma mère !

- Sire, dit Marie de Médicis - et d'un geste glacial elle arrêta l'élan de son fils. - je suis venue en effet vous faire part d'une aimable surprise que vous fait M. le maréchal d'Ancre (elle s'anima, ses yeux brillèrent), une fête qu'il a trouvé moyen d'organiser dans les jardins du nouveau palais. Ma première dame d'atours m'assure que ce sera merveilleux. Sire, je venais vous prier d'assister à cette fête.

- Une fête chez M. Concini ! fit le roi dont le front se rembrunit.

- Non pas, sire : chez moi ! dit la reine d'un ton sec.

- Et pour quand cette fête ?

- Aujourd'hui même, sire.

- Impossible, madame - et avec une sorte de naïf orgueil : Je travaille aux affaires de l'État.

- Oh ! peccato ! quel dommage ! dit Marie de Médicis du même ton que si elle eût dit : « Voilà qui m'est bien égal » : Adieu donc, sire. J'emmène la jeune reine.

Et Marie de Médicis sortit, le teint plus animé, la démarche plus vive : elle n'avait eu pour son fils ni un mot ni un regard maternel... La fête à laquelle elle courait remplissait sa cervelle, son cœur et son âme. Richelieu n'avait perdu de toute cette scène intime ni une intonation, ni un geste. Louis XIII avait poussé un soupir, puis se jetant dans son grand fauteuil :

- Il était donc une fois, monsieur l'évêque ?

- Il était, sire, un berger à qui l'on vint dire qu'un lion rôdait dans la montagne et menaçait son troupeau : « Prends ta houlette, bon berger, et attaque ce lion ! » Un autre ajouta : « Prends ton arc et tes flèches, et abats-le ! » Un troisième ajouta : « Voici son antre, là-bas, au pied de ce rocher ; tu n'as qu'à murer l'entrée de la caverne. » Le berger écouta les donneurs de conseils mais, comme il voulait sauver son troupeau, il n'en fit qu'à sa tête. Il attendit que le lion fût endormi et, pénétrant dans son antre, lui coupa une de ses griffes. Le lion ne dormait pas ; il vit très bien le berger faire courageusement sa besogne. Mais c'était si peu de chose, une griffe, une seule griffe coupée, que le lion se contenta de rire en lui-même. Le lendemain, le berger revint et coupa encore une griffe, une seule. Et le lion ne s'inquiétait toujours pas : une griffe de plus ou de moins ! Bref, sire, ce manège dura un certain nombre de jours, si bien que le lion s'aperçut un beau jour que le berger lui coupait sa dernière griffe. Alors il se mit à rugir : « Berger, tu seras châtié de ton audace ! » Mais le berger se mit à rire et enchaîna le lion qui, en effet, ne pouvait plus se défendre.

Voilà mon apologue, sire !

Louis XIII eut un sourire et dit doucement :

- Avouez monsieur l'évêque, que votre lion y a vraiment mis de la complaisance !

- Non, sire : de la vanité, voilà tout. Toutes ces bêtes féroces au fond ne sont que des bêtes. M. le duc de Guise est imprenable dans son antre. Mais si vous lui arrachez une griffe, une seule ; il croira faire le brave en feignant d'en rire. Une griffe à la fois, sire, et dans trois mois vous enchaînez le lion. Sire, j'ai l'honneur de vous proposer de faire procéder dès aujourd'hui à l'arrestation de M. de Cinq-Mars.

- Celui qui vient de perdre son père ?

- Oui, sire. C'est une des griffes du lion, une des plus faciles à arracher. C'est à peine si M. de Guise daignera s'en apercevoir. Et, pourtant, Cinq-Mars est une griffe qu'il faut arracher.

- On m'avait dit que Cinq-Mars était plutôt un fidèle d'Angoulême.

- Cinq-Mars n'est ni pour Angoulême ni pour Guise : il est contre le roi. Angoulême est à la Bastille : Cinq-Mars s'est tourné du côté de Guise.

Louis XIII demeura un moment rêveur, le front plissé, les yeux perdus au loin vers le nuage qui passait dans le cadre de la fenêtre.

- Et il y aura beaucoup de griffes à arracher ainsi ? demanda-t-il lentement.

- Non, sire, une vingtaine.

Louis XIII tressaillit, garda encore un long silence, puis murmura :

- Ce sont donc des listes de proscription qu'il faut dresser ?

- Sire, elles sont dressées !

Ce fut dit d'une voix si ferme, si nette, si tranchante que le jeune roi leva les yeux sur Richelieu. Mais, s'il y avait de l'admiration dans ce regard, il y avait aussi une sourde terreur dans cette âme d'enfant.

- Ah ! murmura-t-il, si je n'avais pas éloigné de moi mon Capestang ! Le seul homme dans les yeux duquel j'aie lu l'affection et la pitié ! Il aurait, lui, bravement marché au lion, et il ne serait pas question de transformer le roi de France en pourvoyeur de geôles... ou d'échafauds !

- Sire, reprenait à ce moment Richelieu, ce n'est pas tout que d'enlever aux ennemis du trône les hommes d'action qui, au jour d'une bataille, seraient leurs soldats. Il faut aussi protéger et défendre ceux qui vous servent. Sire, sans que vous l'ayez voulu, et peut-être même sans qu'on vous en ait demandé l'ordre, un de vos plus fidèles, un de vos plus zélés serviteurs a été mis à la Bastille. Sire, je vous demande en grâce de signer l'élargissement de ce loyal ami du trône.

- Ah ! J'aime mieux cela ! ne put s'empêcher de s'écrier le jeune roi. Comment s'appelle-t-il ?

- Sire, il tient de son père le nom de Beausemblant.

- Quoi ! Le fils du valet de chambre et tapissier de mon père ?

- Oui, sire : il a pris le nom de Laffemas.

Mais il est aussi dévoué à Votre Majesté que son père pouvait l'être à Henri IV.

- Et vous dites qu'il est à la Bastille ?

- Oui, sire. Sans qu'il ait commis d'autre crime que de se montrer trop zélé à votre défense.

- C'est bien, dit Louis XIII, les lèvres serrées.

Et, ouvrant un tiroir, il prit deux parchemins tout préparés, sur lequel il n'y avait plus qu'à mettre les noms et à apposer la signature. L'un était un ordre d'arrestation. L'autre, un ordre de mise en liberté. L'œil gris de Richelieu eut un éclair. Le roi saisit une plume.

- S'il plaît à Votre Majesté, fit l'évêque en l'arrêtant d'un geste, j'aurais une double observation à faire au roi.

- Dites. J'ai en votre esprit une confiance illimitée, monsieur l'évêque.

Richelieu s'inclina et mit la main sur son cœur en signe que son dévouement était non moins illimité.

- Sire, dit-il, M. de Laffemas a été mis à la Bastille par des gens que j'ignore, mais qui, à coup sûr, ont voulu vous priver d'un bon serviteur. Il est donc politique de leur laisser croire que M. de Laffemas n'est pas sorti de son cachot. Il est donc inutile que le nom de Laffemas figure sur le registre de sortie, tandis qu'il est indispensable qu'il continue à figurer sur le registre d'entrée.

- Ventre-saint-gris ! monsieur, vous pensez à tout ! s'écria Louis XIII avec admiration.

- Oui, sire, à tout ! Pour les mêmes raisons, il ne faut pas que M. de Guise sache que le jeune marquis de Cinq-Mars est à la Bastille. Il est donc inutile que le nom de Cinq-Mars figure sur les registres d'entrée. M. de Cinq-Mars, à la Bastille, ne doit plus être qu'un numéro !

Le jeune roi frissonna. Derrière cette raison politique qu'invoquait l'évêque de Luçon, il crut entrevoir une autre raison formidable. Richelieu avait parlé de la sortie sans nom de Laffemas que pour amener l'entrée sans nom de Cinq-Mars. Il eut un moment d'anxiété. Son cœur s'arrêta de battre.

- Vous avez raison, dit enfin Louis XIII. Nul ne doit savoir que M. de Laffemas est libre ; nul ne doit savoir que M. de Cinq-Mars est prisonnier.

Richelieu se mordit les lèvres jusqu'au sang pour s'empêcher de crier. Mais, au fond de lui-même, il hurlait de joie. Louis XIII tenait sa plume sur un parchemin en blanc, au bas duquel se détachait le sceau royal. Il semblait hésiter. De sa voix âpre et caressante, Richelieu murmura :

- Si Votre Majesté daigne m'y autoriser, je lui dicterai la formule convenable.

Louis XIII approuva d'un signe de tête. Et Richelieu dicta ! Il laissa tomber une à une ces paroles, qui contenaient un monde de haine, et que le roi écrivit :

Ordre à M. le gouverneur de notre Bastille de la porte Saint-Antoine :

M. de La Neuville, gouverneur de notre forteresse d'État, remettra aux mains du porteur des présentes le prisonnier qui lui sera indiqué ; ce prisonnier devra sortir sans aucune formalité de registre ; aucun des gardes ne devra assister à sa sortie.

M. de La Neuville recevra des mains du porteur des présentes un prisonnier d'État, qui sera aussitôt mis au secret. Il est défendu au gouverneur, à tout garde ou geôlier de la Bastille de s'entretenir avec ce prisonnier et de chercher à savoir son nom.

Les présentes seront exécutables dès l'instant où elles seront présentées à M. de La Neuville par notre envoyé qui en sera porteur. Et nous le voulons et mandons, ainsi parce que tel est notre bon plaisir.

Donné en notre palais du Louvre, ce dix-neuvième jour de décembre de l'an de grâce 1616.

LOUIS,

roi de France et de Navarre.

Le roi avait écrit et signé. Il murmura :

- Savez-vous, monsieur l'évêque, que c'est là le premier ordre entièrement écrit de ma main qui sorte de ce cabinet ?

- Sire, dit Richelieu, il faut que Votre Majesté s'habitue à donner des ordres, à régner, à gouverner !

Et il saisit le parchemin qu'à l'instant il fit disparaître.

* * *

Rentré quai des Augustins, Richelieu fit venir un gentilhomme - cadet de Touraine qui, dans sa maison, remplissait à peu près le rôle d'un officier des gardes. Car tout grand seigneur conservait encore la coutume féodale d'entretenir près de lui un certain nombre d'hommes d'armes.

- Monsieur de Chémant, lui dit-il, veuillez lire ceci.

Le jeune homme prit le papier que lui tendait son maître : c'était le parchemin qui portait l'ordre autographe du roi. Il le lut sans broncher, habitué qu'il était à la discipline de fer que déjà l'évêque de Luçon établissait autour de lui.

- Vous avez compris, Chémant ?

- Oui, monseigneur. Il s'agit d'un prisonnier à faire sortir de la Bastille, et d'un autre à y faire entrer, en sorte que M. de La Neuville n'y perdra rien.

- Juste, mon brave Chémant.

- Et quel est l'homme que je délivrerai ? Il faut que je sache son nom.

- Laffemas, dit Richelieu.

- Et l'homme que j'aurai à remettre au gouverneur de la Bastille ?

- Le prisonnier qui est enfermé au rez-de-chaussée de l'hôtel, répondit Richelieu.

- Quoi ! M. de...

- Le prisonnier qui est dans la salle du rez-de-chaussée ! interrompit Richelieu d'une voix glaciale. Relisez l'ordre, Chémant ! Malheur à qui saura le nom de ce prisonnier !

- C'est bien, monseigneur, je pars à l'instant.

- Non pas.

Ce soir, quand tout dormira dans Paris. C'est le bon moment. Vers dix heures, par exemple. Pas de bruit. Pas de monde. Un bon carrosse. Un de vos hommes bien armé sur le siège. Vous, à côté du prisonnier, le pistolet au poing. Est-ce entendu ?

- Oui, monseigneur, fit le cadet qui plia l'ordre, le mit dans la poche de sa poitrine et fit demi-tour.

- À propos, ajouta Richelieu, vous préviendrez M. de La Neuville que j'irai moi-même, demain matin, de la part du roi, lui donner des ordres au sujet de son nouveau prisonnier. Allez, maintenant !

Richelieu, demeuré seul, resta un moment plongé dans quelque sombre et sanglante rêverie. Puis il se dirigea vers la chambre de Marion Delorme, écouta longtemps à la porte, et n'entendant rien, pas un soupir, pas un souffle, il se retira. Seulement, alors, il était plus pâle et frissonnait. Bientôt, il se remettait en selle, et, avec un sourire qui eût épouvanté Concini :

- Allons voir la fête de M. le maréchal d'Ancre !

L - Le numéro 14 de la tour du Trésor

Un large fossé rempli d'eau dormante où, par les soirs d'été, coassaient des milliers de grenouilles, où, par les nuits brûlantes, on entendait la plainte du crapaud pareille à un gémissement qui eût jailli des formidables murailles - le pont-levis, la herse aux dents de fer - huit tours énormes, massives, ventrues, serrées l'une contre l'autre comme des lansquenets gigantesques formant le carré de bataille : des cours humides, où l'herbe poussait, où l'ombre combattait victorieusement les rayons du jour ; des grilles de fer entre chaque cour ; des portes qui s'entrebâillaient comme des gueules prêtes à happer ; des escaliers qui s'enfonçaient vers des enfers d'où l'on ne remontait jamais ; un silence pesant scandé par le pas des patrouilles ou la voix monotone des sentinelles se renvoyant le cri de veille ; des fenêtres grillées, derrière lesquelles apparaissaient parfois des têtes pâles.

C'était la Bastille.

....

Le numéro 14 de la tour du Trésor était une grande et belle pièce située au deuxième étage, d'où l'on avait vue sur la campagne. À cet endroit, l'Avancée - vaste cour qui entourait l'ensemble des constructions et s'avançait en pointe vers la rue Saint-Antoine pour se terminer par la principale porte d'entrée - cette avancée, donc, se rétrécissait à tel point qu'un prisonnier placé au deuxième ou troisième étage de la tour du Trésor pouvait au besoin se montrer aux passants et s'en faire entendre. Ce point était donc particulièrement surveillé ; quatre sentinelles se promenaient constamment au pied de la tour du Trésor ; quatre autres, sur le mur d'enceinte, avaient ordre de tirer sur qui s'approcherait...

Ceci expliqué, nous pouvons pénétrer dans la cellule numéro 14 qui était éclairée par une assez large fenêtre, munie d'ailleurs de respectables barreaux, qui était meublée d'un bon lit, d'une table, de deux chaises et d'un fauteuil, et dont le carreau, enfin, était couvert d'un tapis en mauvais état, mais tapis tout de même. En somme, sans les barreaux de la fenêtre, sans la porte massive toute bardée de fer, cette chambre eût convenu à plus d'un petit bourgeois et même à plus d'un petit gentilhomme.

Le chevalier de Capestang n'avait jamais été aussi magnifiquement logé que l'était le prince de Condé dans la Bastille - car le numéro 14 de la tour du Trésor était l'une des quelques cellules où l'on mettait les gens de très haute qualité, tels que le prince.

Au moment où le lecteur entre à la quatorzième tour du Trésor, c'est-à-dire vers huit heures du soir, le presque royal prisonnier, à demi allongé dans son fauteuil, était occupé à gémir sur son triste sort, tandis qu'un geôlier desservait la table. À en juger par les restes d'un demi-poulet, d'un rôti et d'une carpe qui avait dû être pêchée dans l'étang de Fontainebleau, le sort du prince n'était peut-être pas aussi lamentable qu'il voulait bien le dire, et, en tout cas, cette tristesse qu'on voyait à son visage devait sans doute lui faire trêve pendant les repas, car le geôlier, qui, probablement, se régalait des restes de monseigneur, faisait la grimace et grommelait :

- Peste, quel appétit !... Allons, allons, monseigneur, fit-il avec cette facétieuse familiarité qui constitue une variété assez commune du geôlier, ne vous tourmentez pas ainsi, que diable ! On ne peut tarder à vous ouvrir les portes de la cage.

- Que veux-tu dire ? balbutia le prince impressionné par les airs mystérieux de son geôlier.

- Je veux dire qu'on a fort crié, hier, dans Paris, qu'on a vu des bandes de bourgeois armés, que tout cela ressemblait fort à un commencement de sédition, et qu'il est possible que les Parisiens, cette fois ne s'en tiennent pas au commencement.

Là-dessus, le digne homme, après avoir mouché le flambeau qui brûlait sur la table, adressa à son hôte un sourire gracieux, et se retira sans vouloir s'expliquer davantage.

- Oh ! oh ! fit le prince ; je crois que c'est le moment d'écrire une nouvelle lettre. Ces cris des Parisiens, je les ai parbleu entendus. C'est moi qu'ils acclament, c'est évident. Ils demandent ma liberté, c'est sûr ! Et qui pourraient-ils acclamer ? Ce n'est pas ce soudard de Guise. Ni ce pauvre Angoulême, qui croyait si bien tenir la couronne. Morbleu ! pour régner sur la France, il faut un prince de sang royal. Il n'y a que moi. Allons, c'est le moment d'imposer de nouvelles conditions à la paix que je veux bien offrir.

Tout échauffé de cette idée, tout ragaillardi par la certitude que Paris se soulevait en sa faveur, Condé saisit une plume et se mit à écrire. Puis il s'approcha de la fenêtre. Il faisait un beau clair de lune.

Comme il considérait vaguement le décor noyé sous une nappe de rayons bleuâtres, la silhouette d'un homme se détacha en relief, de l'autre côté du fossé. Cet homme, que les sentinelles n'avaient pas dû apercevoir encore, semblait considérer attentivement le monstre de pierre - la Bastille silencieuse et sombre. Et cette idée vint tout à coup au prince que cet homme était là pour lui.

Rapidement, il écrivit quelques mots sur une feuille de papier ; ne trouvant rien pour alourdir la feuille, il en enveloppa un écu de six livres ; puis il courut ouvrir la fenêtre. L'homme était toujours là ! Condé jeta un grand cri et en même temps il lança à travers les barreaux son écu de six livres enveloppé de la feuille de papier. Il le vit tomber au revers du fossé ; il vit l'homme se baisser et le saisir. Dans le même instant, deux coups de feu éclatèrent : les sentinelles tiraient sur le promeneur nocturne. Mais Condé le vit s'éloigner tranquillement sans faire un pas plus vite que l'autre. Le double éclair d'une nouvelle arquebusade troua la nuit, suivi d'une double détonation.

Cette fois, Condé ne vit plus rien ! L'inconnu était-il tué ? Le prince, la tête en feu, le cœur sautant dans la poitrine, attendait. Brusquement, dans l'escalier, une rumeur : on montait, on ouvrait la porte... Dix gardiens armés apparaissaient, éclairés par des torches, et le gouverneur de la Bastille, le chapeau à la main, entrait dans la chambre.

- Qu'ai-je fait ! balbutia Condé éperdu de terreur. Quelle folie m'a passé par la tête !

- Monseigneur. dit La Neuville en s'inclinant, malgré les règlements, vous avez communiqué avec un passant. Inutile de nier, monseigneur, les sentinelles ont vu.

- Mais, monsieur, fit le prince en recouvrant sa dignité, je ne nie pas !

- Je le regrette, monseigneur ! dit La Neuville avec un sourire. Une dénégation de votre part m'eût permis de surseoir à la mesure de rigueur que, bien malgré moi, je suis forcé de prendre.

- Quelle mesure ? balbutia Condé, qui déjà regrettait son accès de majesté princière.

- Le règlement est formel, monseigneur. Je suis obligé de vous faire à l'instant même changer de logis. (Condé respira.) Monsieur l'officier, vous escorterez monseigneur jusqu'à la quatrième du Puits qui, désormais, servira d'appartement à monseigneur... Le logement est d'ailleurs de ceux qui sont affectés aux princes ; malheureusement, sa fenêtre donne sur une cour intérieure.

Condé, pleinement rassuré et tout heureux d'en être quitte à si bon compte, fit signe que peu lui importait.

- Mais, monsieur, dit alors l'officier, la quatrième chambre de la tour du Puits est occupée, vous le savez. Où mettrons-nous le prisonnier qui y loge ?

- Eh, mais c'est bien simple : vous le mettrez ici !

Il y eut des allées et venues. Condé, entouré de gardes, descendit, traversa des cours, attendit une demi-heure dans un corps de garde, puis monta un escalier et finalement se vit enfermé dans une grande pièce qui ressemblait à celle qu'il venait de quitter comme une chambre d'hôtellerie ressemblent à une autre. Seulement, l'hôtellerie s'appelait la Bastille. Seulement, aussi, au lieu de jouir du panorama des environs de Paris, monseigneur n'eut désormais que la vue d'une cour étroite et fort sombre.

* * *

Si maintenant, avant de quitter la Bastille, nous revenons un instant à la quatorzième du Trésor, nous pourrons jeter un coup d'œil sur le prisonnier qui vient de prendre la place du prince de Condé.

C'est un homme d'environ quarante-cinq ans, jeune, malgré les cheveux blancs, la bouche amère, la figure exsangue. Si un être humain peut dans son attitude traduire l'idée de désespoir poussé jusqu'à la plus morne indifférence pour tout ce qui l'entoure, c'est cet homme. S'est-il aperçu seulement qu'on l'a changé de prison ? Assis à cette table où tout à l'heure était assis le prince de Condé, les yeux fixés sur la lumière jaune du flambeau, sans un geste, sans un frisson, quelle effroyable méditation peut ainsi le pétrifier ?

Parfois, il se lève, il parcourt deux ou trois fois sa cellule dans sa plus grande largeur, et, brusquement, alors, un afflux de sang empourpre cette tête ; un orage se déchaîne dans cet esprit ; ces yeux flamboient ; ces bras inertes se dressent, tordus dans un geste d'imprécation ; ces lèvres crispées par le désespoir se détendent. Puis la crise de rage se fond dans un blasphème. Et alors, un sanglot soulève sa poitrine ; ses doigts amaigris se crispent sur ses yeux, et, à travers ces doigts, les larmes glissent. Et il murmure :

- Ma fille ! Oh, qui me dira ce qu'on a fait de ma fille ! Mon enfant bien-aimée, j'ai été saisi et retranché du monde à l'instant où j'étendais la main sur la couronne, et je ne me suis pas tué ! J'ai entendu s'écrouler en moi l'ambition de toute ma vie, et je ne me suis pas tué ? J'ai vu s'écrouler mon rêve et je ne me suis pas tué ! J'ai vécu pour toi !

Le prisonnier reprit sa place à la table, la tête dans la main. La voix grêle et criarde de l'horloge de la Bastille se mit à parler à la nuit. Douze fois elle jeta son appel lugubre.

Le prisonnier n'entendit pas les douze coups de minuit. Les jours, les heures, s'écoulaient, pour lui, semblables, uniformes, et il ne mesurait plus sa vie que par les crises de fureur ou de désespoir. Le flambeau, usé, brusquement jeta une vive lueur, puis s'éteignit en crépitant. La chambre 14 de la tour du Trésor fut envahie par les ténèbres. Dans ces ténèbres râlait le sanglot du prisonnier aux cheveux blanchis sans doute en une heure, par quelque nuit d'effroyable douleur.

LI - Troisième duel de Capestang et de Cinq-Mars

Le chevalier de Capestang avait pris son logis à l'auberge de la Bonne Encontre, chez maître Garo. D'abord l'enseigne lui plaisait. La bonne encontre ! Cela sonnait bien à son imagination : c'était un souhait de bonheur. Et puis, il faut le dire, maître Garo était un excellent aubergiste. On avait faim, rien qu'à voir sa flamboyante cuisine, d'une propreté reluisante ; on avait soif, rien qu'à entrer dans la salle commune imprégnée du fumet des bons vins... Enfin, les ruines de la pauvre auberge du Grand Henri étaient toutes proches. Capestang était de ces cœurs naïfs qui s'attachent aux choses. Ce paysage, qui lui rappelait tant de souvenirs, était devenu son ami.

Capestang avait commencé par se rendre au coin de la rue des Lombards, où il avait trouvé Cogolin perché au plus haut d'une échelle et faisant subir une bizarre modification à l'enseigne du Borgne qui prend, tandis que Turlupin, Gautier-Garguille, Gros-Guillaume et l'hôte, le nez en l'air, le regardaient manœuvrer le pinceau. Bien entendu, cinquante badauds regardaient aussi. Capestang fit comme eux : il regarda. Cogolin, ayant fini son ouvrage, commença à descendre. À ce moment, ayant jeté sur la foule un coup d'œil, il aperçut le chevalier : il poussa un grand cri de « corbacque », lâcha prise et dégringola, roula jusqu'à la chaussée boueuse, d'où il se releva sans autre mal.

- Ah ! monsieur le chevalier ! Quelle joie ! et quelle chance ! Corbacque ! Aujourd'hui, je m'appelle Lachance !

- Maroufle ! dit l'aventurier en le saisissant par une oreille, ne t'ai-je pas cent fois défendu de jurer comme moi ?

- Ah ! monsieur, c'est la joie, voyez-vous ! Et la joie rend fou, comme disait mon ancien maître Turlupin, ici présent.

- Comment, ton ancien maître, fit Turlupin ébahi. Tu me fais passer à l'état d'ancien ?

- Sans doute ! Du moment que je retrouve M. le chevalier ! Vous devenez ancien comme l'astrologue, l'apothicaire, le pédagogue. Cornes du diable, je n'ai qu'un maître qui s'appelle M. Adhémar de Trémazenc de Capestang...

L'aventurier, ému au fond par les démonstrations de celui qu'il appelait son écuyer, entra dans la salle et régala toute la compagnie de quelques bouteilles de Saumur, ce qui inspira aussitôt une grande considération à Turlupin, une admiration sincère à Gautier-Garguille et une amitié attendrie à Gros-Guillaume.

- Mais, reprit alors Capestang, que faisais-tu sur cette échelle, comme l'ange de Jacob ?

- Je vais vous dire, monsieur ; cette enseigne représente un procureur borgne, mais non manchot, qui, par fourberie, a pris pas mal d'écus au patron de céans. Ennuyé de se voir bafouer en peinture, il a rendu hier les écus à condition qu'on change le tableau. D'où, embarras ; car une enseigne à changer, cela coûte. Alors, il m'est venu une idée ; c'est de changer le tableau et de le rendre véridique par la suppression d'une seule lettre.

- Quelle lettre ? fit Capestang amusé.

- Le P, monsieur. Cette auberge s'appelait tout à l'heure le cabaret du Borgne qui prend.

- Eh bien ?

- Eh bien, c'est maintenant le cabaret du Borgne qui rend.

- Et je n'ai pas trouvé cela, moi ! s'écria Gros-Guillaume.

- Oui ! grommela l'hôte inquiet, mais le procureur pourrait se venger et m'envoyer à la Croix-du-Trahoir, où on m'offrirait une belle cravate de chanvre. Ce serait une farce que je trouverais fort amusante, j'ose l'avouer, à condition de n'en pas être l'acteur principal.

- Bah, fit Capestang, si ce malheur arrivait, vos héritiers en seraient quittes pour modifier une troisième fois l'enseigne en rétablissant le P et en supprimant l'R, en sorte que ce serait désormais ici le cabaret du Borgne qui pend.

Gautier-Garguille faillit s'étrangler de rire. Gros-Guillaume jura qu'il fallait arroser ce bon mot et commanda deux nouvelles bouteilles de saumur - au compte de ce gentilhomme si plaisant : l'hôte frémit et porta la main à son cou comme pour le protéger, et enfin Turlupin s'écria :

- Touchez là, mon gentilhomme, vous mériteriez de jouer la comédie.

- Mais, fit Capestang très sérieux, je la joue tous les jours.

- Bah ! Et quel rôle remplissez-vous ?

- Celui du Capitan, dit l'aventurier en vidant son gobelet.

- Un confrère ! s'écria Turlupin avec enthousiasme.

- Je m'en étais douté rien qu'à son air ! fit Gautier-Garguille.

- Et moi, rien qu'à sa façon de commander à boire ! dit Gros-Guillaume.

- Monsieur, reprit Turlupin, quand vous voudrez, nous nous associerons ; je serai infiniment honoré de vous donner la réplique dans quelque sotie, farce ou moralité de votre composition.

- Tout l'honneur sera pour moi, dit simplement l'aventurier.

Je retiens la proposition que vous me faites et, à l'occasion, j'en appellerai à vos illustres talents, messieurs !

Capestang, donc, ayant régalé comme on vient de voir la glorieuse société Turlupin non seulement de bon vin, mais de politesses meilleures encore, ayant laissé à l'hôte la monnaie de l'écu d'or destiné à payer la dépense, générosité qui consola instantanément le digne homme, Capestang s'était dirigé vers la route de Vaugirard, suivi à trois pas réglementaires par Cogolin.

- Adieu pour jamais ! jubilait Cogolin ; adieu, coups de trique, adieu la guigne, vive la chance ! Il est certain que mon maître a fait fortune, et je vais enfin connaître la gloire de faire mes quatre repas par jour, excepté aux vigiles, carêmes et quatre-temps, pendant lesquels je ferai cinq repas au lieu de quatre, en expiation des temps où je ne mangeais qu'une fois tous les deux ou trois jours.

Cependant, lorsque Cogolin vit qu'on prenait le chemin de l'auberge de la Bonne Encontre et non de quelque somptueuse hôtellerie, un doute mélancolique descendit sur son esprit et voila de sa brume les visions fastueuses qu'il évoquait.

Adhémar de Trémazenc de Capestang s'installa donc à l'auberge de la Bonne Encontre, en attendant, dit-il au fidèle Cogolin, de s'installer en quelque magnifique hôtel sur la grande porte duquel il ferait sculpter son blason.

- Car, ajouta-t-il, étant venu à Paris pour faire fortune, il est impossible que je ne devienne pas un riche seigneur, et alors tu seras mon intendant général.

Pour le moment tiens-toi en repos et va me seller mon cheval !

Toute cette journée, Capestang l'employa à courir à la recherche de Giselle d'Angoulême. La joie profonde et lumineuse qu'il avait éprouvée à Effiat commençait à s'atténuer. D'abord, il lui avait paru que la certitude de n'avoir pas perdu à tout jamais celle qu'il aimait devait suffire à son bonheur. Non seulement Giselle n'était pas marquise, mais encore il était à peu près sûr qu'elle ne le deviendrait jamais. Mais Capestang, débarrassé de la crainte de Cinq-Mars, se forgea des craintes nouvelles qui, malheureusement, avaient toutes les apparences de la raison.

- Elle m'aime, se disait-il. Ou, plutôt, elle a eu un mouvement de générosité qu'elle a peut-être oublié. Mais est-il vraiment possible qu'une aussi grande dame devienne l'épouse d'un pauvre diable comme moi ? Non, jamais le duc d'Angoulême n'y pourra consentir, et elle-même...

L'aventurier acheva par un gros soupir. Quoi qu'il en fût, il était décidé à revoir Giselle et le duc d'Angoulême. En effet, Capestang ignorait que le duc était à la Bastille. Capestang chercha donc. Mais ni rue des Barrés, ni rue Dauphine, ni à Meudon, il ne trouva rien. Faut-il le dire ? Sur le soir, Capestang rentra à la Bonne Encontre, enchanté de n'avoir pas trouvé ! Capestang n'avait aucune raison de penser qu'un danger menaçait la jeune fille. Persuadé que le moment où il la reverrait serait celui où il apprendrait qu'il ne devait plus penser à elle, il était tout joyeux de reculer cet instant terrible, tout en souhaitant ardemment se trouver en présence de Giselle.

- Bon ! pensa Cogolin en se frottant les mains, monsieur le chevalier paraît tout joyeux ; c'est qu'il est près de saisir la Fortune par sa perruque.

Pour tout dire, notre héros était bien loin d'être un chevalier de la Triste Figure. Les soupirs, les larmes n'étaient guère son fait. Il aimait la vie pour la vie, pour le bonheur de respirer.

La nuit venue, il se dirigea vers la Bastille. Dans son ingénuité, il se reprochait d'avoir fait emprisonner le prince de Condé. Il voulait sincèrement et sérieusement essayer de le délivrer. Et puis, c'était une leçon infligée au petit roi Louis XIII. Parvenu au bord du fossé qui entourait la vieille forteresse, il commença donc par étudier la grande porte, et, voyant qu'il était impossible de rien tenter de ce côté-là, il fit le tour de la forteresse, cherchant le point faible, résolu à trouver coûte que coûte un moyen de s'introduire dans la place, et une fois là...

Que ferait-il, une fois dans la Bastille ? Du diable s'il le savait ! Il savait seulement qu'il voulait délivrer Condé. La bonne idée lui viendrait au moment décisif ! Laissant donc Cogolin en sentinelle, non loin de la grande porte, il se dirigea vers la droite, à la clarté de la lune. Plus il avançait, plus il reconnaissait la folie de l'entreprise. Raison de plus pour s'obstiner.

Il s'était arrêté à un endroit où le fossé se rapprochait d'une tour. Il se redressait, tout enflammé par les idées étranges qui lui passaient par la tête, et vers cette tour, il eut le geste chimérique d'un capitan défiant quelque colosse impassible. Tout à coup, il tressaillit. Une des étroites fenêtres de la tour venait de s'ouvrir ; un objet blanc vigoureusement lancé décrivait une trajectoire dans l'air et tombait près de lui.

Un prisonnier essayait donc de communiquer avec lui ! Quelque malheureux qui demandait du secours ! Capestang sentit son cœur battre fortement. Il ramassa l'objet : c'était un papier dans lequel on avait mis un écu pour l'alourdir. Au même instant, des coups de feu retentirent : Capestang vit à deux pas de lui le gazon frissonner en deux ou trois endroits.

- Oh ! fit-il, il pleut des balles d'arquebuse !

Il s'éloigna et bientôt disparut hors de la portée des sentinelles qui venaient de tirer. Il serrait dans sa main le papier qu'il venait de ramasser. Revenu à l'endroit où il avait laissé Cogolin, il défripa le papier.

- Ah ! monsieur, disait Cogolin, j'ai entendu l'arquebusade. On a tiré sur vous, à balles !

- Non, dit Capestang, ce sont des écus que tirent les arquebuses de la Bastille. Tiens, j'en ai ramassé un, ajouta-t-il en tendant à Cogolin la lourde pièce d'argent qu'il venait de trouver dans le papier.

- Oh ! fit Cogolin ébahi, s'il en est ainsi, je veux me faire arquebuser, moi !

À la lumière qui tombait de la lune, Capestang parvenait cependant à déchiffrer le papier. Voici ce qu'il contenait :

Parisiens, venez au secours du prince de Condé qui se dépérit de misère dans le cachot n° 14 de la tour du Trésor !

Le chevalier pâlit. Son cœur se serra.

- Il dépérit de misère dans un cachot ! murmura-t-il. Et c'est moi qui l'ai fait mettre là ! Moi ! Je suis donc un sbire, un retors ? Et ce malheureux prince ne m'avait rien fait, à moi ! Ah ! si c'était Guise ! Guise qui m'a insulté ! Si je pouvais mettre Guise dans ce numéro 14 de la tour du Trésor ! Vœux impuissants ! Guise qui m'a insulté tient le haut du pavé, et Condé se dépérit de misère ! Corbacque !

Son imagination enflammée lui représentait une de ces sombres fosses dont on ne parlait qu'à voix basse, où le malheureux qu'on y enfermait vivait de pain noir et d'eau pourrie - en attendant que la mort vînt le délivrer. Le cuisant souvenir de l'insulte qu'il avait reçue du duc de Guise se mêlait à ses pensées. Il souffrait de la souffrance de Condé - et il riait en lui-même à l'idée d'infliger cette souffrance à Guise - au moins pour un temps ! En même temps, l'exploration qu'il venait de faire lui démontrait l'inanité de ses souhaits, l'impossibilité parfaite d'entrer dans cette Bastille.

- Allons-nous-en ! dit-il brusquement.

À grands pas, suivi de Cogolin, il s'enfonça dans la rue Saint-Antoine. Il parvint ainsi au coin de la rue où se dressait l'hôtel de Cinq-Mars, et Cogolin qui, lui aussi, triturait des souvenirs, gronda :

- Ah ! Lanterne ! Misérable Lanterne !

- Lanterne ! hurla dans la nuit une voix étouffée. À moi, Lanterne ! À moi, mes gens !...

Capestang s'arrêta court. La voix sortait d'un carrosse qui arrivait au trot de ses deux chevaux et qu'il distingua confusément à vingt pas devant lui. C'était une voix furieuse et désespérée. C'était une clameur de rage et un cri d'agonie. En un instant la mystérieuse voiture se trouva à la hauteur de Capestang.

- À moi ! répéta le même hurlement sourd. Au secours de Cinq-Mars !

- Cinq-Mars ! palpita l'aventurier. Ah ! Marion, dussé-je y laisser ma vie, c'est ici le moment de te payer ma dette ! En avant, Cogolin ! Capestang à la rescousse !

Il se rua. D'un bond, il fut à la tête des chevaux et se suspendit aux rênes de bride.

- Fouette ! Fouette donc, maroufle ! hurla de l'intérieur une voix rude.

- À moi ! À moi ! À moi ! râla Cinq-Mars d'un accent de plus en plus faible.

- Monsieur de Chémant ! vociféra le conducteur, nous sommes attaqués par des tire-laine !

- Ici, Cogolin ! tonna Capestang.

Malgré les coups de fouet, les chevaux s'étaient arrêtés, tout soufflants. À ce moment, le cocher sautait de son siège ; la portière du carrosse s'ouvrait et se refermait aussitôt ; Chémant se précipitait sur Capestang, le cocher sur Cogolin. On n'entendait plus la voix de Cinq-Mars.

- Arrière ! cria le cadet que Richelieu avait chargé de conduire Cinq-Mars à la Bastille le plus mystérieusement qu'il pourrait.

Arrière, maraud !

- Maraud toi-même ! Arrière toi-même ! vociféra Capestang qui dégaina.

- Prenez garde ! gronda le jeune officier en s'apercevant qu'il avait affaire à un homme d'épée. Je suis en service. Je m'appelle M. de Chémant. J'appartiens à M. de Richelieu. Passez au large !

- Et moi je m'appelle Trémazenc de Capestang. Je m'appartiens à moi-même. Et je ne passe pas !

- Que voulez-vous ? dit Chémant.

- Votre prisonnier !

Chémant répondit par un éclat de rire et un juron de fureur, et se rua sur Capestang. Dans la nuit noire, les deux épées se choquèrent, des étincelles fusèrent du fond des ténèbres, et les deux hommes en garde, chacun d'eux ne voyant devant soi qu'une ombre indécise, se portèrent des coups au jugé. Tout à coup, Chémant lâcha son épée, tomba sur les genoux, râla un instant, puis s'abattit sur le flanc.

- L'aurais-je tué ? grommela Capestang. Aussi, il n'avait qu'à ne pas m'appeler maraud ! Ma foi, je ne l'ai pas fait exprès ! Hé ! monsieur, ajouta-t-il en se penchant.

Il le toucha à la poitrine, il s'agenouilla et entendit la respiration oppressée du blessé.

- Cogolin, aide-moi. Sortons-le dans ce pan de lumière.

Le blessé fut transporté sur le côté gauche de la rue, inondé en effet par les rayons de la lune. Alors Capestang vit que le cadet avait la cuisse crevée d'un coup d'épée, blessure douloureuse sans doute, puisque le jeune homme s'était évanoui, mais non mortelle. L'aventurier respira.

Comme il se redressait tout joyeux, son regard tomba sur un papier que Chémant avait passé sous son ceinturon. Capestang saisit ce parchemin, le déplia, y jeta un coup d'œil, aperçut le sceau royal et en conclut que c'était l'ordre d'arrestation. Froidement, il le mit dans son pourpoint. Alors il se retourna vers le carrosse, en ouvrit une portière et, sur les coussins, aperçut Cinq-Mars, bâillonné, pieds et poings liés. Le pauvre petit marquis avait perdu connaissance.

Nous disons que Capestang vit le marquis, malgré l'obscurité. En effet, la scène venait de s'éclairer. Voici ce qui se passait. Pendant que Chémant et Capestang ferraillaient, le conducteur du carrosse, comme on a vu, s'était précipité sur Cogolin, occupé à maintenir les chevaux. Ce cocher était une sorte de colosse, choisi exprès pour cette expédition. De plus, très dévoué à Chémant. De plus, courageux à la façon d'une brute qui ignore le sens de vivre. De plus, armé

252

d'une bonne dague solide. Cet homme, donc, sauta à bas du siège, se rua sur Cogolin, le bras levé, et lui porta un formidable coup. Cogolin s'effondra.

- Je l'ai pourfendu ! dit le colosse avec un gros rire.

Il se pencha : Cogolin n'y était plus !

À ce moment, quelque chose lui tomba sur les épaules ; en même temps, il sentit qu'on lui attachait sur le visage un masque - ce ne pouvait être qu'un masque - un masque velu ! - il ne savait quoi de poilu qui lui entrait dans la bouche, dans les yeux, qui l'aveuglait, qui l'étouffait ! Le colosse essaya de se secouer, essaya de rugir ; dans le même instant, la chose ou l'être qui lui était tombé sur le dos se plaça à califourchon sur ses épaules, et le géant sentit dix doigts s'enfoncer dans sa gorge ; la pression s'accentua rudement, quelques secondes, l'homme se débattit, puis il tomba, se raidit, puis se tint tranquille.

Cogolin, voyant venir le coup de poignard, s'était jeté à plat ventre. La peur, une peur exorbitante, le faisait claquer des dents. Et cette peur même lui inspira l'extrême audace des situations désespérées. Il se glissa sous les chevaux. Affolé, fébrile, horrifié, une idée géniale s'imposa à lui : il sauta sur l'un des chevaux, de là sur les épaules du géant ; il arracha son immense perruque, et il la fourra en tampon dans la bouche, sur les yeux, il en couvrit le visage de l'homme, il la lia derrière la tête. Alors, il se mit à étreindre convulsivement la gorge de son ennemi. Tout à coup, il comprit qu'il tombait. Il se retrouva sur la chaussée, vérifia rapidement qu'il n'était pas mort, qu'il ne lui manquait rien, sinon sa perruque, et alors, d'une voix éclatante, cria : « Victoire ! »

Alors, il bondit à la porte de l'hôtel de Cinq-Mars, se mit à frapper le marteau à tour de bras. La porte s'ouvre, le suisse apparaît accompagné de Lanterne, tous deux armés, tous deux porteurs de flambeaux. Cogolin les entraîne au carrosse, et Lanterne demeure pétrifié, suffoqué de douleur en présence de son maître évanoui.

Cependant, Capestang a débâillonné le jeune marquis, il a coupé ses liens. On saisit le jeune homme, on le transporte dans l'hôtel. Capestang y fait aussi porter le cocher, qui commence à revenir à lui et qui est enfermé à double tour dans une salle basse. Enfin, on y porte aussi Chémant - et, tandis que des soins empressés sont donnés à Cinq-Mars toujours évanoui, Capestang revient à Chémant, étendu sur un lit.

- Monsieur, dit-il, vous rendez-vous à merci ? Si c'est non, dites-le - et je vous tue, sur ma foi, malgré tout le regret que j'en puisse éprouver. Si c'est oui, dites-moi simplement comment il se fait que M. de Richelieu vous ait donné l'ordre de conduire M. de Cinq-Mars à la Bastille.

Chémant voit ce visage terrible, tout enflammé par la lutte. Chémant y lit sa condamnation. Chémant est tout jeune : il veut vivre ! Et il murmure :

- Je me rends, monsieur !

Capestang remet son épée au fourreau, découvre la blessure de son adversaire, la lave, la panse soigneusement, et dit :

- Parlez, maintenant !

- Quel homme est-ce là ? balbutie Chémant.

Il veut me tuer, et il me soigne comme un frère. Ma foi, c'est un brave, et un galant homme !... Monsieur, la vérité est simple : M. de Richelieu et M. de Cinq-Mars sont férus d'amour pour la même femme : voilà toute l'histoire. Elle aime mieux M. de Cinq-Mars, et je le conçois, car il est aimable. M. de Richelieu a sa manière à lui de se faire aimer : il fait saisir Cinq-Mars. À la Bastille, Cinq-Mars ! Et il garde chez lui la petite. Vous voyez comme c'est simple !

- Ah ! murmura Capestang abasourdi de cette simplicité. La petite est donc chez lui ?

- Oui, monsieur, quai des Augustins, à deux pas de la rue Dauphine.

Capestang s'élança, sans en entendre plus long, pénétra dans la salle basse où était enfermé le cocher, lui prit son manteau et son chapeau, ordonna à Cogolin de l'attendre là, se précipita au-dehors, sauta sur le siège du carrosse demeuré à la même place, et fouetta les chevaux.

* * *

- Monseigneur, dit le valet de chambre en entrant dans le cabinet de Richelieu, le carrosse est de retour.

- Bien ! fit l'évêque avec un geste de satisfaction. Envoie-moi Chémant.

- M. de Chémant a dû s'arrêter en chemin, pour affaire urgente, paraît-il.

- S'arrêter ? gronda Richelieu stupéfait. Vite, envoie-moi le cocher, que j'interroge cet homme.

- J'y ai pensé, monseigneur.

Il est là, à votre porte.

Le valet sortit - et le cocher entra. Richelieu, d'un ton bref, demanda :

- Parle ! Qu'est-il arrivé à Chémant ? Est-ce que le prisonnier est à la Bastille ?

- Non, monseigneur, fit une voix mordante. M. de Cinq-Mars est tout simplement en son hôtel.

- Cinq-Mars... en son hôtel !... bégaya Richelieu avec une sorte d'épouvante. Cette voix... oh ! cette voix !

- Et quant à Chémant, monseigneur, on est en train de lui bander la cuisse que je lui ai crevée d'un coup droit après un simple dégagé, une, deux, coup droit !

En même temps, Capestang jeta son chapeau, laissa tomber le manteau dont le col lui cachait le visage, et apparut à Richelieu, pétrifié, muet de stupeur, peut-être de terreur.

- Je vais vous expliquer, monseigneur, continua Capestang. Je me promenais rue Saint-Antoine, lorsque j'ai entendu M. de Cinq-Mars crier au secours. Or, j'ai depuis longtemps une vieille affaire à régler avec ce gentilhomme. L'occasion m'a paru bonne de voir un peu la couleur de son épée. J'ai voulu lui proposer un duel que par deux ou trois fois déjà, nous avons dû remettre. Votre M. de Chémant s'y est opposé. Alors j'ai chargé Chémant, tandis que mon valet assommait votre cocher. Pour venir plus vite vous rendre compte de ces événements, j'ai pris le carrosse, et me voilà !

Un rauque soupir gonfla la poitrine de Richelieu. La stupeur le paralysait. L'audace de cet homme qui concevait de telles manœuvres et les ayant conçues les exécutait, cette audace l'atterrait. Ses yeux agrandis se fixaient sur Capestang qui osait le braver en face ! Enfin, dans un soupir, il gronda sourdement :

- Le Capitan !

Capestang se redressa. Son visage eut un flamboiement de fierté :

- Le Capitan ! Oui, monseigneur. Seulement, prenez garde. Ce n'est pas ici une farce comme chez les comédiens de M. Concini. On dit que vous écrivez des tragédies, monseigneur. Un mot, un seul mot d'insulte, et je deviens votre collaborateur : l'épée du Capitan servira de stylet, et c'est avec du sang que nous écrirons !

Richelieu ne répondit pas. Si quelque chose au monde eût pu effrayer le Capitan, cette figure de tigre, ces yeux gris d'où jaillissait une flamme funeste, ce rictus de haine qui tordait cette bouche, cet aspect effroyable de l'homme qui veut tuer, eussent fait frissonner l'aventurier et l'eussent fait reculer. Richelieu, les lèvres tremblantes, leva sa main, étendit le bras vers Capestang, avec ce geste que peut avoir le bourreau pour saisir le condamné. Puis, brusquement, il fit un pas vers sa table où se trouvaient un timbre et un marteau. D'un bond, Capestang fut entre la table et Richelieu.

- Monseigneur, dit-il avec une froideur terrible, allez-vous m'obliger à vous tuer ?

Richelieu jeta sur l'aventurier un regard écrasant.

- Oseriez-vous porter la main sur un évêque ! sur un ministre du roi ! sur un ministre de Dieu !

- Fussiez-vous assis sur le trône du roi, oui, monseigneur, j'oserais !

Les deux hommes étaient l'un près de l'autre, livides et flamboyants tous deux. Et alors, Capestang eut le même geste que venait d'avoir Richelieu. Seulement, ce geste, il l'acheva ! Et la main du Capitan se posa sur l'épaule de l'évêque ! Richelieu ploya. Son visage convulsé se leva sur celui qui venait d'oser cette chose terrible : porter la main sur lui ! Et ce qu'il vit alors anéantit la révolte de son orgueil. Capestang, tout droit, tout raide, la figure blanche comme cire, des éclairs insoutenables dans les yeux, lui apparut dans une sorte d'effrayante auréole.

- Monseigneur, dit le Capitan d'un accent mortel, vous êtes un ministre du roi, un ministre de Dieu, vous représentez tout ce que les hommes respectent et adorent : la puissance humaine et la puissance divine. Paris tremble sous votre regard. On dit que le roi vous considère comme la colonne de fer sur laquelle doit s'appuyer la monarchie. Moi, monsieur, je ne suis rien ou peu de chose. Que serai-je demain ? Peut-être un prisonnier attendant la mort libératrice au fond de l'oubliette où vous l'aurez fait jeter. Peut-être un cadavre songeant dans son cercueil au coup de hache qui trancha sa tête, si toutefois les morts pensent. Voilà donc ce que je serai bientôt. Mais vous, monsieur, qu'allez-vous être, si ce qu'on dit de vous se réalise ? Plus près du trône que M. d'Ancre lui-même, ce qui vous attend, c'est la toute-puissance.

Vous allez être celui devant qui tout se tait et se courbe. À vous voir, il me semble bien que vous êtes un de ces hommes dont chaque pensée est un monde de volonté. Vous serez celui qui domine. Et moi, monsieur, moi qui ne suis rien, il me vient à l'idée que je puis d'un geste, anéantir tout cet orgueil, tout ce despotisme, toute cette puissance de demain et d'aujourd'hui ! Ce geste, je puis le faire ! (Capestang tira son poignard.) Avant que vous ayez poussé un cri d'appel, avant qu'un seul de vos serviteurs ait franchi cette porte, je puis vous étendre mort à mes pieds. (Capestang plaça la pointe du poignard sur la gorge de Richelieu.) Or, je vous propose tout simplement un pacte : je vous laisse vivre - et vous, monsieur, en échange de la vie, c'est-à-dire de la toute-puissance, vous me rendez Marion Delorme !

À ce moment, Capestang lâcha Richelieu et se recula d'un pas, comme si, par une suprême bravade, il eût voulu le laisser libre de tenter un mouvement de fuite, libre d'appeler, ou libre de réfléchir. Richelieu, lentement, tourna la tête. Il était pâle comme si déjà la Mort fût entrée dans cette chambre. Mais ce n'était pas à cette mort possible que songeait le duc de Richelieu ! Le nom même de Marion Delorme brusquement jeté par Capestang ne l'avait pas fait tressaillir. Ni l'amour, ni la mort n'occupaient cette pensée. Richelieu souffrait atrocement. Mais c'était son orgueil qui saignait.

Oui ! Il était vraiment le tigre pris au piège. Ses yeux hagards se portèrent de nouveau sur Capestang. Ils se regardèrent une minute. Et ce fut une minute inoubliable dans la vie de puissance de Richelieu, dans la vie d'aventures du Capitan !

- Vaincu ! râla enfin le ministre en lui-même. Vaincu par ce moucheron !

Capestang se tenait immobile. Pas un pli de sa physionomie ne bougeait. Et c'était la formidable immobilité de l'être prêt à bondir, prêt à tuer.

- Si je fais un mouvement, songea Richelieu, si j'ouvre la bouche pour crier, adieu rêves de grandeur et d'omnipotence !... Vaincu ! Je suis vaincu !

Et alors, ses traits se détendirent. Il baissa la tête. Deux larmes, les seules peut-être qu'il eût versées dans sa vie, ces larmes brûlantes que l'humiliation seule sait distiller, glissèrent et s'évaporèrent aussitôt au feu de ses joues.

- Venez ! murmura-t-il.

Capestang saisit le poignet de l'évêque. Il le regarda un instant dans les yeux et dit sourdement :

- Monseigneur, vous venez de me condamner à mort. J'ai lu cela dans votre regard. Je pourrais assurer mon existence en supprimant le juge. Eh bien, laissez-moi vous le dire : je ne vous crains pas ! Seulement, écoutez bien ceci : une erreur de votre part dans la démarche grave que vous allez faire, un geste de trop, une parole trop haute, et nous mourons tous deux ! Maintenant, allez, monseigneur, je vous suis !

Et Capestang rengaina son poignard !...

Richelieu sortit du cabinet. Par un héroïque effort, il commanda à son visage de n'exprimer plus qu'une parfaite indifférence, un souverain dédain ; d'un pas ferme, il marcha dans un couloir éclairé jusqu'à la porte de la chambre où était enfermée Marion Delorme. Richelieu ouvrit la porte !

Marion était là, tout habillée. Depuis l'instant où on l'avait entraînée dans cette chambre, elle ne s'était pas déshabillée une fois !... Elle vit Richelieu ! Elle vit Capestang ! Et elle comprit ce qui venait de se passer ! Elle se leva, et, sans un mot, d'un mouvement de grâce charmante et fière, alla prendre le bras de Capestang.

- Monseigneur, dit le Capitan d'une voix calme, faites ouvrir à madame la porte de votre hôtel, et accompagnez-la jusque sur le quai.

Richelieu descendit.

- Madame, reprit le Capitan, veuillez pour le moment ne pas me tenir le bras : j'ai besoin de toute ma liberté de mouvement.

Marion obéit. Son cœur sautait dans son sein. Elle tremblait convulsivement - peut-être de terreur devant cette scène paisible qui dégageait de l'effroi, près de ces deux hommes si tranquilles qu'escortait la mort - ou peut-être d'admiration et d'amour ! Le suisse était près de la porte. Un coup d'œil incisif plongea, Richelieu inspecta la loge : il avait espéré que là... mais la loge du suisse était vide.

- Ouvrez ! dit-il d'un ton bref.

Le suisse s'empressa, bien loin de supposer qu'il jouait là un rôle dans une tragédie effrayante.

- Monseigneur, dit Capestang, accompagnez-nous jusqu'au-delà du pont. Simple précaution.

Richelieu se mit à marcher. Le Pont-Neuf franchi, il s'arrêta.

- Jusqu'à la place de Grève, monseigneur !

Et Richelieu marcha jusqu'à la place de Grève. Là, il s'arrêta comme il avait fait après le Pont-Neuf. Capestang s'arrêta aussi. Il souleva son chapeau, s'inclina devant l'évêque, profondément :

- Monseigneur, dit-il, vous êtes libre. Je vous dis adieu. Mais avant de vous quitter, laissez-moi ajouter un mot : je vous admire, monseigneur, et vous pouvez m'en croire, l'admiration d'un homme tel que moi vaut la peine d'être agréée par un homme tel que vous. Dans la vie d'enivrante puissance qui vous attend, monseigneur, sans doute vous aurez à accomplir bien des besognes terribles. Peut-être le remords viendra-t-il parfois tourmenter votre sommeil. Alors, monseigneur, songez qu'une nuit vous avez rendu une femme à celui qui l'aime et, croyez-moi, le souvenir de cette nuit où votre orgueil a souffert sera peut-être le baume consolateur de vos amertumes et l'exorcisme qui chassera les spectres rassemblés autour de vos rêves.

Richelieu ne dit pas un mot. Hautain, immobile, tout droit, il regarda Capestang et Marion Delorme s'enfoncer dans la nuit. Que pensait-il ? Nul n'eût su le dire !

....

Capestang et Marion Delorme parvinrent rapidement à la porte de l'hôtel de Cinq-Mars. Aux demandes multipliées, aux mille questions de Marion, l'aventurier n'avait répondu qu'évasivement.

- Maintenant, ajouta-t-il lorsqu'ils furent arrivés, faites atteler vos chevaux les plus rapides à votre chaise la plus légère, montez-y avec ce cher marquis et fuyez. Tant que vous n'aurez pas mis une centaine de lieues entre vous et Richelieu, votre existence à tous deux fera doute pour moi.

- Fuir ! murmura Marion. Quitter Paris que je voulais conquérir !

- Eh ! corbacque, ce ne sera qu'une ruse de guerre, une retraite ! Vous reviendrez quand l'orage ne grondera plus sur vos têtes. Allons, madame, vous qui êtes si brave dans l'attaque, soyez-le aussi un peu pour la retraite. Un mot encore ! renvoyez-moi mon Cogolin que j'ai oublié chez vous.

- Adieu donc ! murmura Marion en tremblant. Vous reverrai-je jamais ?

- Qui sait ? Partez, partez vite ! En ce moment. Richelieu rassemble ses hommes.

Du fond de la nuit, Marion jeta sur le chevalier de Capestang un long, un profond regard, et, en elle-même, elle murmura :

- Adieu, mon premier amour... mon unique amour peut-être !

Brusquement, elle le saisit dans ses bras, attira sa tête à elle, et l'embrassa sur les lèvres, d'un baiser âpre et doux. Puis elle s'élança et disparut, laissant le jeune homme tout étourdi de ce baiser.

Capestang alla se placer de l'autre côté de la rue et se dissimula dans l'ombre. Dix minutes plus tard, il vit sortir Cogolin et l'appela. Comme Cogolin commençait à raconter fièrement son terrible combat avec le cocher et le rôle qu'avait joué sa perruque dans cette mémorable rencontre, il lui ordonna de se taire, d'une voix si sombre, que le digne écuyer en demeura tout contristé.

À ce moment, la porte de l'hôtel s'ouvrit. Une chaise de poste parut, attelée de deux vigoureux chevaux. À la lueur d'une torche que tenait le concierge, Capestang entrevit comme dans un rêve fugitif Cinq-Mars et Marion Delorme serrés l'un contre l'autre. Le véhicule s'élança et bientôt disparut. Capestang poussa un long soupir.

- Ah ! murmura-t-il, le voilà heureux, lui ! Voilà l'amour qui passe ! Est-il donc vrai qu'il y a des hommes marqués pour le bonheur, et d'autres pour la tristesse ?... Cinq-Mars part avec celle qu'il aime ! Qu'ils soient heureux tous deux ! Mais moi, qui me fera heureux ? Qui me rendra celle que j'aime, moi ?... Giselle ! Giselle ! Où êtes-vous !

Il s'interrompit d'un éclat de rire tout fiévreux.

- Giselle ! La petite-fille de Charles IX. Allons, Capitan, elle n'est pas pour toi, celle-là ! Viens, Cogolin, viens, mon ami, viens, et continuons !

- Que devons-nous continuer, monsieur ?

- À chercher la fortune !

LII - La maison du Pont-au-Change

Le lendemain de cette soirée où Léonora Galigaï vint consulter Lorenzo, le nain se promenait à pas menus dans sa boutique du rez-de-chaussée où il se tenait d'habitude. La porte donnant sur le pont était ouverte. De temps à autre un homme ou une femme du peuple entrait, non sans esquisser un signe de croix, jetait çà et là un regard craintif et soupçonneux, puis demandait l'herbe dont il avait besoin, jetait une pièce blanche ou une pièce de monnaie sur la table, et se sauvait.

Ce commerce des herbes, c'était la raison d'être de Lorenzo, sa raison sociale, la façade qui couvrait et protégeait son terrible commerce de poisons. Le nain servait ses clients avec la même indifférence, et, à la marchandise, joignait généralement quelque conseil qu'il donnait par-dessus le marché.

Comme le nain venait de vendre à un jeune homme une poudre destinée à le faire rêver de celle qu'il aimait, des huées se firent entendre sur le pont. En même temps, une commère, forte gaillarde dont la face bourgeonnait, se précipita toute effarée, dans la boutique, et se mit à gémir :

- Ah ! mon brave monsieur Lorenzo, je suis perdue si vous ne me donnez une sauvegarde : la folle m'a touchée en passant !

- Une folle vous a touchée ! fit Lorenzo qui ouvrit un tiroir.

- Hélas ! Jésus, Seigneur, mon doux maître, ayez pitié de moi ! Là, sur le pont, elle a effleuré ma main de sa main, et chacun sait que c'est pour moi la gangrène assurée, sinon quelque chose de pis encore ! Sauvez-moi, mon brave Lorenzo !

- Calmez-vous, dame.

Dites-moi votre nom de baptême ?

- Jéhanne ! Ne connaissez-vous donc pas Jéhanne la tripière de la rue Calandre ?

- Jéhanne, bon ! fit Lorenzo.

Et il sortit de son tiroir une feuille de verveine choisie parmi une foule de feuilles pareilles qui toutes portaient un nom écrit en rouge : Marie, Huberte, Anne, Gérarde, Loïse, Nicolette - tous les noms du calendrier.

- Voici, dit-il, une feuille de verveine cueillie à l'époque où le soleil parcourt le signe du Lion. J'y ai écrit le nom de Jéhanne avec le sang d'un corbeau. Portez ce talisman sur vous, et vous serez à l'abri de tout maléfice. En qualité de voisine, vous payerez seulement un écu.

La commère se hâta de donner l'écu demandé, saisit avec respect la feuille de verveine, la plaça dans son vaste corsage, et sortit au moment où les huées se faisaient plus violentes en disant :

- Voici la folle ! Je ne la crains plus, maintenant !

Le nain eut un imperceptible haussement d'épaules et s'avança sur le seuil de sa boutique. Une femme étrangement vêtue d'habits magnifiques, des flots de cheveux blancs épandus sur les épaules, mais le visage admirable de jeunesse et de beauté, s'avançait les mains jointes, les yeux baissés, dans une attitude d'inexprimable dignité. Voyait-elle, entendait-elle les gamins qui la suivaient par bandes ? Non, sans doute, car elle marchait du même pas lent et fatidique, sans se retourner, sans regarder à droite ou à gauche, sans même lever les yeux, insensible, douloureuse.

Lorenzo la vit venir en frissonnant.

À mesure qu'elle avançait, il se reculait dans l'intérieur de la boutique, et ce fut seulement lorsqu'elle eut passé devant la porte qu'il se redressa livide, et alors, il balbutia :

- La duchesse d'Angoulême ! Mon remords qui passe !

....

Lorenzo ferma rapidement la porte de sa boutique et se mit, de loin, à suivre la folle. D'où venait-elle ? Où allait-elle ? Violetta, ayant franchi le pont, tourna à droite sur cette série de quais qui constituaient, à cet endroit de la Seine, les ports au charbon, au bois, au blé, et à l'avoine.

La troupe des gamins impitoyables suivait toujours. Parfois, une femme faisait le signe de croix. Une autre s'approchait et touchait furtivement la robe pour s'assurer une provision de bonheur - inversement à la croyance de dame Jéhanne qui s'était crue menacée de la gangrène pour avoir effleuré la même robe. Nul ne s'inquiétait de savoir où allait la pauvre femme, car chacun savait que les fous ont un guide invisible qui leur parle et auquel ils répondent. La bande des hideux gamins elle-même s'était enfin dispersée.

Violetta entra dans la rue des Barrés et pénétra dans l'auberge de la Sarcelle d'Or. Lorenzo attendit quelques minutes, puis entra à son tour. La salle était déserte. Il n'y avait là que la cabaretière, dame Léonarde, rangeant ses pots, ses gobelets et ses brocs.

Elle connaissait le nain pour avoir été deux ou trois fois à la maison du Pont-au-Change.

- Que vient faire céans ce sorcier ? grommela-t-elle, non sans émoi.

Lorenzo fouilla dans son aumônière, en tira un écu d'or et le plaça sur une table devant Léonarde.

- Que faut-il vous servir, maître ? fit avec empressement la cabaretière, oubliant aussitôt ses terreurs.

- Cet écu est pour vous, dit Lorenzo. Mais je ne désire de vous que quelques renseignements.

- Parlez, fit Léonarde en raflant la pièce d'or.

- Cette femme qui vient d'entrer ici, la connaissez-vous ? Où habite-t-elle d'habitude ? Qui est-elle ? Songez que, si vous me dites tout ce que vous savez, il y a dans mon escarcelle d'autres écus semblables à celui que je viens de vous donner. Songez aussi que, si vous me trompez, j'ai le moyen de le savoir et de m'en venger, même de loin.

- Je ne le sais que trop, fit la cabaretière en pâlissant, puisqu'on dit que vous êtes sorcier. Au fait, qui m'assure que cette pièce d'or ne sera pas changée ce soir en une feuille sèche ou un morceau de plomb, ou un charbon, comme on dit que la chose est arrivée à mainte personne ayant reçu de l'or ou de l'argent de quelque suppôt de Satan ?

Lorenzo sourit avec mépris.

- Tracez une croix sur cette pièce avec la pointe d'un couteau, dit-il. Si ce n'est qu'une illusion diabolique, elle ne pourra supporter le signe de rédemption.

Dame Léonarde s'empressa d'obéir, et, ayant gravé une croix sur la pièce, constata avec satisfaction qu'elle gardait toute sa belle apparence d'écu d'or. Alors, elle invita Lorenzo à s'asseoir, s'assit elle-même devant lui, et, rassurée, en bonne commère dont la langue ne demande qu'à fonctionner :

- Vous saurez donc, fit-elle, que cette pauvre dame est entrée dans mon auberge voici tantôt un mois. Elle pleurait comme pouvait pleurer la Madeleine au pied de la sainte croix, et tout ce que je pus obtenir d'elle, ce fut qu'on venait de lui enlever sa fille et qu'elle ne voulait plus rentrer dans son logis, de crainte d'être enlevée elle-même. Elle me dit qu'elle s'appelait Violetta, et qu'elle n'avait pas d'autre nom...

Lorenzo hocha la tête. Ces détails concordaient parfaitement avec ce qu'il savait.

- Cette pauvre chère dame, continua Léonarde, pleurait tellement que je résolus de lui offrir l'hospitalité, bien qu'elle fût sans argent ou presque, et que, à ses paroles incohérentes, je n'eusse pas tardé à m'apercevoir qu'elle était folle. Je l'installai donc dans une de mes chambres d'en haut, où je n'ai pas manqué un seul jour de lui monter tout ce dont elle peut avoir besoin. Tous les jours, elle sort à la même heure, disant qu'elle se rend au Louvre pour porter sa plainte au roi et implorer sa pitié.

Chaque fois, elle rentre plus triste. Qui est-elle ? Je l'ignore. Une grande dame, à coup sûr. Seulement, je suis forcée d'ajouter que je ne pourrai la garder longtemps encore, vu que sa dépense est payée jusqu'ici par un pauvre bijou qu'elle m'a donné. (Ce pauvre bijou était une belle chaîne en or que dame Léonarde avait effrontément saisi en gage.) Mais je ne suis pas riche, et il faut vivre.

- C'est bien, dit Lorenzo. Vous ne savez pas autre chose ?

- Je le jure sur la Vierge et les saints.

- Bon. Écoutez-moi, maintenant. Vous garderez cette infortunée autant qu'il lui conviendra d'honorer votre auberge de sa présence. Je me charge de toute la dépense. De plus, lorsqu'elle sortira, vous la ferez suivre par un de vos garçons, soit pour la protéger, soit pour la guider si elle s'égare. Sachez que c'est une très haute dame, et que vous serez largement récompensée de vos bons soins.

- C'est bien là-dessus que j'ai toujours compté, grommela dame Léonarde en elle-même.

Et elle se répandit en protestations de dévouement, que Lorenzo interrompit par l'octroi d'une nouvelle pièce d'or, sur laquelle la cabaretière jugea inutile de renouveler l'épreuve de la croix.

....

Lorenzo, rentré chez lui tout pensif, se mit à songer...

La fille est aux mains de Léonora. La mère se meurt de chagrin. Le chevalier de Capestang, le seul qui pourrait les protéger par sa bravoure étrange, est également prisonnier. Le père est à la Bastille. Désastres dont je suis la cause initiale ! D'où vient que mon cœur s'est ému de pitié, que je veux de toute ma volonté les sauver tous ? Est-ce simplement parce que la duchesse d'Angoulême a eu pitié de moi à Orléans, et qu'elle m'a sauvé ? Non ! il y a donc hors de moi une volonté plus puissante que la mienne, et qui me force à vouloir la réparation du mal que j'ai fait à Orléans ? Quelle est cette volonté ? Une fatalité inconnue a fait de moi le sauveur de Giselle, puis de Capestang ! Et c'est là, je le sens, l'événement capital de ma vie. C'est cette même fatalité qui me pousse à les sauver tous. C'est cette même fatalité qui vient de me remettre en présence de la duchesse d'Angoulême. Les sauver ! Oui, mais comment ? J'ai inspiré à Léonora une terreur suffisante pour l'obliger à respecter la vie de Giselle et du chevalier. Mais comment les faire libres ?

269

À ce moment, il entendit frapper à sa porte d'une façon spéciale qu'il avait convenue avec certains de ses mystérieux clients. Il descendit, ouvrit et tressaillit : c'était Léonora Galigaï ! Selon son habitude, il offrit un fauteuil à sa visiteuse et attendit qu'elle lui adressât la parole. D'un rapide coup d'œil, il étudia la physionomie de Léonora et trouva que depuis sa dernière visite, elle avait étrangement changé.

C'était bien toujours la même pâleur morbide où étincelait seul l'éclat des yeux noirs ; mais ses traits tirés, amaigris, le pli qui creusait son front d'ivoire, le sourire d'amertume qui crispait ses lèvres accentuaient ce qu'il y avait de mystérieusement redoutable dans ce masque.

- Que vient-elle me demander ? songeait Lorenzo. Comment vais-je l'influencer assez pour obtenir la liberté de Giselle et du chevalier ?

- Lorenzo, dit à ce moment Léonora, un grand malheur m'a frappée : Giselle d'Angoulême et ce misérable aventurier que je tenais dans ma main m'ont échappé.

Le nain se mordit les lèvres jusqu'au sang, ses ongles s'enfoncèrent dans les paumes de ses mains - mais pas un tressaillement ne lui échappa.

- Libres ! Libres ! rugit-il en lui-même avec une joie puissante. Est-ce que la main de la fatalité va cesser de s'appesantir sur moi ? Est-ce que je vais connaître le bonheur de la joie comme j'ai connu les affres de la haine ?

Mais son visage immobile n'exprima même pas de l'étonnement. Léonora, qui l'examinait avec attention, hocha la tête.

- Cela ne te surprend donc pas ? dit-elle.

- Non, répondit Lorenzo, je savais que Giselle et Capestang devaient vous échapper.

Le regard noir de Léonora lança des éclairs. Sa main, un instant, alla chercher le manche d'un poignard qu'elle portait toujours à sa ceinture. Lorenzo demeura impassible.

- Comment le savais-tu donc ? gronda Léonora. Et si tu le savais comment ne m'as-tu pas prévenue ?

- Je ne savais rien de précis, madame. Je ne savais qu'une chose, c'est que, dans l'état d'esprit où vous vous trouviez, vous alliez commettre des imprudences ; je vous voyais prête à ruser avec les ordres supérieurs, et je pouvais en conclure que vos prisonniers vous échapperaient : on ne ruse pas avec Dieu, madame !

Léonora blêmit. Elle s'inclina, s'écroula presque devant ce nain qui venait de lui parler avec une sorte de majesté solennelle et glaciale. Un ineffable étonnement emplissait son esprit devant cette nouvelle preuve de la science de Lorenzo.

- C'est vrai ! murmura-t-elle ; j'ai voulu ruser. Lorenzo, mon bon Lorenzo, d'où te vient cette prodigieuse science de divination ? Moi si forte, si orgueilleuse, je m'humilie devant cette science, oui mon maître ! Car, écoute : j'ai voulu tromper les destins ; tu m'avais dit que seul un roi pouvait donner l'ordre de mettre à mort Capestang et Giselle. Mais tu n'avais pas dit une reine, n'est-ce pas ?

- Non, madame : je n'avais pas dit une reine, et vous avez fait intervenir Marie de Médicis ?

- J'en ai été bien punie, Lorenzo !

- C'est bien, madame.

Dites-moi maintenant comment ce malheur est arrivé, peut-être pourrons-nous le réparer.

- Le sais-je ? s'écria Léonora en se tordant les mains. Tout ce que je sais, c'est que la reine, devant moi, a donné l'ordre à Belphégor de faire descendre l'aventurier dans le puits. Lui mort, il devait conduire Giselle devant le cadavre. Ainsi, je pensais obéir exactement, puisque c'était une tête couronnée qui donnait l'ordre ; puisque c'était l'épouvante qui tuait Capestang ; puisque c'était la douleur qui tuait Giselle ! et qu'ainsi je n'eusse employé ni le fer ni le poison, ni l'eau ni le feu, ni la faim ni la soif ! C'était au cours de la fête maudite que Concino donnait. Lorsque nous avons pensé que la mort avait accompli son œuvre, nous avons appelé Concino. Tous trois, lui, la reine et moi, nous sommes descendus dans les souterrains. Et là, nous n'avons plus trouvé personne ; ni Capestang, ni Giselle, ni Belphégor. C'est sûrement le Nubien qui les a délivrés et, sûrement aussi, il a obéi malgré lui à quelque suggestion d'enfer, car tu connais l'infini dévouement de mon serviteur...

- Et qu'est devenu Belphégor ?

- Disparu. J'ai donné des ordres pour le faire rechercher.

- Et qu'a dit l'illustre maréchal d'Ancre ?

Léonora demeura quelques instants pensive.

- Concino, dit-elle lentement, me tuera. J'ai lu ma condamnation dans ses yeux. Je mourrai de sa main, Lorenzo !

- Et vous l'aimez encore ?

- Oui ! répondit Léonora avec une sublime simplicité.

Lorenzo courba la tête avec une sorte d'admiration mêlée de terreur.

- Mystère insondable du cœur de la femme ! songea-t-il. Qui sait si elle aimerait Concino épris d'elle ? Cet homme la hait, la méprise, il la tuera sûrement - et elle l'adore !

- Oui, reprit Léonora, comme si elle eût lu dans la pensée de Lorenzo, il me tuera. Mais pas avant que je lui aie donné le bonheur et la toute-puissance. Alors, je mourrai heureuse, oui, heureuse de mourir par lui et pour lui.

Une exaltation de passion auréolait à ce moment la laideur de Léonora. L'amour la transfigurait. À un poète, à un artiste, elle eût semblé belle, réellement belle par l'éclat de ses beaux yeux de ténèbres flamboyantes, par le sourire de ses lèvres pâles, par cette sorte de lumineux dévouement qui avait on ne sait quoi de formidable et d'infiniment doux.

- Il me tuera donc, fit-elle d'une voix ferme. Mais il sait qu'il ne peut atteindre au bonheur de l'amour que lorsque je lui aurai donné la toute-puissance de la royauté ; à ce moment-là seulement, Concino me tuera. D'ici là, Concino m'obéira comme un enfant ; pour l'instant, il se réconcilie avec Marie de Médicis.

Un soupir terrible gonfla le sein de Léonora.

- Ainsi, reprit Lorenzo, vous êtes décidée toujours à pousser Concini jusqu'à la royauté ?

- Pourquoi aurais-je changé de volonté ? fit Léonora chez qui le soupçon était prompt à s'éveiller.

N'est-ce pas toi-même qui m'as assuré que la chose était possible ?

- Oui, oui, et je vous l'assure encore.

- C'est à cela que je travaille, Lorenzo ! Condé est à la Bastille.

Angoulême est à la Bastille. Il ne reste plus que Guise. Une fois débarrassée de ces trois conspirateurs, le reste n'est plus qu'un jeu pour moi. J'ai sondé les principaux partisans d'Angoulême et de Condé. Je sais le prix qu'il faudra mettre à leur concours. Lorsque tout sera prêt, Concini marchera sur le Louvre, et de ses mains arrêtera le petit roi !

- Ainsi, vous renoncez à le tuer ?

- Oui, dit Léonora avec une effrayante froideur. Sa mort est inutile et dangereuse, avant. Nous verrons après. Mais, Lorenzo, il faut d'abord que je remette la main sur ce Capestang. Je hais cet homme qui a fait avorter tous mes projets. Dussé-je y engager ma propre vie, gage de la puissance de mon Concino, je ne veux pas partir de ce monde avant de l'avoir vu mort. Je ne veux pas surtout laisser Giselle derrière moi. Non, vois-tu, je mourrais trop malheureuse ! Lorenzo, il faut que tu m'aides à les retrouver. Tu sais la foi que j'ai en ta science. Tout ce que tu m'ordonneras, je le ferai. Eh bien ? Tu ne me réponds pas ? Que penses-tu ?

Lorenzo semblait plongé dans une méditation profonde. Il songeait ceci :

- J'ai à choisir entre Giselle et Léonora ! entre Capestang et Concini ! entre le bien entré en moi depuis si peu, et le mal, auquel j'avais voué ma vie.

Si je choisis le mal, non seulement je deviens un puissant personnage, mais encore j'assure la réalisation du grand rêve de haine et de bouleversement qui a soutenu mon existence jusqu'à l'heure où j'ai senti le remords pénétrer en moi. Si je choisis le bien, tout s'écroule et je risque ma vie.

- Pourquoi ne me réponds-tu pas ? reprit Léonora.

Lorenzo garda encore le silence. Il descendait en lui-même. Il se débattait avec les suggestions de ténèbres. Son visage, cependant, demeurait immobile, impassible.

- Les retrouver ? murmura-t-il enfin, comme s'il fût redescendu sur terre.

- Oui, fit Léonora, les dents serrées : les retrouver !

- J'y songerai, dit Lorenzo. Allez en paix, madame.

- En attendant, reprit Léonora, je vais faire étroitement surveiller la maison de la rue des Barrés et l'hôtel de la rue Dauphine. Ainsi, tu me jures d'employer ta science à cette œuvre.

- Je vous le jure, madame, dit Lorenzo qui se leva. Mais vous, rappelez-vous bien mes paroles. Et ceci, madame, n'est plus une simple supposition. C'est une affirmation positive. Ces paroles, vous pouvez les tenir pour une prédiction qui doit se réaliser, coûte que coûte, arrive qu'arrive !

- Parle ! murmura Léonora frémissante.

- Voici : il est défendu à Concino Concini de toucher soit à Capestang, soit à Giselle, tant qu'il ne sera pas roi !

- Mais après ? haleta Léonora Galigaï.

- Après, tout lui sera permis.

Mais avant, sachez que s'il exerce ou tente d'exercer une violence contre l'une ou contre l'autre, rien ne peut le sauver de la mort violente. Et cette mort viendra par le chevalier de Capestang lui-même.

- Par Capestang ! gronda Léonora.

- Si votre illustre époux tente quoi que ce soit contre Giselle d'Angoulême ou contre le chevalier, il mourra de la main de Capestang ! Et rien au monde ne peut le sauver.

Lorenzo jeta cette affirmation, cette prédiction, avec la force pénétrante et persuasive des convictions absolues. Et comme Léonora se retirait, emportant sa promesse de retrouver les deux fugitifs, il murmura avec un étrange sourire :

- Je crois que les voici maintenant assurés contre toute tentative jusqu'au moment où Concini sera roi ! Et quant à ce moment, je vais faire en sorte qu'il n'arrive jamais !

LIII - Le remords

Alors, Lorenzo s'enveloppa d'un manteau et sortit en toute hâte. Comme il l'avait juré à Léonora, il était résolu à retrouver Giselle et Capestang.

- Puisqu'elle est libre, songea-t-il, elle n'a pu que se réfugier rue des Barrés ou rue Dauphine. Voyons d'abord l'hôtel de la rue Dauphine. Lorsqu'elle fut sauvée de la Seine, elle m'a dit : « Quel que soit le jour et l'heure, frappez cinq coups consécutifs à la porte. »

Rapidement, Lorenzo courut jusqu'à une auberge située à l'encoignure de la rue de la Mortellerie, et se mit à frapper jusqu'à ce que l'hôte, réveillé, fût venu lui ouvrir. Il lui parla à voix basse, et l'hôte parut l'écouter avec un grand respect.

- Ce sera fait, finit par dire cet homme. Dans un quart d'heure, un bon carrosse, au détour du Pont-Neuf. Soyez tranquille, maître.

Lorenzo fit un geste d'assentiment, et alors, en toute hâte, se dirigea vers la rue Dauphine. Parvenu aux abords de l'hôtel d'Angoulême, longuement il inspecta les environs. Sûr de la solitude, il s'approcha de la porte, et, comme Giselle le lui avait recommandé, souleva cinq fois le marteau.

Dix minutes s'écoulèrent, Lorenzo se disposait à prendre le chemin de la rue des Barrés lorsqu'il entendit cliqueter le judas qui s'ouvrait. Puis, la porte, à son tour, s'entrouvrit mystérieusement et

Lorenzo entra. D'abord il ne vit personne. Mais il entendit que, derrière lui, la porte se refermait. À ce moment, une voix de femme murmura près de lui :

- Êtes-vous le marchand d'herbes installé sur le Pont-au-Change ?

- Oui, répondit Lorenzo.

Et je viens parce que la fille du duc d'Angoulême m'a dit d'avoir recours à elle quand je serais dans la détresse.

- Venez ! dit la voix.

Lorenzo sentit qu'on lui prenait la main, et suivit son guide invisible dans l'obscurité profonde. Il monta ainsi un escalier et parvint à un couloir faiblement éclairé. Alors il vit que celle qui le guidait était une femme d'une quarantaine d'années qui l'examina un instant, puis le conduisit jusqu'à une chambre où Lorenzo vit Giselle d'Angoulême. À l'entrée du nain, elle se leva et vint à sa rencontre :

- Monsieur, dit-elle, je bénis l'heure où je pourrai peut-être m'acquitter en partie de l'immense service que vous m'avez rendu. Je vous remercie de vous être souvenu des indications que je vous avais données. Que puis-je pour vous ?

Lorenzo garda le silence.

- Hélas ! reprit-elle, tandis que ses yeux se remplissaient de larmes et que sa voix s'altérait, mes moyens sont bien faibles maintenant. Mon père est à la Bastille, comme je l'ai appris par la fidèle servante qui vous a conduit. Ma mère...

L'angoisse qui la serra à la gorge l'interrompit. Mais, surmontant aussitôt sa faiblesse, elle reprit :

- Si faible que je sois devenue, il ne sera pas dit que vous aurez fait appel en vain à la reconnaissance de Giselle d'Angoulême. J'ai de l'argent. J'ai des amis que je puis voir, que j'ai vus déjà, pour m'occuper de mon malheureux père.

Amis et argent, disposez de ce que je puis vous offrir, si le malheur est venu frapper à la porte de cette maison qui me fut hospitalière.

Elle parlait avec cet accent de dignité calme que peut avoir une reine accueillant un solliciteur à qui elle a des obligations. Ses propres douleurs, elle les taisait. Privée de son père et de sa mère, traquée peut-être en ce moment, où les rêves d'ambition du duc d'Angoulême n'étaient plus qu'un douloureux souvenir, où elle devait employer tout son sang-froid, toute son énergie à essayer de sauver son père, de retrouver sa mère, et de se sauver elle-même, elle ne laissait paraître que la compassion qu'elle éprouvait pour son visiteur.

- Madame, dit Lorenzo d'une voix qui lui sembla étrange à lui-même, car cette voix, pour la première fois de sa vie, tremblait d'émotion ; madame, je ne suis pas venu vous rappeler la promesse que vous daignâtes me faire lorsque le hasard, bien plus que ma volonté, vous fit trouver un asile dans ma pauvre maison.

Giselle étonnée l'interrogea du regard.

- Non, madame, reprit-il avec une douceur où il y avait des sanglots, le malheureux qui est devant vous ne peut exiger de vous aucune gratitude. C'est lui, plutôt, qui vous doit encore une reconnaissance éperdue, puisqu'il a suffi de votre passage dans son logis, dans sa tanière, pour le transformer et le régénérer. Je vois que mes paroles vous étonnent, vous inquiètent peut-être. Bientôt, sans doute, vous me comprendrez. Mais, dès cet instant, soyez assurée que vous avez en moi un serviteur qui donnerait volontiers sa vie pour sauver la vôtre.

Madame, je suis venu vous donner un avis pressant : cette maison, la maison de la rue des Barrés, vont être surveillées. La maréchale d'Ancre... Ah ! vous frissonnez ! Rassurez-vous ! C'est une vipère qui cherche à mordre, mais je crois avoir trouvé un antidote au poison de sa dent.

- Ces étranges paroles... murmura Giselle en pâlissant.

- Oui ! Tout cela vous étonne. Mais qu'importe comment je sais que Léonora Galigaï veut votre mort, que Concino Concini veut votre déshonneur...

Un geste souverain de Giselle interrompit Lorenzo.

- Ils peuvent me tuer, dit-elle. Mais on ne déshonore pas une fille de la maison d'Angoulême. Puisque vous savez tant de choses, vous connaissez peut-être la tentative de celui que vous appelez le maréchal d'Ancre. Sa passion détestable a tué la raison de la duchesse ma mère, mais...

- Madame, râla Lorenzo, je vous supplie en grâce, ne me parlez pas ainsi !

Giselle considéra le nain courbé devant elle et, pour la première fois, un rapide soupçon effleura son esprit. Secouant sa tête comme pour chasser des idées trop effrayantes et trop lourdes, elle reprit :

- Vous dites donc que cet hôtel et la maison de la rue des Barrés vont être surveillés ?

- Oui, madame, dit Lorenzo en reprenant tout son sang-froid. Il faut partir d'ici cette nuit même, et quitter Paris, car je ne connais pas une retraite où les espions de Concini ne parviennent à se glisser.

Cet homme est armé d'un redoutable pouvoir. Rien ne se fait, rien ne se dit sans que Concini le sache. Vous êtes perdue, madame, s'il vous découvre !

Giselle demeurait calme comme si ce danger pressant qu'on lui exposait ne l'eût pas menacée elle-même.

- Je puis, dit-elle, me réfugier à Meudon.

Lorenzo secoua la tête :

- Croyez-vous donc que le château de Meudon ne sera pas surveillé aussi bien que cet hôtel ?

- Non, pas dans le château, mais dans une auberge dont la patronne est aveuglément dévouée à mon père, à ma mère et à moi-même. Dame Nicolette mourrait plutôt que de me trahir.

- Vous voulez parler de l'auberge de la Pie Voleuse ?

- Oui. Les partisans du duc d'Angoulême, alors bien nombreux, ont pu s'y réunir à diverses reprises et le secret fut toujours gardé.

- Alors, vous pouvez, en effet, vous réfugier là, car ce secret valait cent mille livres. Je connais dame Nicolette ; elle aime l'argent et, pour avoir dédaigné cent mille livres qu'elle pouvait gagner en disant un mot, il faut qu'elle vous soit bien dévouée ! Ainsi donc, n'hésitez pas, madame, partez !

Giselle secoua la tête avec fermeté. Une indomptable résolution se lisait dans son regard.

- Je partirai, dit-elle, mais seulement quand j'aurai retrouvé ma mère.

Et presque aussitôt, sa vaillance l'abandonnant, elle porta sa main à ses yeux pour cacher ses larmes. Son sein oppressé se souleva en sanglots.

- Pardonnez-moi cette faiblesse, reprit-elle. J'aime ma mère non seulement parce que c'est ma mère, non seulement parce qu'elle m'a toujours entourée de son adoration, mais aussi parce qu'elle a été bien malheureuse. Ah ! monsieur, je ne sais si j'ai le cœur trop plein d'amertume et s'il faut qu'il déborde enfin, ou si vous m'inspirez une confiance que je ne m'explique pas, mais laissez-moi pleurer devant vous. Je ne sais quel malheur plus effroyable pourrait me frapper. J'ai souffert lorsque le duc d'Angoulême était à la Bastille. J'ai éprouvé une terrible angoisse lorsque j'ai su qu'il était à nouveau prisonnier. D'autres sentiments qui sont au fond de mon cœur et que j'ose à peine évoquer m'ont aussi fait connaître la douleur ; mais ma mère, monsieur ! Savoir que ma mère, dans l'état où elle se trouve, est peut-être errante, peut-être en butte aux insultes ou, pis encore, à la pitié effrayée que la foule éprouve pour ceux qui ont perdu la raison !... Ma mère, pauvre créature qui n'a su qu'aimer !...

Les sanglots, de nouveau, interrompirent la jeune fille. Lorenzo, livide et palpitant, regardait couler ses larmes.

- Ainsi, dit-il d'une voix étranglée, vous croyez que votre mère est bien malheureuse loin de vous ? Et vous-même vous êtes bien malheureuse loin d'elle ?

- Je crois, dit Giselle, je crois que loin de moi, ma mère se meurt... Violetta ! Oh ! ces paroles d'infinie tristesse que parfois dans ses heures sombres, elle murmurait : « Pauvre violette, achève de te faner ! »...

Elle meurt, monsieur, je sens, je sais qu'elle meurt ! Et moi, sachant que ma mère est morte loin de moi, sans consolation, désespérée, je ne sais quel bonheur au monde pourra me donner la force d'oublier et de vivre.

Le nain râlait. Le nain pleurait. Il pleurait les premières larmes de sa vie. Et c'était un groupe d'une indicible puissance d'émotion, cette belle fille à la douleur si digne, et cet avorton de nature dont le sombre visage portait à ce moment le reflet de la rédemption !

- Merci, monsieur, murmura Giselle, merci non pas seulement d'être venu me prévenir, me sauver une fois encore, mais surtout de ces larmes que vous versez sur le malheur de ma mère !

Et elle était auguste en parlant ainsi, auguste comme l'amour filial - et charmante, avec le sourire qu'elle s'efforçait de mettre sur ses lèvres pâlies, douloureusement charmante. Lorenzo parut ne pas avoir entendu ces mots...

- Ainsi, reprit-il, vous estimez donc que celui qui vous rendrait madame votre mère sauverait à la fois sa vie et la vôtre ?

- Sur mon âme, je le crois ! dit Giselle.

- Répétez ! oh ! répétez-le ! sanglota le nain, courbé devant Giselle. Répétez ces paroles qui délivrent mon âme, qui l'arrachent à l'abîme de ténèbres et la font monter à la lumière du pardon !...

Lorenzo tomba à genoux.

Un ineffable étonnement emplit l'esprit de Giselle. Ce soupçon qui, tout à l'heure, s'était présenté à elle dans une lueur d'éclair, se précisa, mais elle le repoussa. Elle répéta :

- Oui, je l'ai dit. Je le répète ; celui qui nous réunirait aurait sauvé ma vie et celle de ma mère.

Lorenzo, un moment, demeura agenouillé, et, pendant quelques minutes, Giselle, palpitante, la pensée exorbitée devant ce qu'elle entrevoyait, n'entendit que les sanglots du damné prosterné à ses pieds. Lorsque Lorenzo se releva, Giselle reconnut à peine ce visage transfiguré. Une sorte de sérénité s'était étendue sur ses traits. Il ne pleurait plus.

- Mon enfant, dit-il, permettez-moi, je vous en supplie, de vous appeler ainsi une fois dans ma vie. Ce sera la fugitive illusion du bonheur que tous les hommes connaissent et qui m'est défendu à moi ! Mon enfant, permettez-moi une question : êtes-vous riche ? Je veux dire, avez-vous assez d'argent pour n'avoir pas à souffrir des hasards de l'existence ? Vos biens seront sans doute confisqués, et...

- Hélas, que ne suis-je pauvre, pauvre avec ma mère ! Mais, rassurez-vous sur ce point, bon vieillard. Rien que dans les caves du château, mon père a caché trois cent mille livres en or. Il y en a à peu près autant dans les caves de l'auberge dont je vous parlais tout à l'heure. Il y en a encore autant dans l'hôtel de Marie Touchet, rue des Barrés.

- Et vous me dites tout cela à moi ! Un inconnu !

- Vous n'êtes pas un inconnu, vous qui avez pleuré avec moi sur ma mère ! Dieu m'est témoin que je livrerais volontiers tout cet or à celui qui me donnerait une seule indication !

Lorenzo demeura un instant pensif.

- Je haïssais l'humanité ! murmura-t-il sourdement. Est-ce que la présence de pareils anges parmi les hommes ne suffit pas à faire oublier tout ce que l'univers peut contenir de démons ! Venez, reprit-il, venez, madame. Ne m'interrogez pas. Ayez foi en moi. Tout ce que je puis dire en ce moment, et je vous le jure sur le salut de mon âme, c'est que vous ne sortirez pas de Paris sans votre mère.

Giselle pâlit et poussa un cri déchirant :

- Vous savez !... Ah ! vous savez...

- Rien ! dit Lorenzo. Vous ne pouvez rester ici une minute de plus sans danger, voilà ce que je sais ! Vous ne sortirez pas de Paris sans Mme la duchesse d'Angoulême, voilà ce que je vous jure !

Giselle tremblait. Elle comprenait, elle savait que cet homme en savait plus long qu'il ne voulait dire, qu'il tenait en ce moment sa destinée dans ses mains.

- Oui, partons, dit-elle fébrilement. Pour sauver mon père et ma mère, il faut avant tout que j'assure ma liberté. Ne restons pas une minute de plus dans cet hôtel.

Elle se couvrit en hâte d'un manteau, appela la servante fidèle qui avait introduit Lorenzo, et tous trois, empressés, sortirent de l'hôtel d'Angoulême. Lorenzo marchait en avant. Au détour du Pont-Neuf stationnait un carrosse.

- Montez ! dit-il.

Giselle eut une seconde d'hésitation.

- Par le saint sacrement, dit Lorenzo, d'une voix tremblante, je vous jure que nous n'avez rien à redouter.

Giselle monta dans le carrosse. Alors Lorenzo, demeuré sur la chaussée, murmura :

- Un mot, maintenant : dès demain, je m'occuperai de retrouver quelqu'un qui peut à lui seul avec son épée, autant que Concini avec tous ses sbires. Ce quelqu'un s'appelle le chevalier de Capestang !

En même temps, Lorenzo ferma la portière, sauta sur le siège, près du cocher, et le carrosse s'élança. Giselle avait jeté un cri et, toute palpitante, avait caché son visage dans ses deux mains. Et son imagination enfiévrée la transporta au fond des bois de Meudon, par une belle journée d'été, à ce moment où le soleil couchant faisait flamboyer à la fois l'épée et le regard du chevalier surgi à son secours.

- Pourquoi ! murmura-t-elle au fond de son cœur tout pantelant, oh ! pourquoi ai-je alors mis le nom de Cinq-Mars sur cette étincelante apparition ! Pourquoi ai-je, sur Dieu, juré à mon père d'être l'épouse du marquis de Cinq-Mars, alors que celui qui me sauvait, celui que j'aimais, celui que j'aime s'appelle Capestang.

Le carrosse, bientôt, s'arrêta.

- Mais, madame, fit la servante, on nous a conduit rue des Barrés ! À deux pas de votre hôtel ! Ô madame, quelle confiance avez-vous en cette face de sorcier qui...

La portière s'ouvrit à ce moment.

- Veuillez attendre quelques instants, dit la voix de Lorenzo.

Le nain se mit à frapper à la porte de la Sarcelle d'Or. Une fenêtre s'ouvrit. Une tête effarée apparut, demandant ce qu'on voulait à pareille heure.

- Vous remettre les dix écus d'or qui vous sont dus, dame Léonarde ! fit Lorenzo.

Sans doute dame Léonarde reconnut la voix du nain, car on entendit la fenêtre se refermer en hâte, puis un bruit de bas précipités ; puis la porte s'ouvrit et l'hôtesse apparut, un flambeau à la main. Lorenzo entra dans l'auberge et y resta cinq minutes pendant lesquelles, probablement, il donna ses instructions à dame Léonarde. Puis il reparut et, comme s'il eût eu dès lors acquis le droit de commander, ordonna à la servante d'entrer dans la salle de l'auberge et d'y attendre sa maîtresse. Sur un signe de Giselle, la digne femme obéit, mais à contrecœur. Le nain pénétra dans le carrosse et s'assit en face de Giselle.

- Mon enfant, dit-il, cette voiture va demeurer toute la nuit à votre disposition. Vous vous en servirez pour vous faire transporter sur tel point de Paris que vous jugerez convenable et même hors Paris à Meudon par exemple, comme vous le disiez. Attendez ! ne m'interrompez pas ; je sais que vous ne voulez pas quitter Paris sans votre mère. Donc, il est entendu que vous avez ce carrosse pour vous porter dès cette nuit où vous le voudrez. Maintenant, mon enfant, je vais vous dire adieu. Il est probable que vous ne me reverrez plus jamais.

Avant de vous quitter pour toujours, j'ai deux choses à vous demander.

- Parlez, vous qui agissez avec moi comme un père ! Parlez, fit Giselle d'une voix bouleversée d'émotion, et si ce que vous demandez est en mon pouvoir, tenez-le pour acquis.

- Ces deux choses sont en votre pouvoir, mon enfant. Jurez-moi donc de m'accorder ma double demande !

- Sur ma mère, je vous le jure ! dit Giselle.

Le nain garda un instant le silence, les yeux fixés sur Giselle, dont la tête charmante apparaissait vaguement éclairée par la lumière de l'auberge, dont la porte était restée ouverte.

- Voici donc la première, dit-il alors. Supposez - c'est une simple supposition, comprenez-moi - supposez que je vous fasse savoir dans huit jours, demain, cette nuit, enfin, dès que je le saurai moi-même, supposons donc que je vous indique le lieu où vous trouverez votre mère...

Giselle palpitait. Son cœur bondissait.

- Eh bien, reprit Lorenzo, il faut me jurer que, dans l'heure qui suivra votre réunion à votre mère, vous quitterez Paris.

- Ah ! râla Giselle, qu'arrive cette heure bénie, et je vous obéirai de tout mon cœur !

- Il y va de votre vie ! Ainsi, dès que vous aurez trouvé votre mère, vous quittez Paris pour vous réfugier à Meudon ; votre serment vous empêchera d'oublier quel terrible danger vous courez.

Maintenant, je passe à ma deuxième demande, continua Lorenzo, et sa voix se mit à trembler.

- Parlez sans crainte ! murmura Giselle qui s'aperçut de cette émotion. Quoi que vous ayez à me demander, vous avez mon serment !

Lorenzo prit la main de Giselle et la baisa avec un infini respect.

- Quand je vous aurai quittée, dit-il, entrez dans l'auberge et dites simplement à l'hôtesse : « Conduisez-moi ! » Maintenant, voici ce que je demande : Quand vous aurez trouvé madame votre mère, obtenez de la duchesse d'Angoulême un mot de miséricorde pour le nain qui l'a trahie à Orléans !

Avant que Giselle eût fait un geste, il sauta hors du carrosse et disparut en jetant ces derniers mots :

- Entrez, maintenant, votre mère est là !

LIV - L'orage

Les jours s'écoulèrent ; et le temps, que nous suivons en ce récit dans l'ordre même où se déroulèrent ces aventures d'antan, nous ramène à l'époque où le chevalier de Capestang, rôdant autour de la Bastille, délivra le marquis de Cinq-Mars et arracha Marion Delorme aux griffes de Richelieu.

La fin de l'hiver ne fut pas heureuse pour notre aventurier. Il dit quelque part dans ses mémoires que cette époque de sa vie fut « grise comme un jour de pluie ». Dans les premiers temps de son retour à Paris, après l'expédition à Effiat, il mit une sorte d'acharnement fébrile à rechercher celle qu'il considérait comme la dame de ses pensées. Puis, peu à peu, le découragement s'empara de lui. Il cessa de chercher. Le pauvre chevalier finit donc par se dire que Giselle d'Angoulême avait dû gagner quelque province avec son père. Il s'affirma que depuis longtemps, sans doute, elle ne pensait plus à lui. Et lui-même ne pensa plus à elle. Ou, du moins, il le crut sincèrement. L'hiver acheva donc de s'écouler, puis le printemps reparut, les premières feuilles se montrèrent sur les haies. Cogolin engraissait. Vers ce moment, Capestang s'aperçut que, en même temps que la neige, sa bourse avait fondu. Les trois cents pistoles qu'il avait eues, grâce à la démonstration du coup du nombril faite à M. de Boutteville, tiraient à leur fin. Cogolin, qui était pratique, fit un soir remarquer au chevalier, avec une certaine inquiétude, qu'il ne restait plus qu'une trentaine de pistoles.

- Je crois qu'il est temps de vous remettre à faire fortune, monsieur le chevalier. Sans quoi, moi, qui depuis quelques semaines me glorifie du nom de Lachance, je pourrais bien être forcé de m'appeler encore Laguigne.

- C'est pourtant vrai, soupira le chevalier, que je suis venu à Paris pour faire fortune !

- Ah ! monsieur, si vous aviez voulu ! Si vous le vouliez encore !

- Que ferais-je, voyons ?

- C'est que monsieur le chevalier a juré de m'arracher la langue si je lui parlais encore de cela.

- Eh bien, parle. Pour ce soir, je te donne licence de débiter tes sornettes. Mais verse-moi à boire.

- Voici, monsieur, dit Cogolin en emplissant le gobelet de son maître. Vous vous rappelez la chance que vous avez eue au tripot de la rue des Ursins ?

- Oui, mais grâce à tes conseils, je retournai il n'y a pas plus de quinze jours dans ce même tripot et j'y perdis quarante bonnes pistoles, imbécile !

- Voilà où je vous attendais, monsieur ! s'écria Cogolin triomphant. Je ne savais pas alors ce que j'ai appris depuis.

- Et qu'as-tu appris ?

- Qu'il y a, sur le Pont-au-Change, un digne homme de sorcier qui vend un moyen infaillible de gagner au jeu. On m'a assuré qu'il a fait gagner un soir plus de mille pistoles à un gentilhomme, rien qu'en marmottant je ne sais quelle prière à Dieu ou au Diable.

- Le Pont-au-Change ! murmura Capestang qui tressaillit en

songeant à cette soirée où il avait été attaqué par des spadassins justement au sortir du tripot et où il avait pu se réfugier dans une maison d'où il était sorti si étrangement par la fenêtre donnant sur le fleuve.

- Oui, monsieur, le Pont-au-Change.

Le sorcier s'appelle Lorenzo. J'irai le trouver, et...

- Tais-toi ! interrompit Capestang, assombri par ses souvenirs.

- N'empêche que j'irai un de ces jours trouver le sorcier ! grommela Cogolin. Ah ! si monsieur le chevalier voulait...

- Voulez-vous que je vous arrache votre maudite langue, monsieur le drôle ? Brossez mon chapeau, vous ferez mieux, car j'ai à sortir.

Notre aventurier, ayant ceint son épée, laissa Cogolin à la Bonne Encontre et se dirigea vers le centre de Paris, non pour y chercher un tripot, non pour y tenter la fortune, mais par simple curiosité de voir ce qui se passait. Il arpentait donc la chaussée à grands pas furieux, regardant de travers les passants qui avaient quelque velléité de s'étonner et se gourmandant lui-même avec ce luxe d'épithètes diffamatoires dont il se gratifiait parfois, disant son fait à la fortune qui se faisait tirer l'oreille pour lui sourire, et oubliant d'ailleurs que cette fortune l'avait étrangement favorisé en le protégeant jusque-là contre les recherches de Concini.

- Faire fortune, grondait-il. Elle est jolie, la fortune que j'ai faite. Ah ! oui, on en parlera de toi, Capestang, mais pas comme tu voulais ! Quand on voudra citer un hâbleur, un vantard, un bélître, incapable de modérer sa langue, un fier-à-bras qui menace d'avaler le monde et qui n'est pas même capable de manger son pain, on parlera d'Adhémar de Trémazenc de Capestang ! - Capitan ! misérable capitan de comédie ! - Ils te l'ont tous dit, tous : le roi, Concini, Rinaldo, les sbires, Angoulême, Richelieu, Guise, Condé, Cinq-Mars, tous, tous ! Pour tout Paris, tu n'es que le Capitan !

Il poussa un profond soupir et donna une violente bourrade à quelqu'un qui venait de l'effleurer en passant.

- Corbacque ! Qu'avez-vous donc dans les yeux, monsieur l'impertinent !

Le quelqu'un s'éloigna en haussant les épaules et en murmurant :

- Capitan, va !

L'aventurier, qui, ce soir-là, ne cherchait que plaies et bosses, allait s'élancer pour demander au passant raison de son haussement d'épaules, mais le mot de Capitan qu'il entendit très bien le cloua sur place.

- Capitan ! Les passants même qui ne me connaissent pas m'appellent « Capitan ». C'est bien fait ! Il ne me reste vraiment qu'à aller trouver le sieur Turlupin et à le prier de me confier le rôle du capitan dans ses farces. J'avais juré de délivrer le malheureux prince de Condé, qui se dépérit de misère dans le numéro 14 de la tour du Trésor, et le pauvre prince, enfermé par ma faute sans m'avoir jamais rien fait, est toujours à la Bastille. Ah ! capitan hâbleur et menteur ! J'avais juré de défendre, de protéger, de sauver notre petit roi Louis treizième. Que Dieu le garde, le pauvre petit ! Car, s'il n'y a que moi pour le garder, il est bien mal en point ! Et voici que l'émeute gronde ! Et voici que bientôt, demain peut-être, Guise sera roi ! Guise ! En voilà un qui m'a gravement insulté. J'avais juré de le pourfendre, ou tout au moins, pour rabattre son orgueil, me faisais-je fort de l'enfermer pour un temps à la Bastille, puisqu'on m'en avait défié ! Et Guise, comme son père, est roi de Paris.

Voici que de toutes parts on crie : « Vive Guise ! » Ah ! Capitan ! fier-à-bras ! matamore !

Tel était, ce soir-là, l'état d'esprit de notre aventurier. Et sans doute, le lecteur se le figure abattu, humilié, contrit. Non, le chevalier de Trémazenc de Capestang n'était ni abattu, ni contrit. Il était de mauvaise humeur, voilà tout. Or, jamais il n'était plus redoutable que lorsque ses oreilles s'échauffaient. Plus que jamais il redressait la tête ; son allure était crâne et batailleuse ; sa démarche alerte, assurée ; ses yeux pétillaient de malice et d'intrépide volonté. D'étranges pensées éclataient dans sa cervelle enfiévrée, comme des coups de foudre. Il allait... Où allait-il ? À l'hôtel de Guise !

Nous avons vu par quelles frénétiques acclamations le duc de Guise avait été accueilli dans Paris. Pendant deux ou trois jours, la faible royauté de Louis XIII trembla. Puis, soit que Paris se fût lassé, soit plutôt qu'un mot d'ordre eût été partout donné, le calme revint. Le duc de Guise alla trois fois au Louvre protester de sa fidélité au fils d'Henri IV. En sorte que Condé et Angoulême étant à la Bastille, l'orage semblait s'être écarté pour longtemps du trône.

Tout à coup, vers l'époque où nous avons repris contact avec notre Capitan, Paris recommença à s'agiter. Pourquoi ? On ne sait jamais pourquoi le peuple et l'océan se mettent en colère. Capestang, depuis quelques jours, avait surpris de sourdes rumeurs au fond de Paris.

Il avait vu des capitaines de la milice bourgeoise aller de porte en porte. Puis il avait vu des bandes de plus en plus nombreuses parcourir les grandes rues.

Brusquement, le bruit se répandit dans Paris que monseigneur le duc de Guise était las de la misère du peuple et de l'insolence des huguenots. En conséquence, monseigneur le duc devait se rendre au Louvre avec une magnifique escorte de plus de cinq cents seigneurs, et il devait porter au roi les volontés du peuple. Or, cette démarche devait avoir lieu le lendemain de cette soirée où nous avons vu Capestang sortir de la Bonne Encontre, tout furieux contre lui-même et contre tout le monde.

....

Capestang se rendait donc à l'hôtel de Guise. Ce qu'il voulait, s'il espérait pouvoir pénétrer dans cette véritable forteresse et si, y étant entré par quelque hasard, il espérait parvenir jusqu'au duc que des centaines d'hommes d'armes entouraient, et si, l'ayant atteint, il pensait le provoquer et le tuer, l'aventurier n'en savait rien. Des pensées de folie l'agitaient. D'une façon précise, il ne savait pas ce qu'il ferait. Mais il se sentait l'âme d'un Prométhée défiant le ciel...

Tant qu'il fut sur la rive gauche, Capestang ne remarqua que cette vague agitation qu'il avait notée les soirs précédents, depuis trois ou quatre jours. Seulement, en passant le long des fossés de l'hôtel de Condé, il avait vu nombre de gentilshommes enveloppés de leurs manteaux se diriger vers la grande porte.

Et il nota le fait dans un coin de sa mémoire. Une fois les ponts franchis, il se trouva tout à coup en présence de l'océan démonté.

Ses vagues déferlaient avec de vastes rumeurs suivies de brusques silences pleins d'angoisse. Au fond, vers le Louvre, luisaient, aux reflets des torches, les armes des compagnies de suisses et de gardes françaises, pareilles à des murs élevés devant les entrées du palais des rois. La place de Grève, la rue de la Mortellerie, la rue de la Tissanderie, le quai de la Mégisserie, la rue Saint-Germain-l'Auxerrois, tout bouillonnait ; des flux énormes de foule, puis des reflux soudains ; des bouches ouvertes, crispées par la clameur sauvage ; des regards furieux, étincelant dans la nuit ; des multitudes qui, par mouvements imprévus, se disloquaient, se formaient en bandes dont les hurlements s'éloignaient pour se rapprocher ensuite, puis des bandes qui se reformaient en masses profondes d'où jaillissaient des vociférations qui crépitaient sur le murmure immense.

- Vive Guise ! Vive le libérateur du peuple !...

- Mort aux affameurs ! Mort à Concini !

- Mort aux hérétiques ! Aux fagots les parpaillots !

Capestang, pris dans la foule comme un fétu de paille par un tourbillon, allait, venait, les yeux emplis de cette effroyable vision, la tête pleine de tintements furieux ; il se laissait emporter comme en rêve. Et une de ces vagues humaines ayant déferlé jusque dans la rue Saint-Avoye, l'aventurier tout pantelant se vit soudain au pied des murs de l'hôtel de Guise ! C'est là qu'il avait voulu venir ! Et c'est là que la foule venait de le jeter !

Mais cette foule elle-même, alors, reflua comme la marée quand elle se retire. En effet, la colonne d'émeutiers qui avait poussé jusqu'à l'hôtel de Guise pour acclamer le duc s'aperçut que tout était éteint dans la forteresse où trois générations avaient usé leurs vies à conspirer. L'hôtel était sombre, muet, fatal. Guise n'était pas là, sans doute ! Où était-il ? Peut-être mêlé à la multitude déchaînée par les rues. Cette idée se répandit dans la colonne que le duc devait être aux environs du Louvre.

- Vive Guise ! Vive le Grand Henri ! Vive le libérateur !

L'acclamation énorme battit de ses échos furieux la forteresse impassible, et la bande, en tumulte, prit le chemin du Louvre... Capestang vit qu'il était seul au pied de ces murailles qui semblaient garder un secret formidable.

....

Guise n'était pas vers le Louvre. Il n'était pas dans les rues. Guise était dans l'hôtel. Dans cette vaste salle des armes où jadis le Balafré avait préparé la journée des Barricades, son fils préparait la déchéance de Louis XIII. Cent cinquante représentants de la noblesse française venaient de s'y partager la besogne pour la journée du lendemain, puis s'étaient dispersés dans Paris pour répandre la bonne parole.

La journée du lendemain ! Que devait-elle apporter au duc de Guise ? Que devait-elle apporter au roi Louis XIII ?

Guise était resté avec deux de ses fidèles. Dans l'immense salle où toutes les lumières avaient été éteintes, les rumeurs, les acclamations venaient se répercuter. Et près d'une fenêtre ouverte, Guise haletant, pâle d'ambition satisfaite, écoutait ce grand frisson de Paris qui venait le faire frissonner lui-même. Enfin, il se tourna vers ses deux compagnons silencieux, et, d'une voix rauque :

- Allons, maintenant ! Ceux de Condé, s'ils ont vu et écouté Paris, doivent être convaincus. Quant à ceux d'Angoulême, n'en parlons plus !

- C'est vrai, monseigneur, dit l'un des deux gentilshommes, Angoulême est fini. Condé s'en va mourant. Mais il n'empêche que les principaux partisans de ces deux compétiteurs vous attendent pour recevoir de vous les assurances auxquelles ils prétendent.

- Monseigneur, reprit l'autre, vous êtes attendu à l'hôtel de Condé. Il faut y aller !

- C'est à quoi je pensais, messieurs. Partons donc, et rendons-nous de ce pas chez Condé. Pour ce soir, pour cette nuit encore, il nous faut ruser et promettre. Demain, nous verrons à tenir ! Et, bien entendu, c'est d'abord à ceux qui dès la réunion de la Pie Voleuse ont été pour moi que je songerai à tenir ! Pour eux, mes promesses seront sacrées.

Guise demeura un instant sombre et pensif. Puis il leva son front sur lequel flamboyait cette joie terrible qu'il est donné à si peu d'hommes de connaître.

- Demain ! gronda-t-il avec un accent de puissante ivresse.

Demain, c'est du Louvre que j'écouterai ces vivats frénétiques des Parisiens ! Demain ! C'est demain que se réalisera le rêve de mon père ! C'est demain que la maison de Guise reprendra sa revanche ! C'est demain que les merlettes de Lorraine remplaceront sur le fanion les lis de France qui achèvent de se flétrir !... Demain ! Allons, messieurs, à l'hôtel de Condé !

....

Capestang vit ces trois gentilshommes qui sortaient de l'hôtel de Guise. Il les vit se diriger à grands pas vers le centre de Paris. Et tout de suite il reconnut le duc de Guise. Il le reconnut d'instinct. Il le sentit. Il le flaira. Il le reconnut à sa haute stature, à son port de tête insolent, à sa façon de marcher entre ses deux compagnons, un peu en avant, à cette attitude d'orgueil que ne peut éviter aucun des hommes que leurs semblables choisissent pour maître.

Le cœur de l'aventurier se mit à battre, tic tac, à toute volée. Au loin sonnait le tocsin. Le cœur de Capestang sonna le tocsin et le rappel. Lui aussi, il sentit une flamme brûlante envahir son front. Lui aussi, il se redressa sous la poussée d'un immense orgueil. Des pensées éperdues battirent leurs ailes dans son imagination exaspérée. Son âme se haussa jusqu'à la grandeur tragique des événements qui se déroulaient. Il eut le geste frénétique d'un capitan sublime, et à lui-même il se murmura :

- Si cet homme tourne vers le Louvre, je le tue ! En ce moment, les destinées de ce grand royaume sont dans la main de l'aventurier sans sou ni maille, ni logis, ni raison d'être au soleil ! En ce moment, c'est la rapière du Capitan qui va tourner cette page de l'histoire de France !

L'instant d'après, il eut un long soupir. Ses traits convulsés se détendirent. Guise ne marchait pas au Louvre ! Guise se frayait un chemin à travers la foule échevelée, hurlante, et bientôt gagnait le pont, le manteau sur les yeux, pour n'être pas reconnu. Bientôt les ponts étaient franchis, et, la Cité traversée, la rue de la Huchette dépassée, Guise remonta tout droit la rue Haute-Feuille. Capestang se frappa le front.

- Il va à l'hôtel de Condé ! murmura-t-il. Ces ombres que j'ai vues se glisser tout à l'heure vers la grande porte de l'hôtel, ce sont les amis de monsieur le prince ! Cela va être ici la foire aux fidélités et aux dévouements. Deux ou trois cents bonnes épées sont à l'encan. Il y a acheteur... Pauvre Condé qui se dépérit là-bas de misère, il ne se doute guère que ce soir son cousin de Guise achète en bloc toute sa maison.

L'aventurier avait laissé prendre une certaine avance aux trois gentilshommes. En effet, la rue était paisible. derrière lui, vers delà la Seine, Paris grondait, et il entendait le furieux ressac des vagues humaines. Mais là le silence était profond. Il lui semblait s'enfoncer dans un gouffre de silence... Capestang se demandait :

- Que vais-je faire ?

....

Au moment où Guise, ayant traversé la place de Grève, entrait sur le pont Notre-Dame, un homme qui, depuis un instant, le suivait pas à pas le bouscula, comme s'il eût été poussé sur lui par un mouvement de foule.

Une seconde, Guise lâcha son manteau et son visage demeura à découvert, éclairé par le reflet des torches qui illuminaient cette scène. L'homme grommela une excuse et disparut. Il fit un signe à deux autres, lesquels, à leur tour, répétèrent le signe à trois hommes qui, comme les premiers, s'enveloppaient de leurs manteaux jusqu'aux nez.

La bande se trouva réunie, franchit la cité, laissa Guise et ses compagnons s'engager dans la rue de la Huchette, tint conseil quelques secondes, puis se mit à remonter en courant la rue de la Harpe, suivant ainsi un chemin parallèle à la rue Haute-Feuille et aboutissant au même point : l'hôtel de Condé. Ces hommes, c'étaient Rinaldo et ses compagnons !

....

Que vais-je faire ? se demandait Capestang. Dois-je attaquer ? Vaut-il mieux que j'attende sa sortie de l'hôtel de Condé ? L'attaquer ? Ce serait tôt fait, corbacque, s'il ne s'agissait que de risquer ma peau. Et puis ils ne sont que trois !... Mais il ne s'agit pas, ce soir, de ferrailler sans savoir au juste qui va rester sur le carreau. Il s'agit de transformer la journée de demain ! Je veux que mon petit roitelet vive ! Et puis, ce gaillard-là m'a insulté. Un coup d'épée, ce n'est pas assez pour payer l'insulte. Je veux le fourrer à la place du pauvre Condé qui se meurt de misère. Je veux...

Ce monologue fut brusquement interrompu par des cris, des jurons, des cliquetis d'épée.

- Oh ! oh ! gronda Capestang en essayant de percer l'obscurité de son regard, voici mon Guise attaqué ! Corbacque ! comme ils y vont, les gaillards ! Quels coups ! Si je laissais faire ? Tout serait fini !

En même temps qu'il disait : « Si je laissais faire ? » il s'élançait, la rapière au poing, et tombait comme l'ouragan sur les assaillants, en hurlant :

- Courage, monseigneur, on vient à vous !

Des malédictions, des imprécations éclatèrent.

- Tripes du diable ! rugit une voix.

- Ventre du pape ! hurla une autre.

- Oh ! vociféra Capestang, je connais ces jurons-là, moi ! Je connais ces voix ! C'est vous, mes agneaux ? Ah çà, mais plus on vous tue, plus vous êtes incorrigibles !

Il avait saisi sa forte rapière par la lame et se servait du pommeau comme d'une masse. Quatre hommes étaient à terre : deux des assaillants et les deux compagnons de Guise.

Le duc, appuyé du pied à un mur, l'épée à la main, silencieux et sombre, parait les coups que lui portaient encore les quatre spadassins demeurés debout.

La foudroyante intervention de Capestang mit fin à la bagarre en quelques instants. Les spadassins crurent peut-être à quelque diable déchaîné dont le moulinet faisait au duc de Guise un rempart infranchissable, ou peut-être pensèrent-ils qu'ils avaient affaire à toute une troupe. Capestang les vit s'enfuir, tout effarés, tout saignants, sacrant et jurant, et il accompagna leur déroute d'un éclat de rire qui ressemblait à un hennissement de Fend-l'Air.

Son premier soin fut de se baisser et d'examiner les quatre hommes étendus : ils étaient morts tous quatre. Deux d'entre eux étaient les deux gentilshommes qui avaient escorté Guise : chacun d'eux avait la gorge trouée d'un coup de poignard. Les deux autres ne portaient pas de blessure apparente : ils avaient été assommés par le pommeau de l'épée de Capestang. C'étaient Pontraille et Bazorges. L'aventurier les reconnut.

- Bon ! fit-il, le Rinaldo n'y est pas. Tant mieux, mort-diable ! j'eusse été fâché de le tuer tout bêtement d'un coup de masse. Le drôle vaut mieux que cela. Voyons, il me semble que j'en reconnus aussi deux parmi les morts de l'auberge du Panier Fleuri ? Avec ces deux-ci, cela fait quatre : si je sais compter, il me reste donc trois dettes de sang à payer. Bon, bon, cela pourra venir !

Guise avait remis son épée au fourreau. Une minute, il contempla froidement les cadavres de ses deux compagnons, deux fidèles amis morts pour lui en se jetant au-devant des coups qui lui étaient destinés. Peut-être une rapide émotion le fit-elle frissonner. Mais se remettant aussitôt :

- Tels sont les hasards de la guerre. N'y pensons plus ! Monsieur, ajouta-t-il tout haut, je vous dois la vie. Je ne l'oublierai pas. Si vous voulez bien entrer avec moi en cet hôtel où je suis attendu, je serai heureux de vous offrir la récompense due à votre courage.

Capestang se sentit pâlir d'humiliation ; cette offre hautaine de récompense le froissait dans sa fierté, dans tout ce qu'il y avait de délicat sous ses allures parfois exorbitantes.

Mais, à ce moment, une idée soudaine flamboya dans son esprit. Il frémit jusqu'à l'âme. Son œil pétilla de malice.

- Monseigneur, vous ne me devez aucune reconnaissance, dit-il, car j'avais été posté ici pour surveiller votre arrivée, et vous défendre en cas de besoin, et enfin vous guider.

- Me guider ? fit Guise étonné.

- Oui, monseigneur ; des avis parvenus dans la soirée ont fait changer le lieu de la réunion ; ces messieurs sont rassemblés près d'ici, dans une auberge, où ils vous attendent.

- Au Grand Henri ? fit vivement le duc. C'est là que les gens de Condé se réunissaient.

- Oui, monseigneur, c'est justement là. Et si vous voulez bien m'accompagner...

Le duc de Guise n'avait aucune raison de se défier de cet homme qui venait de le sauver. Le changement du lieu de réunion était parfaitement plausible, et l'attaque même des gens de Concini prouvait que l'hôtel de Condé était surveillé. Ce fut donc sans la moindre hésitation qu'il répondit :

- Marchons, et hâtons-nous !

- Vive mon petit roitelet ! rugit en lui-même l'aventurier, dont le cœur se mit à bondir.

LV - Chevalier du roi

Le lecteur n'a peut-être pas oublié qu'au temps de sa grande misère, Cogolin avait élu domicile dans l'auberge abandonnée et à demi brûlée du Grand Henri. Cogolin, après sa conjonction avec Capestang, s'était plu à lui montrer la rudimentaire installation qu'il avait organisée dans la cuisine.

- Mais, avait dit le chevalier après cette visite, pendant laquelle son digne écuyer avait trouvé le moyen de l'attendrir et aussi de le faire rire, mais comment se fait-il que maître Lureau, qui est homme d'ordre, laisse ainsi à l'abandon son ancienne auberge dont il pourrait tirer parti ?

- Le bail qu'il a consenti à M. le duc de Rohan n'est pas expiré. Or, ce noble gentilhomme a menacé Lureau de le faire rôtir à ses propres fourneaux s'il s'avisait de reparaître au Grand Henri, tant que le bail payé aurait force de durée. En sorte que j'étais maître absolu de ce domaine. J'avais là les clefs de toutes les chambres, mais je me contentais de la cuisine.

Capestang avait fort approuvé cette esthétique architecturale, et, jetant un coup d'œil aux clefs suspendues en trousseau à un clou, s'était dit que, le cas échéant, lui aussi chercherait un abri dans les ruines du Grand Henri. Capestang, donc, qui avait eu la pensée d'entraîner le duc de Guise à la Bonne Encontre, accepta du premier coup l'idée qui lui fut suggérée par le duc lui-même, c'est-à-dire d'aller au Grand Henri. Employant la méthode que lui avait démontrée le fidèle Cogolin, il ouvrit la porte charretière, puis celle de la grande salle plongée dans une obscurité profonde.

- Attendez, monseigneur, dit-il en refermant soigneusement la porte après avoir fait entrer le duc, je vais faire de la lumière, car il nous faut descendre dans les caves où vos amis...

Capestang s'interrompit soudain. Un éblouissement lui passa dans les yeux.

- Les caves ! murmura-t-il tout frémissant. Les caves !

- Hâtez-vous ! grommela le duc qui, sans éprouver de soupçon, commençait pourtant à éprouver cette vague inquiétude venue on ne sait d'où et qui est la voix dont se sert le Mystère pour prévenir les hommes.

Capestang entra dans la cuisine, battit le briquet, et alluma un reste de cire qui avait servi à éclairer Cogolin. Alors, il pénétra dans la grande salle, alla poser son flambeau sur une vieille table oubliée là et se retourna vers le duc de Guise :

- Bonsoir, monseigneur, me reconnaissez-vous ?

- Le Capitan ! gronda le duc stupéfait, mais rassuré encore par cette pensée que l'homme qui venait de le sauver ne pouvait lui vouloir aucun mal.

Capestang hocha la tête et dit :

- En effet, monseigneur : le Capitan ! Autant ce nom-là qu'un autre.

Cette voix acerbe, l'éclair aigu du regard, le geste insolent firent comprendre à Guise que la situation était menaçante. Il jeta un rapide coup d'œil autour de lui, assura son poignard, et, faisant un pas :

- Allons, dit-il dédaigneusement ; accomplissez la mission dont on vous a chargé ; conduisez-moi à la réunion.

- Monseigneur, fit Capestang, il n'y a pas de réunion ici.

Personne ne peut me charger d'une mission. C'est moi, moi seul qui me suis donné à moi-même l'ordre de vous conduire dans cette salle, et vous voyez que je me suis obéi, puisque vous y voici !

Guise se redressa, frémissant, la physionomie empreinte de cette majesté violente qui était la marque de sa famille.

- Un guet-apens ! gronda-t-il d'un ton de suprême hauteur.

- Un guet-apens ? Non, monseigneur. Si je vous avais voulu la malemort que suppose un guet-apens, je n'avais qu'à laisser faire les alguazils qui vous ont été dépêchés, et je n'aurais pas en ce moment l'honneur de m'entretenir avec vous.

Au fond, c'était bien aussi l'idée de Guise : pourquoi le Capitan l'aurait-il sauvé s'il lui avait voulu du mal ?

- C'est bien, dit-il de ce ton rude et sombre qui lui était particulier, vous avez voulu l'honneur d'une audience particulière. En raison de votre courageuse intervention de tout à l'heure, je vous pardonne la manière dont vous vous y êtes pris pour vous procurer cette audience. Maintenant, dites-moi vite ce que vous voulez.

Capestang ne fut pas démonté par cette insolence. Il admira la bravade en homme qui s'y connaît. Mais, résolu à ne reculer sur aucun terrain, il accentua son attitude de fierté, se campa héroïquement :

- Monseigneur, répondit-il d'une voix plus rude encore que celle du duc, vous rappelez-vous cette rencontre que nous eûmes dans cette pauvre auberge perdue sur la route de l'Orléanais, et où je vous trouvai avec M. de Montmorin, que vous laissâtes aux prises avec moi ?

– Non ! fit Guise d'un air d'indicible dédain. Je ne me souviens pas.

Le sang monta au front de l'aventurier, dont les poings se crispèrent.

– Monseigneur, dit-il d'une voix rauque, à cette rencontre, vous m'avez insulté, moi, Adhémar de Trémazenc de Capestang ! Vous souvenez-vous que vous m'avez insulté ?

– Je vous ai insulté ? sourit le duc avec un étonnement qui fit frissonner le chevalier. Bah ! Eh bien ! non, je ne m'en souviens pas.

– Monseigneur, je me souviens, moi ! gronda l'aventurier tout pâle.

– Soit ! Que voulez-vous ?

– Ce que je veux ? La question est plaisante ! Monseigneur, si j'ai tué deux hommes pour qu'on ne vous tue pas, vous, si je vous ai amené ici pour causer seul à seul avec vous, c'est qu'il m'est impossible de vivre avec le souvenir d'une insulte non effacée. Effacez l'insulte, monseigneur, et, par mon nom, je vous jure que vous êtes libre !

Guise eut un ricanement :

– Effacer ? Je ne demande pas mieux. Mais comment ?

– Simplement en me demandant pardon. Simplement en me disant ceci : « Moi, duc de Guise, je vous prie de vouloir bien excuser la parole insolente que je rétracte ! »

306

- Vraiment ! ricana Guise en s'assurant d'un regard qu'ils étaient réellement seul à seul.

C'est là tout ce que vous demandez ?

- Oui, monseigneur, cela, tout simplement. Des excuses, et vous êtes libre !

Guise partit d'un terrible éclat de rire, tandis que ses yeux se striaient de rouge.

- Allons, dit-il en haussant les épaules, je ne m'étais pas trompé. C'est bien le Capitan qui est devant moi !

- En ce cas, prenez garde au Capitan ! rugit l'aventurier, dont la main se porta à la garde de son épée.

- Assez, mon maître ! haleta Guise d'une voix d'orgueil outragée. Allons, ouvrez-moi cette porte !

Capestang dégaina. Sa rapière eut un flamboiement rapide.

- Duc de Guise, balbutia-t-il de cet accent que la colère fait grelotter, mon épée s'est croisée ici même contre celle de M. de Condé qui vous vaut, de M. le duc de Rohan qui vaut mieux que vous. Dégainez donc et défendez-vous, car je vais vous charger !

Guise haussa les épaules et se croisa les bras. Capestang poussa une furieuse imprécation.

- Monseigneur, rugit-il, défendez-vous ! Je vous jure sur le Christ que, dans une minute, il sera trop tard ! Je vous jure que vous pleurerez des larmes de sang ! Duc de Guise, faites-vous des excuses ? Dégainez-vous ?

Guise eut un instant d'hésitation. Mais cet orgueil du dompteur qui croit terrasser le lion en redoublant l'insolence et la provocation était en lui dans ce moment terrible où se jouait sa destinée. Il crut que d'un dernier mot il allait vaincre Capestang.

- Allons, bravo ! grinça-t-il, tu peux bien assassiner le duc de Guise, mais tu ne pourras te vanter d'avoir croisé l'épée contre lui !

- Est-ce votre dernier mot ? prononça Capestang, livide.

Guise haussa les épaules. Capestang rengaina sa rapière.

- Je l'ai vaincu ! gronda Guise en lui-même.

Capestang fit deux pas vers le duc et lui mit sa main sur l'épaule.

- Monseigneur, dit-il d'une voix effrayante, Dieu m'est témoin que je voulais vous éviter la Bastille.

- La Bastille ! La Bastille ! râla Guise.

Et l'orgueilleux seigneur, assommé par ce mot, les traits décomposés, les yeux hagards, convaincu qu'il y avait là une troupe prête à l'arrêter, Guise balbutia :

- Allons, c'est bien, mon brave ! Puisque vous tenez absolument à en découdre...

- Trop tard, monseigneur ! interrompit Capestang glacial. Dès ce moment, vous ne m'appartenez plus. Monsieur le duc, au nom du roi, je vous arrête.

- Vous m'arrêtez ! bégaya le duc pris de vertige.

Oh ! mais qui êtes-vous donc, vous qui venez au nom du roi ? Oh ! mais vous mentez ! Vous êtes le Capitan !

- Non, monseigneur ! répondit Capestang d'une voix éclatante, je suis le chevalier du roi !

- Ah ! tu es le chevalier du roi ! Et tu m'arrêtes ! Eh bien, meurs donc !

Guise avait poussé un rugissement, et, dégainant son poignard à l'instant même, en avait porté un coup terrible à Capestang. La lame ne rencontra que le vide : Capestang s'était jeté à plat ventre. L'instant d'après, Guise le vit debout, à trois pas de lui, les bras croisés, très calme. Le duc marcha sur Capestang. Dans cette minute, le chevalier de Capestang joua sa vie sur un coup de dés. Il demeura les bras croisés - comme Guise tout à l'heure.

- Monseigneur, dit-il, vous ne m'appartenez plus, je n'ai plus le droit de vous enfoncer dans la gorge le poignard dont vous allez me frapper ; vous pouvez donc me tuer ! Mais faites attention que vous tuez l'envoyé du roi de France !

Le bras de Guise, qui déjà se levait, retombait pesamment.

- Pour m'avoir tué, vous n'en serez pas moins arrêté par mes gens.

Guise demeura hébété, frappé de cette stupeur des fauves pris au traquenard.

- Et vous aurez fait rébellion ouverte, à main armée !

Guise, pantelant, recula.

- Vous serez donc décapité, monseigneur !

Guise grogna un juron confus et jeta son poignard.

- Tandis que, en vous rendant de bonne volonté, vous en serez quitte, une fois à la Bastille, pour négocier votre paix à la cour, et je vous connais assez pour savoir que dans huit jours vous serez libre !

Guise jeta un profond regard à l'homme qui lui parlait ainsi. Un sourire erra sur ses lèvres encore blanches. Il entrevit qu'en effet il pouvait négocier sa soumission, sortir de la Bastille plus fort qu'il n'y serait entré, et reprendre ensuite sa conspiration au point où il l'aurait laissée.

- Voici mon épée ! dit-il.

Et, décrochant en effet son épée, il la tendit à Capestang.

- Non, monseigneur, dit l'aventurier, gardez, gardez ! Il suffit que vous me suiviez.

Capestang ouvrit une porte et fit signe au duc de passer. Guise obéit. Au même instant, l'aventurier tira la porte à lui et la referma à double tour : le duc était pris ! Enfermé dans une petite pièce sans fenêtre, sans ouverture ! Au loin, on entendait vaguement la sourde rumeur de Paris soulevé qui acclamait le duc de Guise, son roi de demain !

- Ouf ! prononça Capestang, qui s'élança au-dehors, les yeux étincelants, l'esprit éperdu.

Alors il partit d'une course furieuse vers l'auberge de la Bonne Encontre, où Cogolin rêvait paisiblement que son maître sortait d'un tripot en conduisant un chariot où il avait entassé les sacs d'écus d'or qu'il venait de gagner. Capestang sella d'abord son cheval, puis réveilla Cogolin. Un quart d'heure plus tard, le même Cogolin ahuri, mal réveillé, effaré et effarant avec son crâne luisant, ayant oublié sa perruque dans sa précipitation à suivre le chevalier, Cogolin, disons-nous, était posté en sentinelle devant la porte derrière laquelle était enfermé le duc de Guise.

- Cogolin, lui dit Capestang en lui mettant un pistolet dans la main, j'ai suivi ton conseil, j'ai été jouer, j'ai gagné, la fortune est là, derrière cette porte.

- Ô mon rêve ! murmura Cogolin extasié.

- Cent mille écus d'or ! Entends-tu ?

- Ouf ! râla Cogolin, comme s'il eût reçu sur le crâne un de ces sacs dont il rêvait.

- J'ai obligé le tenancier à me les apporter ici. Tu comprends, hein, seulement, le drôle va essayer de se sauver avec son or pendant que je vais chercher une cachette sûre pour y mettre notre fortune. Comprends-tu, dis, animal ?

La main de Cogolin se crispa sur le pistolet.

- Bon ! fit Capestang, qui se jeta au-dehors et sauta sur Fend-l'Air.

À ce moment, onze heures sonnaient au clocheton de la chapelle des révérends Carmes déchaussés.

Capestang s'élança vers Paris, franchit la Cité et se dirigea du même temps de galop jusqu'à la rue des Lombards. Les bourgeois, fatigués de crier et de se démener, étaient rentrés chez eux. Paris s'endormait - mais de ce sommeil agité, fiévreux, qui précède les journées de révolution.

Cependant, notre aventurier frappait à tour de bras à la porte de l'auberge du Borgne qui prend... ou plutôt maintenant, du Borgne qui rend. Entré enfin dans la salle, après des pourparlers avec l'hôte, il lui glissait cinq pistoles dans la main, et lui murmurait quelques mots à l'oreille.

L'hôte, alors, commençait par disposer avec empressement trois flacons de son meilleur vin sur une table, et tandis que Capestang les débouchait et emplissait quatre gobelets, le patron du Borgne qui rend montait un escalier. Dix minutes plus tard apparaissait Turlupin, puis ce furent Gros-Guillaume et Gautier-Garguille. Leur mauvaise humeur d'être réveillés sans savoir pourquoi se dissipa instantanément à la vue du généreux gentilhomme qui régalait si bien, et surtout à l'aspect des bouteilles. Les flacons rapidement vidés parmi quelques palabres préparatoires et santés, qui furent portés avec enthousiasme, Capestang prononça simplement :

- Messieurs, lorsque j'eus le plaisir de faire connaissance avec vous, vous voulûtes bien me dire que vous seriez fort honorés de me donner la réplique dans une farce de ma composition - farce, comédie ou tragédie !

Turlupin tressaillit et jeta un vif regard à l'aventurier.

- Palsambleu ! s'écria Gros-Guillaume, je me sens tout porté d'admiration et d'amitié pour vous !

- Holà ! fit Capestang. Holà, l'hôte ! Ne voyez-vous pas que ces bouteilles sont vides ?

Il jeta une nouvelle pièce d'or sur la table, et l'hôte se précipita à la cave comme s'il eût des ailes.

- C'est comme moi ! fit Gautier-Garguille. C'est un plaisir que de donner la réplique à ce digne gentilhomme qui honore notre corporation.

- Et vous, maître Turlupin, qu'en dites-vous ? interrogea Capestang.

- Je dis et je pense comme mes camarades, à condition toutefois que vous me racontiez le sujet de la pièce. Car je présume qu'il s'agit de quelque haute gaillardise.

- Je vous en réponds ! fit Capestang d'une voix qui sonna étrangement. Êtes-vous fidèles partisans de Sa Majesté Louis XIII que Dieu garde ?

- Ah ! Ah ! Eh bien, oui ! dit Turlupin. Je suis pour ce pauvre tout petit contre tant de ruffians et de traîtres qui le veulent occire. C'est mon métier, mon gentilhomme. Dans nos pièces nous sommes toujours pour le faible contre le fort, et c'est toujours le commissaire que nous rossons !

Capestang eut un mouvement de joie.

- Touchez là ! dit-il. Nous nous entendrons. Dans ma pièce, il s'agit justement de rosser l'insolent qui se croit déjà le maître, qui met le feu à Paris, qui menace de tout tuer.

Turlupin se rapprocha de Capestang, s'inclina devant lui, et, se redressant, les yeux dans les yeux, murmura :

- Guise ?

- Oui ! fit Capestang dans un souffle.

- Beaucoup de danger ?

- Aucun ! Et beaucoup de gloire : la fortune, peut-être !

- Faites-moi simplement obtenir un privilège pareil à celui de messieurs de l'hôtel de Bourgogne, et je vous tiens quitte du reste, dit Turlupin en prenant son parti, avec cette intrépidité et surtout cet attrait de l'inconnu, du mystère qui l'avait jeté dans les aventures du métier de comédien.

Gautier-Garguille et Gros-Guillaume buvaient, n'en cherchant pas si long.

- Messieurs, dit Turlupin, la pièce de ce gentilhomme me paraît digne d'être jouée.

- Jouons-la donc ! s'écrièrent avec enthousiasme les deux comédiens. Pour quand est-ce ?

- Tout de suite ! dit Capestang.

- Oh ! sans étudier nos rôles ?

- Nous jouerons impromptu, fit Turlupin.

D'ailleurs, je présume qu'il n'y a pas grand-chose à dire.

- Mais, reprit Gautier-Garguille, aurons-nous au moins un beau public ?

Capestang saisit son gobelet, le choqua contre ceux des trois comédiens, le vida d'un trait, puis :

- À votre santé, à votre gloire, messieurs ! fit-il d'une voix qui frémissait étrangement. Un public ? Vous aurez le plus beau que vous puissiez jamais rêver. Ce public-là, messieurs, aura des millions de regards pour vous contempler et vous admirer, ses regards se multiplieront à l'infini, ses bouches seront nombreuses pour célébrer votre triomphe dans la pièce que vous allez avoir l'honneur de représenter !

- Mais, fit timidement Gros-Guillaume, où trouverons-nous une salle assez vaste pour un tel public ?

- La salle est toute trouvée, dit Capestang : c'est Paris ! Et d'ailleurs, messieurs, tout ce public énorme, immense et divers se condense en une seule et même personne, une dame, messieurs, une dame !

- Une dame ! exclama Gautier-Garguille. Et qui est cette dame sublime qui va être à elle seule notre public immense ?

- Elle s'appelle l'Histoire ! dit Capestang.

....

Quelques instants plus tard, les trois comédiens dirigés par Capestang, qui avait laissé Fend-l'Air à l'écurie de l'auberge, se dirigeaient en toute hâte à travers Paris endormi au fond duquel, parfois, on entendait de sourds grondements. Ils parvinrent au Grand Henri, où l'aventurier retrouva Cogolin en faction devant la même porte. À la vue des trois comédiens, Cogolin fit la grimace.

- Oh ! grommela-t-il, est-ce que ceux-là viennent partager les écus d'or que M. le chevalier a gagnés ? La peste les étouffe !

- Suivez-moi, messieurs ! fit Capestang interrompant la rêverie de son fidèle écuyer. Et toi, Cogolin, marche devant et éclaire nous.

Le chevalier saisit le paquet de clefs accroché dans la cuisine et descendit aux caves.

- Je comprends, fit Cogolin, c'est là que nous allons cacher notre trésor.

Capestang ouvrit la porte d'un caveau, qui apparut alors rempli de vêtements, d'équipements entassés, tandis que, debout aux murs, des arquebuses, des hallebardes luisaient dans l'ombre. Ces équipements, c'étaient des costumes complets de suisses de la garde royale ! Ce caveau, c'était celui où Capestang et Cogolin avaient descendu et entassé les costumes préparés par ordre du duc de Rohan ! Ces costumes, c'étaient ceux qui devaient servir à cinquante gentilshommes pour se transformer en gardes et escorter Condé au Louvre la nuit même où notre aventurier conduisit le prince jusque dans le cabinet du roi !

- Au moins, pensa Capestang, ils auront servi à quelque chose ! Messieurs, ajouta-t-il, vous avez oublié d'emporter vos costumes de tréteaux.

En voici ! Habillons-nous, messieurs, car voici le public qui s'impatiente !

En quelques minutes, Turlupin, Gautier-Garguille et Gros-Guillaume furent transformés en gardes suisses. Cogolin, ahuri, n'y comprenant rien, achevait de s'habiller. Et Capestang lui-même avait revêtu un costume d'officier qui lui seyait d'ailleurs à merveille. Chacun des quatre suisses improvisés jeta une arquebuse sur son épaule gauche et saisit une hallebarde dans la main droite. Puis, Capestang ayant soigneusement refermé la porte du caveau, tous les cinq remontèrent. Sur un signe de son maître, Cogolin ouvrit la porte de la pièce où le duc de Guise était prisonnier.

- Enfin, bredouilla Cogolin hagard, je vais donc contempler la fortune !

Guise apparut. Il était livide. Ce que durent être les effroyables pensées de cet homme qui voyait s'écrouler soudainement son rêve de royauté, dont tout l'orgueil, toute la puissance tenaient maintenant entre ces quatre arquebuses, ce que dut être le drame de cette déchéance, Capestang le comprit au regard mortel que lui jeta le duc.

Guise ne parut pas s'étonner de voir le chevalier du roi en costume de lieutenant des gardes. Sans faire d'observation, avec une sorte de bonne volonté farouche, il se plaça de lui-même entre les quatre suisses, et on se mit en route !

- Pourvu qu'il n'y ait pas mort d'homme au dernier acte ! songeait Turlupin en frissonnant.

- Quelle diable de farce est-ce là ? songeait Gros-Guillaume tout effaré.

- Messieurs de Bourgogne n'ont qu'à se bien tenir ! songeait Gautier-Garguille un peu pâle.

- Et les sacs pleins d'or ? songeait Cogolin, vacillant de stupeur.

- Ô Giselle ! regarde le pauvre Capitan jouer le rôle du roi ! songeait Capestang ébloui, transporté, marchant et vivant comme en un songe prestigieux.

Ils allaient ainsi par les rues noires, fantastique patrouille de comédiens conduite par un aventurier et escortant celui qui, le lendemain, devait dicter la loi au roi de France, le prendre, tout faible et petit, et, d'un revers de sa main puissante, le jeter à bas du trône ! Une masse sombre, tout à coup, barra le ciel. Une voix dans la nuit, hurla :

- Qui vive !

Capestang fut secoué d'un tressaillement terrible. Il lui sembla que violemment, du ciel, il était ramené à la terre. Il essuya la sueur qui ruisselait sur son front et, levant les yeux, s'aperçut qu'il était devant la Bastille.

- Qui vive ! répéta la voix.

- Chevalier du roi ! répondit Capestang d'un accent qui eut d'étranges vibrations.

Il se fit derrière le pont-levis un bruit d'allées et venues.

Puis une autre voix, celle d'un officier, s'éleva :

- Qui escortez-vous ?

- Prisonnier du roi ! répondit Capestang.

Guise gronda une imprécation, se raidit un instant, puis tout s'affaissa en lui. Des chaînes grincèrent. Le pont commença à s'abattre et bientôt prit sa position horizontale.

- Allons, monseigneur, murmura Capestang à l'oreille de Guise. Songez que ce soir vous valez peut-être un million, mais que demain vous en vaudrez dix ! Faites votre paix avec le roi et laissez Louis XIII régner tranquillement.

L'instant d'après, ils étaient dans la Bastille !

On les fit entrer dans une salle basse, où avaient lieu, généralement, les formalités d'entrée ou de sortie des prisonniers. Alors, l'officier qui commandait la grande porte eut la curiosité de voir quel était ce prisonnier d'État qu'on amenait si mystérieusement, en pleine nuit, après cette soirée d'émeutes. Il leva un falot sur le prisonnier... L'officier recula. Il se tourna tout pâle vers Capestang et murmura :

- Oh ! je comprends ! C'est sublime ce que le roi fait cette nuit !

Et, tout empressé, il courut lui-même chercher le gouverneur. Les trois comédiens et Cogolin étaient restés dehors, dans une cour étroite, glaciale, et frissonnaient appuyés sur leurs hallebardes. Il n'y avait dans la salle que Capestang rêveur, Guise sombre, et trois geôliers qui masquaient la porte. Bientôt, M. de La Neuville apparut, effaré, tremblant, jeta des yeux hagards sur le duc, s'inclina profondément devant lui sans savoir ce qu'il faisait, puis courant à l'aventurier :

- C'est terrible ce que Sa Majesté fait là cette nuit ! murmura-t-il à voix basse.

Capestang esquissa un geste qui signifiait : Cela ne me regarde pas !

- Où l'avez-vous arrêté, monsieur ? reprit La Neuville.

- Dans la rue, fit Capestang d'un ton bref.

- Quoi ! Avec trois suisses, seulement !

- Fallait-il donc mobiliser une compagnie pour exécuter un ordre aussi simple ?

La Neuville frémit de terreur et d'admiration, et dit :

- Vous avez l'ordre, n'est-ce pas ?

- Le voici ! dit Capestang qui tira de son justaucorps un parchemin plié en quatre.

Cette minute fut une des plus terribles qu'eût connues l'aventurier, qui en connaissait pourtant de si émouvantes déjà. Quiconque eût pu lire dans sa pensée eût été frappé d'admiration pour le calme et l'indifférence de son attitude, tandis que le gouverneur lisait l'ordre.

Cet ordre, en effet, ce parchemin, c'était celui que le roi avait écrit de sa main sous la dictée de Richelieu. C'était l'ordre qui délivrait Laffemas et emprisonnait Cinq-Mars ! C'était le parchemin que le chevalier avait pris sur Chémant la nuit où il avait délivré l'amant de Marion Delorme.

Du temps était écoulé depuis. Que le roi eût révoqué cet ordre, que La Neuville eût été prévenu, et c'était lui, Capestang, qui était arrêté séance tenante et jeté dans une de ces sombres geôles dont il avait en frémissant examiné les épais barreaux de fenêtres.

Le cœur de l'aventurier sautait dans sa poitrine. Une affreuse angoisse s'emparait de lui.

- L'écriture du roi ! avait murmuré La Neuville.

Et il lut lentement. Il relut une deuxième fois, comme pour s'assurer qu'il avait bien compris...

- M. de La Neuville, murmurait-il, remettra au porteur des présentes le prisonnier qui lui sera indiqué. M. de La Neuville recevra des mains du porteur des présentes... bon... bon... Eh bien ! au fond, cela me va ! À la bonne heure, le roi se montre !

Il appela un officier et lui dit quelques mots à l'oreille ; puis, se découvrant et s'inclinant devant Guise :

- Monseigneur, excusez-moi, je vous prie : veuillez suivre ces hommes.

Capestang respira et s'essuya le front. Huit hommes armés, déjà, se montraient à la porte. Déjà Guise disparaissait au milieu d'eux, puis leur troupe s'éloigna et Capestang, n'y tenant plus, s'élança dans la cour pour respirer à l'aise.

- Et l'inscription au registre ? demanda au gouverneur le geôlier en chef présent à l'opération.

- Taisez-vous, monsieur ! Pas d'inscription ! Et si vous tenez à votre tête, pas un mot ! Si vous avez reconnu le prisonnier, je vous engage à l'oublier.

- Je ne le connais pas, bégaya le geôlier en blêmissant.

- Bien.

Allez. Le secret absolu, vous entendez ?

Et La Neuville, sortant à son tour, rejoignit Capestang.

- L'ordre, dit-il, parle de secret, mais ne m'indique pas comment je dois traiter le prisonnier, je m'en informerai demain au Louvre.

- C'est cela ! Informez-vous-en demain, vous ferez bien, fit Capestang de sa voix insoucieuse. Mais, en attendant, si vous voulez un bon conseil, traitez-le comme un prince du sang.

- C'est mon avis, fit le gouverneur. Mais, monsieur, le parchemin royal contient une autre prescription. Je dois vous livrer un prisonnier dont je ne sais pas le nom.

- Nom que j'ignore également et que je dois ignorer ! dit vivement Capestang.

- Alors ? Comment puis-je ?...

- Le roi m'a dit simplement : « Vous m'amènerez le prisonnier qui est détenu au numéro 14 de la tour du Trésor. » Est-ce que cela vous suffit ?

- Oh ! fit La Neuville en se frappant le front, je comprends !

- Qu'est-ce que vous comprenez ? dit Capestang inquiet.

- Que le roi veut opposer... mais ceci est de la haute politique, jeune homme, reprit le gouverneur en se redressant. Demeurez ici. Je vais vous faire amener le numéro 14. Mais je vous engage à bien veiller sur lui.

- Soyez tranquille.

- Voulez-vous que je vous donne une douzaine de mes hommes ?

- Non pas, corbacque ! Mes quatre suisses me suffisent.

Et le roi veut que tout cela soit fait en douceur.

La Neuville s'inclina, s'éloigna de quelques pas, puis, revenant :

- Êtes-vous donc d'une nouvelle promotion ? Excusez-moi, monsieur, mais je n'ai pas eu l'honneur de remarquer votre visage parmi les officiers du Louvre.

- Je suis en effet d'une promotion qui vient d'être faite, répondit Capestang. J'ai été nommé chevalier du roi.

- Mes compliments, monsieur... monsieur ?...

- M. Adhémar de Trémazenc de Capestang ! fit l'aventurier, comme s'il eût dit : « Charles, prince de Joinville et duc de Guise », ou « Henri de Bourbon, prince de Condé ».

Dix minutes plus tard, La Neuville et un officier, après avoir fait éloigner gardes ou geôliers, revenaient dans la petite cour, escortant le prisonnier du numéro 14 de la tour du Trésor. Le mystérieux prisonnier était placé entre les quatre gardes suisses, c'est-à-dire entre Cogolin, Turlupin, Gros-Guillaume et Gautier-Garguille et la petite troupe franchissait le pont-levis qui aussitôt se relevait.

- Halte ! dit Capestang au moment où, ayant franchi un détour de la rue Saint-Antoine, ils perdaient de vue la sombre forteresse où le duc de Guise pleurait maintenant sur sa royauté brisée.

Il s'approcha du prisonnier en écartant Cogolin et Gros-Guillaume. Les ténèbres étaient profondes. Ce prisonnier, il le distinguait à peine et, quant à son visage, il ne le voyait pas du tout. À ce moment, le mystérieux détenu numéro 14 lui mit la main sur l'épaule, éclata d'un rire étrange et dit :

- Monsieur l'officier, savez-vous à quoi je m'occupais lorsqu'on est venu me chercher afin que vous me conduisiez au roi qui veut me voir, paraît-il ?...

- Non, monseigneur, dit Capestang, que cette voix de sombre amertume fit frissonner.

- Eh bien ! je m'occupais à affûter ce morceau de fer !

Et Capestang entrevit, en effet, quelque chose qui, aux mains du prisonnier, jeta une rapide lueur.

- Et savez-vous à quoi je destinais ce fer que j'ai achevé d'aiguiser en poignard par un long travail ?

- Non, monseigneur ! dit Capestang qui sentit ses cheveux se hérisser.

- J'allais me tuer.

- Vous tuer !

- Oui ! Monsieur l'officier, êtes-vous gentilhomme ? Êtes-vous homme d'honneur ? Avez-vous un cœur qui bat sous votre casaque ? Je vous prie, je vous supplie ! Vous devez savoir ce que me veut le roi ! Dois-je être ramené à la Bastille ? ajouta le prisonnier avec une exaltation terrible. Oh ! vous ne me dites rien ! Eh bien ! allez dire à votre roi que vous ne pouvez lui présenter qu'un cadavre !

Le prisonnier, d'un mouvement violent, leva sur sa poitrine le fer qu'il tenait à la main. Capestang, d'un geste prompt, saisit son poignet au vol et, d'une voix sourde :

- Monseigneur, vous êtes libre.

Un cri terrible, un hurlement échappa au prisonnier. Un instant, il saisit sa tête à deux mains, puis râla :

- Vous êtes fou, monsieur. Que dites-vous ?

- Éloignez-vous, vous autres ! cria Capestang.

Les quatre compagnons s'écartèrent d'une vingtaine de pas et Capestang lui-même recula de trois pas.

- Libre ! rugit le prisonnier en aspirant l'air avec frénésie. Libre ! Est-ce vrai ? Est-ce que je rêve ?

- Adieu, monseigneur ! dit Capestang avec une sorte de douceur étrange. Vous êtes libre ! Un mot, un seul : n'abusez pas de cette liberté ! Faites grâce à la jeunesse, à l'inexpérience et à la tristesse de notre roi Louis. Le chevalier de Capestang peut bien se permettre de donner ce conseil, non à votre ambition, mais à votre cœur ! Adieu !

Et Capestang s'éloigna rapidement, laissant le prisonnier délivré au milieu de la rue.

- Ce pauvre Condé ! grommela-t-il. La misère qu'il a endurée au numéro 14 l'a bien affaibli ! Allons, vous autres, en route pour le Borgne qui... régale ! Car, sans être borgne, je prétends vous régaler d'un souper royal pour fêter le triomphe de la pièce que nous venons d'avoir l'honneur de représenter !...

Turlupin saisit la main de Capestang et lui dit :

- Vous êtes sublime !...

- Bah ! fit l'aventurier, je vous ai dit que je jouais à la perfection les rôles de Capitan !

- Que le diable m'étripe si je comprends quelque chose à cette pièce ! grogna Gros-Guillaume.

- Oh ! songeait Cogolin, voici maintenant M. le chevalier qui enferme, délivre, entre à la Bastille, ou en sort comme il veut. Mais c'est un moyen de faire fortune, cela ! À seulement mille écus par prisonnier délivré, dans un mois nous serions trop riches !

Et, effarés, stupéfaits, se demandant si tout ceci n'était qu'un rêve, les trois suisses ne commencèrent à retrouver leurs esprits que lorsqu'ils se virent en présence d'une table chargée de merveilleuses victuailles.

- À l'auteur de la pièce ! s'écria Turlupin en remplissant son premier verre.

....

Le prisonnier délivré... Le prisonnier qui avait remplacé Condé au numéro 14 de la tour du Trésor la nuit où on s'était aperçu que M. le prince communiquait avec le dehors au moyen de billets qu'il envoyait de sa fenêtre... le prisonnier, donc, était demeuré cinq minutes sur place, les jambes brisées, la tête prise de vertige, avec un seul mot sur les lèvres, ou plutôt une seule pensée dans l'esprit :

- Libre !... Libre !... Libre dans la vie, au moment où j'allais chercher la liberté dans la mort !...

Peu à peu, il sentit les forces lui revenir ; le sang qui lui battait les tempes se remit à circuler avec moins de violence. Alors, il regarda autour de lui, et vit que son libérateur avait disparu. Alors, avec ce rugissement jailli des entrailles, que connaissent seuls ceux qu'un prodige vient de sauver de la mort, avec ces mouvements de folie qu'on a dans la minute qui suit la catastrophe à laquelle on vient d'échapper par miracle, il se rua vers la rue des Barrés, tout proche, en râlant :

- Ma fille, d'abord ! Je vais revoir ma fille !... Ma Giselle !... Mon enfant adorée !...

Et le prisonnier du numéro 14, Charles d'Angoulême, qui n'avait pas pleuré devant la mort libératrice, Charles d'Angoulême qui, en cette seconde, oubliait tout au monde, jusqu'au nom de celui qui l'avait délivré, le duc d'Angoulême, disons-nous, éclata en sanglots au moment où il atteignit la porte de cette maison où il comptait retrouver sa fille Giselle !...

LVI - Le lendemain

De cette journée du lendemain, dont nous avons à raconter les dramatiques péripéties, nous devons commencer par la fin et relater tout d'abord un incident qui se passa dans la soirée, à l'auberge de la Bonne Encontre.

Cette journée, Capestang l'avait passée dehors, pour voir l'attitude de Paris. Le soir il était entré fatigué, assez sombre, et ruminant des pensées qu'il s'efforçait vainement d'écarter. Une sorte de pressentiment s'était affermi en lui : il lui avait semblé que ce jour où il sauvait en somme le roi et la royauté allait lui apporter quelque éclatante récompense sur le rayonnement de laquelle il avait vu se dessiner le profil fier et doux de Giselle. Notre aventurier, vers huit heures du soir, était rentré en son auberge, mal content de lui-même, du roi, de Condé, de Giselle, de tout, de tous, ce qui prouvait qu'il ne savait à qui s'en prendre de sa déconvenue.

Capestang, donc, se jeta tout habillé sur son lit et, la nuque sur les deux bras croisés en arrière, les yeux attentifs à suivre le travail d'une araignée qui tissait sa toile entre deux solives du plafond se plongea dans des réflexions plus ou moins nébuleuses. Cela dura une heure. C'était beaucoup pour lui. Au bout de cette heure, il sauta sur ses pieds.

- Bah ! fit-il rageusement, ce sera l'affaire d'un flacon de bon saumur. Cogolin ! Holà ! Cogolin ! Holà ! monsieur le drôle ! Il est neuf heures, et je n'ai pas encore soupé !

Cogolin apparut, dressa la table sans mot dire, contre son ordinaire ; puis il s'en fut quérir le souper de son maître ; Capestang, impressionné par ce silence, se mit à manger en maugréant force jurons qui, quoi qu'il en eût, ne lui coûtaient pas un coup de dents.

- Ah çà ! s'écria-t-il, lorsqu'il eut terminé, que signifient ces airs de mélancolie ? Çà ! qu'on se mette à rire, faquin, ou c'est moi qui vais te faire pleurer.

Cogolin fit aussitôt entendre un éclat de rire semblable au grincement d'une girouette.

- Tu tairas-tu, maraud ! fulmina Capestang.

- Mais monsieur le chevalier m'a ordonné de rire, bien que j'aie envie de pleurer. Alors, je ris.

Et, du bout des dents, Cogolin recommença à grincer ce qu'il appelait un éclat de rire.

- Voyons, tu me romps la tête avec ton rire, et tu me fends le cœur avec tes larmes. Pourquoi pleures-tu, Cogolin ? Dis-moi cela. Ta maîtresse t'aurait-elle trahi ? Tes cheveux menaceraient-ils de repousser ?

- Monsieur, je vous en prie, appelez-moi Laguigne ! Cogolin n'est plus ! Pour vous dire la vérité, j'avais espéré que vous ne souperiez pas ce soir !

- Et pourquoi aurais-je fait abstinence ? fit Capestang.

- Parce que cela eût sauvé notre dernier écu, monsieur !

- Diable ! Dis-tu vrai ?

- Vous avez hier vidé le fond de la bourse pour jouer cette pièce à laquelle je n'ai rien compris.

Le souper que vous avez offert à la noble compagnie du sieur Turlupin a coûté onze pistoles à lui tout seul. Bref, vous êtes ruiné. Ah ! monsieur, il est temps de faire fortune !

- J'y vais songer, dit Capestang le plus naturellement du monde. J'y vais songer en dormant. Penses-y de ton côté.

Vingt minutes plus tard, Capestang dormait de tout son cœur. Mais si Capestang dormait avec conviction, il n'en était pas de même de Cogolin, qui, une fois rentré dans le cabinet qu'il occupait, vida sur un coin de la cheminée le fond de la fameuse bourse et se mit à rire silencieusement, mais, cette fois, tout de bon.

- Cinq pistoles ! murmura-t-il. Les cinq dernières !... Pauvres pistoles, j'ai eu du mal à vous sauver, mais enfin vous voici saines et sauves, intactes ! Vous êtes l'espoir de Cogolin et de M. le chevalier de Trémazenc de Capestang ; car, pistoles, mes mies, vous allez vous en aller tout droit chez le sorcier du Pont-au-Change. Et que va-t-il nous donner en échange ? Le moyen infaillible de gagner au jeu !

On voit que Cogolin ne démordait pas de son idée ; il n'y a rien de plus entêté qu'un joueur. S'étant assuré, donc, que son maître dormait profondément, il serra les cinq précieuses pistoles au fond d'une de ses poches, se couvrit de son manteau, sortit de l'auberge sans donner l'éveil à personne, et, allongeant ses longues jambes, la bouche fendue par un large sourire de satisfaction, se dirigea rapidement vers la Cité. Le cœur tout battant, il entra alors sur le Pont-au-Change. Quelques instants plus tard, il s'arrêtait devant la porte du sorcier, c'est-à-dire de Lorenzo.

....

Reprenant maintenant cette journée par son commencement, nous conduirons d'abord le lecteur à l'hôtel Concini. La grande porte est fermée, solidement barricadée. Dans la cour, soixante arquebusiers sont disposés en trois pelotons de vingt hommes chacun.

Le long du grand escalier, dans les antichambres, dans toutes les pièces qui conduisent jusqu'aux appartements du maréchal, les spadassins ordinaires sont disséminés par groupes de cinq ou six, sous le commandement général de Rinaldo aidé par Louvignac, le seul lieutenant qui lui reste : Pontraille et Bazorges étaient morts dans la nuit aux abords de l'hôtel de Condé ; Montreval et Chalabre avaient été tués à l'affaire du Panier Fleuri, à Longjumeau.

Les valets eux-mêmes, dépouillant leurs somptueuses livrées pour revêtir de fortes casaques de cuir, ont été armés de pistolets et occupent différents postes stratégiques de défense.

Léonora Galigaï, dans cette immense chambre où nous avons déjà eu occasion d'entrer, est debout près d'une fenêtre, le rideau dans sa main crispée ; ses yeux sont vaguement fixés sur la rue déserte dont toutes les boutiques sont fermées ; mais cette solitude terrible de la rue, cette solitude qu'on voit aux jours de malheur ou de bataille, cette solitude, Léonora ne la voit pas : elle regarde en elle-même. Elle calcule, combine, suppute les chances de Guise. Si le duc réussit dans la tentative insensée que Paris lui impose, Concino est perdu...

Elle espère que Guise, en ce jour, peut être frappé d'une balle que l'émeute lui aura destinée, à elle ! Elle espère que Guise peut succomber tout à coup à quelque mal inconnu !

Oui, oui, Léonora espère en une intervention mystérieuse qui fera disparaître le duc fatal au bon moment ! Mais comment se produira cette intervention ?... Elle ne sait pas ! Oh ! si c'était vrai ! Si Guise disparaissait ! Ce serait le triomphe suprême pour Concino ! Elle a tout préparé. Deux cents gentilshommes achetés à prix d'or ou à force de promesses sont à elle. Dix officiers de la garde du Louvre lui obéissent. Quand elle voudra, elle soufflera sur Louis XIII, et cette faible lueur de royauté s'éteindra pour faire place à la royauté puissante de Concino. Et le regard de Léonora s'enflamme. Le rêve de Guise, c'est elle qui l'éteindra et en fera une réalité ! Le coup terrible que Guise va porter à la royauté, c'est elle qui en profitera.

Un long soupir soulève le sein de Léonora. Elle laisse tomber le rideau. Elle recule. Elle se retourne et demeure stupéfaite, un sourire aigu sur ses lèvres pâles ; quelqu'un est là ! un homme à genoux, qui, au moment où Léonora s'est retournée, s'est prosterné le front sur un tapis.

- Belphégor ! murmure Léonora.

Et ses yeux jettent un éclair. Enfin ! Enfin ! Elle va savoir ce qu'est devenue Giselle ! ce qu'est devenu Capestang ! Elle fait trois pas rapides vers le Nubien et ordonne :

- Relève-toi !

Belphégor obéit. Léonora l'examine un instant. Le Nubien a maigri. Une sombre tristesse voile son regard de fauve. Lui aussi, une seconde, lève les yeux sur sa maîtresse, puis il baisse la tête, et, d'une voix étrangement calme :

- Maîtresse, dit-il, après ce que j'ai fait, je ne serais jamais revenu ; non par peur d'être condamné par vous : la mort serait la bienvenue ! Mais j'ai vu qu'on vous menace, qu'on veut vous tuer. Alors je suis entré par la porte secrète, je suis venu ici, et puisque je dois mourir, je veux que ce soit en vous défendant...

Léonora, devant cette fidélité de chien dévoué, devant ce morne désespoir empreint sur le visage noir de Belphégor, n'a pas tressailli. Belphégor lui appartient : il est tout naturel qu'il veuille mourir pour elle. Seulement, elle s'approche encore du Nubien, lui met la main sur l'épaule et demande :

- Qu'as-tu fait de l'homme et de la jeune fille ?

- Je les ai délivrés, répond Belphégor.

Léonora, cette fois, éprouve comme une vague émotion. Cet aveu simple et terrible, alors qu'elle s'attendait à des mensonges, à des récits compliqués, la frappe d'un émoi superstitieux.

- Tu les as délivrés ! balbutia-t-elle. Et pourquoi ?

- Parce qu'une voix m'en a donné l'ordre ! répond Belphégor de ce même ton morne et indifférent.

- Une voix ! tressaille Léonora... Une voix ! reprend-elle dans sa pensée.

Est-ce la voix qui inspire Lorenzo ? Est-ce la voix des volontés supérieures avec lesquelles j'ai essayé de ruser, moi, infime créature terrestre ? Une voix, Belphégor ! Quelle est cette voix qui t'a poussé à me désobéir, à me causer peut-être un préjudice mortel, toi qui voudrais sincèrement mourir pour moi ?

- Une voix, maîtresse ! C'est tout ce que je puis dire, quand même vous me feriez mettre à la torture, quand même vous me feriez attacher à la planche de fer...

Une minute, Léonora demeure sombre et méditative. Elle est sûre que le Nubien n'a pas voulu la trahir, qu'il a été un instrument inconscient de la délivrance. Elle secoue la tête et murmure :

- Lorenzo ! Lorenzo ! Ta science est infaillible !...

À ce moment, Belphégor reprit :

- Si je ne puis vous dire quelle voix m'a ordonné de les délivrer, je puis vous dire ce que sont devenus l'homme et la jeune fille qui

332

devaient mourir...

Léonora jette un cri terrible ; elle saisit Belphégor par les deux poignets et, pâle :

- Parle ! Et je te pardonne tout ! Et je t'enrichis !

- Je n'ai pas besoin de richesses, dit Belphégor en secouant la tête. Mais je suis content que vous me pardonniez. La voix m'a ordonné de les délivrer, mais non autre chose. Et puis... et puis, ajoute-t-il avec un sanglot, si en parlant je puis me venger d'avoir été cruellement bafoué...

Non ! ne songeons plus à cela !... La jeune fille, maîtresse, vous la trouverez à l'auberge de la Pie Voleuse, à Meudon.

À ce moment, il y eut un léger bruit à la porte. Mais ce bruit, Léonora ne l'entendit pas. Son âme était suspendue aux lèvres du Nubien. Belphégor avait entendu, lui ! Il tourne la tête, avec un regard d'inquiétude, vers la porte.

- Et l'homme ! râla Léonora. Le chevalier de Capestang !...

Belphégor baisse la voix et répond :

- Il a quitté Paris, puis il est revenu ; je l'ai rencontré un jour rue des Lombards, et je l'ai suivi. Il habite rue de Vaugirard, à la Bonne Encontre.

Léonora se couvre le visage de ses mains, comme si elle était éblouie. Lorsqu'elle laisse retomber ses bras, ce visage apparaît si flamboyant que Belphégor a peur et recule. Mais d'un puissant effort, Léonora Galigaï se calme.

- C'est bien, dit-elle froidement, ce n'est pas maintenant l'heure de chercher ensemble quelle fut cette voix et à quel ordre tu as obéi, du ciel ou de l'enfer. Te voici, c'est bien. Demain, nous parlerons du passé. Demain, tu me raconteras minute par minute ce qui s'est passé dans les souterrains de l'hôtel. Aujourd'hui, on veut me tuer, tu l'as dit...

Le Nubien serre les poings et montre les dents.

- Oui, oui, je sais. Tu mourrais pour moi. Eh bien, Belphégor, arme-toi solidement d'un bon poignard.

C'est une arme terrible dans ta main. Tu viendras m'attendre à la porte de monseigneur. Toute la journée, tu me suivras, tu seras à portée de ma voix, tu seras ma main armée, où que j'aille, où que je sois. Et si d'un signe ou d'un mot, je te désigne un homme, frappe sans hésiter.

Léonora, suivie de Belphégor, se dirige rapidement vers la porte qu'elle ouvre, et elle passe dans l'antichambre. Là elle s'arrête : un homme, un nain, à l'autre bout de l'antichambre, paraît occupé à regarder attentivement un tableau.

- Lorenzo ! murmure en tressaillant Léonora.

Et un soupçon rapide comme ces éclairs qui déchirent la nuit, zèbre son cerveau de ténèbres. Ce n'est pas que la présence de Lorenzo soit étonnante ! Souvent, bien souvent, il vient à l'hôtel d'Ancre. D'ailleurs, Lorenzo s'est retourné. Il a vu Léonora et il vient à elle, il s'incline :

- Madame, dit-il, j'ai pensé qu'en un pareil jour de malheur, mes faibles avis pourraient ne pas vous être inutiles, et je suis accouru.

Un instant, le nain lève la tête vers la maréchale. Et un tressaillement agite encore Léonora : jamais elle n'a vu Lorenzo aussi pâle !... Pourquoi cette pâleur ?

- Merci, mon bon Lorenzo, dit-elle. J'étais sûre de te voir aujourd'hui. Tu ne me quitteras pas. Je vais me rendre au Louvre où je prétends faire mon service près de la reine comme si rien ne nous menaçait. Tu y viendras avec moi.

Lorenzo réprime un mouvement de contrariété ; mais il s'incline et murmure :

- Toute la journée et les jours suivants, je suis tout à la disposition de Votre Seigneurie.

- Bien ! Ton dévouement te sera compté, Lorenzo ! dit Léonora en jetant un regard avide sur le nain ; mais le visage de Lorenzo a repris toute son impassibilité.

Alors Léonora se penche à l'oreille de Belphégor, qu'elle entraîne à quelques pas, et lui glisse cet ordre :

- Si le nain veut te quitter, ne fût-ce qu'un instant, poignarde-le ! Et elle sort en disant : Attendez-moi tous deux à la porte du maréchal.

....

Au bruit de sa porte qui s'ouvre, le maréchal d'Ancre a tressailli violemment et sursaute dans le fauteuil où il est assis, songeant que cette journée est peut-être la dernière de sa vie, que peut-être il va mourir ! Mourir... Et lui qui a peur de la mort, lui qui tremble, lui qui a passé les jours à parer les coups de poignard, lui dont les nuits sont hantées par le spectre de l'assassinat, eh bien, cette fois, il y a quelque chose qui lui paraît plus affreux que la mort ! C'est de mourir sans s'être vengé de Capestang ! Sans avoir revu Giselle !...

Ces deux passions - haine et amour - ont ravagé cet être. Il ne conçoit plus la vie sans cette Giselle dont le souvenir lui brûle le sang. Et quant au Capitan qui a fait l'un après l'autre avorter ses projets, ah ! comme il mourrait volontiers s'il avait la joie de tomber sur le cadavre de cet homme ! Telles sont les pensées que Concini roule dans son esprit au moment où entre Léonora.

- Quoi ! Qu'y a-t-il ! Qui est là ! hurle-t-il en se levant et en portant la main à son poignard. Ah ! reprend-il, rassuré, c'est vous, Léonora !

- Oui, mon Concino, dit-elle d'une voix de profonde tendresse, il n'y a rien à redouter. Allons, de quoi as-tu peur ? Ne suis-je pas là, moi !

Concini, longuement, contemple d'un regard de haine, cette femme qui est pour lui le dévouement poussé jusqu'à sa logique la plus implacable. À cette attitude d'amour, de protestation, de fidélité, il répond par une attitude de mépris.

- Oui, tu es là, gronde Concini, comme le mauvais ange de ma vie ! Que viens-tu m'annoncer aujourd'hui ? Que viens-tu en un tel moment ? Toutes les fois qu'une catastrophe s'est abattue sur l'ambition de mon esprit ou l'ambition de mon cœur, j'ai vu tes ailes noires s'éployer sur moi, j'ai senti ton souffle glacé passer sur mon front, et toujours, en même temps que toi, le malheur entrait ici. Pourquoi viens-tu ? Pourquoi n'obéis-tu pas à nos conventions ? Il était entendu que nous ne devions plus nous voir qu'en public. Laisse-moi au moins souffrir à mon aise.

Il repoussa violemment le fauteuil et se mit à marcher à grands pas. Léonora, lucide jusque dans la torture, songeait :

- Il pense à Giselle ! Et il n'ose prononcer son nom !...

Concini revint sur elle en faisant un effort pour se calmer :

- Que me voulez-vous ? fit-il d'un ton bref.

- Concino, répondit Léonora d'une voix admirable de calme et d'autorité, Concino, il faut aller au Louvre !

Il haussa les épaules et ricana :

- Bon conseil ! Excellent ! Sublime ! Traverser cette fournaise ! Mais vous n'entendez donc pas le hurlement de l'émeute déchaînée contre moi !

- Non, Concino, ni contre toi, ni contre le roi, ni au fond contre personne. L'émeute est pour quelqu'un. Et ce quelqu'un, c'est le duc de Guise. Concino, Guise doit aller au Louvre imposer ses volontés au roi. Concino, il ne faut pas que Guise sorte vivant de ce Louvre, s'il a vraiment l'audace d'y entrer...

- Eh ! rugit Concini, il y viendra avec mille gentilshommes !

- Tu te trompes. La moitié au moins des gentilshommes sur lesquels il compte t'aidera à le tuer !

Concini considéra Léonora avec stupeur.

- Ils sont à moi ! fit-elle simplement.

Un instant, l'admiration l'emporta en lui sur la haine. Mais secouant la tête, furieusement :

- Soit ! Admettons même que toute la noblesse soit pour nous aujourd'hui, quitte à nous massacrer demain. Que seront cinq cents ou mille gentilshommes aujourd'hui ? Ne vois-tu pas que c'est Paris tout entier qui va marcher au Louvre avec Guise ? Ne vois-tu pas que c'est trois cent mille Parisiens qu'il aurait fallu acheter ! Non, Léonora ! On n'achète pas la tempête ni le peuple déchaîné.

Écoute ces grondements et tu verras que cela ressemble fort à une tempête qui passe dans le ciel !...

- C'est vrai, dit Léonora d'une voix qui fit frissonner Concini, mais si la foudre vient à jaillir de cette tempête, crois-moi, Concino, elle t'atteindra plus sûrement ici que là-bas. Au Louvre, Concino, au Louvre ! Tu n'as ici, pour t'abriter, que des murs et quelques arquebuses. Au Louvre, tu seras dans l'ombre du trône !

Concini demeura rêveur un instant. Le dernier argument de Léonora triomphait de sa résistance.

- Eh bien ! dit-il sourdement, allons au Louvre ; je vais donner des ordres à Rinaldo pour nous préparer une escorte autour de notre carrosse.

Léonora dit non de la tête.

- Non ? fit Concini qui, une fois de plus, subissait l'ascendant de cet esprit mâle.

- Une escorte, si considérable qu'elle fût, serait dissipée comme une jonchée de feuilles au vent d'orage. Notre carrosse serait broyé. Nous irons à pied. Nous irons seuls. Rinaldo nous rejoindra ensuite là-bas avec une douzaine d'hommes sûrs pour parer à tout événement ; ne t'inquiète de rien, je l'ai prévu. Allons, Concino, du courage !... Courage, ajouta-t-elle d'une voix qui, malgré ses efforts, s'altéra soudain, courage et confiance en celle qui te donne sa vie heure par heure, jusqu'à son dernier battement de cœur...

Et, saisissant Concino par la main, elle l'entraîna.

* * *

Au Louvre, dès l'arrivée de M. le maréchal d'Ancre, il y eut un conseil auquel assistèrent la reine mère, l'évêque de Luçon, Vitry, capitaine des gardes, et Ornano. L'audacieuse visite du duc de Guise était annoncée pour midi. Il s'agissait de savoir ce qu'on répondrait, ce qu'on ferait. Vitry proposa d'empêcher le duc d'entrer dans le palais et de le repousser à main armée s'il persistait à obtenir une audience qui lui serait refusée. Concini proposa d'envoyer un ambassadeur à l'hôtel de Guise et de lui demander ses conditions pour une paix honorable. Ornano proposa de laisser entrer le duc et une fois qu'il serait dans le Louvre de lui faire ce qu'on avait fait au Balafré, son père, dans le château de Blois. Le vieux soldat exposa que la situation était identique et qu'il fallait donner la parole aux épées. Le jeune roi, un peu pâle, mais très ferme, écouta tous les avis sans approuver ni désapprouver.

- Et vous, monsieur l'évêque, que conseillez-vous ? dit-il.

- Sire, dit Richelieu de cet accent d'autorité que déjà il s'habituait à prendre, Votre Majesté ne peut sortir du Louvre : c'est là une abdication. Le jour des Barricades, Henri III eût dû rester dans le palais des rois. Un roi qui quitte son trône est un roi déchu.

Louis XIII, d'un mouvement nerveux de la tête, approuva. Puis il murmura :

- On me tuera peut-être. Mais c'est sur mon trône que les assassins devront venir me chercher.

- Nous ne pouvons pas non plus, continua Richelieu, empêcher M. de Guise d'entrer au Louvre. S'il a l'audace de se présenter dans les conditions que l'on dit et auxquelles je ne puis croire encore, il aura derrière lui cent mille Parisiens. Je connais ce peuple, sire ; d'un coup de griffe, il renversera les barrières du Louvre... et Guise entrera en vainqueur au lieu d'entrer en sujet, voilà tout. Nous ne pouvons pas non plus, comme le propose M. le maréchal d'Ancre, envoyer une ambassade à l'hôtel de Guise ; ce serait un aveu d'impuissance et de crainte. Votre Majesté tient l'étendard de la monarchie. Elle ne doit l'incliner devant une faction de rebelles promis à l'échafaud.

- Saëtta [Invocation à la foudre. Juron corse.] ! murmura Ornano, il va bien le frocard !

Louis XIII avait redressé fièrement sa jeune tête, et, appuyant sa main fine sur la table :

- On tranchera cette main avant que je n'incline devant les Guise le fanion que je tiens de mon père !

- Sire, reprit Richelieu, Votre Majesté décidera. Moi, je laisserais entrer le duc, mais non pour le poignarder, ainsi que le demande M. d'Ornano. Le Balafré a été tué à Blois, c'est vrai ! Mais Jacques Clément a ramassé dans le sang l'épée qui a tué Guise et il s'en est fait un couteau pour tuer Henri III. Car le sang appelle le sang. Je laisserais donc entrer le fils du Balafré. J'écouterais l'exposé de ses demandes, et je lui répondrais que je vais réunir les États pour les examiner. Votre Majesté peut être certaine que l'annonce d'une pareille assemblée suffira pour calmer les bourgeois de Paris, qui sont aujourd'hui la principale force de M. de Guise.

Quant à la noblesse...

Richelieu compléta sa pensée par un geste tranchant comme la hache. Cette idée d'une réunion des États fit tressaillir de joie tous les assistants.

- Nous sommes sauvés ! s'écria Marie de Médicis en battant des mains.

Vitry, Ornano et même Concini déclarèrent que cette pensée de profonde politique sauvait en effet le roi et le trône. Louis XIII, d'un signe de tête très bref, approuva. La séance fut alors levée, et on attendit l'arrivée de Guise. Ornano et Vitry allèrent reprendre leur poste à la tête de leurs hommes.

Au moment où Richelieu avait achevé de parler, une tenture de la salle du conseil avait frémi - et une femme qui, placée derrière cette tenture, avait tout écouté, tout entendu, cette femme se recula, s'enfonça dans un couloir. Cette femme, c'était Léonora Galigaï. Et Léonora Galigaï grondait :

- Demain, ce prêtre sera le maître du royaume. Il est temps d'agir, oh ! il est temps !

Quant au jeune roi, une fois cette décision prise, il passa dans une antichambre, mais se dirigeant vers une vaste salle d'où l'on avait vue sur la place du Louvre :

- Ah ! murmura-t-il, tous ces avis, ce sont des conseils de ministres, de soldats, de prêtres - mais pas un de ces hommes n'a trouvé la solution hardie qui convenait au roi.

Pas un ne m'a dit : « Sire, vous êtes le maître ! Et M. de Guise est un rebelle ! Donnez-m'en l'ordre, et je saisis le Guise ! Je le jette à la Bastille où il attendra que le roi ordonne d'instruire son procès ! » Oh ! continua Louis XIII, il y avait dans le monde un homme assez aventureux, assez brave pour tenter un pareil coup d'audace... et je l'ai écarté de moi !

Ses hallebardiers lui rendaient les honneurs en renversant vers le sol la pointe de leurs armes. Il porta à son chapeau le pommeau de sa cravache. À ce moment, il vit Luynes qui accourait et son visage s'illumina d'un sourire.

- Pends-toi ! fit-il en imitant l'accent gascon d'Henri IV. Pends-toi, brave Luynes. Nous avons tenu conseil, et tu n'y étais pas !

- C'est vrai, sire, mais j'y serai par la morbleu, quand tout à l'heure il faudra daguer la bête !

- Tu crois donc qu'il y aura bataille, mon brave Luynes ?

- Regardez, sire !

Louis XIII, de son pas nonchalant, s'approcha d'une large fenêtre. Et ce qu'il vit le fit tressaillir. Il se redressa. Une flamme brilla dans ses yeux. D'un geste instinctif, il porta la main à son épée, et d'une voix ardente :

- Bataille, soit ! Ce sera ici ma bataille d'Arques, à moi !

Une bouffée de pensées chevaleresques montait à son cerveau. Un grand frémissement l'agita. Il se retourna et d'un regard embrassa l'immense salle du trône où il venait d'entrer, solennelle, grandiose, évocatrice de gloire et de magnificence, avec ses grands portraits en pied, héroïque vision de chefs illustres dont les regards étincelaient au fond des lourds cadres d'or, les sièges dorés disposés pour recevoir la première gentilhommerie du monde, et, au fond de la salle, sous un dais de velours bleu parsemé de fleurs de lis, sur son estrade élevée de six marches, le trône d'or massif, le siège symbolique sur lequel, seul, il avait le droit de s'asseoir !...

Et, dans ce regard éperdu d'une seconde, il vit qu'il y avait dans la salle du trône deux cents gentilshommes haletants, la main à la garde de l'épée, il vit Luynes qui l'encourageait, il vit Concini, il vit ses gardes, ses officiers, il vit la reine Anne qui s'avançait radieuse de beauté, calme, grave, rayonnante en la fleur de sa jeunesse. Il vit les dames d'atours qui l'escortaient, tout cet ensemble prestigieux l'enfiévra, toute cette mise en scène fastueuse, guerrière, élégante et terrible déchaîna en lui l'orgueil du commandement. Il se sentit roi, et, d'une voix éclatante, cria :

- Monsieur, nous vaincrons, ou nous mourrons ici !

- Vive le roi ! - Vive le roi ! - Vive le roi !

Une énorme acclamation montait, délirante, se déchaînait en

tempête et répondait à la tempête qui grondait au-dehors, sur la place. Et vers cette place, Louis XIII, le petit roi, allait se retourner tout fier quand à ce moment, plus loin que ses gentilshommes et que ses officiers, plus loin que la reine et les dames d'honneur, plus loin que les gardes, dans un encadrement de porte, ses yeux tombèrent sur une figure livide qui dardait vers lui un regard mortel.

Cette figure souriait. Et ce sourire fit passer sur l'échine du petit roi le frisson avant-coureur des épouvantes. Et tout bas, il murmura :

- Léonora Galigaï !...

Et, tout à coup, l'horreur pénétra en lui violemment ; tandis qu'il considérait Léonora, une voix murmura :

- Celle qui a enivré votre cheval ! Celle qui a tenté de vous empoisonner ! Celle qui veut vous tuer avec l'aide de son mari Concini ! Prenez garde, sire ! prenez garde à cette femme ! Car il y a en elle plus de menace qu'il n'y en a dans toute cette foule énorme !... Sire, faites fouiller chez Léonora et vous aurez la preuve !...

Le jeune roi se sentit devenir livide. Cette voix ! D'où venait-elle ! Cette voix qui jetait en lui le germe des terreurs que la mort seule apaise, semblait venir d'en bas ! À ses pieds ? Oui, à ses pieds ! Il regarda à ses pieds, et vit une sorte d'avorton, un nain qui se glissait, s'éloignait, et déjà disparaissait sans qu'il pût songer à autre chose qu'à cette parole effroyable :

- Léonora Galigaï ! Celle qui a tenté de vous tuer ! Qui veut vous tuer, avec l'aide de Concini !...

Lorsque Louis XIII revint au sens de la situation, lorsqu'il voulut donner l'ordre de lui ramener ce nain, l'avorton n'était plus là ! La reine, les dames, les officiers, les gentilshommes, les gardes s'étaient rapprochés, l'entouraient, et la clameur de glorification battait des ailes aux quatre coins de l'immense salle du trône !

- Vive le roi ! Vive le roi ! Vive le roi !

Ce qu'avait vu Louis XIII, ce que lui avait montré Luynes d'un grand geste, ce qui avait surexcité en lui les idées guerrières et éveillé l'instinct de domination qui est au cœur des rois ce que l'instinct de liberté est au cœur du peuple, c'était cette foule épaisse, profonde, qui se heurtait aux compagnies d'Ornano, ces bannières que le vent faisait claquer, ces vastes tourbillons d'où montait la voix furieuse de l'émeute, ces multitudes de visages pâles, ces éclairs de regards menaçants, ces milliers de poings tendus vers le Louvre. Et que disait l'énorme hurlement populaire ?

- Vive le libérateur du peuple ! - Vive Guise !

Il était midi. Le duc de Guise allait sans doute apparaître. Il eût dû être là déjà, puisque midi était l'heure où il devait faire son entrée au Louvre. Ornano l'attendait dehors. Vitry l'attendait dans la cour. Le roi l'attendait dans la salle du trône. Le peuple l'attendait et l'appelait sur la place. Et peu à peu, les clameurs se faisaient plus violentes ; des mouvements lents de balancements en avant et en arrière, des flux et reflux se produisaient plus larges, plus menaçants. La colère se déchaînait, sans qu'on sût pourquoi...

- Messieurs, voici le moment de vaincre ou de mourir !

Et dans ce moment même se produisit un de ces étranges phénomènes qui font que la foule demeure la plus mystérieuse, la plus incompréhensible des chimères. Soudain, sans qu'on sût comment et pourquoi, ce peuple qui s'élançait sur les compagnies se mit à reculer... On vit, dans cette multitude, des gens se parler, avec des gestes affolés.

Des groupes se formèrent autour d'un homme qui expliquait on ne savait quoi, puis d'un autre et, en deux minutes, ils furent cent qui expliquaient quelque chose à des groupes.

Le roi assistait avec stupeur à ce bouleversement inouï. Il voyait la masse énorme se disloquer, puis les groupes eux-mêmes s'émiettaient... des gens jetaient avec fureur leur pertuisane ou leur arquebuse et s'en allaient. La place du Louvre se vidait ; cela dura une demi-heure. À ce moment, il n'y avait plus que deux ou trois cents hommes sur la place ; bientôt ils ne furent plus que cent... que cinquante... Les derniers s'en allèrent et, au loin, on n'entendit que les rumeurs éparses dans Paris s'apaisant peu à peu.

- Dieu a fait un miracle ! dit Richelieu en levant la main au ciel.

- Vive le roi ! rugirent les gentilshommes assemblés.

Étourdi, plein de défiances et de soupçons, Louis XIII rentra dans son cabinet. Vers quatre heures, un silence lugubre, plus effrayant peut-être que les hurlements du matin, pesait sur Paris. Et alors, dans le cabinet du roi, on eut l'explication de l'étrange phénomène. On sut pourquoi Paris renonçait à l'émeute : le duc de Guise avait disparu... le duc de Guise était introuvable... Paris se croyait trahi par son idole...

Dans le Louvre, dans le cabinet du roi, autour du roi, toute étiquette abolie devant l'inconcevable événement, les questions se multipliaient, mille questions fiévreuses, mille suppositions impossibles... Le jeune roi frémissait d'épouvante, lui qui n'avait pas tremblé le matin à l'heure de la bataille.

Sombre, il songeait que c'était une ruse de guerre, que Guise était là, peut-être dans un coin de ce Louvre, qui le guettait ! D'accord peut-être avec cette Léonora Galigaï qui avait voulu l'empoisonner !

Et comme son regard tombait sur Concini, il le vit qui parlait à voix basse à Léonora. Et il les vit si affreusement pâles tous deux qu'il eut cette foudroyante intuition que ces deux êtres savaient où était Guise ! qu'ils conspiraient avec lui ! Sa main trembla. Il eut un geste comme pour donner un ordre ; à ce moment, on annonça un cavalier venu de la Bastille avec un message urgent. Le cavalier plia le genou devant Louis XIII et lui tendit une lettre.

- De qui cette dépêche ? fit le roi d'une voix altérée.

- De M. le gouverneur, sire !

Richelieu, Concini, Luynes, Ornano, Vitry, tous se rapprochèrent, tant ce message arrivant si étrangement et en un tel moment leur semblait à tous un message de malheur. Le roi se mit à lire.

Lorsqu'il eut lu, il devint très pâle. Il se leva. Il frappa ses deux mains l'une contre l'autre. Puis il se rassit. Il relut une deuxième fois. La lettre tremblait violemment dans ses mains. Il relut une troisième fois. Son visage, de pâle qu'il était, s'empourpra. Un ineffable étonnement, une sorte de prodigieuse stupeur emplit ses yeux. Puis ce visage n'exprima plus qu'une admiration sans bornes ; il baissa la tête, quelque chose comme une larme voila un instant ses yeux, et tout bas, pour lui seul, il murmura un nom que personne n'entendit.

- Sire ! Sire ! Au nom du ciel, que se passe-t-il ?

- Sire ! pardonnez à nos alarmes, mais cette dépêche qui trouble Votre Majesté...

- Sire ! Sire ! Quel effrayant événement vous dénonce La Neuville ?

Louis XIII leva son regard sur ses conseillers. Ce regard flamboyait d'une sorte d'orgueil sublime.

- Messieurs, dit-il avec un accent qui vibra jusqu'au fond des cœurs, messieurs, malgré tous les usages et toutes les étiquettes, je vais vous lire cette lettre. Car cette lettre, messieurs, mérite d'être lue par un roi. Messieurs, écoutez ce que nous mande M. de La Neuville, gouverneur de la Bastille-Saint-Antoine !...

Il se fit un silence empli de stupeur. Louis XIII se leva. Louis XIII se découvrit. Et Louis XIII, debout, le chapeau à la main, se mit à lire d'une voix haute et grave que des frissons faisaient parfois trembler... Voici ce que contenait la lettre de La Neuville :

Sire,

Daigne Votre Majesté me pardonner la liberté grande que je prends. Selon vos ordres que m'a transmis M. de Trémazenc de Capestang, chevalier du Roi, le prisonnier doit être tenu au secret le plus absolu et nul ne doit savoir même qu'il est à la Bastille. Sans quoi, sire, je me fusse adressé tout simplement soit à M. le maréchal d'Ancre, soit à M. l'évêque de Luçon, pour savoir quelle attitude je dois garder vis-à-vis de M. le duc de Guise.

Votre Majesté voudra bien convenir, j'ose l'espérer, que M. le duc de Guise n'est pas un prisonnier ordinaire.

M. de Trémazenc de Capestang, qui, par ses ordres, a arrêté M. le duc cette nuit et me l'a aussitôt amené à la Bastille, n'a pu me donner aucun renseignement sur le traitement que je dois faire subir à son prisonnier - ou plutôt au vôtre, sire !

Dans ces conditions, Sire, j'ai l'honneur de prier humblement Votre Majesté de vouloir bien me faire savoir, crainte de quelque méprise de ma part, la manière dont elle entend et ordonne que M. le duc de Guise soit traité à la Bastille.

Votre Majesté me pardonnera-t-elle si j'ose profiter de cette missive pour la féliciter hautement de cet acte de hardiesse qui porte déjà ses fruits, puisque Paris, effrayé, renonce à sa rébellion ? Permettez-moi également, sire, d'exprimer toute mon admiration pour Votre Chevalier, M. de Trémazenc de Capestang, qui a eu assez d'audace pour exécuter cette arrestation, comparable à un fait de guerre de la plus haute importance.

Daigne le Roi agréer l'hommage du dévouement, avec lequel je suis, sire, de Votre Majesté, le très humble et obéissant sujet.

LOUIS-MARIE, BARON DE LA NEUVILLE,

gouverneur royal de la Bastille-Saint-Antoine.

Luynes, Richelieu, Concini, livides tous trois, se regardèrent comme s'ils eussent vu la main mystérieuse de la fatalité tracer devant leurs yeux hagards, en lettres flamboyantes, ce nom qui résonna dans leurs pensées avec un formidable retentissement :

- LE CAPITAN !...

LVII - La rédemption de Lorenzo

Lorenzo, depuis cette nuit émouvante où il avait conduit Giselle d'Angoulême auprès de Violetta, s'était mis à la recherche de Capestang qui, le duc d'Angoulême étant à la Bastille, lui apparaissait comme le protecteur naturel de la mère et de la fille. Mais il avait en vain battu Paris pendant des jours et des jours...

Cependant, il surveillait de près Léonora Galigaï et Concini. Plusieurs fois il vint à l'hôtel d'Ancre ; à chaque visite, il acquit du moins la certitude que la retraite de Giselle à Meudon demeurait un mystère pour Léonora. À chaque visite aussi, il employa tout son art, toute sa puissance persuasive à confirmer la Galigaï dans cette idée que Concini ne pouvait, sous peine de mort, toucher à Giselle avant d'être couvert par une sorte d'immunité transcendante que la royauté seule pouvait lui conférer.

- La royauté, songeait Lorenzo, c'est-à-dire l'impossible !

Et pourtant ! Est-ce qu'il ne voyait pas Léonora travailler avec une prodigieuse activité à la réalisation de ce rêve ? Est-ce qu'il ne savait pas que déjà, elle avait acquis l'appui d'un grand nombre des anciens partisans de Condé, d'Angoulême, ou même de Guise ? Est-ce qu'elle n'avait pas des intelligences précieuses dans le Louvre même ?

Lorsque Lorenzo vit que Paris commençait à bouillonner, il eut cette vague intuition que la formidable conspiratrice chercherait sans doute à profiter du trouble profond où se débattait la monarchie.

Lorsque Lorenzo vit se lever l'aube de cette journée d'émeute où Guise devait se rendre au Louvre, où les choses allaient se décider, il résolut de s'attacher aux pas de Léonora, de surveiller chacun de ses gestes, d'écouter chacune de ses paroles, et, au moment suprême, s'il n'y avait pas moyen d'enrayer le redoutable événement, de la frapper !

Lorenzo n'hésita pas. Il assura à sa ceinture un bon poignard et, traversant les groupes menaçants qui se formaient déjà dans les rues, parvint à l'hôtel d'Ancre, y entra grâce à un mot de passe que Léonora elle-même lui avait donné, gagna l'appartement de la maréchale et obtint facilement de Marcella d'attendre dans l'antichambre. Marcella, suivante favorite et confidente de Léonora, savait en effet que Lorenzo était toujours le bienvenu à l'hôtel.

Quand il se vit seul, Lorenzo se mit à préparer dans son esprit un motif plausible pour passer toute la journée auprès de Léonora. Dans ce moment, il entendit des voix dans la chambre de la marquise d'Ancre. Il se rapprocha vivement de la porte et écouta, son oreille arrivant juste à hauteur de la serrure. Alors son visage se décomposa. Son sang se glaça. Ses cheveux se hérissèrent. Belphégor disait que Giselle se trouvait à Meudon, à l'auberge de la Pie Voleuse !

Mais il allait dire aussi où se trouvait Capestang ! Et Capestang, peut-être, sauverait Violetta et sa fille ! Ardemment, il écouta. Toute sa volonté se concentra dans son ouïe... et une imprécation désespérée gronda dans sa gorge. Cette fois, Belphégor avait parlé si bas que le nain ne put saisir un seul mot.

Il recula alors en s'essuyant le front. Avec la rapidité de l'esprit que talonne l'épouvante, il combina qu'il allait sortir, gagner Meudon, prévenir Giselle. Il s'élança. Trop tard !

- Damnation ! gronda-t-il en lui-même.

En ce moment la porte de Léonora s'ouvrait. Il sentit sur lui le regard de Léonora. S'il fuyait, elle n'aurait qu'à jeter un cri pour le faire arrêter ! Il fallait payer d'audace et gagner du temps. Lorenzo s'arrêta court, et, sans se tourner vers Léonora, employant toute son énergie à se composer un maintien d'indifférence, leva les yeux vers un tableau. Enfin, il se retourna, et alors se déroula cette scène rapide que nous avons relatée à sa place, scène tragique pour Lorenzo, qui eut la foudroyante intuition que Léonora venait de le soupçonner. Or, un soupçon de cette femme, c'était la mort.

Une heure plus tard, Concini et Léonora étaient au Louvre. Belphégor et Lorenzo les avaient suivis et étaient entrés en même temps qu'eux. En route, Lorenzo avait voulu s'écarter. Mais Belphégor lui avait appuyé sa main sur l'épaule et, sans colère, doucement, lui avait dit :

- Ma maîtresse a besoin de vous au Louvre ; je vous préviens que, si vous ne venez pas, je vous planterai mon poignard d'un bon coup dans le dos.

- Je suis pris ! rugit Lorenzo. Elles sont perdues !

Au Louvre, Léonora avait fait entrer Lorenzo et Belphégor dans une petite pièce voisine de la salle du trône. Puis elle s'était retirée en leur disant de l'attendre là, et en faisant du regard une terrible recommandation au Nubien. Lorenzo surprit ce regard, et demeura impassible en apparence. Alors, il contempla longuement Belphégor qui, debout, près de la porte, plongé dans ses obscures pensées, évoquait dans la nuit de son désespoir la radieuse image de celle qu'il avait tenue un moment dans ses bras, et qu'il n'avait plus revue depuis... Marion Delorme ! Lorenzo s'approcha de lui et le toucha au bras.

- Ainsi, dit-il, nous ne pouvons sortir d'ici ?

Le Nubien eut un vague geste d'étonnement.

- Ma maîtresse, dit-il, n'a pas défendu de sortir de cette pièce. Mais elle a défendu de sortir du Louvre.

- Ainsi, je puis aller, venir, voir ce qui se passe ? fit Lorenzo en tressaillant.

- Oui, maître, mais je vous suivrai partout. Et je suis décidé à vous empêcher de sortir du Louvre.

- Sois tranquille, mon brave Nubien. Et puis, je serai content que tu sois avec moi. Je suis faible et tu es robuste. S'il arrivait des malheurs, tu pourrais me défendre.

Belphégor approuva d'un signe de tête. Et Lorenzo alla s'asseoir dans un fauteuil, près d'une tenture qui masquait l'entrée d'une autre salle. Il souleva la tenture et vit que cette pièce était vide. Peut-être pourrait-il essayer de fuir par là ? Mais Belphégor ne le perdait pas de vue.

Lorenzo ne pouvait en douter : il était prisonnier de Léonora. Jusqu'à quand ? Jusqu'au soir, peut-être. Et pourquoi ? Quel soupçon avait pu faire irruption dans l'esprit de la Galigaï ? Longtemps, pendant deux heures, peut-être, le nain tourna et retourna le problème sans trouver la solution. Pourtant, la journée s'avançait. Il fallait, même en risquant le coup de poignard de Belphégor, trouver le moyen de prévenir Giselle. À ce moment, il entendit Belphégor qui murmurait :

- Si je la retrouvais... Avec de l'argent, peut-être ? beaucoup d'or ?

Lorenzo tressaillit. Sa décision fut aussitôt prise. D'un ardent regard, il étudia un instant le Nubien.

- Approche, Belphégor, dit-il alors.

Le Nubien obéit. Dans le Louvre, autour d'eux, tout était en rumeur. Ils entendaient les voix des officiers qui donnaient précipitamment des ordres, celles des sentinelles qui s'envoyaient le cri de veille comme en pleine nuit. Dans la salle voisine, dans cette pièce que Lorenzo avait vu vide, il y avait maintenant deux êtres qui, serrés l'un contre l'autre, blêmes, l'œil et l'oreille aux aguets, échangeaient des paroles si basses que c'étaient des souffles à peine perceptibles. Léonora Galigaï ! Concino Concini !

Elle l'avait entraîné là au moment où le roi se dirigeait vers la salle du trône. Et elle le tenait dans sa main, courbé sous sa volonté de fer. Il se débattait. Il essayait de résister. Elle le couvrait de ses ailes, elle lui communiquait la foi formidable qui était en elle.

- Aujourd'hui ou jamais ! Concino, tu n'as qu'à étendre la main.

La couronne est à toi !

- Non ! râla-t-il en essuyant son front. Folie ! Chimère ! Tous ces gentilshommes !...

- Ces gentilshommes qui acclament le roi sont à toi.

- Les gardes ! fit-il, pantelant.

- Lorsque Vitry et Ornano commanderont le feu, ils tomberont ; les premières balles sont pour eux !

- Le roi ! bégaya-t-il, les cheveux hérissés.

- Je m'en charge ! fit-elle d'une voix de volonté sauvage.

Elle se redressa, regarda autour d'elle, puis jeta un bras autour du cou de Concini, et, pareille à ces déesses des enfers qui durent jadis souffler leurs suggestions aux oreilles de Clytemnestre, elle parla :

- Je me charge du petit roi. Charge-toi de Guise. Il va arriver. Écoute les hurlements de la foule. Alors, écoute, et retiens bien. Guise entre. La foule veut le suivre. Il y a bataille au-dehors. Ornano meurt. Vitry meurt. Les gardes contiennent le peuple. Tu te portes dans l'escalier avec Rinaldo et ses hommes, et...

- Silence ! gronda Concini épouvanté. On parle... là !... près de nous !...

- Oui ! C'est que tu as peur, Concino ! Décide ! Aujourd'hui ou jamais ! Tu n'as qu'à frapper Guise... Oh ! pourvu qu'il vienne, maintenant ! Pourvu que quelque obstacle...

- Par le Christ ! Je te dis qu'on parle derrière cette tenture !

- Oui, oui ! Malheur à ceux qui sont là !

- Lorenzo ! La voix de Lorenzo !

- Écoute ! Écoute !

Haletants, à demi penchés vers cette tenture ils écoutèrent. Lorenzo parlait. Et voici, d'un accent plein de doute, d'espoir et de supplications, ce qu'il disait :

- Dans ma maison du pont du Change, il y a un coffre, Belphégor. Tu monteras au grenier. Tu ouvriras la porte du fond. Tu verras le coffre. Il contient dix mille livres en or, autant en argent et près de deux cent mille livres de pierreries. Tout cela est à toi. Tout ! De quoi acheter la femme que tu rêves ! Et qu'est-ce que je te demande ? Simplement ceci : laisse-moi sortir du Louvre. Tu diras que je t'ai échappé. Ou même, tiens : je ne sortirai pas. Je vais écrire ici deux lignes sur un papier ; tu le porteras, ce papier, dans la maison que tu indiquais ce matin à ta maîtresse, à Meudon, à l'auberge de la Pie

Voleuse, et tu remettras mon message à Giselle d'Angoulême. Allons, c'est dit, n'est-ce pas ? Tu auras pitié de cette pauvre jeune fille ; tu n'es pas méchant, Belphégor, et tu seras enrichi du même coup...

Léonora Galigaï n'en entendit pas davantage. Elle n'entendit pas la réponse de Belphégor. En cette minute terrible où se décidait sa destinée, où elle avait besoin de toute l'énergie de Concini, oui, dans cet instant, Concini venait de s'affaisser, évanoui, assommé comme d'un coup de massue par la joie... Léonora gronda une furieuse imprécation, le secoua, le souffleta, pantelante de rage ; et, pour la première fois de sa vie, peut-être, elle eut pour lui une pensée qui n'était pas une pensée d'amour :

- Lâche ! Ah ! le lâche ! le lâche !

Et, voyant qu'il ne revenait pas à lui, violemment, elle tira son poignard, lame très aiguë, le lui appuya sur la gorge, et poussa ! Le sang jaillit. La piqûre éveilla Concini. Il vit sa femme le poignard à la main. Et lui que, pour la première fois, sa femme appelait lâche, lui qui avait passé sa vie à redouter l'assassinat, lui, pour la première fois, il n'eut pas peur ! Léonora, le roi, Guise, l'émeute, la conspiration, royauté, espérances insensées, tout disparut de son esprit, et, le regard extasié, la voix tremblante, il bégaya :

- Meudon... L'auberge de la Pie Voleuse... Giselle !

- Oui ! gronda Léonora, penché sur lui comme l'esprit des ténèbres, eh bien ! oui, elle est là ! Prends-la, emporte-la quand tu voudras, je te la donne !

- Léonora !

- Quand tu voudras. Demain. Tu iras demain.

- Tout de suite ! râla Concini.

- Demain ! Aujourd'hui, tu m'appartiens. Écoute, aujourd'hui, si tu désertes, si tu me quittes un seul instant, je vais trouver le roi, je me dénonce, je te dénonce.

- Oh ! rugit Concini en saisissant ses cheveux à pleines mains, et je ne l'ai pas tuée !

- Tu me tueras demain ! dit Léonora, farouche, terrible comme une statue des Erynnées. Tu me tueras demain. Tu emporteras demain ta Giselle ! Car demain ! Ah ! demain, Concino, tu seras roi ! Va ! Va rejoindre celui qui, pour quelques heures encore, occupe ta place.

Et, furieuse, déchaînée, ses forces décuplées, elle poussa Concini jusque dans la salle du trône. Elle allait ensuite se ruer vers la pièce où se trouvaient Belphégor et Lorenzo : mais elle demeura clouée sur place, dans l'encadrement de cette porte... Là, près d'elle, elle voyait Belphégor.

- Lorenzo, haleta-t-elle en lui jetant un regard menaçant.

- Ne craignez rien, maîtresse, je le surveille.

- Il a voulu t'acheter, hein ? dis ! parle !

- Oui, mais je ne suis pas à vendre, maîtresse. Je lui ai dit non. Alors, derrière lui, tout à coup, il a soulevé une tenture comme pour fuir. Mais il a reculé. Il avait l'air d'un fou. Quels yeux, maîtresse ! Plus terribles que les vôtres.

- Et puis ! Où est-il ! Parle donc, misérable esclave !

- Là ! fit Belphégor en allongeant le bras.

Et il désignait la foule des gentilshommes qui entouraient le roi. Tout à coup, elle le vit ! Elle vit Lorenzo qui se glissait jusqu'au roi !

Et elle demeura éperdue, glacée.

- Il m'a devinée ! Il sait que je l'ai condamné, et il va me dénoncer !

Cet effroyable moment dura quelques secondes. Tout à coup, elle respira. Lorenzo avait-il parlé au roi ? Non, sans doute ! Il n'avait pas osé. Il revenait, se faufilant à travers la foule... Alors, elle saisit le bras de Belphégor et prononça :

- Tu attendras la nuit.

Alors, seulement, tu sortiras du Louvre. Tu accompagneras Lorenzo jusque chez lui. Tu le tueras, et tu jetteras son cadavre à la Seine.

Elle songeait :

- Si, d'un mot, il a pu éveiller un soupçon, si le petit roi envoie chercher l'astrologue pour l'interroger, il faut qu'on ne retrouve même pas son cadavre !

Et elle se recula et disparut.

Il était neuf heures et demie lorsque Lorenzo quitta le Louvre, escorté de Belphégor. Quant à Léonora et à Concini, l'ordre du roi les retenait, ainsi que Luynes, Richelieu, Ornano, tous ses conseillers. Belphégor marchait en assurant son poignard dans sa main. Lorenzo ne prêtait aucune attention à son compagnon de route ; et pourtant il savait, il sentait que le Nubien l'escortait pour le détenir prisonnier jusqu'au lendemain et l'empêcher de prévenir Giselle ; pour le tuer peut-être ! Il songeait : « Toute la question est de savoir si mes paroles ont produit un effet quelconque sur l'esprit du roi. Si ce jeune homme a ressenti le choc de l'épouvante, s'il croit à la mort qui le guette, s'il voit que Léonora tient dans sa main la foudre qui va le frapper, tout peut être sauvé... »

Il ne cherchait pas à fuir : il savait que d'un bond, Belphégor l'eût rejoint. Les rues étaient noires, muettes ; ténèbre et silence absolus. Et cela formait avec les grondements et les torches rouges de la veille, une antithèse violente. Tout dormait ou semblait dormir. Tout se taisait. Belphégor et Lorenzo arrivèrent au logis du Pont-au-Change, sur la porte duquel se balançait une touffe d'herbes desséchées, qui indiquaient à quel commerce on se livrait dans la boutique.

Comme ils s'approchaient, ils entendirent des coups violents frappés à la porte du logis, et ils distinguèrent un grand corps long et maigre qui, à tour de bras, tambourinait l'huis. Non content de frapper, l'homme s'aidait de la voix :

- Holà ? maître Lorenzo ! Holà maître sorcier ! Êtes-vous trépassé ? La peste ! La fièvre ! Puisque je vous dis que j'ai de quoi payer ! Cinq belles pistoles presque neuves ! Eh quoi ! N'ouvrirez-vous pas au bon client qui vient à vous avec cent bonnes livres ? Ah ! corbacque !

Lorenzo tressaillit d'un espoir suprême. Cet homme qui frappait à sa porte, c'était peut-être un secours ! En tout cas un témoin devant lequel Belphégor n'oserait rien.

- Me voici ! Me voici ! cria Lorenzo. Qui que vous soyez, vous êtes le bienvenu !

- Bon ! fit l'homme. J'eusse pu m'égosiller et me meurtrir le poing jusqu'à demain !

- Entrez, brave homme, dit Lorenzo en ouvrant.

L'homme entra. Derrière lui, Lorenzo. Derrière eux, Belphégor qui poussa la porte et appuya dessus ses épaules. Lorenzo alluma une lampe. Alors, à la lueur fumeuse de la mèche qui pendait du bec d'un hibou en bronze, apparut la figure grimaçante et effarée de Cogolin !

Cogolin qui venait avec les cinq dernières pistoles de son maître, acheter un moyen infaillible de gagner au jeu ! Cogolin qui frémit à l'aspect de cet homme tout noir qui barrait la porte de sortie, et de ce nain au visage livide qui lui souriait ! Cogolin, comme on lui avait recommandé, esquissa un signe de croix.

Puis il déposa ses cinq pistoles sur le coin de la table, timidement.

- Mon bon Belphégor, tu me laisseras bien faire mon commerce, dis ? Une affaire de cinq pistoles, par les saints ! cela ne se voit pas tous les jours !

La voix aigre du nain, chargée d'une ironie sinistre, grinçait comme un rire funèbre.

- Ma dernière affaire ! songea Lorenzo.

Le Nubien n'eut pas un mot, pas un geste. Il guettait un moment favorable pour bondir sur Lorenzo et l'égorger. La présence de Cogolin le gênait un peu. Il eût préféré que cet homme s'en allât.

- Oh ! balbutia Cogolin après avoir jeté un regard de terreur sur les deux acteurs de cette scène qui dégageait une fantastique épouvante, on dirait que la Mort est ici !...

Il claquait des dents. Il voulait s'en aller. Il eut un mouvement de retraite. D'un geste désespéré, Lorenzo lui saisit les deux poignets, et, avec cette force irrésistible que donnent parfois les convulsions d'agonie, attira à lui Cogolin, le força à se pencher, et murmura :

- Ne vous en allez pas ; cet homme veut me tuer !

Cogolin, éperdu, en proie à toutes les affres des terreurs superstitieuses, claquant des dents, bégaya, bredouilla quelques mots imperceptibles qui ne parvinrent pas à l'oreille de Belphégor. Mais ces mots, Lorenzo les entendit, lui ! Ils résonnèrent en lui comme un coup de tonnerre.

Une joie intense flamboya dans ses yeux. Il eut un soupir rauque, chancela, et, au fond de sa conscience, éclata ce cri :

- Maintenant, je puis mourir... La mort ! L'expiation ! La rédemption ! Dieu veut que je meure ici, puisqu'il n'a pas besoin de moi pour sauver celle que j'ai trahie... puisqu'il m'envoie cet homme !

Et alors, une étrange sérénité s'étendit sur les traits du nain. Voici ce que Cogolin venait de prononcer :

- Ah ! ce n'est pas pour moi, seigneur sorcier ; c'est pour mon maître, pour M. de Trémazenc de Capestang.

Lorenzo avait lâché les mains de Cogolin, qui en profita pour esquisser un mouvement de retraite vers la porte. Et alors commença une scène de fantasmagorie, macabre et comique, d'une signification burlesque et effroyable.

Il s'agissait pour Cogolin de se tirer au plus tôt de ce guêpier, de cet antre où il sentait passer le souffle de la mort. Il s'agissait pour Lorenzo d'expliquer à cet homme, à demi fou de peur qu'il fallait prévenir le chevalier de Capestang ! qu'il fallait l'envoyer à Meudon au secours de Giselle ! Et il fallait dire tout cela sans prononcer aucun nom ! ni celui de Capestang, ni celui de Meudon, ni celui de Giselle.

Sur tous deux pesait le regard de Belphégor.

- Voyons ! s'écria Lorenzo d'un ton de bonne humeur, que voulez-vous pour vos cinq pistoles, mon brave ? Parlez hardiment, que diable !

Il riait. Sa physionomie n'exprimait que douceur et politesse. Il passait en revue les paquets d'herbes suspendues aux solives, comme s'il eût cherché ce que pouvait bien désirer son client. Cogolin se rassurait un peu. Le sorcier lui faisait l'effet d'être un homme comme un autre, après tout !

- Ce n'est pas pour moi, dit Cogolin ; c'est pour mon maître, c'est-à-dire...

- Taisez-vous ! gronda Lorenzo en incendiant Cogolin de son regard.

Cogolin épouvanté recula en trébuchant et râla :

- Je ne veux rien. Laissez-moi m'en aller !

- Par tous les démons ! Cela ne sera pas ! Me prenez-vous pour un voleur ? Vous m'avez payé. Vous emporterez la marchandise, ou je vous étrangle plutôt de mes deux mains : vous en aurez pour vos cinq pistoles !

Cogolin hocha la tête avec la sombre mélancolie du condamné qui s'abandonne à un sort qu'il ne peut éviter. Cependant, ayant réfléchi qu'après tout la proposition du sorcier tendait à le délivrer promptement :

- Voilà, dit-il tout d'une voix, j'ai un maître qui a dissipé follement sa fortune. Or, vous saurez que mon maître, qui n'est rien moins que M. de...

- Taisez-vous ! hurla Lorenzo.

Cogolin alla s'aplatir contre le mur, baissa la tête, et proféra un gémissement.

- Voyons, reprit Lorenzo avec douceur et gaieté, y a-t-il longtemps que vous ne l'avez vu ?

- Qui ça ! balbutia Cogolin persuadé qu'il s'agissait de Belzébuth.

- Votre maître ! fit Lorenzo en essuyant la sueur qui coulait à grosses gouttes sur son front. Pour guérir votre maître, il faut que je sache depuis quand vous l'avez vu.

- Depuis deux heures, fit Cogolin, qui, se rassurant encore, murmurait : Quel diable de sorcier est-ce là ? Tantôt comme un agneau, tantôt comme un tigre déchaîné.

- Et quand devez-vous le revoir ? Attention ! Ne mentez pas. Ceci est important.

- Quand je dois le revoir ? Mais tout à l'heure, le temps d'arriver à notre logis qui...

- Taisez-vous ! tonna Lorenzo qui jeta un rapide coup d'œil du côté de Belphégor.

Cogolin s'écroula sur ses genoux et bégaya :

- Je n'en sortirai pas ! Ah ! maudite idée que j'ai eue ! Ah ! pauvre Cogolin ! Pauvre Laguigne !

Et quiconque eût pu voir ce qui se passait dans l'esprit du nain eût été frappé d'admiration et de pitié. Mais Belphégor semblait indifférent à cette scène. Il était là pour obéir à un ordre de sa maîtresse : tuer Lorenzo et faire disparaître son cadavre dans la Seine ! Le reste ne le regardait pas.

Avec placidité, il attendait que le client de Lorenzo fût parti.

- Ainsi, vous devez revoir votre maître dès cette nuit ? reprit le marchand d'herbes.

- Oui, bredouilla Cogolin, si vous le permettez.

Lorenzo frémit et leva les yeux au ciel dans une fervente invocation de croyant.

- Prenez garde, mon ami, continua-t-il, si vous voulez que le remède agisse, il faut dès cette nuit...

- Mais mon maître n'est pas malade, par la Vierge ! Jamais il ne s'est aussi bien porté, car vous saurez que M. de...

- Taisez-vous ! vociféra le nain haletant.

Cogolin, du coup, se laissa tomber à plat ventre et râla :

- Tuez-moi tout de suite, et que cela finisse !

- Allons, relevez-vous, dit Lorenzo. Vous êtes un bon serviteur. Mais si votre maître n'est pas malade, que voulez-vous pour lui ? Serait-il amoureux ?

- Non... c'est-à-dire si fait... balbutia Cogolin en se redressant. Mais ce n'est pas cela. La vérité est que mon maître est ruiné, comme je crois vous l'avoir dit. Alors, je pense, j'espère qu'il voudra aller chercher fortune en quelque honnête maison où l'on donne à jouer. Alors, je désire... un bon talisman... que je lui remettrai... pour gagner !

Lorenzo éclata de rire. Le rire frénétique, le rire nerveux, le rire impossible à réfréner, le rire d'immense et sublime joie, le rire mêlé de larmes, le rire enfin du père ou de l'amant à qui le médecin annonce que la mort s'éloigne de l'enfant ou de la femme aimée !...

- Sauvés ! rugit-il en lui-même.

Cogolin ouvrait des yeux terribles, mais, crainte de s'attirer une nouvelle colère du sorcier, il essayait de le flatter en riant aussi, la bouche fendue jusqu'aux oreilles. Belphégor commençait à avoir des gestes d'impatience.

- N'est-ce que cela ? s'écria Lorenzo. Écoutez, mon brave. Je vais vous donner un talisman qui procurera à votre maître une fortune royale.

- Oh ! oh ! murmura Cogolin, chez qui toute terreur disparut aussitôt.

Belphégor haussa les épaules et gronda :

- Si le nain savait ce qui l'attend, il ne se donnerait pas tant de mal pour gagner cinq pistoles !

- Un talisman ! continuait Lorenzo... Que ne le disiez-vous tout de suite ? Je n'aurais pas fait attendre ce digne Nubien qui a à me dire des choses intéressantes. N'est-ce pas, Belphégor ?... Un talisman pour gagner une fortune ! Je vais vous donner le meilleur. C'est une prière.

- Une prière ? fit Cogolin haletant de joie après avoir haleté d'épouvante.

- Oui, une prière à Mercure, dieu de l'argent.

- Ah ! Ah ! C'est exact ! Mon ancien maître le régent... mais voyons la prière.

- Je vais l'écrire. Il faudra que votre maître l'apprenne par cœur. Vous m'entendez ?

- Par cœur, oui, maître sorcier !

- Dès cette nuit. Car nous sommes justement sous l'influence de Mercure. Demain, vous m'entendez, demain, il serait trop tard...

- Peste ! Il l'apprendra dans une heure au plus tard.

- En êtes-vous sûr ? fit Lorenzo avec un calme stoïque.

- Aussi sûr que je le suis de vous parler en ce moment. Je le réveillerai. Je lui remettrai la prière. Et je l'empêcherai de dormir tant qu'il ne la saura pas par cœur !

- C'est bien ! dit Lorenzo d'une voix qui, cette fois, trembla convulsivement.

Il s'assit. Il saisit une plume toujours prête sur la table, près de feuilles de parchemins ornées de signes cabalistiques. Il jeta un regard à Belphégor... Belphégor bâillait !... Lorenzo, d'une plume rapide, écrivit...

Il écrivit deux lignes. Il fit alors sécher l'encre rouge (qui, en certains cas, passait pour du sang), plia le parchemin, le scella, et le remit à Cogolin.

- Va ! murmura-t-il. Hâte-toi ! Que ton maître apprenne cette prière cette nuit, oh ! cette nuit, entends-tu ? et sa fortune est faite ! Va ! et dis à ton maître que le sorcier du Pont-au-Change, en lui envoyant ce parchemin, lui crie de loin, du fond de son cœur : « Que Dieu vous garde et vous conduise. »

Ému, étonné par l'accent de profonde sensibilité avec lequel le sorcier avait prononcé ces derniers mots, Cogolin murmura un remerciement confus, puis s'élança vers la porte que Belphégor lui ouvrait lui-même. Un instant plus tard, il avait disparu dans la nuit. Et alors, comme le Nubien achevait de cadenasser la porte, Lorenzo se tourna vers lui, et d'une voix qui vibra comme l'airain :

- Maintenant, Belphégor, accomplis les ordres de ta maîtresse ! exécute la sentence de la Galigaï !

....

Cogolin était parti en courant. Il portait une fortune ; cela donne des jambes aux culs-de-jatte, des bras aux manchots, de l'esprit aux idiots. Cogolin qui n'était ni cul-de-jatte, ni manchot, ni imbécile, sentit se décupler ses facultés ordinaires. Dix minutes lui suffirent pour se transporter jusqu'à la Bonne Encontre. Là, il se précipita dans la chambre de Capestang, une lumière dans une main, le talisman dans l'autre. Le chevalier dormait.

- Il ne se doute pas de ce qui l'attend ! murmura le digne écuyer avec un large rire.

À ce moment, le chevalier, réveillé par la lumière, ouvrit un œil. Cogolin en profita pour crier tout d'une voix :

- Monsieur le chevalier, je vous apporte la fortune !

- Où est-elle ? fit Capestang qui ouvrit l'autre œil.

- Je vais vous expliquer, monsieur, il suffit de...

- N'explique rien du tout ! interrompit le chevalier.

Tu me viens éveiller au plus bel endroit de mon somme. Tu pousses des cris à m'assourdir. Tu mérites la bastonnade. Cependant, comme tu prétends que tu m'apportes la fortune, je veux la voir. Montre-la.

- Mais, monsieur le chevalier, il faut justement que je vous explique ce qui doit...

- Montre, te dis-je ! vociféra l'aventurier en jetant une jambe hors des couvertures. Tu as dit : « J'apporte la fortune ! » L'as-tu dit, bélître ?

- Oui, monsieur ! Et je le répète ! cria Cogolin.

- Eh bien, montre ! Je veux que tu me montres la fortune, sans quoi, garde à martin-bâton ! Et je ne frapperai pas à côté comme faisait Turlupin quand tu étais dans le sac...

Cogolin frémit. Mais rendu stoïque par l'avarice, car rien n'est plus près de la vertu que le péché mortel, il se redressa et dit avec fermeté :

- Monsieur le chevalier, voulez-vous faire fortune ? En ce cas, écoutez une minute et vous frapperez après.

Capestang sauta du lit, saisit Cogolin par une oreille, et cria :

- Je ne veux pas faire fortune ! Je veux voir la fortune que tu apportes. Montre-la !

- La voici ! dit Cogolin.

Et il tendit le parchemin plié et scellé que Capestang saisit en disant :

- Qu'est-ce que cela ?

- Un talisman, monsieur, un admirable talisman que j'ai payé cinq pistoles.

- Mes dernières pistoles ! Ah ! misérable ! Tu mérites...

- Qu'importe, monsieur ! rugit Cogolin qui puisa dans l'excès de la terreur le suprême courage nécessaire pour interrompre le chevalier. Qu'importe, puisqu'avec ce talisman vous pouvez dans le premier tripot venu gagner demain mille écus, ou mille pistoles peut-être, ou mille doublons !

La colère de Capestang tomba à plat. Il se recoucha en disant seulement :

- Imbécile !

- Pourquoi, monsieur ? Ah ! il est dur de se voir ainsi traité par celui-là même que j'ai voulu enrichir, risquant pour cela la perdition de mon âme.

- Mon pauvre Cogolin ! fit Capestang attendri.

- Dites Laguigne, monsieur !

- Mon pauvre Laguigne, comprends donc une chose : c'est que si on pouvait gagner mille pistoles avec ce chiffon de parchemin, celui qui te l'a vendu serait depuis longtemps riche comme Crésus et n'aurait pas besoin de vendre des talismans. Va dormir, va.

- Monsieur, vous me réduisez au désespoir si vous n'apprenez tout de suite la prière que le sorcier a écrite.

- Va dormir, te dis-je ! hurla Capestang.

Et cette fois, il accentua ses paroles d'un geste si menaçant que l'infortuné Cogolin battit précipitamment en retraite vers le cabinet qu'il occupait. Mais, un instant après, il entrouvrit la porte et passa la tête :

- Monsieur, supplia-t-il, prenez garde que demain il sera trop tard, car Mercure...

Capestang bondit hors de son lit. Cogolin n'eut que le temps de s'enfermer dans son cabinet. Pour la deuxième fois, le chevalier tout maugréant se recoucha ; dans un geste de rage, il saisit le fameux parchemin, essaya de le déchirer, le roula en boule et, furieusement, l'envoya à l'autre bout de la chambre. Puis, se tournant sur l'épaule, il ferma les yeux et il se rendormit.

Il se rendormit sans lire les lignes écrites par Lorenzo. Et voici quelle était la prière que Lorenzo avait écrite :

Si vous voulez sauver Giselle d'Angoulême et sa mère, courez sans perdre un instant à Meudon, à l'auberge de la Pie Voleuse. Demain matin, cette nuit, peut-être, Concini et Léonora Galigaï agiront. Courez. Et quand vous l'aurez sauvée, dites à la duchesse d'Angoulême de pardonner au nain d'Orléans, au sorcier du Pont-au-Change !

....

Tandis que cette scène burlesque, mais terrible de conséquences, se déroulait dans la chambre du chevalier de Capestang, voici ce qui se passait dans la maison du Pont-au-Change. Lorenzo était petit, maigre, fluet, presque un nain.

Belphégor était grand, fort, bien découplé, presque un colosse. Il faut noter qu'il n'y avait chez le Nubien ni haine, ni colère, ni même simple aversion contre Lorenzo. Léonora Galigaï lui avait donné un ordre : il venait pour exécuter cet ordre, voilà tout. Lorsque Cogolin se fut élancé au-dehors, Belphégor cadenassa la porte.

Les paroles de Lorenzo ne parurent pas émouvoir le Nubien. Ayant achevé tranquillement de pousser les verrous, il se tourna vers le marchand d'herbes.

- Maître, dit-il, je vais vous expliquer ce que la signora a décidé de vous. Voici : ma maîtresse m'a ordonné de vous suivre ici, dans votre maison, pour vous poignarder. Ensuite, je dois jeter votre cadavre à la Seine avec une bonne pierre pesante attachée au cou, afin que nul ne sache ce qu'est devenu le marchand d'herbes du Pont-au-Change.

L'effroyable tranquillité du bourreau fit pâlir Lorenzo plus encore que la peur de la mort. Il considéra un instant le Nubien avec cette sorte de curiosité que l'on éprouve devant les phénomènes imprévus.

- Eh bien, dit-il, frappe !

En même temps, d'un mouvement insensible, il commençait à reculer vers l'escalier de bois qui montait à son laboratoire. Avec l'incalculable vitesse qu'acquiert l'imagination lorsque la peur suprême visite un cerveau, Lorenzo avait établi le seul plan de défense qui eût quelque chance de succès, bien faible chance, d'ailleurs : occuper, distraire un instant l'esprit du Nubien, s'élancer dans l'escalier, ouvrir la fenêtre qui donnait sur la Seine et se laisser glisser jusqu'à l'eau.

- Frappe ! dit-il.

Le Nubien ne bougea pas de sa place.

- Frappe ! reprit Belphégor, en répétant la parole du nain. C'est ce que je dois faire. C'est ce qui devrait être fait déjà. J'aurais pu vous tuer en venant du Louvre. Je vous ai laissé écrire une lettre. Je vous ai laissé dire tout ce que vous avez voulu. Je vous laisserai vivre, peut-être. J'ai trahi ma maîtresse une fois déjà, ajouta sourdement le Nubien. Je l'ai peut-être encore trahie quand j'ai laissé l'homme sortir. Je puis donc trahir une troisième fois. Écoutez-moi !

Lorenzo avait monté trois marches de l'escalier. Il s'assit sur la quatrième. Il avait les jambes brisées. Son cœur palpitait en bonds désordonnés. Après la certitude de mourir, la certitude qu'il allait vivre le foudroyait.

- Aujourd'hui, reprit Belphégor, vous m'avez offert de me

conduire au coffre qui contient vos richesses, et j'ai refusé. Si je vous disais que moi-même, j'ai de l'or en quantité ? Si je vous disais que non seulement je puis vous laisser vivre, mais que je puis aussi augmenter votre trésor et devenir ensuite votre esclave dévoué ?

Belphégor parlait d'une voix morne. Il baissait les yeux. Il semblait contempler en dedans quelque image. Alors, Lorenzo s'aperçut qu'une douleur inconnue ravageait l'esprit du Nubien. Et, dès lors, il fut certain de triompher.

- On dit, continua Belphégor, on dit que vous êtes capable de lire dans l'avenir. Est-ce vrai ?

- C'est tellement vrai, dit Lorenzo en se levant et en redescendant deux marches, c'est tellement vrai que, tout à l'heure, quand tu m'as annoncé que tu allais me tuer, tu n'as pu voir en moi aucune émotion.

Pourtant, sache-le, lorsque la mort entre vraiment quelque part, il n'est pas de créature vivante qui ne tremble. Moi, je n'ai pas tremblé. C'est que je savais que tu ne me frapperais pas de ce poignard que tu tiens à la main.

Belphégor se tut quelques minutes, méditant ces paroles. Lorenzo le dévorait du regard. Si, à ce moment, il s'était mis à bondir vers son laboratoire comme il l'avait convenu avec lui-même, il est certain qu'il eût pu fuir. Mais Lorenzo se croyait alors sûr de triompher.

- On dit que vous savez lire dans le passé. Est-ce vrai ?

- Quand tu voudras, dit Lorenzo, je te raconterai ta vie.

Belphégor baissa la tête et, d'une voix plus pensive :

- Maître, on dit que vous êtes sorcier. Est-ce vrai ? Dites, est-ce vrai que vous pouvez voir à travers les murailles, entendre à travers l'espace, suivre des yeux un homme si loin qu'il soit, le retrouver où il est. Est-ce vrai ?

- De qui veux-tu parler ? fit Lorenzo attentif.

- Je veux parler de quelqu'un... d'une femme ! dit Belphégor en frissonnant.

- Son nom ?

- Marion Delorme.

Et Belphégor frémit comme si ce nom, prononcé à haute voix, eût fait vibrer en lui toutes les fibres d'amour et de désespoir. Lorenzo sourit. Son triomphe, pour le coup, n'était plus qu'un jeu.

- Tu veux savoir où est Marion Delorme ? fit-il.

- Oui, maître, râla Belphégor.

Parlez, et je suis à vous. Sondez l'espace. Regardez dans Paris, dans la France, dans le monde, regardez avec ces yeux inconnus qu'on dit que vous possédez ! Regardez avec cette vue de l'âme qui perce les mystères ! Parlez ! Où est-elle ? Parlez et je suis à vous ! Et jamais ma maîtresse ne saura que vous avez envoyé cette nuit une lettre ! Une lettre, entendez-vous !

Le visage du Nubien se transfigurait. La foi ardente le transportait. Si Lorenzo, à cet instant, avait dit : « Marion Delorme est en ce moment dans cette rue, dans cette maison », Belphégor se fût rendu tout droit à la rue et à la maison indiquées. Mais Belphégor avait parlé de la lettre confiée à Cogolin. Lorenzo devint livide et se dit : « Le Nubien sait. Le Nubien a tout deviné. Le Nubien va prévenir Léonora. »

Et Lorenzo répondit :

- Laisse-moi faire les calculs nécessaires. Reviens demain, à cette même heure, et tu sauras où se trouve Marion.

....

Ces mots étaient prononcés en pleine connaissance de cause. Lorenzo comprit qu'il venait de réussir. Lorenzo avait voulu prouver à Belphégor que lui, sorcier, était impuissant à retrouver Marion Delorme ! Et il avait réussi ! Il n'eut qu'à regarder Belphégor pour s'en rendre compte. Il eut la perception foudroyante qu'il venait de souffler sur la foi du Nubien et de l'éteindre. Tout de suite ! C'était tout de suite que Belphégor voulait savoir !

- Demain ! Des calculs ! Des calculs nécessaires ! Ce n'est donc pas vrai, ces yeux de mystère qui voient le mystère ? Ce n'est donc pas vrai, ces yeux de l'âme qui voient à travers l'espace ? Des calculs ! Cet homme est un homme !

Ce n'est pas le Sorcier !

Ces déductions rapides comme des décharges électriques zébrèrent de leurs clartés l'esprit de Belphégor ! Oui, la foi... s'écroula en lui avec un bruit de tonnerre ! Oui, du moment que Lorenzo demandait un jour, il cessa d'être le sorcier, celui qui voit à travers les murailles et entend au-delà. Belphégor ploya les épaules. Ses traits se détendirent. Ses yeux révulsés reprirent leur morne expression. Il jeta autour de lui un long regard étonné, puis, tout à coup, ce regard se posa sur Lorenzo qui, doucement, sans un bruit, montait à reculons.

Belphégor bondit. Il se rua en secouant la tête, en poussant un soupir de désespérance atroce, en grinçant des dents, en mâchant de violentes imprécations. Il n'était plus le bourreau impassible qui exécute une sentence, sans haine ni colère. Les rages, les tempêtes de rage se déchaînaient en lui. Il allait tuer pour son propre compte. Tuer le faux sorcier, tuer l'homme qui venait de lui prouver que son rêve était une chimère ! Il se rua, le poignard levé. Lorenzo sourit.

- Viens, murmura-t-il en lui-même. Viens mourir ! La lettre !... Il faut que ma lettre arrive... et que Léonora ne sache pas !

Il se mit à monter à bonds désordonnés. Au moment où Lorenzo atteignait la porte de son laboratoire, Belphégor, avec un han ! terrible, lui porta dans le dos, à toute volée, un coup de poignard. Le nain s'écrasa sur le plancher et se roula en talonnant violemment.

- Crève donc ! râla le Nubien de cette voix étrange de l'homme qui se sent redevenir carnassier.

Dans le même instant, comme il se baissait pour porter un deuxième coup, il vit que la lame de son poignard s'était brisée ! Il vit que la blessure horrible qu'il avait dû faire à Lorenzo ne saignait pas ! Et il vit que le nain se relevait et se jetait à l'intérieur de son laboratoire.

Lorenzo portait une solide chemise de mailles : le coup l'avait jeté à terre, mais non tué. D'un bond, il fut à la fenêtre. Elle était ouverte : Lorenzo le savait.

C'est vers cette fenêtre ouverte sur la Seine qu'il attirait Belphégor. La fenêtre ouverte sur la mort. C'était terrible. Le seul moyen d'empêcher Belphégor de prévenir Léonora, c'est-à-dire le seul moyen de sauver la duchesse d'Angoulême et sa fille, c'était de tuer le Nubien ! Et comme Lorenzo était trop petit, trop faible pour entreprendre une lutte, le seul moyen de tuer Belphégor, c'était de mourir en l'entraînant dans la mort !

Lorenzo enjamba la fenêtre et attendit un instant, alors qu'il eût pu se laisser glisser. Il eut un hoquet de joie puissante : Belphégor était à la fenêtre ! Belphégor le saisissait !

- La lettre ! murmura Lorenzo. Il faut que la lettre arrive !... et que

Léonora ne sache pas.

Il eut un sourire mystérieux, leva les yeux au ciel pour voir les étoiles et murmura :

- C'était écrit. Ceci est la suite du drame d'Orléans.

En même temps, il cessa de se cramponner des pieds à l'échelle sur laquelle il venait de se poser et, des deux mains, se suspendit à la gorge de Belphégor. Des imprécations râlées, de sourds jurons, une sorte de trépignement. Le Nubien frappait à coups redoublés sur la tête du nain. Convulsivement, Lorenzo l'étreignait à la gorge, l'attirait, l'entraînait brusquement, il y eut une chute, le tournoiement rapide de deux ombres dans l'espace, puis le bruit de l'eau qui s'ouvre.

Quelques secondes, Belphégor et Lorenzo enlacés se débattirent à la surface ; quelques halètements rauques indiquèrent que là, près de cette arche du Pont-au-Change, une chose horrible se passait. Lorenzo ne souffla plus. Belphégor râlait encore. Lorenzo était mort. Lorenzo était mort en murmurant :

- Orléans !

Et les mains de Lorenzo, les mains mortes, les mains figées par la mort dans une crispation furieuse, demeurèrent incrustées à la gorge de Belphégor. Cela dura peut-être encore une minute, pendant laquelle le Nubien se battit avec le cadavre, avec l'épouvante, avec la mort. Puis, tout à coup, il n'y eut plus rien que le froissement doux et plaintif des eaux contre les piles du pont. Belphégor et Lorenzo venaient de couler à pic.

LVIII - À Meudon

Il nous faut un moment nous attacher aux pas du duc d'Angoulême que nous avons laissé, à sa sortie de la Bastille, s'élançant vers la maison de la rue des Barrés, vers l'ancien hôtel de sa mère, Marie Touchet. C'était un rêve étrange, sa délivrance.

Il allait se tuer. Dans la chambre du numéro 14 de la tour du Trésor, il avait subi l'agonie du suicide. Il était parvenu jusqu'à la minute extrême où un simple geste sépare encore la vie de la mort. Ce geste, il allait l'exécuter. La tige de fer patiemment affûtée en poignard allait accomplir son œuvre et, à ce moment, les geôliers avaient ouvert sa porte, un officier lui avait dit de le suivre, on l'avait conduit dans une cour, on l'avait placé entre quatre gardes, on s'était mis en marche, on avait franchi le pont-levis, et l'homme qui le conduisait lui avait dit :

- Vous êtes libre !

Et cet homme, c'était le chevalier de Capestang.

Oui, tout cela lui apparaissait comme une imagination créée par la fièvre ou l'espoir. Mais la première stupeur dissipée, la pensée qu'il allait revoir sa fille lui fit oublier tout le reste. Car sa fille ne pouvait être que là où il l'avait laissée : le castel de Meudon était sans doute surveillé ; plus encore l'hôtel de la rue Dauphine. Le duc heurta violemment le marteau en prononçant à voix basse le nom de Giselle. Dans le même instant, il s'aperçut que la porte était entrouverte.

Pourquoi ? Il entra en criant : « Giselle ! » et rien ne lui répondit.

En quelques minutes, il eut parcouru la maison déserte, se heurtant aux meubles dans la nuit, appelant, criant, et, lorsqu'il fut bien convaincu de son malheur, il demeura atterré, la tête vide... Une idée soudaine le ranima :

- Cinq-Mars ! Le fiancé, en l'absence du père, avait le droit de veiller sur la fille !... C'était Cinq-Mars qui avait emmené Giselle !

Il courut à l'hôtel de Cinq-Mars. Le suisse lui ouvrit, non sans avoir parlementé, et, le reconnaissant après l'avoir fait entrer dans la loge, le salua respectueusement. Il se trouvait que ce suisse n'était pas de la force du sieur Lanterne en bêtise. Ce n'est pas lui qui eût dit Mme la marquise en parlant de Marion Delorme. L'arrivée soudaine de cet homme que tout le monde croyait à la Bastille, le désordre de sa physionomie firent trembler le digne homme.

- Conduis-moi au comte de Cinq-Mars, dit le duc.

- Pardon ! monseigneur, M. le marquis, à cette heure ! Le père de monsieur a rendu son âme à Dieu.

- Mort ! fit sourdement le duc. Cinq-Mars est mort !

Un instant, il songea que le vieux Cinq-Mars était presque la tête de la conspiration, et que sans lui... mais il secoua la tête : sa fille, d'abord !

- C'est bien, dit-il, conduis-moi à ton maître.

- Parti, monseigneur. L'hôtel est vide.

- Parti ? balbutia le duc qui sentit sa tête s'égarer.

Parti... seul ? Réponds ! La vérité ?

- Seul, monseigneur... ou presque, dit le suisse.

- Presque ! Que signifie ? Voyons, tu m'as l'air d'un honnête homme. Je sors de la Bastille. Comprends-tu cela ? Et je suis à la recherche de mon enfant. Ton maître est parti sans doute pour mettre sa fiancée en sûreté ?

L'homme secoua la tête. Angoulême lui saisit le bras.

- Monseigneur, dit le suisse, pardonnez-moi d'être le messager d'une mauvaise nouvelle : nous n'avons pas vu Mlle votre fille. M. le marquis n'est pas parti avec elle.

- Et avec qui, alors ! Tu as dit : presque seul. Qui l'accompagne ? Une femme ?

- Monseigneur, vous me ferez chasser !

- Je te prends à mon service.

- Monseigneur, vous me demandez de trahir mon maître.

- Je te demande d'avoir pitié d'un père, voilà tout. Parle hardiment, mon brave. Tu as ma parole de gentilhomme que rien de mal ne peut arriver de ce que tu diras.

- Eh bien, monseigneur, dit le suisse avec fermeté, vous avez dit la vérité : M. le marquis est parti avec une femme qu'on nomme Marion Delorme.

Le duc d'Angoulême s'en alla. Il titubait. Il souffrait dans son amour et dans son orgueil paternel. Cinq-Mars, le fiancé de Giselle d'Angoulême, parti avec une femme ! Il sentait que tout croulait dans sa vie.

378

- Lâche ! oh ! le lâche !

Il répétait sourdement cette insulte tout en courant ; il ne s'apercevait pas que c'était là le cri de son ambition déçue autant que le cri de son orgueil paternel. Et il ne voyait pas qu'il songeait tout autant à la conspiration qu'à sa fille perdue. Et il ne voyait pas qu'il courait à l'hôtel de Guise !

Là, on était bien loin de se douter que le duc de Guise était en ce moment à la Bastille ! Comment eût-on pu imaginer l'aventure survenue à celui que tous considéraient comme le maître de demain ?

À l'hôtel de Guise, Charles d'Angoulême vit s'écarter de lui, avec une sorte d'inexplicable embarras. tous les gentilshommes qui l'avaient acclamé à la réunion de la Pie Voleuse. L'un d'eux, enfin, après l'avoir félicité de sa délivrance, finit par lui apprendre la vérité : qu'il avait fallu choisir un nouveau chef, qui était M. le duc de Guise ; et que tout était prêt pour une lutte suprême ; qu'en ce moment, M. de Guise était à l'hôtel de Condé, où il s'entendait avec les derniers partisans du prince embastillé ; qu'enfin M. de Guise irait au Louvre le lendemain, à la tête de mille gentilshommes soutenus par cent mille Parisiens.

Angoulême écouta ces nouvelles. Il ne trouva pas un mot à dire. Il sortit, silencieux, lent, la tête basse, écrasé par cette pitié même qu'il avait devinée chez celui qui lui avait parlé. Seulement, une fois dehors, il pleura.

Le jour commençait à poindre et accrochait des lueurs aux armes des bourgeois qui déjà occupaient les rues. Charles ne put supporter ce spectacle et courut s'enfermer dans cet hôtel de la rue Dauphine où il avait été saisi par Concini, et où, peut-être, sans doute même, il risquait d'être saisi ce jour par les gardes du duc de Guise devenu roi de France !

Trahi par Cinq-Mars ! Trahi par Guise ! Souffleté dans son

ambition paternelle, bafoué dans son ambition politique, plus de partisans, plus d'amis, plus de fille, plus rien ! Il regretta la Bastille ! Il regretta la minute où il allait mourir. Une sorte de prostration morale s'empara du duc d'Angoulême. Pendant quelques heures, il ignora le sens de la vie, il s'abandonna à la mortelle consolation de ne plus penser. Le souvenir de sa fille même fut impuissant à le galvaniser. La pensée était morte en lui.

....

Sans doute de longues heures s'écoulèrent. Lorsque le duc d'Angoulême se réveilla de sa torpeur, la nuit s'était faite. Mais il ne songea pas à allumer quelque flambeau ; les ténèbres, au contraire, lui formaient une sorte de cuirasse contre les impressions extérieures. Les rumeurs de Paris s'étaient éteintes, et il se dit :

- À cette heure, cette révolution qui eût dû se faire pour moi est accomplie et c'est un autre qui en profite.

En ce moment, Guise reçoit au Louvre l'hommage de ces mêmes gentilshommes qui m'avaient juré fidélité. Misérables ! je...

Dans cette nuit terrible, il repassa sa vie. Il chercha les minutes de bonheur parmi tant d'années de souffrances. Et alors, à mesure que ces instants du bonheur passé revivaient dans son imagination, il voyait se préciser la touchante figure de celle qu'il avait tant aimée aux jours radieux de sa jeunesse et qu'il avait peu à peu délaissée, dédaignée, oubliée : Violetta, duchesse d'Angoulême.

Un inexprimable attendrissement le pénétra. Ses larmes finirent par couler. Et ce n'étaient plus les larmes de rage, les larmes corrosives qu'arrache l'ambition déçue ; c'étaient les larmes rafraîchissantes du repentir et de l'amour qui sommeillait au fond de son cœur, sous les ruines. Son esprit s'apaisa. Il entrevit la possibilité d'être heureux encore...

Recommencer sa vie ! La reprendre au moment où, de l'amour, il avait bifurqué vers l'ambition !... Oui, c'était une solution claire, et cette pensée lui vint comme un rayon de soleil. Il lui restait un million. Il était donc riche... Il irait retrouver Violetta à Meudon. Ensemble, ils rechercheraient leur fille. Puis il oublierait Cinq-Mars, Guise, la royauté, tout, pour vivre tout bêtement heureux entre sa femme et son enfant. Et c'était la suprême sagesse.

Vers trois heures du matin, le duc d'Angoulême se mit en route pour aller à Meudon. La pensée que Giselle, ne s'étant trouvée ni rue des Barrés ni rue Dauphiné, avait dû se réfugier à Meudon ne lui venait pas.

Mais pour Violetta, il était sûr de la retrouver là, dans cette chambre aux meubles antiques, aux tapisseries fanées où elle se plaisait...

Il arriva à Meudon vers quatre heures et demie. D'instinct, et avant même que d'entrer dans le vieux castel, il alla frapper à la porte de la Pie Voleuse, persuadé que dame Nicolette lui dirait ce qui se passait dans la mystérieuse maison où, au début de ce récit, nous avons fait entrer le lecteur. Un valet tout endormi vint ouvrir ; puis, ce valet, sur l'ordre du duc, alla réveiller la maîtresse du logis. Au bout d'un quart d'heure, dame Nicolette apparut. Elle poussa un grand cri et joignit les mains ; Angoulême regardait en souriant cette femme qui lui était aveuglément dévouée.

- Eh bien ! fit-il, on dirait, dame Nicolette, que ma présence vous étonne ?

- Il y a de quoi, monseigneur ! Vous étiez à la Bastille. Il faut donc que le roi Louis vous ait fait grâce ?

- Non, dit le duc assombri et poussant un soupir, et je ne crois pas que Louis XIII ait plus jamais occasion de gracier ou d'enfermer qui que ce soit. Mais, ma pauvre Nicolette, il ne s'agit pas de moi. Je veux savoir ce qui s'est passé au castel pendant mon absence, et...

- Attendez, monseigneur, interrompit Nicolette tout effarée, attendez une minute.

Et, laissant le duc étonné, elle se retira en levant les bras au ciel.

- Cette bonne femme perd la tête ! gronda le duc dont l'esprit fut traversé d'une mauvaise pensée. Sans doute elle ne sait pas que Guise est roi ! Allons, il faut que j'aille tout droit au castel. Et si elle n'est pas là ? ajouta-t-il en pâlissant, si ce dernier malheur m'était réservé...

Il s'assit sur un escabeau, n'osant plus maintenant, et cherchant des prétextes.

- Elle est là, sûrement ! Mais il vaut mieux que Nicolette la prévienne d'abord de mon retour : sa tête est si faible. Pauvre petite ! C'est pourtant moi, c'est mon égoïsme... non ! oh non, ce n'est pas seulement mon égoïsme qui a fait de Violetta une malheureuse démente...

Et, d'un trait, la scène d'Orléans mille fois racontée par Violetta, la tentative de Concini se retraça à son esprit. Et alors, il comprit ce qu'il y avait eu de hideux dans cette sorte d'alliance qu'il avait consentie, dans ce pacte qui, un moment, l'avait enchaîné à Concini ! Il souhaita la vengeance. La colère se déchaîna en lui. Il se jura de ne prendre ni trêve ni repos avant d'avoir châtié Concini...

À ce moment, la porte par où était sortie dame Nicolette s'ouvrit ; deux femmes entrèrent. Charles d'Angoulême fut agité d'un long frémissement de joie pure et vivifiante. Il se dressa, tout pâle, les bras tendus ; l'instant d'après, dans ses bras, il serrait Giselle, sa fille, et Violetta, sa femme, tandis que l'hôtesse s'essuyait les yeux du coin de son tablier.

Ce fut une heure de félicité pendant laquelle tout fut oublié ; la première émotion passée, commencèrent mille questions, mille réponses qui se croisèrent au hasard. Puis vinrent les projets de départ fiévreusement exposés par le duc. Pas un mot ne fut dit de Cinq-Mars. Giselle, de son côté, songeait peut-être à Capestang, mais elle gardait pour elle. Seulement, quand son père, faisant allusion à l'abandon de Cinq-Mars, lui dit :

- Je te consolerai, mon enfant. Toute ma vie, maintenant, est à vous deux seules. Je te chercherai, je te trouverai quelque noble et beau gentilhomme plus digne de toi que celui qui nous a trahis.

- Mon père, répondit Giselle, je me suis juré de n'épouser que l'homme capable par son courage de nous venger de Concini, de venger ma mère !

- Ce soin me regarde ! fit d'Angoulême les dents serrées. Ta mère sera vengée, je te le jure ! Pauvre femme ! Pauvre chère Violetta ! Oh ! si des années d'amour et de dévouement peuvent lui rendre la raison...

- Regardez-la, mon père ! Regardez ses yeux ! dit Giselle.

Jusqu'à ce moment, en effet, Violetta n'avait prononcé que peu de paroles. Elle gardait cette attitude timide et presque apeurée, qu'elle avait prise l'habitude de conserver, depuis bien longtemps, en présence de l'homme qui jadis l'avait adorée. Le duc prit la main de Violetta, et, comme le lui avait sa fille, la regarda dans les yeux. Alors, au bout d'une minute de silencieuse contemplation, il se mit à trembler.

Quel bouleversement s'était opéré dans le cerveau de Violetta ? Quelle mystérieuse secousse avait enfin brisé les liens qui avaient enchaîné cette pensée ? Il ne savait !... Mais ce qu'il savait, ce qu'il voyait clairement, c'est que les yeux de Violetta avaient pris cette limpidité, cette lucidité que donne la raison reconquise, et que les brumes de la démence enfin s'étaient dissipées. Le duc tomba à genoux.

- Guérie ! cria-t-il en couvrant de baisers les mains de sa femme.

Violetta, doucement, releva le duc, et jetant un regard à sa fille éperdue de bonheur, elle prononça mystérieusement :

- Maintenant, le marchand d'herbes du Pont-au-Change est pardonné !...

....

Le jour était venu ; il était environ sept heures du matin. Le duc d'Angoulême, Violetta et Giselle se préparèrent à passer dans leur maison : il n'y avait que la route à traverser. Au moment où le duc donnait son bras à Violetta radieuse, plus jeune que jamais, Giselle l'arrêta par cette question :

- Mon père, vous nous avez dit comment vous êtes sorti de la Bastille, mais vous ne nous avez pas dit le nom de votre sauveur...

Un nuage passa sur le front d'Angoulême. Que de fois, au fond de sa cellule, il s'était affirmé que sa fille aimait Capestang ! Et à chaque fois, il s'était juré que, lui vivant, sa fille à lui, à lui, un des premiers seigneurs du royaume, ne pouvait devenir l'épouse de cet intrigant, de cet aventurier, de ce fier-à-bras vantard ! Il lui fallait donc avouer maintenant que c'était le pauvre Capitan qui l'avait sauvé ! Jamais !

- Oui, insista Violetta en s'arrêtant, le nom de ce héros, afin que je l'aille remercier à genoux, mon Charles.

Le duc d'Angoulême pâlit. Il regarda tour à tour sa fille et sa femme. Il les vit haletantes. Une seconde, il hésita : puis, secouant rudement la tête :

- Le nom de cet homme ? fit-il sourdement. Plus tard, peut-être ; pas maintenant !

Violetta demeura interdite. Comment et pourquoi Charles parlait-il avec une sorte de haine inavouée de l'homme qui l'avait sauvé ? Quant à Giselle, toute frémissante, elle ferma les yeux. Un instant, la flamboyante image passa dans son imagination de celui qu'elle avait vu, un jour, un beau jour d'été, dans ces bois de Meudon, se dresser entre elle et Concini. Et tout au fond d'elle-même, Giselle balbutia, éperdue :

- C'est lui ! oh ! c'est lui qui a sauvé mon père !

* * *

Dame Nicolette fut chargée de faire mettre en état un carrosse de voyage qui, depuis longtemps, attendait à tout hasard, dans les remises de l'auberge : à huit heures du matin, les voyageurs devaient se mettre en route, après avoir pris dans le castel quelques papiers précieux et la somme d'or qui y était enterrée. Le duc, Violetta et Giselle sortirent.

Il est bon de dire ici que la porte de l'antique maison donnant sur la route ne servait que très rarement. Les hôtes du castel, sauf en quelques circonstances exceptionnelles, passaient toujours par le parc : pendant toute la période de conspiration, il avait été en effet nécessaire que la maison passât pour abandonnée.

Cette porte avait un secret, ce qui, à ces époques de trouble, n'était pas une rareté. On appuyait sur un bouton extérieur : la porte s'ouvrait pour se refermer ensuite d'elle-même, grâce à un ressort très simple.

C'est vers cette porte que se dirigea rapidement Giselle qui marchait en tête. À quelques pas derrière elle, plus lentement, venaient le duc et Violetta, heureux tous deux en cette inoubliable minute, d'un bonheur sans nuages. Au moment où Giselle allait poser son doigt sur le bouton qui manœuvrait le ressort, elle entendit tout à coup derrière elle une rumeur étrange, puis, dans le même instant, un cri déchirant, un râle. Dans cette seconde, elle se retourna, et demeura éperdue d'épouvante, la pensée submergée d'horreur.

De toutes les maisons avoisinant l'auberge, des hommes s'élançaient, l'épée à la main ! Ils étaient plus de vingt, pareils à des ombres qui bondissent, rapides, actifs, silencieux. Giselle n'eut le temps ni de pousser un cri, ni de faire un geste : dans la seconde même où elle se retourna, elle vit le duc d'Angoulême bâillonné, saisi, porté, entraîné, jeté dans un carrosse ; elle vit sa mère entourée par un autre groupe d'assaillants, également bâillonnée, jetée dans le même carrosse, et déjà celui-ci, entouré de sept ou huit cavaliers, conduits par Louvignac, le seul des chefs spadassins de Concini qui eût survécu, était enlevé au galop de ses chevaux, lorsque Giselle, avec un cri de terreur folle, eut un mouvement pour s'élancer en avant...

- Au Louvre ! hurla une voix au moment où le carrosse s'ébranlait.

Dans ce moment, Giselle vit venir à elle un groupe à la tête duquel marchait un homme à la physionomie bouleversée par un rictus de triomphe, livide, terrible...

- Concini ! bégaya Giselle qui se sentit vaciller.

Concini n'était plus qu'à trois pas de la jeune fille. Déjà il précipitait sa marche pour la saisir. Une suprême révolte galvanisa Giselle qui s'appuya à la porte.

- Au nom du roi ! cria Concini.

Dans le même instant, il poussa une furieuse imprécation ; la porte venait de s'ouvrir ! Giselle avait disparu dans l'intérieur, et la porte se refermait !

- Des madriers pour enfoncer cette porte ! hurla Concini.

- Monseigneur, dit près de lui la voix narquoise de Rinaldo, monseigneur, il y a une deuxième issue à cette maison : celle par où nous pénétrâmes un soir, s'il vous en souvient. Je vais faire défoncer la porte. Quant à vous, si vous ne voulez que la pie vous échappe encore, et cette fois pour longtemps peut-être, courez au parc, monseigneur, courez !

Déjà Concini n'écoutait plus. Dès les premiers mots, il avait compris, et, avec son sifflet, avait jeté un signal : les vingt ou trente spadassins qui l'entouraient coururent à une ruelle d'où, l'instant d'après, ils revinrent avec leurs chevaux. Concini se mit en selle, écumant, blême de rage.

- La moitié des hommes ici ! ordonna-t-il d'un ton rude.

Que les autres me suivent !

Il s'élança, suivi d'une quinzaine de cavaliers qui, quelques minutes plus tard, occupaient le parc. Quant à Rinaldo, il prit aussitôt ses dispositions. Des madriers furent apportés. Bientôt un coup sourd ébranla la porte, puis un autre. Au dixième coup, la porte se fendit. Au vingtième coup, tout un vantail s'abattit à grand fracas.

- En avant ! dit Rinaldo de sa voix joyeuse. Corpo di Cristo, pour le coup, nous allons prendre la pie au nid !

Toute la bande se rua dans l'intérieur.

....

À ce moment, de la cour de la Pie Voleuse, sortit un carrosse tout attelé, son conducteur sur le siège. Cet homme, sorte de colosse, dévoué serviteur de l'hôtesse, avait sans s'inquiéter des bruits qu'il entendait, exécuté l'ordre reçu. On lui avait dit de mettre en état le carrosse de voyage de monseigneur et, une fois attelé, de le sortir sur la route et de s'y tenir prêt à tout événement. Simplement, il avait obéi.

Et maintenant, effaré de ce qu'il voyait, mais esclave de la consigne, il attendait là, comme on lui avait dit.

LIX - Haute trahison

Pendant que ces divers événements se déroulaient, le roi veillait dans son Louvre, entouré de ses conseillers. L'esprit du jeune roi, dans cette journée qui avait failli lui coûter son trône, avait reçu deux coups de foudre. Deux événements s'étaient produits. Deux de ces formidables événements qui laissent de profondes et indestructibles sensations.

Le premier, c'était la lettre du gouverneur de la Bastille racontant la capture de Guise par Capestang. Le deuxième, c'était l'avis que Lorenzo avait pu murmurer à Louis au moment le plus périlleux de la journée.

Concini le trahissait...

Depuis longtemps, il en était sûr. Il le sentait. On le lui disait. Mais il doutait, au fond. Cette fois, la certitude était entrée violemment dans sa pensée. Concini trahissait. D'instinct, il sentait que l'heure était venue d'agir, s'il voulait sauver non seulement son trône, mais aussi sa vie. Et il se rappelait les paroles de Capestang qui claironnaient dans sa tête comme une fanfare de bataille :

- Défendez-vous, sire ! Regardez autour de vous, étudiez les visages, scrutez les consciences et, quand vous aurez trouvé, frappez sans prévenir, comme frappe la foudre.

Oui ! Se défendre. Attaquer. Frapper... Et ce jeune homme, cet enfant, à la minute terrible où il fallait faire acte d'homme, songeait :

- Pourquoi ai-je laissé partir Capestang ? Pourquoi l'ai-je insulté ? Oh ! pourquoi n'est-il pas là, à mes côtés ? Appuyé sur une telle épée, que ne pourrais-je entreprendre !

Louis commença par donner l'ordre de fermer toutes les portes du Louvre. Défense à qui que ce fût de sortir ! Mais déjà, à ce moment, Lorenzo et Belphégor étaient hors du Louvre. Léonora Galigaï avait entendu cet ordre, et, dès l'instant même, elle alla trouver Marie de Médicis pour trouver un moyen de sortir coûte que coûte, de courir à l'hôtel d'Ancre. Elle avait deviné, elle !...

Elle avait vu Lorenzo parler au roi. Elle voyait clairement que quelque formidable danger se formait en nuage prêt à crever sur la tête de Concino. Elle tremblait pour lui. Mais elle ne perdait rien de sa lucidité et de sa promptitude de décision. Quels arguments employa-t-elle ? Que dit-elle à Marie de Médicis ? Sans doute, il y eut là quelque scène longue et terrible, car ce fut seulement à deux heures du matin que la reine mère se décida à escorter sa première dame d'honneur jusqu'à un guichet qu'elle fit ouvrir, les gardes n'osant résister et persuadés d'ailleurs que l'ordre du roi ne pouvait concerner la reine.

Vingt minutes plus tard, le capitaine Vitry sortait du Louvre à la tête de cinquante gardes.

....

Deux hommes avaient été frappés au cœur par la lettre de La Neuville apportant l'incroyable et pourtant véridique nouvelle de l'arrestation de Guise par Capestang ; c'étaient Richelieu et Concini. C'est donc avec une fébrile impatience qu'ils attendaient l'arrivée du gouverneur, que le roi avait envoyé chercher. Des explications que La Neuville allait apporter dépendait la fortune de Capestang, c'est-à-dire d'un homme que tous deux considéraient comme leur ennemi mortel.

Cependant, malgré les courriers expédiés, La Neuville n'arrivait pas.

Vers une heure du matin, Louis s'enferma dans son cabinet avec Luynes et eut avec son favori une grande conférence. Sans doute, de suprêmes résolutions furent prises alors, car Luynes, s'élançant, parcourut le Louvre, interrogeant mystérieusement les valets et les gardes. Il revint enfin tout effaré dans le cabinet royal et sa première parole fut :

- Sire, vos soupçons ne doivent être que trop fondés : la marquise d'Ancre vient de quitter le Louvre !

Le roi frappa ses mains l'une contre l'autre.

- Que faire ? murmura-t-il. Attendre à demain ?

- Allons donc, sire ! Voulez-vous donc laisser au gibier le temps de brouiller la voie ? Donnez du cor, c'est le bon moment ou jamais !

Cette affectation de rude franchise dans le conseil impressionnait toujours vivement le jeune roi. Et cette fois, sans doute, les conseils de Luynes concordaient avec sa propre volonté, car il fit appeler Vitry.

- Capitaine, lui dit-il, il s'agit de marcher à la bataille.

- Contre qui, sire ? fit Vitry, dont l'œil étincela.

- Contre M. le maréchal d'Ancre.

- Enfin ! rugit Vitry.

- Oh ! oh ! fit Louis XIII, il paraît que la bataille vous plaît, mon brave capitaine ?

- Eh ! vivadiou, grommela Luynes, à qui ne plaît-elle pas ?

- Sire, dit Vitry, j'ai un vieux compte à régler avec M. Concini, qui m'a dit un jour un de ces mots qu'on n'efface qu'avec du sang, un de ces mots qui valent leur pesant de vendetta, comme dit M. d'Ornano. Sire, si vous me donnez l'ordre d'arrêter le maréchal d'Ancre, il est justement dans la grande galerie.

Le roi ouvrit la bouche comme s'il allait parler. Luynes et Vitry le dévoraient du regard.

- Non ! reprit tout à coup Louis XIII en passant une main sur son front pâle. Il faut être sûr d'abord !

- Parfaudious ! gronda Luynes.

- Silence ! dit Louis XIII en se redressant. Vitry, voici l'ordre : vous allez vous rendre à l'hôtel d'Ancre. Vous y arriverez en même temps que Mme la maréchale, qui sort à l'instant du Louvre. Vous la ferez garder à vue. Vous ferez une exacte perquisition dans l'hôtel. Et si vous trouvez quelque papier indiquant que M. Concini conspire, vous mettrez la marquise en état d'arrestation. Puis vous reviendrez au Louvre. Allez.

Vitry fit demi-tour et partit, rapide comme la vengeance. À ce moment un huissier annonça :

- M. le gouverneur du château de la Bastille.

Dans la rumeur que causa l'arrivée de La Neuville, le départ mystérieux de Vitry passa inaperçu. Sur un signe que fit Louis XIII, tout le monde entra dans le cabinet.

- Comte, dit le roi, vous avez été bien long à vous rendre à mes

392

ordres.

- Sire, balbutia La Neuville, j'ai dû, pour le service de Votre Majesté, m'absenter du château.

À peine ai-je su la volonté du roi que je suis monté à cheval pour accourir.

- C'est bien. Expliquez-moi le sens de votre lettre. Donnez-nous des détails. N'oubliez rien. Allez donc, comte. Nous écoutons.

La Neuville jeta autour de lui un regard effaré et vit une si poignante curiosité sur tous ces visages tendus vers lui qu'il commença à soupçonner que quelque chose d'étrange avait dû lui arriver.

- Mais, sire, dit-il en tremblant d'inquiétude, ma lettre est positive. Le prisonnier qu'on m'a amené est de telle importance, et votre chevalier, sire...

- Mon chevalier !

- Oui. M. de Trémazenc de Capestang. Votre chevalier, dis-je, m'a donné si peu d'instructions relatives à ce prisonnier que j'ai cru devoir en référer directement à Votre Majesté.

- Ainsi, le duc de Guise est bien à la Bastille ? gronda Richelieu.

- Certes, monseigneur ! dit La Neuville stupéfait.

- Et il y a été amené par ce Capestang ? demanda Concini.

- Sans aucun doute, monsieur le maréchal, répondit La Neuville, qui marchait d'effarement en stupéfaction.

- Ainsi, dit Louis XIII, c'est bien vrai ! Nous n'avons pas rêvé !

Cette chose prodigieuse a pu se faire et s'est faite !

- Sire ! bégaya le gouverneur, s'il y a erreur, je n'en suis pas responsable.

Je suis couvert par un ordre écrit tout entier de la main du roi !

- Un ordre ! s'exclama Louis, dont le regard s'illuminait. L'avez-vous, cet ordre ?

- Le voici. C'est une véritable inspiration de la Providence qui m'a fait le prendre à tout hasard.

Louis saisit, arracha presque le parchemin à La Neuville et se mit à le parcourir avidement. Bientôt un étrange sourire crispa ses lèvres pâles. Il ferma les yeux et murmura :

- Capestang ! murmura-t-il. Mon brave chevalier ! Est-ce ta bravoure ou ton esprit qu'il faut le plus admirer ?

Et il passa le parchemin à Richelieu, qui blêmit de fureur en reconnaissant l'ordre qu'il avait dicté au roi. L'ordre destiné à faire emprisonner Cinq-Mars et relâcher Laffemas !

- Sire, dit-il de sa voix tranchante comme un couperet, quoique Votre Majesté puisse penser de cet aventurier, c'est un voleur. Il s'est emparé à main armée de la signature du roi et il en abuse dans un but que nous ne connaissons pas. C'est un crime de lèse-majesté !

- C'est un crime ? dit Louis XIII qui gardait son énigmatique sourire.

- Un crime qu'il faut punir ! reprit durement Richelieu. Mais ce n'est pas tout, sire. L'ordre porte qu'on amène à M. de La Neuville un prisonnier dont le nom n'est pas écrit, Votre Majesté sait pourquoi. Jusqu'ici, tout va bien. Mais l'ordre porte également que

M. de La Neuville doit remettre un autre prisonnier dont le nom n'est pas écrit.

M. le gouverneur, avez-vous remis un prisonnier à ce Capestang ?

- Mais, oui, monseigneur ! fit La Neuville éperdu. Je ne pouvais hésiter après avoir vu la signature de Sa Majesté.

- Ah ! ah ! fit Richelieu dans un grondement de tigre prêt à bondir sur sa proie.

- Paix ! fit le roi. Dites-nous, monsieur, quel est ce prisonnier que vous avez remis ?

- Mais, sire... c'est celui qu'on m'a demandé ! C'est le numéro 14 de la tour du Trésor !

- C'est-à-dire ? fit le roi.

- C'est-à-dire, sire, M. le duc d'Angoulême !

- Le duc d'Angoulême ! gronda Louis XIII qui pâlit.

- Voilà donc la vérité qui éclate enfin ! grinça Concini. Le misérable Capitan conspire avec Angoulême, la chose est claire. Il a voulu faire coup double : il a délivré le plus acharné, le plus formidable adversaire de Votre Majesté et l'a en même temps débarrassé d'un rival ! Guise à la Bastille. Angoulême délivré ! Jamais le roi n'a couru un tel danger. Car, tant que Guise était libre, son influence balançait aux yeux des rebelles celle du duc d'Angoulême !

- Sire, ajouta Richelieu, ceci n'est plus un crime de lèse-majesté ; c'est un crime de haute trahison envers la sûreté de l'État et la vie du roi.

Louis XIII ne dit rien. Il jeta un sombre regard sur ces deux seigneurs, dont l'un, déjà, lui inspirait une sorte de terreur sourde, et dont l'autre était lui-même, dans son esprit, accusé de trahison. Ce regard finit par se fixer sur Concini seul. Que pensait Louis XIII à ce moment ? Nul n'eût su le dire. Il se rappelait peut-être que ce Capitan, cet aventurier dont on lui demandait la tête l'avait sauvé par quatre fois sans rien lui demander ! Que Capestang n'apparaissait que pour l'arracher à la mort ou à la ruine, puis rentrait fièrement dans sa pauvreté silencieuse ! Que jamais il n'avait vu plus loyale physionomie, que jamais il n'avait entendu plus chevaleresques paroles que celles du chevalier !

- Que pensez-vous qu'il faille faire, monsieur le maréchal ? dit-il tout à coup.

- Sire, c'est bien simple. Il faut nous emparer dès cette nuit du duc d'Angoulême et du misérable Capitan qui a osé bafouer Votre Majesté. Sire, il faut les arrêter !

- Et qui s'en chargera ? Qui connaît leurs retraites ?

- Moi ! dit Concini palpitant.

- Vous ! fit le roi stupéfait, tandis que Richelieu reculait en se pinçant les lèvres.

- Sire, dit Concini, donnez-m'en l'ordre, et dans quelques heures, je vous amène le duc d'Angoulême et le Capitan. Et Votre Majesté est sauvée !

Louis XIII eut un instant d'hésitation, puis :

- Soit, dit-il. Allez. Mais, sur votre vie, vous m'entendez ? Sur votre vie, je veux que ces deux hommes soient pris vivants !

- Où Votre Majesté désire-t-elle que je les fasse conduire ?

demanda Concini, dont le front se voila d'un nuage.

- Ici. En mon Louvre. Allez, maréchal ! Le mot de passe aux guichets du Louvre est : Meudon !

- Meudon ! répéta sourdement Concini, dans l'esprit duquel ce mot retentit avec fracas.

En effet, Concini se disait que c'était à Meudon qu'il trouverait le duc d'Angoulême, puisque Giselle était à Meudon. Et son raisonnement était assez juste, en somme. Quant à Capestang, il savait le trouver à l'auberge de la Bonne Encontre. Concini allait s'élancer. Luynes se rapprocha du roi et lui souffla à l'oreille :

- Sire, vous le laissez se sauver !...

- S'il se sauve, répondit Louis XIII à voix basse, il nous débarrasse et s'avoue coupable du même coup. S'il revient avec les deux prisonniers, eh bien ! nous verrons ! Allez, maréchal, reprit-il tout haut. Mettez-vous en campagne à l'instant même et prenez au Louvre autant de gardes qu'il vous conviendra.

- Oh ! sire, répondit imprudemment Concini, j'ai mes gardes dans la cour du Louvre !

Et il partit.

Il disait vrai : une trentaine de ses spadassins ordinaires l'attendaient, rangés en bataille, à la tête de leurs chevaux. Ils étaient commandés par Rinaldo et Louvignac. Quant à Bazorges, Pontrailles, Chalabre et Montreval, deux étaient morts au Panier Fleuri, à Longjumeau, deux autres avaient été tués par Capestang au moment où ils attaquaient le duc de Guise près de l'hôtel de Condé. En sorte que Capestang, qui s'était juré de rendre sept coups d'épée pour les sept blessures qu'il avait reçues en arrivant à l'hôtel Concini, n'avait plus que trois dettes à payer.

Concini sortit du Louvre à la tête de ce peloton. Les regards que lui avait jetés le roi, les avertissements suprêmes de Léonora, l'ordre donné de fermer toutes les portes du Louvre, tout lui prouvait que le roi se défiait de lui et que l'heure de l'action décisive allait enfin sonner. Soudain, son cœur se mit à sauter. Une sueur inonda son front livide. Une sorte de râle puissant gronda dans sa poitrine. Il haleta :

- Meudon ! Meudon ! Ce n'est pas seulement le duc d'Angoulême ! Meudon, c'est Giselle ! c'est l'amour ! Et cette fois, ah ! malheur à Léonora si elle se met encore en travers ! Cette fois, Giselle ne m'échappera pas !... Rinaldo ?

Rinaldo, comte de Lérouillac, vint à l'ordre, se plaça botte à botte près de son maître, et tous deux convinrent ensemble de leur plan de campagne qui peut se résumer en quelques mots : marcher d'abord tout de suite sur Capestang, puis attendre le petit jour pour aller préparer à Meudon l'embuscade contre Angoulême et sa fille.

La troupe s'avançait au pas. Vers trois heures et demie du matin, elle arriva aux abords de la Bonne Encontre. Rinaldo prit aussitôt ses dispositions... Un quart d'heure plus tard, l'auberge était cernée de toutes parts, et la route occupée.

- Attaquons-nous, monseigneur ? demanda Rinaldo.

Concini demeura quelques instants silencieux, puis il dit :

- Le roi le veut vivant !

- Oui, je vous comprends, monseigneur, ricana Rinaldo. Mais enfin, que diable ! un accident est vite arrivé dans une bagarre ! D'autant que le drôle se défendra, vous savez.

- Rinaldo, fit Concini en posant la main sur le bras du spadassin, ce n'est pas seulement Louis qui veut Capestang en vie, c'est moi !

- Alors, fit gravement Rinaldo, c'est bien le roi qui commande ; le roi sera obéi !

Concini comprit ces paroles et frissonna. Puis, secouant la tête :

- Capestang ne peut mourir tout simplement d'un coup de poignard, puisqu'il est accusé de haute trahison, il faudra qu'il parle. Or, tu sais comme on fait parler les gens dans la chambre de la question. Pour arracher des aveux au Capitan, nous serons trois : moi, toi - et le tourmenteur juré.

- Bravo, monseigneur ! Il ne s'agit plus que d'entrer dans l'auberge sans donner l'éveil.

- Pourvu que le sacripant ne nous ait pas éventés déjà ! Je vois de la lumière, il me semble...

Concini s'interrompit brusquement et tressaillit. Derrière cette porte qu'il désignait à Rinaldo, un bruit de verrous poussés venait de se faire entendre.

- Quelqu'un va sortir ! gronda sourdement Concini.

- À pareille heure ! souffla Rinaldo.

La porte s'ouvrit. Une ombre parut. Un homme qui se mit à marcher d'un bon pas vers la rue de Tournon. Ils distinguaient son manteau, son chapeau à plumes, sa démarche hardie.

- Lui ! grinça Concini.

- Oui ! gronda Rinaldo.

- Attention au coup de sifflet !

- Laissons-le arriver à la hauteur de nos gens...

L'homme avait fait une vingtaine de pas. Le coup de sifflet, soudain, déchira le silence. L'homme s'arrêta. De toutes parts, en un clin d'œil, surgirent des ombres silencieuses. Concini et Rinaldo se ruèrent. L'homme tira son épée.

- Au nom du roi ! haleta Concini.

- Capestang, vous êtes mort si vous résistez ! rugit Rinaldo.

- Eh bien ! répondit l'homme d'une voix étrange, vous allez voir comment meurt un Capestang !

L'épée, dans la nuit, jeta une lueur livide. Il y eut un cri ! un homme venait de tomber. Mais, dans le même instant, les spadassins, tous ensemble, tombèrent sur celui qui venait de dire : « Vous allez voir comment meurt un Capestang. » Aussitôt, il fut saisi par les bras, par les jambes, renversé, son épée brisée, solidement lié de cordes, bâillonné d'un large mouchoir qui lui couvrait presque tout le visage.

- Enfin ! murmura Concini ruisselant de sueur.

Comme on avait fait après la bataille du Grand Henri, il fut jeté en travers d'un cheval, comme un sac.

- Huit hommes pour conduire le prisonnier au Louvre ! commanda Concini. Monsieur de Marsac, ajouta-t-il en s'adressant à l'un d'eux, je vous nomme chef dizainier. Prenez la tête du détachement. Vous répondez du prisonnier sur votre vie. Une fois au Louvre, vous le ferez porter dans les appartements du roi. Là seulement vous lui délierez les jambes, mais non les mains. Vous le présenterez au roi et vous direz : « Sire, M. le maréchal d'Ancre vous envoie Capestang, l'un des deux accusés de haute trahison. Quant au duc d'Angoulême, M. le maréchal vous l'amènera lui-même dans la matinée. » Vous ajouterez que la capture de ce traître a encore coûté la mort à deux ou trois dévoués serviteurs, et que je suis blessé à la main. Vous avez compris ?

- Oui, monseigneur !

Une minute plus tard, le détachement prenait le chemin du Louvre. Concini et Rinaldo, à la tête de leurs gens, se dirigèrent vers Meudon, au pas, de façon à y arriver le jour. Rinaldo riait.

- Avez-vous entendu, monseigneur, de quelle voix de matamore il nous a dit de regarder comment meurt un Capestang ?

- Un capitan ! fit joyeusement Concini. Ce pauvre diable mourra dans la peau d'un capitan. Mais nous verrons demain s'il a encore envie de gasconner, quand il sera aux mains du tourmenteur juré. Allons ! ajouta-t-il en respirant largement, voilà qui s'annonce bien !

LX - « Pour être belle »

Léonora Galigaï avait quitté le Louvre de la manière qu'on a vue, c'est-à-dire en obligeant Marie de Médicis à venir en personne lui faire ouvrir l'un de ces guichets que la consigne royale fermait à tout le monde. Elle gagna rapidement l'hôtel d'Ancre, entra par la petite porte et courut à sa chambre. Là, elle écarta d'un panneau un immense portrait en pied qui représentait Concini en costume de cour ; ce tableau, en se déplaçant au moyen d'un mécanisme, laissa béer la porte d'un cabinet où elle entra porteuse d'une lampe. Dans ce cabinet, il y avait une table, un fauteuil et une cheminée où du bois tout préparé attendait. Léonora mit le feu au fagot et, un instant, réchauffa ses mains à la flamme. Puis elle ouvrit un placard dissimulé sous des tentures ; le placard lui-même ne contenait que des objets de toilette, mais il avait un double fond parfaitement invisible, et ce fut de ce double fond que Léonora tira une épaisse liasse de papier qu'elle déposa sur la table. Elle prit place dans le fauteuil.

Une minute, elle demeura les yeux fermés ; une de ses mains crispées étreignait son front ; sa bouche prenait le pli de l'amertume ; et, ainsi posée dans cette attitude, drapée dans ses vêtements noirs, elle eût pu figurer aux yeux d'un peintre ou d'un poète le génie de l'angoisse.

Lorenzo avait trahi, c'était sûr. Le roi savait quelque chose, c'était sûr. L'arrestation de Concini était imminente, c'était sûr. Léonora regarda en face la tourmente et la défia. Sa courte et terrible méditation se résuma dans ces mots :

- Il faut agir plus vite que Louis XIII, voilà tout ! Avant qu'il ne frappe, il faut le frapper ! Un jour ! Je ne demande qu'un jour - et mon Concino est le maître !

D'un dernier geste de menace et de défi, elle parut écarter les pensées inutiles, et calme, froide, rapide, sans fièvre, méthodique, se mit à brûler l'un après l'autre les papiers qu'elle prenait dans la liasse et sur chacun desquels elle jetait un simple coup d'œil. La plupart de ces papiers portaient des signatures. Des noms illustres... Il y avait de quoi faire faucher la noblesse de France.

- Jamais ils ne sauront que tout cela est brûlé, songeait Léonora. Or, on tient les hommes non seulement lorsqu'on a une arme contre eux, mais encore lorsqu'ils croient qu'on a cette arme - même si on ne l'a plus.

Ces papiers, c'étaient des actes formels, des contrats ; le signataire s'y engageait, contre telle récompense spécifiée, à aider Concini dans telle entreprise qu'on ne disait pas. Non ! L'entreprise ! Il était impossible de ne pas la voir surgir de ces lignes !

Léonora Galigaï arriva promptement au bout de sa besogne ; il ne lui restait plus que trois papiers. Tous les trois étaient de la main du marchand d'herbes du Pont-au-Change. Le premier contenait une recette et commençait par ces mots :

- Pour être belle...

Le deuxième parchemin était couvert de signes et de figures géométriques ; en marge, des mots jetés, des phrases inachevées - des explications incomplètes. C'était l'horoscope de Concini ! Et de ce parchemin surgissait la preuve, la terrible preuve. Il y était nettement déclaré que Concini serait roi et qu'il remplacerait sur le trône un Bourbon mort de mort violente.

Le dernier parchemin était aussi de l'écriture de Lorenzo. C'était une théorie complète du poison. Le chimiste y développait ce procédé de dédoublement signalé au chapitre XVI de ce récit.

Ainsi donc, dans cette liasse de papiers que Léonora venait de tirer du double fond du placard, trois idées palpitaient en attendant de se muer en événements historiques :

1° L'horoscope indiquant la future royauté de Concini ;

2° l'empoisonnement de Louis XIII ;

3° la complicité de tous les seigneurs nécessaires à l'entreprise.

Les parchemins établissant cette vaste complicité, dénonçant ce réseau, ce large filet d'appétits jeté sur le trône, ces papiers, donc, achevaient de se consumer dans le feu. Il n'y avait plus que l'horoscope : la royauté de Concini.

Et la théorie du poison : la mort de Louis XIII.

Deux formidables accusations.

....

Et maintenant, pénétrons dans cet étroit réduit où nul, pas même Concini, n'est jamais entré.

Léonora, dont le front est lourd de pensées mortelles, se penche sur ces papiers. Cette femme adore son mari d'un amour frénétique, surhumain. Jalouse, jusqu'à la souffrance hyperaiguë, elle a fait taire sa jalousie.

Sachant que Concini au pinacle la répudiera, elle a bouleversé ciel et terre pour le pousser au pinacle. Elle est d'ailleurs résolue à mourir, mais elle veut mourir avec cette suprême vision de la splendeur de l'homme adoré. Les incidents de la journée et de la soirée, Léonora les a réunis en faisceau : elle SAIT que le roi veut faire arrêter Concini ; elle SAIT qu'on va perquisitionner dans l'hôtel d'Ancre ; elle SAIT que la perquisition va avoir lieu cette nuit, dans quelques instants. Elle est donc venue uniquement pour sauver l'homme aimé, en détruisant ces papiers qui sont là, sous ses yeux. L'opération est presque terminée : le feu a détruit près de trois cents parchemins. Elle n'a qu'un dernier geste à faire, le bras à allonger vers la cheminée - et Concini est sauvé.

Or, Léonora Galigaï, dans cette effroyable minute, s'hypnotise dans la lecture d'un de ces papiers. Lequel ? La théorie du poison ? Non. L'horoscope ? Non.

Léonora Galigaï dévore, lit, relit en pleurant des lignes mille fois lues, des lignes qu'elle sait par cœur, Léonora Galigaï relit la recette POUR ÊTRE BELLE !

- Être belle ! bégaya dans sa pensée, Léonora Galigaï. Je suis laide, contrefaite, les épaules mal d'aplomb. Mes mains, mes pauvres mains sont trop maigres et sèches. Cette bouche, je n'ose la regarder au miroir. Je n'ose me regarder, sinon pour me maudire d'être laide... Oh ! pourquoi suis-je laide ! Et pourquoi étant laide, me suis-je mise à aimer !

Elle laissa tomber son front dans ses deux mains, et un sanglot souleva son sein maigre. L'horoscope, elle l'avait oublié. Le papier des poisons, elle l'avait oublié. Les incidents de la journée, la marche de Lorenzo s'approchant du roi, ses déductions, la nécessité d'anéantir les parchemins accusateurs, tout, elle oubliait tout, et elle murmura :

- Pour être belle...

À ce moment, un bras s'allongea par-dessus son épaule, une main saisit l'horoscope du poison !

....

Léonora poussa un cri sauvage, saisit la main et la mordit. Le sang gicla. Il y eut une seconde féroce de lutte, horrible de silence pendant laquelle Léonora tenta d'arracher les parchemins. L'un d'eux fut déchiré. La main, brusquement, se retira de dessus l'épaule de Léonora. La main était victorieuse. La main tenait les papiers accusateurs !

Léonora, d'un violent mouvement, se dressa, se retourna, convulsée, hérissée, l'œil sanglant ; confusément, elle vit un homme derrière lequel sept ou huit autres s'étaient massés ; elle ne vit qu'une chose, c'est que cet homme, dont la main saignait, tenait les parchemins. Elle se rua, mais elle trébucha contre le fauteuil. Dans le même instant, elle fut saisie, réduite à l'impuissance. Et alors, jetant sur ces gens un regard désespéré, elle reconnut l'uniforme des gardes du roi ! Elle reconnut Vitry ! Coup sur coup, elle poussa trois clameurs farouches, trois cris prolongés de bête qu'on égorge.

Puis, un silence tragique s'abattit sur cette scène.

Vitry était livide. La sueur coulait de son front. Il tremblait. Il avoua plus tard que jamais il n'avait entendu cri humain ou hurlement d'animal plus terrible - et que le souvenir seul de la figure de Léonora en cette minute le faisait toujours frissonner.

- Madame, balbutia-t-il, Dieu m'est témoin que j'eusse voulu éviter toute violence envers votre personne. Je vous pardonne la morsure que vous m'avez faite. J'agis au nom du roi, madame, et j'ai l'ordre de perquisitionner ici.

Dans cet instant, Léonora eut sur elle-même cette incroyable puissance de paraître se calmer. Elle ferma une seconde les yeux, puis les fixant sur le capitaine avec une indéfinissable expression d'autorité :

- Vitry, dit-elle, vous devez à mon mari votre grade de capitaine.

- C'est vrai, madame.

- Vitry, accordez-moi une grâce, une seule.

- Parlez, madame.

- Eh bien, je veux vous entretenir seul une minute.

Sans hésitation, le capitaine, d'un geste, renvoya ses gens. Puis il mit en sûreté sous son buffle les précieux papiers que Léonora avait voulu lui arracher. Puis il l'aida, la porta plutôt jusqu'à un fauteuil, où il l'assit, car les gardes avaient entravé les pieds et les mains de la prisonnière.

- Parlez, madame, répéta alors Vitry.

Un râle gronda sourdement dans la gorge de Léonora. Une minute, la bouche écumante, les yeux convulsés, elle se débattit contre une crise atroce. Et ce fut seulement en voyant le capitaine se diriger vers la porte pour appeler du secours qu'elle parvint à se dompter. Elle râla :

- Vitry... grâce ! grâce pour lui ! Vitry, tuez-moi, mais grâce pour Concino !

Le capitaine fut secoué d'un tressaillement qui le redressa, violent, dur, implacable.

- Madame, dit-il, le maréchal m'a frappé à l'épaule comme d'un soufflet. Le maréchal m'a frappé au visage d'un mot qui fut plus qu'un soufflet. Madame, je tuerai le maréchal, ou le maréchal me tuera.

Une minute s'écoula dans un silence funèbre. Tout à coup, Léonora redressa la tête et dit :

- Vitry, j'ai dix millions à moi. Cinq millions pour chacun de ces papiers. Veux-tu ?

Le capitaine chancela. La somme était fabuleuse. Il n'y avait à douter ni sur son existence ni sur la sincérité de Léonora. Elle vit cette hésitation. Un rugissement de joie folle monta du fond de son cœur et expira sur ses lèvres. Rapidement, à voix basse, elle dit :

- Vitry, jette ces papiers dans le feu et les dix millions sont à toi. Tu perquisitionneras après. Tu emporteras tous les papiers que tu trouveras. Un parchemin de plus ou de moins... tes gens ne s'apercevront de rien...

Le capitaine essuya la sueur qui coulait sur son front.

- Madame, bégaya-t-il, je vais réfléchir une minute à votre proposition.

- Sauvé ! hurla Léonora au fond d'elle-même.

Elle vit le capitaine sortir vivement et l'accompagna des yeux comme elle eût accompagné quelque céleste apparition.

- Une minute ! songea-t-elle. Dans une minute, il va revenir et me dire qu'il accepte ! Une minute ! Jamais cela ne finira ! Sait-on la longueur effrayante d'une minute !

Elle avait les dents serrées. Ses yeux étaient rivés à la porte. Une minute ! Non, jamais elle ne verrait la fin de cette minute ! Brusquement, la porte s'ouvrit ! Huit gardes entrèrent. Non pas Vitry ! Mais huit gardes ! Huit hommes se placèrent à toutes les issues de la chambre.

- Vitry ! Vitry ! Vitry ! hurla Léonora dans une triple et déchirante clameur.

- Madame, dit l'un des hommes, M. le capitaine vient de partir pour le Louvre.

Malgré les liens, Léonora se dressa toute droite. Sa bouche s'ouvrit toute grande comme pour jeter quelque formidable malédiction. Mais cette bouche demeurée grande ouverte ne proféra aucun son. Léonora s'abattit tout d'une pièce, raidie comme une planche qui tombe, et demeura immobile, le front entrouvert par la blessure qu'elle venait de se faire, le visage plein de sang.

LXI - La prière à Mercure

Il est maintenant indispensable que nous revenions au pauvre Cogolin, qui avait été si mal reçu par Capestang, auquel, avec un si louable empressement, il apportait le fameux talisman qui faisait gagner une fortune au jeu - la prière écrite par Lorenzo ! On a vu que le cavalier avait préféré se rendormir, après avoir déversé sur la tête de son fidèle écuyer trop zélé toutes les imprécations et toutes les menaces que peut trouver un homme réveillé au meilleur moment de son somme.

Cogolin, donc, avait battu en retraite vers le cabinet qu'il occupait, et qui précédait la chambre de son maître. Tandis que le chevalier de Capestang se rendormait en grommelant, Cogolin se frottait le crâne ; de désespoir, il avait jeté sa perruque dans un coin.

- Vit-on jamais pareil entêtement, pareil dédain de la fortune ! gémissait Cogolin en levant les bras au ciel. Cinq pistoles ! Les cinq dernières pistoles ! Perdues ! Dépensées pour avoir ce talisman infaillible ! Qu'allons-nous devenir ? Il ne reste pas un sol, pas un denier, pas une maille à M. le chevalier. Ah ! l'entêté ! Si seulement j'avais appris moi-même la prière !

Ainsi se lamentait Cogolin. Bien entendu, il ne songeait guère à dormir. Un temps se passa, une heure ou deux, peut-être. Et Cogolin, toujours inconsolable, soupirait encore après les cinq dernières pistoles données à Lorenzo en échange d'une prière à Mercure, lorsqu'il entendit des allées et venues dans l'auberge endormie.

À ce moment, on frappa.

Cogolin se redressa tout effaré. Pourtant, il alla ouvrir ; c'était maître Garo, le patron de la Bonne Encontre, et maître Garo disait à Cogolin :

- Éveillez à l'instant votre maître ; il y a ici un gentilhomme qui veut lui parler.

Rendu prudent par la première réception de Capestang, Cogolin allait se mettre à parlementer, lorsque derrière l'aubergiste apparut un gentilhomme enveloppé jusqu'aux yeux dans son manteau. Ce gentilhomme ne dit rien. Seulement, par-dessus l'épaule de Garo, il tendit à Cogolin une bourse pleine d'or, genre d'éloquence qui donna instantanément à l'écuyer de Capestang une dose extraordinaire du courage. Cogolin saisit la bourse, prit une lampe et, tout joyeux, entra dans la chambre du chevalier.

- Holà, monsieur le chevalier, éveillez-vous, de grâce, éveillez-vous ! Ce n'est pas la guigne qui vient, c'est la chance !

Capestang, ainsi réveillé pour la deuxième fois, ne jura pas, ne poussa pas d'imprécation, mais il sauta du lit, saisit un bâton et le leva sur les épaules de l'infortuné Cogolin.

- Ne le battez pas, mon cher chevalier, dit à ce moment une voix, c'est moi qui ai forcé la consigne !

Et le gentilhomme à la bourse d'or entra. Cogolin profita de la diversion pour fuir et fermer la porte derrière lui. L'inconnu alors, devant Capestang stupéfait, laissa tomber son manteau.

- Cinq-Mars ! s'écria le chevalier. (Il vient me provoquer, songea-t-il.) Un instant, mon cher marquis.

Permettez-moi d'abord de me mettre dans une tenue plus présentable, et veuillez, cependant, prendre ce siège. Vous êtes le bienvenu, bien que l'heure soit plutôt au sommeil qu'à l'épée.

Cinq-Mars s'assit. Il paraissait ému. Il avait répondu d'un signe de tête à la bienvenue de Capestang, lequel ne perdit pas de temps pour s'habiller de pied en cap et assurer sa bonne rapière à son côté.

- Là, dit-il alors en s'asseyant à son tour. Je suis à vous. Qu'avez-vous à me dire ? Il faut que ce soit grave, pour que vous ayez choisi une pareille heure.

Cinq-Mars se taisait toujours. Capestang éclata de rire :

- Vous rappelez-vous, marquis, notre première rencontre sur les bords de la Bièvre ? Vous m'appelâtes capitan. Nous devions nous pourfendre. Est-ce pour renouer cette conversation que vous êtes venu ? Ne vous gênez pas, mon cher. Capitan j'étais, capitan je suis resté. Ainsi donc, si le cœur vous en dit, je suis votre homme, bien que je vous en veuille un peu de m'avoir réveillé. Mais sans doute il était écrit quelque part que je ne dormirais pas cette nuit.

Et sur ce mot, Capestang devint tout à coup pensif. Ces hasards répétés qui lui coupaient son sommeil finissaient par prendre une mystérieuse signification, et il lui semblait maintenant qu'une voix lui criait : « Ne t'endors pas ! Debout ! Capestang à la rescousse ! » À ce moment, le marquis de Cinq-Mars, d'un accent ému, lui disait :

- Chevalier, je suis arrivé à minuit à Paris.

Je suis venu ici en ne prenant que le temps de laisser mon cheval aux Trois Monarques, car je ne voulais pas être remarqué. Excusez-moi de vous avoir réveillé. C'est que j'étais pressé, voyez-vous, pour trois raisons ; la première, la moins importante, c'est que proscrit, traqué par les agents de M. de Richelieu, je ne pouvais traverser Paris que la nuit. La deuxième, c'est que je dois repartir avant le point du jour. La troisième, c'est que ce que j'ai à vous dire ne souffre aucun retard.

Capestang s'inclina froidement. Cinq-Mars reprit :

– Chevalier, j'ai eu des soupçons contre vous au sujet de ma chère Marion. Je sais maintenant que ces soupçons étaient injustes.

– Bah ! fit le chevalier en ouvrant de grands yeux.

– Oui, Marion m'a prouvé votre innocence.

– Eh bien ! vous pouvez m'en croire, vous m'ôtez un poids de dessus la poitrine !

– Et puis, continua Cinq-Mars, vous m'avez sauvé la vie lorsque je fus attaqué rue Dauphine, alors que vous pouviez justement me considérer comme votre ennemi.

– Bah ! fit Capestang, ébahi de la tournure que prenait cette rencontre, ne parlons pas de cela, je vous en supplie. Vous en eussiez fait tout autant à ma place.

Cinq-Mars secoua la tête.

– Ce n'est pas sûr, dit-il. En tout cas, je ne l'ai pas fait. Chevalier, ce n'est pas tout : c'est vous qui m'avez tiré du carrosse qui me conduisait à la Bastille, où j'eusse été jeté dans quelque oubliette...

– Bon ! Je ne savais pas que c'était vous.

Donc, vous ne me devez rien.

– Chevalier, reprit Cinq-Mars d'une voix de plus en plus émue, Marion m'a appris hier un dernier trait de votre héroïsme : c'est vous qui l'avez arrachée à Richelieu. C'est vous qui me l'avez ramenée à mon hôtel...

- C'est vrai, dit simplement Capestang.

Cinq-Mars se leva. Sa parole, maintenant, tremblait :

- Chevalier, je vous dois trois fois la vie. Vous n'êtes pas seulement pour moi un héros invincible, une fleur de bravoure et de loyauté comme on en voyait au temps des paladins, et comme on n'en voit plus dans notre misérable époque d'égoïsme forcené, chevalier, alors que j'étais votre ennemi, vous avez été pour moi l'ami sûr et précieux qui donne sans compter son esprit, son cœur et son sang.

Les yeux du petit marquis se remplirent de larmes. Sa poitrine s'oppressa. Il considéra un instant Capestang avec une admiration où il y avait au fond un peu d'effroi.

- Chevalier, acheva-t-il, lorsque Marion m'eut raconté la scène héroïque, impossible et pourtant vraie de votre arrivée chez Richelieu, j'ai senti que j'étouffais si je ne venais à vous. Et je suis accouru. Chevalier, je vous demande pardon de vous avoir insulté dans les caves de l'hôtel d'Angoulême.

- Marquis ! fit Capestang, qui pâlit au souvenir de Giselle.

- Chevalier, je vous demande pardon d'avoir croisé l'épée contre vous sur la route de Meudon.

Je vous demande pardon d'avoir été votre ennemi. Et je vous demande : Voulez-vous me faire cet insigne honneur de me considérer comme votre frère ? Voulez-vous me permettre d'être votre ami ?

Pour toute réponse, Capestang ouvrit ses bras, et Cinq-Mars s'y jeta en pleurant...

....

Une fois que l'émotion fut calmée, une fois que la réconciliation fut scellée, Capestang appela Cogolin, lui commanda d'aller chercher du vin, du meilleur qui se trouvât dans les caves de maître Garo, et de monter, en outre, quelque poulet froid, accompagné de quelque pâté. Cogolin, non sans une grimace, puisa dans la bourse même qu'il venait de recevoir, et bientôt les deux amis s'attablèrent. Alors, devant le bon pâté au succulent fumet, sous l'influence des vins généreux, toute trace d'embarras disparut, et ce fut un assaut pareil à celui qu'ils s'étaient livrés à l'hôtellerie des Trois Monarques.

Enfin, Cinq-Mars annonça qu'il allait reprendre son cheval aux Trois Monarques, afin de s'éloigner de Paris avant le jour. Il fit jurer à Capestang de le venir voir à Orléans, où il s'était réfugié. Enfin, après les dernières embrassades et les derniers serments d'amitié fidèle, Cinq-Mars, sur le pas de la porte de la chambre, s'arrêta embarrassé comme s'il eût eu quelque chose de difficile à dire.

- Cher ami, dit-il enfin d'une voix sourde, c'est un dernier service que j'ai à vous demander : un service plus important, peut-être, que tous ceux que vous m'avez rendus, car alors c'était seulement mon amour et ma vie qui se trouvaient engagés, tandis que maintenant il s'agit de mon honneur.

- Parlez ! fit Capestang étonné.

Voulez-vous que je vous serve de second en quelque rencontre ?

- Non, non, ce n'est pas cela. Écoutez, chevalier, un jour bientôt peut-être, vous serez marié.

Capestang pâlit et secoua énergiquement la tête.

- Si fait ! reprit Cinq-Mars. Je vois plus clair que vous en toute cette affaire. Vous épouserez, mon cher, une jeune fille de grand cœur et d'âme vaillante comme vous, je vous le prédis.

- Jamais, murmura Capestang.

- Enfin, écoutez. Si cela arrive, voici le service que j'ai à vous demander. Envers celle qui vous est destinée, envers son père, ma conduite a été indigne d'un gentilhomme. J'ai été odieux.

- Mais, balbutia Capestang, vous connaissez donc...

- Écoutez jusqu'au bout, interrompit gravement Cinq-Mars. À cette jeune fille, à ce père, donc, je vous supplie de dire que le marquis de Cinq-Mars n'a qu'une excuse : il était aveuglé par une passion. Vous leur direz que je me mets à leurs pieds. Vous leur direz que moi-même, devant vous, me suis déclaré indigne du titre de gentilhomme tant qu'ils ne m'auront pas pardonné. Et c'est vous, Capestang, c'est vous, mon ami, qui obtiendrez mon pardon.

Capestang, stupéfait, hagard, palpitant, écoutait avidement.

- Enfin, acheva Cinq-Mars, à elle, à elle seule, vous ajouterez ceci : c'est que le marquis de Cinq-Mars est honteux jusqu'au fond de l'âme de sa conduite, mais qu'il est tenté de se réjouir de cette conduite qui le déshonore, puisqu'elle permet à Giselle d'épouser le plus noble chevalier de ce temps !

Capestang poussa un cri, se couvrit les yeux d'une main et alla retomber sur le bord de son lit. Cinq-Mars s'élança légèrement dans l'escalier. Une minute plus tard, il sortait de l'auberge.

....

Cinq-Mars s'avança d'un bon pas vers la rue de Tournon. Il avait le cœur léger, l'esprit soulagé ; il souriait à l'avenir ; il souriait à Marion, dont l'image adorée l'escortait. Tout à coup retentit un coup de sifflet. Des haies qui bordaient la route surgirent des ombres pareilles à ces démons qui bondissent dans les tableaux des primitifs ; en un instant Cinq-Mars fut entouré ; il tira l'épée, décidé à vendre chèrement sa vie ; l'idée d'appeler Capestang à son secours traversa son cerveau comme un éclair. Dans cet instant, une voix cria :

- Capestang, vous êtes mort si vous résistez !

- Capestang ! rugit Cinq-Mars en lui-même. C'est à Capestang qu'on en veut !

Et dans cet inappréciable espace de temps que dure ce que dure une pensée, un souffle de dévouement et d'héroïsme passa sur lui. Confirmer les assaillants par un mot quelconque dans cette idée qu'il était bien Capestang, se dévouer une fois pour celui qui s'était si souvent dévoué ! Et il frappa au hasard en répondant :

- Vous allez voir comment meurt un Capestang !

Nos lecteurs savent ce qui advint de la fin de cette aventure, et que Cinq-Mars, bien et dûment garrotté, jeté sur un cheval, fut conduit au Louvre pour être amené devant le roi !

....

Revenons maintenant à notre aventurier que les dernières paroles de Cinq-Mars avaient frappé de stupeur - et de douleur. En effet, rien ne pouvait autoriser Capestang à imaginer une vraisemblance quelconque à la prédiction de son nouvel ami.

- Cinq-Mars, se disait-il, a voulu me jeter une consolation. Il s'est aperçu que j'aime Giselle. Et comme il est heureux dans son amour, il ne voit que des gens heureux autour de lui. Allons, tâchons, pour la troisième fois, de reprendre notre somme, c'est ce que j'ai de mieux à faire. Puis, demain, il faut que je m'occupe de trouver de l'argent.

Nous sommes ruinés, à ce que dit Cogolin. Ce diable de Cogolin compte comme un marchand de la friperie. Il n'y a pas moyen d'échapper à ses calculs. Et cet imbécile qui a été jeter à un charlatan mes cinq dernières pistoles !

Il jeta un regard indifférent sur le parchemin roulé en boule qu'il avait envoyé dans la chambre, la prière écrite par Lorenzo, la prière à Mercure ! Puis, haussant les épaules, il s'étendit tout habillé sur le lit. Ce fut sans doute grâce à cette stupeur et à ces pensées que nous signalons, que Capestang n'entendit pas le bruit de la lutte rapide sur la route. Mais Cogolin avait entendu, lui, et, tout tremblant, il ouvrit la porte juste au moment où le chevalier fermait les yeux pour tâcher de se rendormir et de ne plus songer à Giselle.

- Monsieur, dit Cogolin, je crois qu'on se massacre sur le grand chemin !

Capestang ouvrit un œil. Mais dans cet œil fixé sur lui, Cogolin ne lut cette fois que de la résignation.

- Je ne dormirai pas cette nuit ! songea le chevalier. C'est écrit quelque part. Il ne faut pas que je dorme !

Il se leva, fit allumer une lanterne, descendit sur la route, explora les environs, constata que tout était parfaitement paisible, et remonta.

- Est-ce qu'il y a des morts, monsieur ? demanda Cogolin.

- Imbécile ! répondit Capestang... Oh ! oh ! qu'est-ce à dire, mon drôle ! Vous osez paraître devant moi avec ce crâne déplumé ? Et puis, que vois-je ! Vous avez eu l'audace de replacer sur ma table ce misérable torchon de parchemin qui me coûte mes cinq dernières pistoles ! Hors d'ici, faquin ! ou gare la trique ! Et puis, vociféra-t-il, tandis que Cogolin disparaissait, si tu as le malheur de pénétrer encore ici sans que je t'appelle, je t'embroche tout vif !

Et Capestang se rejeta sur son lit sans plus faire attention au parchemin roulé en boule, à la fameuse prière à Mercure ! Et cette fois, il s'endormit d'un sommeil fiévreux.

Au jour, il se réveilla, se secoua, vida d'un trait un restant de flacon qui contenait du vin d'Espagne, et rajusta sa toilette. Sans savoir pourquoi, il se sentait tout joyeux et appela son écuyer, qui vint à l'ordre. Cogolin, voyant la bonne humeur de son maître, crut avoir une idée de génie. Il joignit les mains, et dit bravement :

- Monsieur, peut-être qu'il n'est pas trop tard !

- Trop tard ? fit le chevalier étonné.

Voyons, explique-toi. Je te veux du bien, ce matin.

- Monsieur ne m'embrochera pas ?

- Non, foi de Capestang.

- Eh bien ! monsieur, lisez-la une fois, tenez, rien qu'une fois ! Peut-être que cela vous décidera ?

- Lire quoi, imbécile !

- La prière ! La prière à Mercure ! La prière qui doit vous faire gagner tout ce que vous voudrez. Une fortune royale, monsieur ! Le sorcier a dit : « Une fortune royale » !

L'attitude de Cogolin était si pitoyable et si comique à la fois que Capestang fut ému tout en riant. Il prit le parchemin roulé en boule, le défripa, rompit le cachet, le déplia et, jetant un coup d'œil malicieux à Cogolin :

- Attention, voici la fortune ! Ouvre tes poches ! Je lis, Cogolin !

Et il lut !

Dans le même instant, Cogolin le vit chanceler et devenir livide ; il vit le parchemin trembler dans ses mains convulsivement crispées. Capestang lut jusqu'au bout, mot à mot ! Et alors un cri terrible retentit.

- Ciel et terre ! hurla Capestang dont les deux poings serrés se dressèrent au ciel.

En même temps, d'un geste foudroyant, il écarta Cogolin, qui s'écroula anéanti de stupeur. Il se rua dans l'escalier. Il bondit jusqu'à l'écurie. Jeter un mors dans la bouche de Fend-l'Air, ce fut l'affaire de quelques secondes.

Et Capestang, sans se donner le temps de seller l'animal, sautait sur son bon cheval. Pour la première fois depuis qu'il le montait, il lui enfonçait ses deux éperons au ventre. Fend-l'Air s'élançait en poussant un hennissement furieux, renversant du poitrail un valet qui passait.

L'instant d'après, on put voir sur la route une sorte de trombe, un ouragan lancé avec la vitesse vertigineuse et la folie d'allure des ouragans et des trombes. C'était Fend-l'Air, le gigantesque, l'apocalyptique Fend-l'Air qui courait en tempête vers Meudon !

Ivre, fou furieux, livide, Capestang, sur ce cheval sans selle qu'il labourait à coup d'éperon, passait comme un météore. Il râlait ! Fend-l'Air râlait ! À eux deux, ils n'étaient qu'un râle et qu'une tempête ! Et dans cette prodigieuse randonnée, où il semblait vraiment que Fend-l'Air eût des ailes, le chevalier se rugissait :

- Trop tard ! Trop tard ! Trop tard !

LXII - La fin du château enchanté

La première idée de Giselle d'Angoulême, lorsqu'elle eut pénétré dans le château de Meudon, lorsqu'elle eut laissé se refermer lourdement la porte massive, fut de courir à l'issue qui donnait sur le perron du parc abandonné. En quelques instants elle eut atteint l'autre porte, et elle la ferma solidement. Il y avait une fenêtre du rez-de-chaussée dégarnie de barreaux - celle-là même par où Concini était entré la nuit où il avait enlevé la jeune fille. Giselle était forte et vaillante. La terreur, du reste, décuplait ses forces - non la peur de la mort : la peur de retomber aux mains de Concini. Elle savait que Concini finirait par entrer. Elle voulait seulement gagner du temps, ne fût-ce qu'une heure, pour décider sur son propre sort... Et elle barricada la fenêtre.

Alors, d'un effort terrible de pensée, la guerrière assiégée écarta violemment de son esprit l'idée de son père et de sa mère entraînés dans le carrosse au Louvre - ainsi qu'elle l'avait entendu crier. Elle écarta du même rude effort la pensée de Capestang, qui se présentait à elle dans cette minute. Et elle réduisit toute la situation à ce problème :

- Que faire pour ne pas tomber vivante au pouvoir de Concini ?

Du côté du parc, soudain, une rumeur ! Concini et ses cavaliers envahissaient le parc ! Ils attachèrent leurs chevaux à un bouquet d'ormes et marchèrent à l'assaut du perron !

Du côté de la route, les coups de madrier, les coups sourds et puissants se succédaient. Giselle entendit un craquement du bois qui se déchire ! Elle frémit.

Presque au même moment, elle entendit qu'on heurtait violemment à la porte du côté du parc, et une voix rauque, haletante, gronda d'un étrange accent d'amour, un accent de mort :

- Ouvrez ! De par le roi !

Giselle frissonna. Un cri, tout à coup, jaillit de ses lèvres blanches. Elle avait trouvé ! C'était effroyable, ce qu'elle avait trouvé. Mais c'était sûr ! C'était la mort certaine !

Giselle, en bonds désespérés, revint vers le centre de l'habitation, et gagna cette pièce où Capestang avait trouvé toute une série de costumes de l'un desquels il s'était emparé. Cette pièce, ce n'était pas seulement le vestiaire des conspirateurs. C'était leur arsenal. De vastes placards étaient pleins de mousquets. Un cabinet voisin contenait douze tonnelets de poudre.

De la poudre ! C'était cela que Giselle avait trouvé pour mourir !

La pensée exorbitée, l'âme haussée aux solutions qui déroutent le spectateur, elle vivait une minute de folie ou d'héroïsme extrahumain. De ses mains fines et délicates, de ses mains déjà ensanglantées par le travail de la barricade, Giselle déplaça, souleva, roula trois de ces tonnelets. Dans un placard, elle saisit une hache, et alors, aux coups des assaillants répondit le bruit de la hache défonçant l'un des tonneaux ! La poudre se répandit. Sur cette poudre répandue, elle plaça les deux autres tonnelets... Et alors, elle alluma un flambeau ! Ce flambeau, elle alla le placer sur la cheminée, en passant sur la poudre qui craquait sous ses pas ! Et pour la deuxième fois elle sourit.

Elle n'avait qu'un geste à faire pour entrer dans la mort

libératrice !

Alors Giselle, toute pantelante, s'appuya au marbre de la cheminée. Sa pensée prononça un suprême adieu pour sa mère. Et, à cet instant seulement, elle s'accorda comme un repos dans la bataille, de vivre dans l'amour ses dernières minutes de vie.

Giselle, près de la poudre, près du flambeau, près de la mort, Giselle tira de son sein un papier fripé, usé, qui était là, sans doute, caché depuis longtemps... Et, de ses yeux emplis d'une étrange douceur, elle relut une dernière fois ce papier, qu'elle avait lu si souvent, et qui commençait par ces mots :

Moi, Adhémar de Trémazenc, chevalier de Capestang, j'offre mes remerciements à la Belle endormie dans ce château.

D'un murmure très bas, très doux, qui était le soupir de toute son espérance d'amour, elle répéta les derniers mots :

Pour le charme de cette hospitalité mystérieuse, je lui engage ma vie.

Le papier trembla au bout de ses doigts. Elle ferma les yeux. Entre les cils, des diamants apparurent et roulèrent lentement... Loin de l'univers, loin des bruits de bataille, des rumeurs des assaillants, Giselle, une seconde, étreignit son rêve et murmura :

- Je lui engage ma vie !

À ce moment, du côté de la route, un craquement, une clameur, puis le bruit des pas précipités de gens qui s'avancent ! Giselle tressaillit, jeta un suprême regard sur l'écriture de Capestang, et la porta à ses lèvres : c'était son premier baiser d'amour.

Puis, sans hâte, elle replaça le papier où elle l'avait pris : dans son sein.

Alors, elle saisit le flambeau et écouta. Elle entendit des appels, des cris. Les assaillants, l'un après l'autre, visitaient les pièces du château. Ils avançaient. Ils approchaient. Elle comprit qu'ils étaient tout près ! Qu'ils allaient entrer ! Alors elle marcha à la poudre.

Un cri, dans cette seconde, un cri d'appel frénétique, puissant, terrible, balaya, domina tous les cris, tous les appels ! Une voix délirante, une de ces voix qu'on entend seulement dans les rêves ! Et cette voix, ah ! cette voix qui la remit debout toute frémissante, qui vint la frapper au cœur, qui lui fit pousser, à elle, une clameur insensée d'espoir, d'amour, d'orgueil, cette voix hurlait :

- Giselle ! Me voici ! Giselle ! Giselle !

- Lui ! Capestang ! Me voici, Capestang ! À moi !

Et, sans l'éteindre, elle reposa le flambeau sur la cheminée. Elle se rua sur la porte d'entrée qu'elle ouvrit, enfonça, et, les bras tendus, tout son amour avoué, proclamé dans la minute mortelle :

- À moi ! Capestang !

- Me voici !

Ce fut comme un coup de tonnerre. Et alors, voici que Giselle éperdue, agonisante, cramponnée d'une main au chambranle de la porte, voici le prodigieux spectacle qu'elle vit :

La vaste pièce où elle plongeait son regard vacillant comme si elle eût considéré un abîme, était pleine de gens, l'épée à la main. Ils étaient une quinzaine qui hurlaient, vociféraient, avançaient, reculaient, portaient de furieux coups de pointe à un homme.

Lui ! Capestang !

Elle le vit s'avancer, livide, sanglants, les yeux fixés sur elle, hérissé, formidable ; elle le vit venir d'un pas égal, comme poussé par une de ces forces irrésistibles qui n'ont pas besoin de hâte, et elle sentit qu'elle s'évanouissait !

* * *

Capestang avait arrêté l'indomptable Fend-l'Air tout blanc d'écume, tout rouge de sang, devant le perron de la Pie Voleuse. Dans le même instant, il se trouva à terre, et son regard dans une terrible vision circulaire embrassa tout le décor.

Devant la porte de l'auberge, un carrosse arrêté, avec son conducteur sur le siège. Sur le perron, Nicolette blême, raidie dans l'angoisse de l'attente. En avant et en arrière, des groupes d'hommes et de femmes effarés d'épouvante. De l'autre côté de la route, la mystérieuse maison ! Le château enchanté ! Sa grande porte éventrée. Et en bas, des madriers, des barres de fer, des haches...

Capestang comprit. Il marcha à la porte défoncée. Il ne dit pas un mot, ne demanda rien à personne, il ne poussa pas un cri ; mais ses yeux jetaient une singulière lueur comme phosphorescente ; ses lèvres se retroussaient, montrant les dents aiguës ; on eût dit un mufle de lion.

Et du lion il avait la marche en bonds souples, élastiques, tranquilles et furieux tout ensemble - le formidable déploiement d'une force formidable tendue jusqu'à ce point extrême où l'homme parfois s'écroule, le cœur crevé.

Capestang ne tira pas son épée. Les gens qui étaient là le virent se baisser avant d'entrer, sans comprendre ce qu'il faisait. Puis il disparut dans l'intérieur.

Capestang, disions-nous, s'était baissé : il avait cueilli au passage, d'une seule main, une monstrueuse barre de fer qui avait tout à l'heure exigé la manœuvre de deux hommes. Cette masse de fer, il ne la sentait pas dans sa main. Elle ne lui pesait pas. Sans doute n'eût-elle pas pesé davantage, même deux fois plus lourde. Dans ces effroyables minutes, d'inconcevables phénomènes s'accomplissent. Il allait d'un pas égal. Mais un souffle court et rauque lui brûlait les lèvres. Et parfois, de sa poitrine, fusait une clameur furieuse : « Giselle ! Me voici ! Giselle ! »

....

De pièce en pièce, les spadassins conduits par Rinaldo s'avançaient. Ils avaient l'épée au poing. Rinaldo seul avait gardé la sienne au fourreau. Il allait sans hâte, frisant sa moustache, donnant ses ordres d'un ton joyeux, sifflotant une fanfare. À mesure qu'une pièce était explorée, on passait à une autre. Lorsqu'on rencontrait un couloir, Rinaldo laissait une sentinelle, afin que la fille du duc d'Angoulême promise à Concini ne pût s'échapper. La bande parvint enfin à une large salle d'où Rinaldo commença à entendre les coups assénés à la porte du parc par la troupe de Concini.

Il ricana :

- Patience, mio signor, patience, que diable ! Là, là, on va vous la prendre votre petite gazza, votre chère petite pie effarouchée, et on vous l'apprivoisera.

Un coup, dans ce moment, le fit se retourner - un coup mou, flou, sourd. Il vit un de ses hommes tomber, la tête fracassée, la cervelle giclant sur les murs. Dans le même moment, un autre crâne sauta, un autre homme s'écroula. Rinaldo, une seconde, demeura la bouche béante, les yeux exorbités. Puis un hurlement :

- Capestang !

Capestang marchait, sa barre de fer tournait, tourbillonnait ; il s'avançait comme un formidable moulinet vivant ; c'était une massue en marche. Brusquement, la stupeur, la terreur qui avaient paralysé les spadassins dans la première seconde s'évanouirent, et alors des imprécations se croisèrent, des vociférations de fureur se heurtèrent, la bande se rua, tourbillonna, entoura Capestang, le larda de coups de pointe, et ce fut, dans le flamboiement des épées, dans le choc des fers contre la barre de fer, une effroyable mêlée de hurlements, de plaintes, de jurons.

Sans répondre, sans un mot, avec seulement son cri d'appel, son terrible « Me voici ! » Capestang marchait, sans dévier d'une ligne, les yeux fixés sur Giselle, et à chaque tour de l'énorme barre de fer, un crâne sautait, un bras se brisait, une poitrine se défonçait. Capestang allait atteindre Giselle !

Rinaldo livide, écumant, convulsé, se jeta à plat ventre pour lui porter un coup d'épée de bas en haut. Capestang n'eut pas un geste pour dévier de la ligne droite, de la route de sang, d'horreur et d'épouvante qu'il suivait. Seulement, à l'instant où il vit Rinaldo s'aplatir sur le plancher, il leva le pied très haut.

Il y eut un grognement bref, un râle sourd. Rinaldo se tordit une demi-seconde, puis se raidit. Il était mort.

Capestang, comme on écrase une limace, d'un coup de pied frénétique, d'un coup de talon où passa toute la puissance de son être tendu à se briser, Capestang lui avait écrasé le crâne !

Il enjamba le cadavre. À toute volée, derrière lui, il jeta la monstrueuse barre de fer, et, tandis que retentissait l'imprécation forcenée des survivants, il saisit à pleins bras Giselle défaillante, il la saisit ! et il sentit son cœur grelotter ! En même temps, il repoussa la porte.

....

Sept hommes, y compris Rinaldo, gisaient - cadavres ou

427

mortellement blessés - dans la grande salle où ruisselait le sang, où des débris de cervelles se plaquaient aux murs, où les râles, les gémissements, les cris de rage formaient un lamento d'épouvante... Ils étaient encore neuf sans une blessure. Du regard, ils se consultèrent. Et ils lurent dans les yeux les uns des autres que le même ouragan de haine et de vengeance les emportait ! Tout ! Crever ici ! Mourir assommés ! Tout ! mais le prendre ! le tuer ! le faire souffrir ! l'écorcher tout vivant avant de lui porter le dernier coup !

Deux d'entre eux saisirent l'énorme barre de fer. Les autres appuyèrent de leurs épaules, de leurs têtes, de leurs mains, sur la porte, frénétiques, fous, hideux... Cela dura deux minutes environ, deux minutes pendant lesquelles, dans une accalmie, dans un silence sinistre, il n'y eut plus que le râle des mourants et le râle des vivants acharnés à enfoncer cette porte.

Un féroce hurlement de triomphe. Tous ensemble, ils se ruèrent. Maintenant, il n'avait plus sa massue ! Maintenant, il n'était plus qu'un homme comme un autre. Ils se ruèrent avec un cri strident de fauves se précipitant sur la proie. Ils se ruèrent ! Et tout aussitôt, il y eut une épouvantable clameur. Le vertige de l'effroi. Puis un silence pesant. Des visages pétrifiés, des yeux qui n'avaient plus d'expression humaine. Quelque chose dans ce silence farouche, crépita, pétilla... la poudre ! une longue traînée de poudre enflammée, un serpent de feu qui rampait vers les tonneaux !

Et ce fut fini ! Tout flamba ! Tout sauta !

Ils étaient à peine entrés, ils avaient à peine eu le temps de voir, à peine le temps d'esquisser le mouvement de fuite éperdue, l'explosion se produisit, un fracas ébranla l'atmosphère, les murs du château se disloquèrent, les flammes apparurent, un nuage de fumée noire se forma en panaches et dans ce qui avait été la grande salle, des membres déchiquetés, noircis, informes, retombaient, çà et là, parmi les débris du plafond soulevé qui s'affaissait avec ce grondement sourd, terrible, qui est la voix des choses qui meurent.

* * *

Capestang avait saisi Giselle dans ses bras. Il l'avait empoignée, comme son bien conquis de haute lutte, et il l'avait déposée dans une pièce voisine. C'est à peine s'il entrevit ce qu'il voulait. En réalité, il ne voyait plus. Il ne pensait plus. Ou s'il pensait, il agissait à coups de pensées impulsives. Et c'était effrayant ce qu'il faisait là !... Ayant déposé Giselle, il revint en deux bonds dans la pièce qu'il avait fermée. La poudre ! Il l'avait vue, guignée du coin de l'œil en passant !

Il eut un rire impossible à qualifier d'une épithète. À pleines mains, il ramassa de la poudre et en fit une traînée qui se prolongea le long de trois pièces ouvertes. Alors il revint prendre le flambeau et s'en alla. Il agissait et marchait en rêve. Il n'y avait qu'une idée claire en lui, mais claire, lumineuse, d'une éclatante lumière : sauver Giselle !

En passant, il prit Giselle dans ses bras et l'emporta. Parvenu à la naissance de la traînée de poudre, il se baissa et laissa tomber le flambeau : la poudre crépita. Déjà Capestang descendait l'escalier qui menait à la porte donnant sur le parc. Giselle ne pesait pas dans ses bras. Il descendait par bonds, sûr d'être dans le parc avant que n'éclatât l'explosion.

Et tout à coup, il se heurta à cette porte ! Et un rugissement de rage, de fureur, d'horreur, de terreur gronda sur ses lèvres livides : la porte était fermée ! Et, de l'autre côté il entendait les voix d'une autre bande ! Il croyait avoir tout détruit, et là, là ! derrière cette porte ! derrière cette issue unique, suprême, des vociférations éclataient ! Et il reconnaissait la voix de Concini !

Capestang s'arrêta, les yeux hagards, inondé de sueur glacée. Un sourire d'infinie détresse, une seconde, erra sur ses lèvres ; puis son regard, doucement, se posa sur Giselle. À ce moment, elle ouvrit les

429

yeux, et elle aussi, sourit !

Et ce fut dans cet instant que retentit le fracas de l'explosion. Capestang eut cette étrange et vertigineuse sensation qu'il allait s'engloutir dans la terre ; il vit chanceler les murs, il vit la porte enfoncée, repoussée au loin par le déplacement d'air ; les débris commencèrent à pleuvoir, et tous deux, elle et lui, dans ce fracas, dans ces sifflements de l'incendie qui naissait, couverts de plâtras, lui la protégeant de son corps, de ses bras, de tout lui-même, dans cette minute, ils furent sublimes.

- N'ayez pas peur, dit Capestang d'une voix calme.

- Maintenant, je n'ai pas peur, répondit Giselle.

* * *

Devant l'explosion, Concini et sa bande sautèrent les marches du perron disloqué. On eût dit que la couche d'air déplacé les poussait comme un vent de tempête. En réalité, c'était la peur. À vingt pas de là, Concini se ressaisit, et alors une idée affreuse le tenailla, le saisit au cerveau, et il poussa un cri d'angoisse désespérée :

- Morte ! Elle est morte !

- Non, monseigneur ! Regardez ! Là ! sur le perron !

- Elle n'est pas seule ! Un homme ! Un homme est là !

- Rinaldo ! Rinaldo ! Est-ce toi ?

Un coup de vent saisit le tourbillon de fumée qui enveloppait ces deux ombres apparues sur le perron, devant la porte éventrée, et Giselle fut visible ! et l'homme fut visible ! D'abord Concini demeura hébété. L'épouvante qui se glissa le long de son échine procédait de la superstition autant que de la réalité. Capestang !

Capestang ! qu'il avait saisi, arrêté, envoyé au Louvre ! Capestang !
C'était l'infernal Capestang !

- Oh ! les misérables ! ils l'ont laissé échapper ! En avant, vous
autres ! À mort !

Il oubliait l'ordre du roi de lui amener Capestang vivant. Il
oubliait que cette capture de Capestang et celle du duc d'Angoulême,
c'était sa sauvegarde. Le roi ! Ses soupçons ! Léonora ! La
conspiration ! Est-ce que cela existait ?... Il n'y avait plus que
Giselle ! Elle était là, sur ce perron. Il allait la prendre, l'emporter, se
sauver, tout abandonner, et pour cela, il n'y avait qu'à tuer
Capestang. Il était seul. Ils étaient une vingtaine. Concini tira son
épée et se rua. Les autres le suivirent à l'assaut du perron, avec des
clameurs des menaces, des insultes.

Capestang avait commencé à descendre le perron. Il remonta et
mit l'épée au poing. L'acier, éclairé par les lueurs de l'incendie, jeta
un reflet rouge. D'un geste très doux, il repoussa Giselle et,
flamboyant, hérissé, livide, tout déchiré, tout noir, tout sanglant,
tomba en garde.

- Nous allons nous frayer un passage à travers le rez-de-chaussée.
L'étage supérieur brûle seul encore.

- Oui, répondit Giselle.

- Avancez donc, mademoiselle, et à mesure vous m'indiquerez la
route.

- Oui, répéta Giselle.

D'un coup de parade, il brisa une épée ; d'un coup de pointe il
troua une poitrine.

- Y êtes-vous, mademoiselle ?

- Oui, répéta Giselle.

Et elle entra. Au-dessus d'elle, c'était la fournaise, c'était le ronflement du feu ; autour d'elle, c'était la nuée opaque des fumées qui se roulaient en volutes noires parfois éclairées de lueurs pourpres, c'étaient les débris, les plafonds qui s'écroulaient, les murs qui s'abattaient, les poutres enflammées qui tombaient. Capestang porta trois coups, trois hommes tombèrent. Il rentra, s'enfonça d'un bond dans la fournaise. La bande hurlante fonça.

- Tuez-le ! Tuez-le ! rugit Concini.

- Il en tient ! Il va crever là ! Étripons-le !

Cela se mêlait de râles, d'insultes affreuses qui détonnaient sur la rumeur énorme de la fournaise. C'étaient des voix étranges. C'était, dans les tourbillons de fumée, un grouillement d'ombres fantastiques.

Giselle avait franchi deux pièces, marchant hardiment. Elle était hors la vie. Avec Capestang près d'elle, ces choses d'épouvante lui paraissaient douces et naturelles. Elle se retournait seulement pour appeler Capestang, le guider de la voix. Et lui, tantôt abrité derrière un mur brûlant, tantôt contournant quelques amas de tisons, reculait, avançait, bondissait, portait un coup, reculait encore...

L'incendie descendait comme un monstrueux oiseau de feu agitant ses ailes de flamme. Une minute encore, et il serait impossible de respirer ! Une minute encore, et le feu allait atteindre le rez-de-chaussée.

- Ici ! cria la voix éclatante de Giselle.

Capestang porta un dernier coup, et, d'un bond frénétique, prodigieux, la rejoignit au moment où tout le plafond de la pièce qu'il quittait s'écroulait, laissant s'ouvrir un ciel embrasé où se tordaient en ronflant des nuages pourpres !... Concini et les dix ou douze survivants avaient pu reculer à temps. Ils se retrouvèrent dans le parc, déchirés, hagards, écumants, fous de terreur et de fureur. Concini s'assit sur une marche du perron, saisit ses cheveux à pleines mains et se mit à sangloter.

....

Capestang jeta son épée. De ce bond terrible que nous venons de dire, il fut près de Giselle et la saisit, la souleva dans ses bras. Il se mit en marche à travers les décombres. Il rayonnait. Le sublime orgueil du prodige accompli, de la conquête réalisée dans cet incendie, dans ce tumulte d'épopée, oui, cela lui mettait sur la figure un étincellement, une sorte d'éclat étrange. Il avançait. Derrière lui, les plafonds s'écroulaient. Les flammes, à un étroit passage, l'atteignirent et lui brûlèrent une partie des cheveux. Il avait jeté son manteau sur Giselle et l'en enveloppait tout entière.

Et ce fut ainsi, la portant dans ses bras, qu'il apparut à la grande porte de la route, en lambeaux, des sillons sanglants sur le corps, formidable, fantastique. Une immense acclamation s'éleva dans la foule assemblée. Les hommes crièrent Noël. Les femmes s'embrassèrent. Un inexprimable attendrissement de joie parut sur tous les visages ; Nicolette s'évanouit. Et, comme tous les regards se portaient sur cet homme qui venait d'apparaître, tragique et sublime, un frisson d'admiration, de respect épouvanté, parcourut la foule des hommes et, d'un même mouvement spontané, tous se découvrirent.

Capestang ne vit que le carrosse. Pour qui ce carrosse ? Peu lui importa. Il y avait là un carrosse. Il le prenait. Il y déposa Giselle. Le conducteur rassembla ses guides : il était là pour emmener le duc d'Angoulême ; il emmenait sa fille, voilà tout.

Et alors, Giselle, sauvée de Concini, sauvée des flammes, cessa dans l'instant même de songer à elle. Giselle cessa une minute d'être la fiancée de Capestang. Elle ne fut plus que la fille de Violetta. Elle se pencha, et dit :

- Chevalier, ma mère est au Louvre : conduisez-moi au Louvre !

- Au Louvre ! cria Capestang qui sauta sur Fend-l'Air.

Le carrosse s'ébranla. Et lorsqu'on vit cet homme tout déchiré, tout hérissé, noir de fumée, rouge de sang, sur ce gigantesque cheval sans selle, trottant à la portière de la voiture, l'attitude prestigieuse, le visage orgueilleux, les yeux flamboyants, la foule, en s'ouvrant, laissa monter de ses rangs pressés ce long murmure d'étonnement admiratif qui est peut-être la voix de la gloire !

....

Un quart d'heure plus tard, une troupe de cavaliers traversa Meudon au galop. C'était Concini et ses gens. La mort au cœur, Concini n'avait pas perdu tout espoir. Capestang et Giselle lui échappaient, mais il gardait le pouvoir, ou si ce pouvoir devenait ce qu'avait rêvé Léonora, il les rattraperait, fussent-ils réfugiés au ciel ou en enfer ! Et Concini, après avoir eu la précaution de passer à sa ceinture le pistolet d'un de ses gens, courait au Louvre pour dire à Louis XIII :

- Sire, je vous ai envoyé le duc d'Angoulême, votre plus redoutable adversaire, que j'ai fait prisonnier de mes mains. Quant au misérable Capitan, il m'a échappé cette nuit, mais je l'ai rejoint, j'ai dû l'enfumer dans son gîte comme un renard, et il est mort. Je m'excuse de ne pouvoir vous l'apporter vivant, mais vous êtes sauvé, sire ! Vive le roi !

LXIII - Le Capitan

Il était environ dix heures du matin, Louis XIII, pâle de ses pensées, pâle des émotions de la veille, de cette journée où, sans Capestang il eût perdu à la fois le trône et la vie, pâle enfin de cette nuit blanche tout entière passée à attendre le signe que parfois la fatalité fait aux hommes pour leur indiquer leur chemin, Louis XIII, donc, posté à une fenêtre, tenait ses yeux obstinément fixés sur la cour et sur la porte du Louvre. Richelieu était là, guettant lui aussi, les lèvres serrées, laissant errer son œil pâle sur les gens qui l'entouraient, et se demandant :

- Qui va remplacer Concini ? Est-ce Luynes ? Est-ce moi, enfin !

Luynes était là qui faisait mille gasconnades pour amuser le roi. Ornano était là qui attendait avec la sérénité du capitaine prêt à tout. Une foule de courtisans anxieux, prêts à crier « Vive le roi », si Louis XIII avait le courage d'arrêter Concini, prêts à crier « Vive Concini », si les rumeurs qui couraient venaient à se réaliser, cette foule emplissait de son bruissement la salle de trône ou le roi l'avait reléguée.

On savait que de graves événements se préparaient. On savait que le jeune Cinq-Mars, arrêté dans la nuit, était dans une salle voisine avec le duc et la duchesse d'Angoulême, arrêtés dans la matinée. On savait que vers trois heures, Vitry était revenu de l'hôtel d'Ancre, porteur de nouvelles inconnues, que le roi et ses conseillers intimes s'étaient alors réunis en une longue conférence dont rien n'avait transpiré - et que, depuis ce moment, Vitry attendait dans la cour avec vingt gardes. Qu'attendait le capitaine ? On l'ignorait.

Que s'était-il passé à l'hôtel d'Ancre ? On l'ignorait, et nul ne pouvait y aller voir, vu qu'il était défendu d'essayer de sortir du Louvre sous peine de Bastille. Une morne inquiétude pesait sur le Louvre.

Enfin, il faut ajouter qu'à la grande inquiétude de Richelieu et de Luynes, Louis XIII avait accordé une audience particulière à sa prisonnière, la duchesse d'Angoulême, et que cette audience avait duré près d'une heure. Après quoi la duchesse avait rejoint le duc dans la salle où il était gardé à vue avec le marquis de Cinq-Mars, et le roi, tout pensif, avait repris son poste près de la fenêtre.

Au moment où nous entrons au Louvre, il était, comme nous l'avons dit, à peu près dix heures.

Le roi, dans sa rêverie muette, le front appuyé sur sa main pâle, songeait :

- Ainsi donc, il voulait me tuer ! Ainsi donc, Concini voulait mon trône ! C'est lui... c'est Léonora qui a enivré le cheval qui devait me tuer sur la route de Meudon. C'est lui, c'est elle qui a versé le poison dans mon verre la nuit où Capestang est entrée au Louvre... la nuit des camions ! ajouta-t-il avec un sourire...

À ce moment, un tumulte éclata à la porte du Louvre. Le roi tressaillit et porta avidement ses regards de ce côté. Luynes, Ornano, Richelieu, les quelques courtisans admis à rester près du roi se rapprochèrent vivement.

- Que se passe-t-il ? demanda le jeune roi.

- Il y a un carrosse arrêté devant le pont-levis, fit Ornano.

- Une jeune fille traverse le pont avec un homme.

Oh ! quelle tenue pour entrer au Louvre ! D'où sort ce malheureux ?

- Sire, dit Richelieu, je vais, s'il plaît à Votre Majesté...

- Que personne ne bouge ! interrompit le roi.

Là-bas, le tumulte augmentait. Des gardes barraient le passage à l'homme signalé. Et cet homme, c'était Capestang. Cette jeune fille, c'était Giselle.

- Arrière ! criait le chef de poste.

- Allons donc ! fit Capestang. Appelez M. de Vitry et dites-lui que je viens de Meudon !

À ce moment, il aperçut Vitry dans la cour, immobile à la tête de ses vingt gardes.

- Meudon ! cria Capestang d'une voix éclatante.

Le capitaine tressaillit, et, sans bouger, cria à son tour :

- Laissez passer !

Capestang et Giselle entrèrent dans la cour du Louvre et se dirigèrent aussitôt vers la porte qui conduisait aux appartements du roi. Dans le même moment, derrière eux, un bruit de chevaux au grand trot ! Toute une cavalcade entrait dans la cour. Capestang se retourna, tressaillit et gronda :

- Concini !

Giselle se retourna, vit Concini et devint très pâle. Elle posa sa main sur le bras de Capestang et lui dit :

- C'est cet homme, dit-elle, qui a voulu me déshonorer. C'est cet homme qui a jeté une telle épouvante dans l'esprit de ma mère que, pendant deux ans, elle a été folle !...

Capestang s'avança vers Concini ! Il comprit que ceci était la suite de la bataille de Meudon. De lui ou de Concini l'un des deux devaient succomber. Machinalement, il porta sa main à sa rapière et gronda une imprécation. Sa rapière ! Il l'avait jetée lorsqu'il avait soulevé Giselle dans ses bras. Mais Capestang, sans épée, continua de s'avancer !

....

C'était Concini, en effet. Il venait de mettre pied à terre. Aussitôt une rumeur s'abattit sur le Louvre. Le Louvre tout entier comprit que le grand événement allait s'accomplir. Vitry s'avança vers le maréchal à la tête de ses gardes. Il était pâle et semblait hésiter. Là-haut, à la fenêtre, le roi, Richelieu, Luynes, tous regardaient, la respiration suspendue.

Tout à coup, on vit marcher sur Concini cet inconnu tout déchiré, tout noir, tout sanglant. Concini, dans le même instant, aperçut à la fois Capestang et Vitry qui venaient à peu près à la même hauteur.

- Capestang ! rugit Concini. L'infernal Capestang !

- Capestang ! grinça Richelieu.

- Capestang ! répéta le roi haletant.

- Capitaine ! hurla Concini, je vous somme d'arrêter cet homme ! Ou plutôt...

En même temps, il tira son pistolet de sa ceinture. Un silence terrible pesa sur cette scène. On eût entendu le bruit des respirations. Capestang regarda autour de lui, vit un pistolet à la ceinture de Vitry et, d'un geste prompt comme la foudre, s'en empara.

- Capitaine ! Misérable Capitan ! Tu vas mourir ! rugit Concini.

Les deux hommes étaient à dix pas l'un de l'autre. Concini immobile, pétrifié, le visage convulsé de haine, Capestang continuant à s'avancer avec un calme effrayant. Giselle regardait. Pas un instant, elle ne détourna les yeux. Concini visa soigneusement et fit feu. Presque en même temps, mais un peu après, Capestang, sans viser, tira. Les deux détonations se confondirent. Lorsqu'on regarda, on vit Capestang qui continuait à marcher, et Concini qui, étendu sur le dos, talonnait le pavé.

- Concini, dit gravement le chevalier en se découvrant, au nom de Violetta, au nom de Giselle et en mon nom, je te pardonne le mal que tu nous as fait... Meurs en paix, justice est faite !

- Lorenzo l'avait prédit ! murmura Concini qui, en même temps, vomit un flot de sang, puis se tint à jamais immobile.

....

Cette scène avait duré en tout trois ou quatre secondes. Lorsqu'on vit Concini tomber, un tumulte éclata dans le Louvre. Alors, Vitry, prenant un deuxième pistolet, cria :

- Pour la justice du roi !

Et il tira ! Alors, cinq ou six gardes tirèrent à leur tour. La cour s'emplit de monde. De toutes parts accoururent gardes, officiers, courtisans. La rumeur grandit, s'enfla, se déchaîna, tandis que quelques hommes, soulevant le cadavre, allaient le déposer au corps de garde. Là-haut, à la fenêtre, Ornano saisit le jeune roi dans ses bras musculeux, l'enleva, le montra à la foule et, d'une voix formidable, cria : « Vive le roi ! »

Une immense acclamation monta de la cour : « Vive le roi ! Vive le roi ! »... Louis XIII, tout pâle, se tourna vers ses conseillers et dit :

- Maintenant, vous pouvez crier : « Vive le roi ! » Car maintenant je suis roi !

- Vive le roi ! Vive le roi ! éclata la claironnante acclamation des courtisans accourus de la salle du trône.

* * *

Lorsqu'une heure plus tard, la joie, les félicitations, les acclamations, le tumulte se furent un peu apaisés, Richelieu s'approcha du roi, s'inclina, et avec ce sourire qui devait faire trembler tant de monde, de cette voix sifflante, prononça :

- Sire, j'ai fait mettre le sire de Capestang en état d'arrestation. Dois-je le faire conduire de suite à la Bastille ?

- Non. Pas tout de suite, répondit le jeune roi. Je veux d'abord l'interroger moi-même. Monsieur l'évêque, et vous, Luynes, Ornano, et vous tous, messieurs, ajouta-t-il en s'adressant à la foule des courtisans, veuillez m'attendre dans la salle du trône où je vais faire mon premier acte de roi puisque enfin, je suis roi ! Vitry, conduisez-moi jusqu'au prisonnier.

Vitry s'empressa au-devant du roi et le conduisit dans une salle où étaient réunis Capestang, Giselle, Cinq-Mars, le duc d'Angoulême et Violetta. À l'entrée du roi, tous ces personnages se levèrent, Angoulême et Cinq-Mars très pâles et inclinés, Giselle fière et intrépide, Capestang nerveux. Violetta seule semblait paisible. Le jeune roi s'avança jusqu'à Capestang et s'arrêta... Alors, Angoulême, Cinq-Mars, Giselle virent une chose inouïe : le roi s'inclinait devant Capestang et le saluait :

- Sire ! balbutia le chevalier éperdu.

- Capestang, dit le roi, j'ai une faveur à vous demander...

- Sire !

- Me l'accordez-vous ?

- Sire ! Sire !

- C'est de vous serrer dans mes bras, tout plein de fumée et de sang que vous êtes. Mon chevalier, embrassez votre roi et donnez-lui l'accolade que Bayard sans peur et sans reproche donna à François Ier.

Une double larme jaillit des yeux du chevalier. Il hésita un instant. Puis brusquement, il haussa les épaules, saisit l'adolescent dans ses bras et le tint un moment serré sur sa noble poitrine.

- Maintenant, reprit alors Louis XIII, à vous de demander.

- Sire, dit Capestang, je demanderai donc deux choses, deux faveurs dont je serai reconnaissant à Votre Majesté.

- La première ? fit Louis.

- La grâce de mon ami, de mon frère, M. le marquis de Cinq-Mars ici présent.

- Accordée sans condition. Marquis, ne conspirez plus.

- Vive le roi ! cria Cinq-Mars en tombant à genoux.

- Bon. Maintenant, la deuxième faveur, mon chevalier ? reprit Louis XIII.

- Sire, dit Capestang, et cette fois sa voix tremblait de crainte, la grâce de Mgr le duc d'Angoulême, ici présent.

- Accordée ! répondit le roi. Mais à une condition...

Et s'approchant d'Angoulême, courbé en deux :

- Duc, vous soumettez-vous à la condition ?

- Oui, sire. Car une condition imposée par Votre Majesté ne peut être qu'honorable et digne d'un gentilhomme.

- Voici donc ma condition, dit le roi.

Il alla à Giselle, se pencha et lui baisa la main. Puis cette main, il la mit dans celle de Capestang éperdu, frémissant, affolé de bonheur.

- Mes enfants ! Mes chers enfants ! murmura Violetta.

- Sire, dit le duc d'Angoulême avec une poignante émotion. Votre Majesté vient de me rappeler une chose que j'ai sue dans ma première jeunesse et que je n'oublierai plus jamais. C'est que L'AMOUR est plus fort que l'ambition, plus auguste que la royauté, plus grand que la divinité... Mon fils, dans mes bras, ajouta-t-il en se tournant vers Capestang.

Le jeune roi assista avec une avide et charmante curiosité à ces effusions. Puis il emmena Capestang en promettant de le renvoyer bientôt à sa fiancée. Il entra dans la salle du trône pleine de courtisans. Et, donnant le bras au chevalier tout déchiré, il marcha jusqu'à son trône.

- Messieurs, cria-t-il d'une voix claire au milieu de ce murmure de stupéfaction et d'envie qui saluait la fortune de Capestang, je vous présente le Capitan ! Je vous présente le chevalier du roi ! Je vous présente l'homme qui m'a sauvé la vie deux fois et a sauvé mon trône trois fois. Messieurs, je veux ici user de mon privilège royal qui est de parler le premier, qui est de saluer le premier l'homme qui vient de prouver au monde que LA BRAVOURE, LA FORCE D'ÂME et LA NOBLESSE DE CŒUR sont encore les armes les plus terribles qui aient été mises au service de l'humanité. Messieurs, le roi de France crie : « Vive le Capitan ! »

Et le roi descendit de son trône, donna la main à Capestang et le reconduisit en traversant la salle dans toute sa longueur, tandis que les chapeaux s'agitaient en l'air, tandis qu'une vingtaine de gentilshommes tirant leurs épées présentaient les armes, tandis enfin qu'une immense acclamation montait, grondait, franchissait les fenêtres et se répandait sur Paris :

- VIVE LE CAPITAN !...

....

....

Il nous reste à parler de Cogolin. Le matin où il vit son maître partir comme un ouragan, Cogolin fit le geste de s'arracher les cheveux en constatant que le chevalier, loin de courir vers quelque honnête tripot, comme il l'avait un instant espéré, tournait le dos à Paris. Il se consola néanmoins, en comptant les pistoles qui restaient au fond de la bourse que Cinq-Mars lui avait octroyée. Malheureusement pour lui, la journée s'étant écoulée sans que le chevalier de Capestang eût reparu à la Bonne Encontre, Cogolin, vers la nuit tombante, se mit en quête de son maître et, comme il arrivait à l'encoignure de la rue Dauphine, d'instinct, il fut assailli par une bande de détrousseurs qui lui ôtèrent sa bourse et, en échange, le gratifièrent de nombre de coups de bâton.

Le lendemain matin, le pauvre Cogolin se prépara à quitter pour toujours l'auberge qu'il appelait à bon droit la « Mauvaise Encontre

», lorsque Garo lui offrit le poste de laveur de vaisselle dans son auberge. Cogolin accepta aussitôt en se disant que, de par son emploi même, il habiterait au moins une cuisine, ce qui avait toujours hanté ses rêves. Cogolin, donc, vers midi, lavait mélancoliquement la vaisselle dans l'arrière-cuisine. Garo le vint tout à coup prévenir qu'un cavalier voulait lui parler. Cogolin s'avança, timide et méfiant, vers un officier royal qui venait de mettre pied à terre dans la cour.

- C'est vous qui vous appelez Cogolin ? demanda rudement l'officier.

- Oui, monseigneur, bégaya Cogolin qui pâlit. La guigne, songea-t-il, voilà la guigne finale qui me vient assommer. M. le chevalier aura fait quelque esclandre.

Je suis sans doute accusé de complicité. Je vais être pendu.

- Suivez-moi chez M. le chevalier du roi ! reprit l'officier.

- C'est bien cela ! poursuivit en lui-même Cogolin. Ah ! pauvre Laguigne !

Il suivit bravement l'officier. Il arriva ainsi, à son grand étonnement, jusqu'à la rue des Barrés, où on le fit pénétrer dans cet hôtel dont il avait ravi la clef à Lanterne. Tout à coup, il se sentit saisi par une oreille, tandis que quelqu'un lui criait :

- Comment se fait-il, monsieur le drôle, que je ne vous aie pas vu depuis trois jours ? Vous serez donc toujours le même, corbacque ! bayant aux corneilles et vous livrant à vos songes creux, au lieu de brosser mes vêtements et d'empiler vos écus.

- Monsieur le chevalier ! cria Cogolin qui, du désespoir, passa instantanément à la joie.

- Eh bien ! oui, mon pauvre Cogolin ! fit Capestang. Allons, hâte-toi d'empiler dans ce coffre ces écus qui t'appartiennent et d'accrocher le coffre derrière la voiture qui est dans la cour de l'hôtel, car nous partons dans une heure pour Orléans.

- Des écus ! Un coffre ! bégaya Cogolin.

- Une fortune royale ! dit Capestang en éventrant un sac placé sur une table.

- Oh ! oh ! rugit Cogolin à la vue des écus qui roulaient en cascade, c'est la prière à Mercure qui vous a fait gagner !

- Oui, dit Capestang très gravement.

Et voici ta part.

- Vive la chance ! hurla Cogolin.

Et il se mit à compter. Il trouva que sa part montait à vingt-cinq mille livres. Si Cogolin ne devint pas fou de joie, c'est qu'il possédait au fond une certaine dose de cette philosophie qui est le meilleur préservatif contre la bonne et la mauvaise fortune, contre la chance et contre la guigne...

Escorté de son fidèle écuyer, le héros de ce récit prit le chemin d'Orléans, où il retrouva en leur hôtel le duc d'Angoulême, Violetta et Giselle.

Un mois plus tard, Capestang épousa Giselle.

FIN

Printed in Great Britain
by Amazon